WEN LIAN

文坛悟道

仲呈祥 著

我与《中国艺术报》二十年

中国文联出版社

图书在版编目（CIP）数据

文坛悟道 ：我与《中国艺术报》二十年 / 仲呈祥著.

北京 ： 中国文联出版社，2025. 3. -- ISBN 978-7-5190-5807-4

Ⅰ. Ⅰ206.7-53

中国国家版本馆 CIP 数据核字第 2025LY1005 号

中国文学艺术基金会　资助项目
中国文学艺术发展专项基金

著　　者　　仲呈祥
责任编辑　　冯　巍　赵小慧
责任校对　　胡世勋
封面设计　　贾闪闪

出版发行　　中国文联出版社有限公司
社　　址　　北京市朝阳区农展馆南里 10 号　　邮编　100125
电　　话　　010-85923025（发行部）　　010-85923092（总编室）
经　　销　　全国新华书店等
印　　刷　　廊坊佰利得印刷有限公司

开　　本　　710 毫米 ×1000 毫米　　1/16
印　　张　　29.25
字　　数　　417 千字
版　　次　　2025 年 3 月第 1 版第 1 次印刷
定　　价　　78.00 元

仲呈祥

1946 年生于沪，长于蜀，新时期求职求学于北京，曾师从朱寨学过中国当代文学史，师从钟惦棐学过电影美学。曾任中国文学艺术界联合会第八届副主席、中国文艺评论家协会首届主席、国家广播电影电视部副总编辑、国务院学位委员会艺术学学科组召集人等职。现任中央文史研究馆馆员、国家教材委员会专家委员，研究员。

著有《当代文学散论》《"飞天"与"金鸡"的魅力》《中国电视艺术发展史》《门外谈戏：论21世纪的中国戏曲》《文苑问道——我与〈人民日报〉三十年》《艺坛追光——我与〈光明日报〉四十年》等20余种，力倡"以文化人、以艺养心、以美塑像，贵在自觉、重在引领、胜在自信"。

序 有"评"为证

康 伟

仲呈祥先生命我为《文坛悟道——我与〈中国艺术报〉二十年》作序。晚辈如我，内心惶恐。他遂举谢冕先生之书常由弟子作序、他亦为师辈作过序之例，我虽心有不安，但也不再推辞，且"滥竽充数"一回。说到底，促使我斗胆一序者，是本书的内容。本书是仲呈祥先生自 2003 年至今在《中国艺术报》所发文章的结集。我作为《中国艺术报》的总编辑，为这样一本选自本报的沉甸甸的文集说几句心里话，也算是责无旁贷、却之不恭。

我与仲呈祥先生的初次见面，时间、地点定格在 1999 年 5 月 20 日、北京和平宾馆。当天，中国文学艺术界联合会在此举办"向祖国汇报——百名优秀青年文艺家创作经验交流会"，我作为记者现场见证，相关报道刊发在第二天《中国艺术报》的头版头条。仲呈祥先生以国家广播电影电视总局副总编辑的身份与会，在开幕式后与其他几位有关部门负责同志一起，向优秀青年文艺家介绍各个艺术领域的创作情况和发展规划。仲呈祥先生介绍的是电视方面的情况。他讲完，我紧跟着他走出会场，为的是交换名片，为报社"抓"作者，当时也表达了向他约稿的愿望。

虽然因为种种原因他迟至 4 年后才开始在《中国艺术报》发表文章，但"时间开始了"，这就是我与仲呈祥先生交往的开端。这一幕我从未向他提起，若不是因为这本书，我可能也不会想起来。在搜集文章的过程中，我的同事采用数据检索的"新办法"，我则采用翻阅合订本的"老办法"。每翻到一篇他的文章，与文章相关的情景，包括 20 年来我在报社不同岗位上组约、编审稿件的过程，便会浮现在眼前，这个"开端"便同时再现。

最开始担心仲呈祥先生历年在《中国艺术报》所发文章是否够一本书的体量，但随着搜集整理工作的进展及最终完成，才发现我的担心是多余的，因为这些文章无论数量还是质量，都足够！看着打印出来的文稿，我油然而生一种感动和喜悦。感动，是因为仲呈祥先生竟然为《中国艺术报》写了这么多篇、这么多年、这么精彩的文艺评论，体现了他对报社的大力支持！喜悦，是因为《中国艺术报》竟然刊发了仲呈祥先生这么多篇、这么多年、这么精彩的文艺评论，体现了报社在文艺评论建设方面的丰硕成果！

由此，我想到文艺评论与媒体的关系。说到底，文艺评论是一种知识"生产"、观点"供给"。一种情况是，文艺评论家会从自身的师承渊源、学术志业、个人兴趣、工作要求等维度出发，主动进行文艺评论的研究和写作，然后交由媒体发布。另一种情况则是，媒体会根据文艺热点、文艺现象、文艺趋势以及自身定位，策划选题邀约文艺评论家进行"订单式"写作，然后再由媒体发布。不管哪一种模式，也不管因为技术变革导致的媒体融合发展迭代到哪一步，文艺评论家和媒体，都是文艺评论"生产"链条上的重要"生产要素"。二者的有机结合形成有意味的合力，才能使文艺评论所"生产""供给"的知识和观点有效抵达文艺现场和受众，使文艺评论和文艺评论家的价值得以"变现"，使媒体和媒体人的社会责任得以实现。《中国艺术报》与仲呈祥先生之间，便是这样一种彼此契合的、有效的、美好的关系，我想亦可以作为研究文艺评论、文艺评论家与媒体的关系，研究媒体视域下文艺评论"生产"机制的典型案例。

综观仲呈祥先生这20年为《中国艺术报》所写的文艺评论，大体上可以分为以下几个方面。

一是对党的文艺路线、方针、政策，特别是习近平文化思想的学理性、创造性评论。所谓学理性、创造性评论，就是在深刻领会党的文艺路线、方针、政策、重要思想的基础上，以学术范式、学术话语来解读、阐释，而不是简单的"同声传译"。要做到这一点，就必须有两个方面的深厚功底。其一，是对党的文艺路线、方针、政策、重要思想有历史维度和现实维度的深刻认知。从历史维度看，就是对马克思主义文艺观，以及马克思主义中国化后的文艺观的发生、发展历史脉络，既有史实方面的了然于胸，又有见识方面的广博宏富。其二，是对所涉及的哲学社会科学、文化文艺等领域有系统性的、深井式的研究和创造性的己见。只有这样，才能实现对党的文艺路线、方针、政策和重要思想的学理性、创造性评论。比如，仲呈祥先生写于2004年的《科学发展观与文艺批评》一文，从中西对比的角度，提出"中华民族的文艺批评传统，长于直觉和感悟，而于理性抽象思维能力和逻辑演绎能力，都欠发达"，认为时下的文艺批评延续了这一弱点，"而且严重落后于日新月异的文艺创作实践"，在极短的篇幅里，以古今中西的宏大视野，表达了对"时下文艺批评之忧思"，强调要"以科学发展观为指导，认真检视、反省和改进时下的文艺批评"。该文在接下来的"文艺批评的最高标准"部分，围绕恩格斯指出的"美学观点和史学观点"是文艺批评的"最高的标准"展开论述，并对美学观点的分析和历史观点的分析做出自己的阐释，认为美学观点的分析就是艺术性，历史观点的分析就是思想性，并且二者"相辅相成，交融互补，缺一不可"。他进一步辨析了"观赏性"问题，认为"观赏性"属于接受美学范畴，而思想性、艺术性属于创作美学范畴，由此呼吁"应当科学地认识观赏性、清醒地追求观赏性"。这可以说是言人所未言。进入新时代以来，仲呈祥先生对习近平文化思想，特别是习近平总书记关于文化文艺的重要论述进行深入研究，这集中体现在《"三个自信"后为何要加"文化自信"？》（2016）、《坚持马克思主义基本原理同中华优秀传统文化相结合——习近平总书记在庆祝中国共产党成立100周年大会上的重要讲话学习笔记十题》（2021）、《新时代担当新文化使命的理论指南——习近平文化思想学习笔记》（2023）、《"继承基础上的创新"的光辉典范》（2024）等系列文章中。以《坚持马克思主义基本原理同中华优秀传统文化相结合——习近平总书记在庆祝中国共产党成立100周年大会上的重要讲话学习笔记十题》一文为例，其宏阔的视野、严密的逻辑、深厚的学养洋溢在字里行间。他从习近平总书记"坚持把马克思主义基本原理同中华优秀传统文化相结合"的重要论述引入论题；从马克思主义中国化的过程出发分析"欲将马克思主义中国化，须与中国具体实际相结合，其间绕不开的'实际'之一，便是中华优秀传统文化"的必然性；从百年来探索这一结合的历史进程分析其中的曲折与演进；从马克思主义三大组成部分和基本原理对包括中华民族5000余年文明史和优秀文化成果在内的人类社会发展历史和文化成果的科学总结出发，就马克思主义关于世界观、方法论的论述，关于人的学说，关于人的理想、信仰、情操、精神的论述，关于"全世界无产阶级联合起来""英特纳雄耐尔，就一定要实现"的论述等与中华优秀传统文化的契合之处，深度分析了这一结合的可行性；从"马克思主义基本原理中包含马克思主义美学原理，中华优秀传统文化中包含中华美学精神"的角度，指出这一结合必须弘扬中华美学精神；从如何科学对待传统文化的角度，指出即便是其中的优秀部分，也要善于结合新的实践和时代要求，去粗取精，辩证取舍。以上两例可窥一斑而知全豹，仲呈祥先生对党的文艺路线、方针、政策和重要思想的学理性、创造性评论，不仅涉及多个领域、多个学科，更重要的是，自觉的历史使命、系统的哲学思维、深厚的学术涵养，为他展开上述评论奠定了坚实基础和可靠保障。

二是对重要文艺现象、文艺规律的辨析。对于这 20 年来的文艺发展，仲呈祥先生是不可或缺的历史见证者、亲历者、推动者。20 年来的重要文艺现象，以及蕴含其中的文艺规律，都在他的笔下得到呈现和梳理。他在这方面的论说，既紧扣具体问题，又绝不仅仅局限于具体问题，而是由此说开去，说得深，说得真，说得准。试举三例。其一，关于文艺评论。这本书中直接谈论文艺评论的文章多达 18 篇，充分构建起文艺评论工作规律的框架和筋骨，充分体现了仲呈祥先生对文艺评论工作的爱之切、行之勤、思之富。这 18 篇文章，涉及坚持文艺评论的科学标准（马克思主义的"美学的和历史的"标准，亦即习近平总书记"历史的、人民的、艺术的、美学的"标准）、强化文艺评论的哲学思维（从根本上在哲学层面的思维方式上实现科学化）、担负文艺评论工作者的历史使命（培根铸魂）和社会责任（文化化人、艺术养心、重在引领、贵在自觉）、提倡文艺评论的求真务实（敢讲真话、敢抒真情、敢求真理）、提升文艺评论工作者的综合素养（准确的判断力和坚实的理论根基）、构建文艺评论的良好生态（摆正导向与市场的位置、营造和谐的创作与批评的关系和氛围环境），等等。这些方面，体现了仲呈祥先生作为中国文艺评论家协会首任主席、作为文艺评论大家的历史自觉、文化自觉。其二，关于名著改编。仲呈祥先生就这一重要文化现象进行了多次阐释。他提出"要在'忠实'上下功夫"，指出"忠实于原著"就是"忠实于对原著的正确理解"，进而提出"忠实于对影视艺术规律的把握""忠实于改编者独具的审美个性和审美风格",并准确把握其与原著之间可能存在的"内在契合点"。他特别强调,要对改编进行"哲学思考",要从不同艺术门类的思维方式、从经典作品的历史意义和当代意义之间的审美张力、从部分与整体的关系等方面科学把握名著改编。应该说,他的这个观点,既是对若干年来名著改编得与失的总结,也给名著改编的艺术实践带来极大启示和有效引领。其三,关于艺术学学科建设。仲呈祥先生在担任三届国务院学位办艺术学学科召集人期间,与同人不懈努力,实现了艺术学由文学学科门类下的一级学科升格为第十三个学科门类的历史性突破,提升了艺术学的学术地位,增强了中华民族的艺术自信和艺术自觉,可以说,功莫大焉!为此,他撰写了一系列文章。收入本书的《艺术学获批成为独立学科门类随想》(2011)、《面对新时代的艺术学学科建设——习近平文艺论述学习笔记》(2017)就是这方面的代表作。他推动艺术学升格为学科门类的实践、深思艺术学升格为学科门类的理论探寻,充分体现了"知行合一""士不可以不弘毅"的品格和风范。

三是对重要文艺作品的品评和对重要艺术家的论说。20年来,各个领域都涌现出一大批重要作品和优秀艺术家。在文艺创作的全链条上,诸如策划、创作、评奖、评论等各个环节,都有着仲呈祥先生活跃的身影。几乎所有领域的艺术家,都把他当作朋友、诤友,也可以说,仲呈祥先生于他们而言,亦师亦友。这让他既有"博览""广交"之便,更有"深思"之机。他将对具体作品的评论、对艺术家具体实践的观照,作为履行他反复论及的文艺评论工作社会责任的生动实践。他这种从具体作品、艺术家个案来谈问题、讲道理、说观点的做法,更有说服力、感染力、亲和力。

虽然这些文艺评论在内容上有这么几个不同的方面,但却始终如一地贯穿着仲呈祥先生相同的学术品格。其一,导向为魂。仲呈祥先生敢于、善于"亮剑",旗帜鲜明地提倡和坚持马克思主义文艺观以及马克思主义文艺观中国化的最新成果——习近平文化思想,呼吁批评家要善操与时俱进的马克思主义的"枪法",在观照评论对象时始终坚持历史唯物主义和辩证唯物主义的世界观和方法论,始终坚持马克思主义"美学的、历史的"标准和习近平总书记强调的"历史的、人民的、艺术的、美学的"标准,大力提倡"以文化人,以艺养心，以美塑像，重在引领，贵在自觉，胜在自信"。其二，实事求是。也就是仲呈祥先生反复强调、始终坚守的是其所是、非其所非，好处说好、坏处说坏。近年来，他对自己不同意、不赞成的一些观点，进行了极具针对性的评论，非常鲜明地进行有理有据的辨析和直接但善意的批评，有时甚至不给对方留情面，我多有在现场见证的经历，令人印象深刻。他对某报删除其一篇评论中对某部作品的批评性意见颇为失望，问我"敢不敢"全文照发，我看了文章，觉得所言甚是，所提意见极具建设性，便一字不改在《中国艺术报》发表了。这个故事正是他是其所是、非其所非的生动体现。其三，理论定力。仲呈祥先生在多个场合、多篇文章中明确提出，文艺评论家要有理论定力。我以为，讲理论定力并不是要求人的思想一成不变，人的思想当然应该而且必然随着内因和外因的变化而发展，但在基本盘上不应该做"骑墙派""墙头草"，不应该随波逐流、摇摆不定，不应该跟风跑。他是这样说的，也是这样做的。其四，学养深厚。仲呈祥先生之所以能够坚持导向为魂、之所以能够做到实事求是、之所以能够保持理论定力，就是因为有深厚的学养让他做出科学的判断。他多次呼吁文艺评论工作者要努力提高哲学、历史、美学等方面的修养，他自己在这方面做出了表率，他对马克思主义经典作家的熟悉程度，对马克思主义哲学、美学等领域的创造性运用，对中华优秀传统文化的深入研究，对西方各种思潮、流派、观点的科学分析，为他的文艺评论奠定了深厚的基础，赢得了广泛的尊敬和好评。

近年来，《中国艺术报》将文艺评论作为体现文艺专业媒体的核心业务板块之一来谋划与推进，将文艺评论思维贯穿到新闻业务全链条、全过程、全环节，努力构建符合主流文艺专业媒体定位的文艺评论"生产"机制。在做好传统媒体的文艺评论"生产"的同时，也积极主动运用新媒体进行文艺评论的创新传播，文艺评论的影响力、传播力明显"增值"。从收到的反馈来看，《中国艺术报》的文艺评论工作开创了新局面。这离不开《中国艺术报》团结、凝聚起来的一大批各个领域、各个地域、各个年龄的优秀文艺评论家的鼎力支持。而仲呈祥先生，正是他们当中的杰出代表。

20年弹指一挥间。这20年，用仲呈祥先生自己的口头禅来说，基本上是他"下岗"后的20年。认真统计他这20年来在《中国艺术报》发表的文章，几乎都是他2006年从领导岗位上退下来之后所写。这20年，我恰恰机缘巧合地在影视、戏剧等领域做了一点评论工作，因而有机会与他经常见面，频繁地聆听他在各种场合的高论，受益匪浅。在这个过程中我印象极为深刻的一点，就是他超越常人的活力。另外，每当报社推出重大评论选题，他往往是我和报社同事首先想到的作者，这类选题往往要求快速交稿，而他给来的稿子不仅速度快，而且质量高。更为令人意外甚至不可思议的是，他很多时候是在出差的飞机上、高铁上写就长文，其充沛的体力、旺盛的精力、饱满的活力、不竭的创造力，不输甚至超过年轻人，很难让人相信他已年近八旬。

"纵横理顺明天德，经纬心通入世情。"这是仲呈祥先生在《中国艺术报》刊发的一篇怀念著名书法家欧阳中石先生的文章中，专门写到的欧阳中石先生赠给他的墨宝。我想，用它来评价作为文艺评论家的仲呈祥先生，也颇妥帖恰当。不信？有"评"为证！读一读这本《文坛悟道——我与〈中国艺术报〉二十年》评论集，答案就在其中。

2024年5月12日于北京

目　录

《走向共和》断想三题

　　历时三年、投资数千万元的鸿篇巨制——长篇电视剧《走向共和》（59集），已于4月12日在中央电视台一套黄金时段播出。该剧第一次以史诗般的艺术笔触全景式地展现了中华民族推翻帝制、走向共和这一波澜壮阔的艰难历程。在人文观照和历史观照的全新视点下，孙中山、李鸿章、袁世凯等众多历史人物被艺术地、鲜活地还原，甲午海战、戊戌变法、立宪新政等重大历史事件被审美地、生动地再现。历史在被重读、观念在被匡正，由此引发的震荡和反思也在继续着……值该剧在全国热播之际，关于它的是非曲直的议论纷纷见诸报刊网络，贬之者、褒之者皆言之有据，争鸣之势好不热闹！编辑索稿，却之不恭，只好从实招来一孔之见，断想残篇，诚望批评指正。

核心：思维方式的创新

　　我坦言，自己是《走向共和》的赞成派。从反复阅读剧本到两遍观罢完成片，我最欣赏和最兴奋的，是该剧编导和主创人员在审美创作的思维方式上的大胆创新——摒弃传统的习惯的非此即彼、是此非彼的简单化的思维模式，汲取历史学界近数年来新鲜的史料发现和科研成果，采用在唯物史观指引下的崭新的、全面的、辩证的、发展的思维方式，去艺术地塑造和再现历史人物。这种在审美创造的全过程中自觉贯注的思维方式上的创新，是整个艺术创新的核心，也是导引《走向共和》在整体上实现艺术创新的核心。

马克思主义历来认为，历史是按照各种政治派别力量的合力的方向运行的。各派政治力量恰如平行四边形的一个边，历史是按照这种平行四边形的对角线方向运行的。清末民初是一个尴尬的时代，前不挨村，后不着店，"上穷碧落下黄泉，两处茫茫皆不见"。而这又是一个热闹的时代，在西方文明的强烈冲击下，各种人物、各种思潮"你方唱罢我登场"。这是继春秋战国以来中国历史上又一次罕见的百家争鸣的时代，又是我国近代史上政治、经济、文化、社会最剧烈、最全面、最深刻的转型时期。这段历史离我们很近却又很远。我们大家都知道一点，却又只是一知半解。史实扑朔迷离，专家几无定论。而在传统习惯的非此即彼、是此非彼的思维定式影响下，李鸿章——"卖国贼"，袁世凯——"窃国大盗"，慈禧——"阴险狠毒、迷恋权术"，这样的观念已经深深植入一般人的脑海中。可是在《走向共和》中，这些重要的历史人物不再是一眼望穿的单一的可憎的反面人物，他们以更逼近历史真实的、复杂的、变化着的、令人惊奇的姿态隆重登上了荧屏。自然，这里确有在《马关条约》《辛丑条约》等丧权辱国的不平等条约上代表清政府签字的李鸿章，也确有作为那个时代的一位出色的政治家、外交家，为国事为"洋务"提出"外须和戎，内须变法"而殚精竭虑的重臣李鸿章；确有玩权术、善投机、泡妓院的袁世凯，也确有精明干练、务实求变的袁世凯；确有狠毒专权的慈禧，也确有为大清天下谋强盛的慈禧……其实，不仅如此，包括康有为、梁启超一直到孙中山等一系列重要的历史人物，《走向共和》都是以一种全新的力求全面、辩证、发展的思维方式加以思想发现和艺术再现的。无论是以李鸿章为代表的"洋务派"，还是以康有为为代表的"维新派"，抑或是以孙中山为代表的革命的"共和派"，他们作为历史运行中的政治派别的一员，都既有其历史的贡献，也有其历史的局限。当然，这贡献与局限确有大小之别。历史是一步一步发展过来的，"走向共和"

是一个台阶一个台阶完成的。我们理应把历史人物放到"一定的历史范围里"实事求是地加以评价并予以全面、辩证、发展的审美反映，这样"善待先人"，是其所是，非其所非，对于帮助人们更科学地认识历史、把握历史精神、提高历史素养，有什么不好呢?否则，如果袁世凯在荧屏上仍是个似曾相识的一眼望穿的"窃国大盗"，那人们倒可以反问一句：孙中山先生作为20世纪中国的第一个伟人，难道他竟然会不顾国家利益和"共和"理想而把总统的宝座让给这么一个"窃国大盗"吗?这在逻辑上无论如何是讲不通的。事实上，当时的袁世凯有国际背景的支持，有他的"洋务"实绩和实力，也有他巧于伪装的奸诈的一面，所有这些复杂因素，才铸就孙中山先生做出了让位的决定。《走向共和》艺术地再现了历史人物的复杂性和历史进程的复杂性，这种"艰难的突破"有什么不好呢?

原则：大事不虚　小事不拘

当然，《走向共和》采用这种全新的更全面、更辩证、更发展的思维方式来艺术地塑造重要的历史人物，彻底摒弃了过去"好人就绝对的好、坏人就绝对的坏"的单向思维的脸谱化模式，是建立在科学的历史观与先进的美学观基石上的。这部戏的创作者们以一种极其严谨的态度认真地学习历史、研究历史、感知历史，及时地汲取了历史学界，特别是清史研究的新鲜思维成果，并且把这些新鲜思维成果消融到剧本审美创作的全过程中，从而较准确地把握了历史精神和历史人物的基本脉络。在人文视角和历史视角相统一的全面观照下，该剧历史地、审美地创造了历史人物形象。准确的历史人物定位和历史框架，为该剧的成功奠定了扎实的基础。"大事不虚，小事不拘"，是这部作品严格遵循的创作原则。所谓"大事不虚"，就是要在唯物史观的烛照下，忠实于"走向共和"的历史进程中的重要历史事件（如甲午战争、戊戌变法、立宪新政一直到辛亥革命，等等）的历史真实，准确地艺术地传达出这些历史事件中蕴含的深刻的历史精神；所谓"小事不拘"，就是要在现代美学观的导引下，忠实于电视剧艺术创作的独特规律，按照活跃于上述重要历史事件中的、决定着历史发展走向的重要历史人物的思维逻辑、行为逻辑、性格逻辑和情感逻辑，展开艺术虚构和艺术想象的翅膀，做到"不必实有，但是会有"（如康有为是否真在万木草堂与孙中山"舌辩"过，孙中山剪辫子的具体时间、地点是否真如剧中所表现的那样）。在这里，"大事不虚"（科学的历史观）与"小事不拘"（先进的美学观）不仅不能相互取代，而且是和谐统一、互补生辉的。

　　黑格尔在《美学》这部名著中有句名言：历史剧作家应当"徘徊于虚构与真实之间"①。恩格斯在《恩格斯致斐迪南·拉萨尔》中也说过，评价文艺作品的"最高的标准"是"美学观点和史学观点"②。无独有偶，却绝非巧合，他们都把属于艺术范畴的东西（虚构与美学观点）放在前面，因为在他们看来，艺术创作和艺术批评，美学把握和美学分析是第一位的。离开了美学把握的创作，必然是概念化的；经不住美学分析的作品，必然是公式化的。唯其如此，郭沫若作为一代大历史学家和大历史剧作家，既写出过在学界影响深远的《十批判书》，又创作过一大批优秀的历史剧目，如《屈原》《虎符》等。在他几十年的治学和创作生涯中，深谙历史与历史剧创作在思维方式上的本质不同，从而得出了八字经验——"历史研究是'实事求是'，史剧创作是'失事求似'"③。历史学家是发现历史，而历史剧作家是发展历史的精神。剧作家的任务是把握住历史精神，而不必为具体的历史事实所束缚，写剧本不是在考古和研究历史。比如郭沫若最有名的《屈原》这部历史剧，有一些重要情节就是跟历史不一致的。以此观《走向共和》，我以为创作者从总体上坚持了科学的唯物史观和先进的现代美学观，坚持了"大事不虚，小事不拘"的创作原则。正如中国社会科学

---

① [德] 黑格尔：《美学》（第一卷），朱光潜译，商务印书馆 1979 年版，第 353—354 页。
② 《恩格斯致斐迪南·拉萨尔（1859 年 5 月 18 日）》，载中共中央马克思恩格斯列宁斯大林著作编译局编译《马克思恩格斯选集》（第四卷），人民出版社 2012 年版，第 443 页。
③ 郭沫若：《沫若文集》（第十三卷），人民文学出版社 1961 年版，第 16 页。

院近代史研究所研究员马勇先生所言，该剧"从专业的观点看，也比较准确地把握了这段历史的大框架，重大事件基本上真实可信，相对说来比较真实地再现了几代中国人对民主共和的艰辛追求，与研究者感觉中的这段历史大体相吻合"[①]。而该所的另一位研究员雷颐先生则更称《走向共和》"有意识汲取了学术界的研究成果，标志着新的学术观点在二十年之后终于对学术圈外产生影响，可说是艰难的突破，意义不菲"，它的播出"很可能会产生更加热烈的讨论。讨论、争论，对文化的发展、观念的变革，总是有益的"[②]。一部长达 59 集的长篇电视剧，能得到近代史专家如此中肯的评价，殊为不易。

呼唤：健康宽容的鉴赏环境

我这样充分肯定《走向共和》，并不意味着它已臻完美。恰恰相反，它尚存的不足是明显的。比如，对广大人民群众在"走向共和"这一历史进程中的努力与奋斗表现欠缺；对李鸿章、袁世凯等历史人物严重的历史局限的一面审美批判意识不足；等等。这些，都应该通过充分说理的实事求是的评论和讨论来深化认识，提高创作水平和鉴赏水平。

无疑，我们需要"百家争鸣"。但时下有的报刊和网络发表评论似乎不是为了探求真理，而是人为制造新闻热点；不是与人为善，而是动不动就"打棍子""戴帽子"。《走向共和》刚播出 10 集，尚未看完全剧，有文章便断言该剧"矫枉过正"，是为李鸿章"翻案"；有文章甚至把《走向共和》与《雍正王朝》《康熙王朝》《天下粮仓》等严肃的历史题材创作作品捆在一起加以批判，说这些作品明明"戏说"成分不少，真实的历史多处被遮蔽或篡改，但打着"正剧"的招牌精雕细刻，巧于包装，使得一些观众产生了时空倒错之感。窃以为，这些

---

① 马勇：《"善待先人"：〈走向共和〉的启示》，《文汇报》2003 年 4 月 25 日。
② 雷颐：《艰难的突破》，《文汇报》2003 年 4 月 25 日。

评论失之简单、草率。前者未从作品的整体实际出发，无视了创作者在思维方式上的有益探索和创新；后者似乎抹杀了历史思维与艺术思维的区别和界限，否定了必要的艺术虚构与艺术想象。

我们呼唤营造健康宽容的鉴赏环境，因为这样的人文心态利于促进电视剧创作的繁荣，尤其是对于像《走向共和》这样的志在突破和创新的作品。我们过去学习历史，主要是通过书籍文化，通过读"二十四史"来了解，但是现在的青少年大量的是从银幕上、屏幕上去了解历史。在这样一种国情条件下，如何利用这种现代化的大众艺术，去传播一种正确的历史观，通过艺术鉴赏的方式去提高民众的历史素养，就成了一件非常重要的事情。须知，一个不懂得自己民族历史的民族，乃是一个没有希望的民族。因此，在中国电视剧创作领域，历史题材的创作就成为重要的一脉。正是历史剧身上所肩负的"布道"之职，让人们不知不觉中产生了一种将历史剧等同于历史本身的错误认识，以为历史剧就该是历史本身。上述抹杀了历史思维与艺术思维的区别和界限的评论，其源盖出于此。回顾新时期以来，中国电视剧发展史上出现过几部具有标志性意义的清史剧。1986年的《努尔哈赤》是第一部，这是电视剧创作者们第一次把眼光投向了"马背上的第一个皇帝"。努尔哈赤带领女真民族从弱小走向强盛，在当时正好契合了走出十年浩劫的现实生活的人们希望国家走向强盛的心理需求。这部戏不仅展现了努尔哈赤作为一代天骄统一中国的宏图大志，更揭示了一个政治家在与兄弟、妻妾、子女等的多方面关系中透示出的人性的一面，既具史识，又有诗情。此后，《雍正王朝》用一种大气的眼光打通历史与现实的通道，它的出现刚好契合了民众对于勤政廉政的呼唤，着眼"国策"之"策"，显得大气；《康熙王朝》与之相比，缺乏大气，因为它更着眼于对"权术"之"术"的展示。《走向共和》则彻底运用了一种唯物史观，全面地、辩证地、审美地塑造了众多人物形象。《雍正王朝》为了突出雍正的勤政、廉政，有意无意地遮隐了其恶的一面，如"文字狱"。《走向共和》则显得更为成熟、更为全面。它在审美地把握历史上实现的思维方式上的创新，具有极其重要的普遍意义，值得珍视。如果我们能够以宏大、宽广的胸怀接纳它，以沉稳、沉静的心态分析它，看它的新发现、新创造，一定能够有所收获。看完这部有思想的艺术与有艺术的思想较和谐统一的、具有吸引力和感召力（这种吸引力和感召力是有指向性的，它把受众"吸引"和"感召"到作品的历史品位和美学品位上，而不是一般意义上的"观赏性"，因为"观赏性"是因人而异的，是受制于受众不同的人生阅历、文化修养和审美情趣的）的大戏，我们对历史与现实的认识将会更加深刻！

2003-05-09

亲历美国国际电视艾米奖颁奖

2003 年岁末，我应美国电视艺术科学院（Academy of Television Arts & Sciences）总裁托德·P. 利维特（Todd P. Leavitt）先生之邀，赴纽约、洛杉矶访问，参加了第三届美国国际电视艾米奖颁奖活动，参观了美国电视艺术科学院。现掇其要者，笔录于后，以告电视界同人。

关于美国国际电视艾米奖

先前，只闻在美国的电视节目大奖叫"艾米奖"，系由美国电视艺术科学院在院部所在地洛杉矶举办，每年一届，已历 56 届。此奖地位，相似于闻名全球的美国电影界的奥斯卡奖。但区别在于，前者只评选美国本土的电视节目（包括电视剧、电视纪录片和电视娱乐节目）；后者却不仅评选美国本土的电影，而且还要评选全世界各国的电影。此次方知，于美国本土的电视艾米奖之外，由美国电视艺术科学院下属的美国国际电视艺术科学院还新办了美国国际电视艾米奖，仅历三届。多了"国际"两字，区别就在于不仅评选美国本土的电视节目，而且邀全世界各国的电视节目参加评选。此奖每两年举办一届，地点定在纽约。评选分两个阶段：第一阶段，由各大洲区进行初选；第二阶段，各大洲区初选出的作品集中在纽约进行终评和颁奖。连续三届的亚洲赛区的初选，都或在日本东京、或在韩国汉城（今首尔）举行，评委也大都来自这两个国家。因此，尽管中国的上海、四川等地均曾有电视纪录片参加过评选，但无一例外，均在初选阶段即被不公正地淘汰。本届进入终评的，又是日本 NHK 制作的节目。

终评在纽约第 44 街的一家四星级酒店里进行。在这座现代化都市最繁华地区的高耸入云的楼群里，熙熙攘攘的人们谁也料不到这家酒店第三层有三间不大的会议室里，正分别播放着进入终评的电视节目。而来自不同国家的评委们也各取所需，正自由自在地巡视这些节目，然后分别给这些作品打分。组委会最后按得分多少排定获奖节目。不要说你匆匆路过这家酒店，就是让你住进这家酒店，恐怕你也未必能知晓此间正在不动声色地进行着名气颇大的美国国际电视艾米奖的终评呢！这与在中国举办的无论是上海国际电视节的白玉兰奖，还是四川国际电视节举办的金熊猫奖评选的热闹景观相比，真有天壤之别。

岂止是评选的场景与响动，就是颁奖的排场，也大相径庭。颁奖亦分两次。首次，于 11 月 23 日晚举行。场地就在这家酒店二楼的一间约 200 平方米的多功能厅。参加者凭请柬鱼贯而入，一边品尝着自助餐，一边寻逢旧友，亲切交谈，气氛甚是和谐、融洽。本届组委会主席吴征博士陪着我，向我介绍了联合国的秘书长助理沙希·塔鲁尔（Shashi Tharoor）先生、美国国际电视艺术科学院总裁弗雷德·科恩（Fred Cohen）先生和执行长乔治·雷克莱尔（Georges Leclere）先生。我抓住时机，向他们介绍中国不仅作为亚洲，而且作为全世界的一个电视文化生产和消费大国，年产电视剧万集左右、电视纪录片千余小时、电视娱乐节目十万余小时，电视观众的日常拥有量当在十亿人之上。这是一个多么诱人的巨大电视市场啊！我严肃指出，亚洲赛区连续三届排斥中国的电视参评作品进入终评，既是对电视同行的不公正，也是对广大电视受众的不公正。美国国际电视艺术科学院的总裁和执行长先生听后，当即表示希望下一届亚洲赛区的评选能够在中国举办。我对此表示欢迎，但说明尚须俟归国向国家广播电影电视总局报批后方能决定。

晚 8 时，主持人在厅右端的简易平台上宣布颁奖开始。人们纷纷放下手中的餐具食物，整齐划一地面向主席台站立。台上，醒目的

"IEMMYS FESTIVAL"横幅映入眼帘。霎时，与会者都庄重起来。先是执行长先生简短幽默的开场白，接着是本届组委会主席吴征博士的致辞，再往下便是颁发各项提名奖。我荣幸地被邀上台颁发由联合国儿童基金会与美国国际电视艾米奖联合评选出的儿童电视节目奖。据说，这是中国人第一次作为艾米奖的颁奖人走上颁奖台。领奖者情绪激扬，与会者掌声热烈，我深感作为中国人的自豪。我与领奖者合影留念。整个颁奖，仅半小时余。

第二次颁奖，是在次日（24 日）晚，易地于纽约希尔顿大酒店约千平方米的大厅里举行。这次颁发的是主要奖项的最佳大奖。有幸亲临现场的千余人，分别 10 人一圆桌围坐。我被邀与几位要客及组委会执行长、主席在离颁奖台最近的主桌就座。主持人是美国 BBC 的一位著名的男主持人。看得出来，他驾轻就熟，幽默风趣，左右逢源。余下，皆凭颁奖人（都是明星）和领奖人独具个性的语言魅力来征服在场观众。整个颁奖典礼无一文艺节目，紧凑、自然，高潮迭起，一气呵成。主席台两侧，是两块大屏幕，适时配放获奖节目的精彩片段。

另外，还值得一提的是，主席台极庄重、简洁。中央是美国国际电视艾米奖奖杯放大的仿制品，耀眼夺目。两边分别是主持人与颁奖人、领奖人的讲坛。这与中国影视颁奖活动舞台的豪华排场（动辄装台费就上百万元人民币），总以五光十色升降摇移的技术造成艺术本体萎缩的景观相比较，也发人深思。晚 7 时，所有来宾均身着礼服，按请柬入座。先是叙情交谈，享用精美的烤鱼、烤牛排大餐。至晚 8 时 20 分，用餐毕，颁奖开始。约 50 分钟，环环相扣的颁奖礼毕。整个大厅，欢声笑语，自由拥抱、合影，人们久久不愿散去……

关于美国电视艺术科学院

11 月 26 日，阳光明媚。我在驻洛杉矶领事馆文化领事陈永山的陪同下，专程应邀参观访问了坐落在好莱坞附近的幽静的美国电视艺术科学院。

该院成立于 1946 年，碰巧与我同龄。我向托德·P. 利维特总裁戏曰："我与贵院，乃同年问世于这个世界上。用中国话说，这也是一种缘分！"院中所有建筑，主粉红色，在绿荫映衬下，显得格外清新整洁。总裁先生介绍说，除办公主楼和可容纳 600 人的中型剧场属该院产业外，其余几幢楼房，都是租用的。院内，矗立着数十座铜人像，都是为在美国电视艺术发展历史上成就卓著的艺术家铸就的，有已故的，也有健在的。步入院中，首先感受到的便是一股尊重人才、尊重艺术的学术氛围。总裁先生不无自豪地引领着陈永山文化领事、潘小扬导演和我，向我们一一介绍这一尊尊铜像的动人故事。

入贵宾室坐定，总裁先生介绍了该院的概况和职能。他说，这是一所非营利性的科研机构，下属有编剧、导演、演员、美术（化妆、服装、道具）、摄像、录音、音乐等电视艺术的各行当的协会。其主要职能，一是举办本土的和国际的艾米奖，二是组织下属各专业协会的学术交流活动和专业人员的培训教育活动。尽管是非营利性的科研机构，靠培训收费每年也能创收 2000 万美元左右。他希望美中两国电视艺术同行能加强交流与合作，互派访问学者。

"来而不往非礼也。"我于是也真诚地向总裁先生介绍了自己供职的中国电视艺术委员会的概况和职能。当我谈到中国电视界的"飞天奖""星光奖"和"金鹰奖"的盛况时，他不禁瞪大了眼睛，啧啧赞叹。我向他转述了在纽约时美国国际电视艾米奖组委会的执行长先生等希望下一届能在中国举办亚洲赛区的评选这一意向。他连声称道："That's a good idea!"（那是个好主意！）并追问我打算在哪个城市举办。我说，贵方的这一建议，我归国后一定向主管部门汇报。如能获准，我建议在被誉为"人间天堂"的中国杭州举办。

这一提议，在纽约就曾得到过驻纽约领事馆文化领事舒晓、官明两位先生的赞同。驻洛杉矶领事馆副总领事蔡自先和文化领事陈永山听后，也表示认同。

会谈毕，兴致勃勃的总裁先生还要领我们去参观那座中型剧场。他说，这个剧场，在美国电视界无人不晓，是电视人聚会的圣地。他们有时周末在这里观摩优秀的电影电视剧，有时在这里举行学术报告。

走至铺着红地毯的剧场门口，谁料里面竟一片漆黑。总裁先生幽默地问站在门口的小姐："是否因为我们未交电费，所以停电？"小姐笑了，赶紧解释："是管电门钥匙的人今天请假了。"于是，总裁先生命人去取钥匙。约10分钟后，电门开了，灯也亮了。这的确是一个装修极为考究、音响效果极佳的极为典雅别致的剧场。在我们的赞扬声里，总裁先生显然十分得意，又滔滔不绝地为我们介绍起来……

2003-12-19

科学发展观与文艺批评

时下文艺批评之忧思

树立以人为本，全面、协调、可持续的科学发展观，乃是为了统筹城乡发展、统筹区域发展、统筹经济社会发展、统筹人与自然和谐发展、统筹国内改革和对外开放的要求，促进人的自由而全面的发展和社会的全面进步。但是，作为一种统揽全局的执政兴国的科学理念，当然势必也涵盖着对一个追求全面发展的人与社会的不可或缺的文艺批评的指导。

文艺批评作为对文艺创作和文艺鉴赏实践的理性思维，是文艺事业的重要一翼。中华民族的文艺批评传统，长于直觉和感悟，而于理性抽象思维能力和逻辑演绎能力，都欠发达。这只消把刘勰的《文心雕龙》、陆机的《文赋》与亚里士多德的《诗学》、贺拉斯的《诗艺》比较比较，便看得非常清楚。黑格尔曾指出中国文化传统中哲学思辨不发达，连孔子的著述也只是"道德箴言"。这论断虽然可以商榷，因为至少老子、墨子的著述我看哲学思辨色彩也很浓，但一般说来，这论断至少值得我们深思。呼吁切实加强理论建设，强化民族的理性思维，十分必要。正如恩格斯所深刻指出的那样："一个民族要想站在科学的最高峰,就一刻也不能没有理论思维。"①

毋庸讳言,时下的文艺批评不仅延续了我们民族文化传统中的上述弱点,而且严重落后于日新月异的文艺创作实践。比如,面对改革开放和现代化建设的深刻社会变革,面对社会主义市场经济体系的建立,面对文艺创作复杂多样的新情势,面对人民群众物质生活水平日益提高后对精神文化生活的多层次的新需求,文艺批评都显得苍白无力,缺乏理论光彩。既少有对文艺创作和鉴赏的新实践进行科学梳理、抽象概括和理论阐释,又少有对文艺批评自身的软肋现象和不良倾向提出理性警示。文艺创作与文艺批评各自自身发展中的不全面、不协调,以及两者彼此间发展的不全面、不协调,已是不争的事实,而文艺创作与文艺批评在某些方面已经出现的有悖于以人为本、对人的自由全面发展和社会的全面进步产生负面影响的不良倾向,则已为越来越多的有识之士所担忧。所有这些,理应引起我们的重视并以科学发展观为指导,认真检视、反省和改进时下的文艺批评。

文艺批评的最高标准

检视时下的文艺批评,首先需要论及的便是批评标准问题。

时代在前进,创作在嬗变,批评标准必须与时俱进,这是确定无疑的。但是,马克思主义、毛泽东思想、邓小平理论和"三个代表"重要思想对我们的文艺批评的指导地位,是不能须臾动摇的。唯其如此,我至今仍坚信恩格斯当年在《恩格斯致斐迪南·拉萨尔》中指出的"美学观点和史学观点"是文艺批评的"最高的标准"②。迄今为止的一部人类文艺批评史,雄辩地证明了只有坚持美学评析与历史评析的辩证统一,才能对批评对象即文艺作品做出实事求是、入木三分的科学

---

① [德] 恩格斯:《自然辩证法》,载中共中央马克思恩格斯列宁斯大林著作编译局编译《马克思恩格斯选集》(第三卷),人民出版社 2012 年版,第 875 页。
② 《恩格斯致斐迪南·拉萨尔(1859 年 5 月 18 日)》,载中共中央马克思恩格斯列宁斯大林著作编译局编译《马克思恩格斯选集》(第四卷),人民出版社 2012 年版,第 443 页。

评价，才能超越作品实现感性认识基础上更高层次的理性升华，才能帮助鉴赏受众提高审美修养。以 19 世纪俄罗斯文学批评的辉煌历史为例，像列宁评析车尔尼雪夫斯基笔下的拉赫美托夫型的"真正革命者"形象，别林斯基评析果戈理塑造的"熟识的陌生人"形象，杜勃罗留波夫评析冈察洛夫小说中的"奥勃洛莫夫性格"，都为我们运用"美学观点和历史观点"评析作品树立了成功范例。这些成功范例还启示我们：一部优秀文艺作品的最佳社会效益和经济效益的产生，即其价值的最终理想实现，不止于凭借作品自身的思想精深（历史品格）和艺术精湛（美学品格），而且还有赖于作品面世后批评家们（包括专家的和大众的）的科学的文艺批评。于此，可见文艺批评在人类审美地把握世界中的重要作用。

我以为，恩格斯所谓的美学观点的评析，是指科学揭示作家、艺术家在作品里表现其意识到的历史内容所采用的审美形式所达到的美学高度，这就需要批评家自身"必须是一个有艺术修养的人"[①]，必须有健全而灵敏的审美神经；所谓历史观点的评析，是指深刻揭示作家、艺术家意识到的历史内容即作品反映生活的深度和广度，这就需要批评家"置身到创造那些作品的时代和文化里去"[②]，把握历史前进的总趋势。前者即艺术性，后者即思想性。两者相辅相成，交融互补，缺一不可。在这里，恩格斯将美学评析置于历史评析之前，发人深思。别林斯基对此阐述得极为精辟。他说，一方面，"确定作品的美学上的优劣程度，应该是批评家的第一步工作。当一部作品经不住美学分析的时候，也就不值得对它作历史的批评了"，因为它很可能是公式化、概念化、说教式的，而非真正的艺术品。但另一方面，"历史的批评，是必要的。特别在今天，当我们的世纪有了肯定的历史倾向的时候，忽略这种批评就意味着扼杀了艺术"。须知，当历史内容"强制表现在与

---

① ［德］马克思：《1844 年经济学—哲学手稿》，刘丕坤译，人民出版社 1979 年版，第 108—109 页。
② ［俄］车尔尼雪夫斯基：《生活与美学》，周扬译，人民文学出版社 1957 年版，第 59 页。

它格格不入的形式里，也成了荒唐无稽的东西"。他的结论是："只是历史的而非美学的批评，或者反过来，只是美学的而非历史的批评，这就是片面的，从而也是错误的。"①

重温恩格斯的文艺批评标准，获益匪浅。在革命战争年代，毛泽东把这种批评标准表述为"革命的政治内容与尽可能完美的艺术形式的统一"②。新时期以来，伴随着改革开放和现代化的历史进程，尤其是建立健全社会主义市场经济体制以来，文艺批评的标准似乎又在思想性（历史的观点）与艺术性（美学的观点）之外，提出了"观赏性"的要求。

应当说，有鉴于我国长期以来古典文论中"文以载道"传统思维方式的影响，尤其是近半个世纪以来对"文艺从属于政治""文艺为政治服务""政治标准第一"的片面、狭隘理解，有鉴于20世纪90年代以来文艺创作中出现的东施效颦、脱离民众、孤芳自赏的"玩艺术"倾向，针对"只是历史的而非美学的批评"和"只是美学的而非历史的批评"这两种片面性，提出作品务必"为人民大众所喜闻乐见"、务必具有"观赏性"，是适时而必要的。但是，人类抽象出概念，乃是为了表述思维的过程。按照语言学、逻辑学的规范要求，只有在同一逻辑起点上抽象出来的概念，才能在同一范畴里进行推理，从而保证判断的科学性。正如我们只能将男人与女人（两者同为以性别为逻辑起点抽象的概念）统一于人，而不能说"将男人、女人与农民（以另一逻辑起点职业抽象的概念）统一于人"一样，我们也只能将思想性与艺术性统一于作品，而很难说"将思想性、艺术性与观赏性统一于作品"在逻辑上是严密科学的。因为，观赏性与思想性、艺术性并非同一逻辑起点上抽象出来的概念，前者是以受众的接受效应为逻辑起

---

① ［俄］别林斯基著，别列金娜选辑：《别林斯基论文学》，梁真译，新文艺出版社1958年版，第261—262页。
② 毛泽东：《在延安文艺座谈会上的讲话（1942年5月）》，《毛泽东选集》（第三卷），人民出版社1991年版，第869—870页。

点抽象出的概念，属接受美学范畴，而后两者则是以作品自身品格为逻辑起点抽象出的概念，属创作美学范畴。观赏性虽然与作品的思想性（历史品格）、艺术性（美学品格）有一定联系，但决定它的主要因素是观赏者的人生阅历、文化修养和审美情趣。譬如，电视剧《还珠格格》观赏性甚高，中小学生观众看得其乐无穷；而在文化素养较高的知识阶层，却知音寥落，观赏性甚差。观赏性还是个变量。昔日的"毒草"，今成"重放的鲜花"。譬如老舍的《茶馆》，20世纪50年代演出，因其在舞台上烧了纸钱，适逢"一化三改造"刚过，于是被斥为"替资本家招魂"，观赏的结论是"毒草"；而新时期以来，幕布一拉开，只消于是之先生在北京人艺舞台上一亮相，便满堂喝彩，被观赏者誉为"一身都是文化"，《茶馆》成了传世佳作。甚至，即使在同一历史条件下，审美接受空间不同，观赏效应亦迥异。因此，我呼吁应当科学地认识观赏性、清醒地追求观赏性！

这绝不是玩弄概念游戏，更不是危言耸听。

倘要科学地给观赏性下一定义，我想至少应表述清楚这样几层意思：它乃是接受美学范畴的概念，虽与思想性、艺术性有一定联系，但主要取决于观赏者的人生阅历、文化修养和审美情趣，以及观赏者与作品发生关系的历史条件、文化背景、审美空间的一种综合效应。这是极为复杂的。我们应当在科学发展观指导下，全面、辩证、协调、发展地认识问题：一方面要热情关注作家、艺术家，奉劝他们千万别脱离观众、孤芳自赏、躲在象牙塔里搞贵族艺术，一定要践行"三个代表"重要思想，贴近实际、贴近生活、贴近群众；另一方面要深情地关注观众，坚持在提高的指导下去适应观众的审美需求，适应的目的是提高，要靠提高观众的整体精神素质和鉴赏修养去激励作品不断增强自身的吸引力和感染力，去实现精神生产与文化消费的良性循环。万勿将本应主要靠提高受众审美水平来解决的观赏性问题单方面推给作品去解决。否则，片面认识观赏性，盲目追求观赏性，一味消极媚俗，只会强化受众群体鉴赏心理中残存的两千余年封建文化、百年半封建半殖民地文化以及十年浩劫专制文化积淀的落后东西；这些被强化了的落后东西，又势必反过来刺激不清醒的创作者生产品位更为低下、格调更为卑下的文化垃圾。理性思维的失之毫厘，往往造成创作实践的谬以千里。这种精神生产与文化消费间的二律背反即恶性循环现象，务必高度警惕和坚决防止。

事实上，党的十四大、十五大、十六大都号召我们坚持思想性与艺术性统一的批评标准，努力增强作品的吸引力和感染力，这极为科学。我理解，"吸引力""感染力"是有指向性的，是要靠作品的历史品位和美学品位将受众"吸引""感染"过来，是以服务于受众为出发点和以提升受众的精神境界为目的的，而"观赏性"却是因人而异的。其实，艺术性的题中应有之义，便内蕴着"为人民大众所喜闻乐见"。将思想性、艺术性与观赏性并列，容易让人们误以为艺术性与观赏性是完全不同的两码事。那么，符合逻辑的推论，什么才是不含艺术性的观赏性呢?这就从理论上为迎合市场趣味乃至媚俗开了后门。这区别，切勿小视!

科学地认识和清醒地追求观赏性，不仅事关在文艺批评的标准问题上学习和坚持科学发展观，而且事关全民族的美育。美育是美学和教育学的交叉学科。美学是美育的理论指南，美育使美学回归到以人为本的生活世界。美育在科学教育与人文教育间构筑了桥梁，是实现人的自由全面发展不可或缺的必修课。而美育的重要途径之一便是艺术教育和艺术鉴赏。因此，科学地认识和清醒地追求观赏性，关乎全民族的艺术教育与艺术鉴赏，是文艺批评不应回避的一个重要课题。

文艺批评思维方式的创新

与批评标准相关联的更深层次的问题，是文艺批评的思维方式的创新。

我以为，包括文艺创新在内的一切创新，都必须根源于哲学层面上思维方式的创新。哲学管总。科学发展观的提出，正是在哲学上根基于历史唯物论和辩证唯物论。长期以来，我们在文艺批评中吃不全面、不辩证、不科学的亏不少，吃非此即彼的简单化的单向思维的亏太多。譬如，我们的评坛曾较长时期流行过"只是历史的而非美学的批评"，后来又一度反其道而行之，时兴过一阵"只是美学的而非历史的批评"；我们的评坛曾较长时期把文艺中的"人性""人道"列为禁区，讳言忌谈，后来又一度刮起过一股不小的生搬硬套西方资产阶级人性论、以开掘"人性恶深度"为能事的评风；我们的评坛曾较长时期存在过以思想压学术，甚至以思想取代学术的倾向，后来又一度冒出了"思想淡出，学术出台"的主张；我们的评坛曾较长时期将艺术从属于政治，甚至附属于政治，结果是用政治的方式取代了人类用审美的方式把握世界，吃了苦头。如今是否又应警惕和防止再走极端，把艺术从属于经济，甚至附属于市场，结果势必导致用利润方式取代人类用审美方式把握世界呢?凡此种种，都启示我们在思维方式上一定要反对形而上学和好走极端，一定要在注意到一种倾向时注意防止其可能掩盖着另一种倾向。只有在哲学思维上弄通历史唯物论和辩证唯物论，才能真正掌握科学发展观，指导文艺批评健康繁荣。我们应当自觉坚持全面、辩证、发展的思维，坚持有思想的艺术与有艺术的思想的统一，坚持美学评析与历史评析的统一，坚持有思想的学术与有学术的思想的统一，力戒片面性，真正实现思维方式的不断创新。

　　文艺批评是文艺事业的重要一翼，其自身也是一个系统工程，需要我们以科学发展观为指导，以人为本，全面、协调、可持续地建设好这块阵地。在我看来，文艺批评以人为本，就是要以评者(包括专业的与业余的)和受众为本，着眼于提高全民族的精神文化素质；文艺批评的平台即评坛，是评者和受众展示聪明才智的广阔天地，是"百花齐放，百家争鸣"的舞台；文艺批评的成果是评论，是有思想的学术与有学术的思想的优秀评论，是学术的繁荣促进了思想的深化、思想的深化推动了学术的繁荣；文艺批评出成果的保障是评风，是对人民、对历史、对艺术极端负责任的精神和淡泊名利、敬业献身、甘于寂寞的学术操守。评者为本，评坛为阵地，评论为成果，评风为保障，我们就能推动文艺批评全面、协调、可持续发展，就能为社会主义文艺事业和文艺产业的繁荣鸣好锣、开好道。

2004-04-16

要在"忠实"上下功夫

　　利用现代化的影视艺术改编经典名著，无疑是普及和传承经典名著的思想和艺术的极好形式。经典名著是经历了历史的筛选、为实践检验过的人类文明的精品，普及和传承其思想发现和艺术造诣，对于建设当代先进文化、铸造时代精神，十分重要。

　　改编经典名著，要在"忠实"上狠下功夫。人们常说的"忠实于原著"，其实指的是"忠实于对原著的正确理解"。既名为改编，就必须遵循着对原著的精神指向、文化意蕴和人物形象体系的正确理解和把握。文本意义上百分之百的"忠实"，是不可能存在的，因为改编者与原著者处在不同的历史背景和文化环境里，其思维不可能完全重合，此其一。其二，原著是小说，采用的是文学思维，而改编后的作品是电影或电视剧，采用的是视听思维。这就必须完成审美方式的转化，即由文学思维转化为视听思维。所以，改编的前提和关键，在于务必要求改编者对原著有正确的理解和把握。倘背离了原著的精神和灵魂，那便是乱编、歪曲。那就不仅是对经典名著的亵渎，而且是对人类优秀文化资源的糟蹋。危害所及，不独当代。

　　在"忠实于对原著的正确理解"的基础上，还应进而要求"忠实于对影视艺术规律的把握"。既然转换了审美方式，那么，就必须遵循新的艺术形式独特的审美规律。要按照电影、电视剧艺术的审美优势，去强化、发挥经典名著的思想成果和艺术魅力。夏衍改编《林家铺子》、水华导演《伤逝》，都在由小说的文学思维到电影的视听思维的审美转化上，为我们提供了成功的范例。

其三，还须"忠实于对改编者独具的审美个性和审美风格，并准确把握这种审美个性与审美风格与经典原著之间可能存在的内在契合点"，这是审美层面上的更高要求。经典名著之为经典名著，除了在思想价值上不容消解和玷污外，还在审美个性与艺术风格上具有独特性。这种对人类审美地把握世界的独特贡献，理应受到后人珍视。

经典名著是人类文明的宝贵资源财富，它在后人的集体记忆中留下了代代相传的美好印象。这是不容亵渎和玷污的！一个国家、一个民族，理应倍加珍视经典名著。经典名著蕴含的文化力量，深深熔铸在民族的生命力、创造力与凝聚力中。在改编实践中，我们提倡珍视经典、捍卫经典！

2004-05-28

电视艺术要和谐社会激励人心

　　电视剧创作和电视纪录片创作是人类用电视媒体把握世界的两种重要文化形式。当前，要进一步繁荣发展这两种电视艺术形式，就必须进行学术积累，加强理论建设。一个民族要站在科学的高峰，就一刻也不能脱离理性思维。一个理性思维失之毫厘的民族，必将导致创作实践的谬以千里。加强理论建设刻不容缓，理论的旗帜任何时候都不能丢掉。唯物史观也是与时俱进的，在今天看待我们的历史和历史人物，更应该用一种博大的胸怀，是其所是，非其所非，全面汲取历史营养，这样更符合历史唯物主义。

　　要保证电视艺术事业的繁荣发展，就要注重进入 21 世纪后创作思维方式的更新和调整。要改变二元对立的非此即彼的单向思维方式，不能简单地是此非彼，而要真正进入全面的、辩证的、发展的思维方式，用科学发展观去指导文艺创作，从而保证文艺创作真正以人为本，全面、协调、可持续发展。文艺创作应该增强和谐社会、激励人心、凝聚人心、共同创建美好未来的能力。具体地说，在创作方式上不能简单地以某一类题材的量的限制取代对质的判断，问题的关键不在于写什么，而在于写得怎么样。同时，文艺创作还需要坚持辩证的思维方式。在思维方式上既不能单一地简单化地使文艺从属于政治，用政治方式取代审美方式去把握世界，这已被实践证明是错误的，又要防止另一种单向思维，防止从一个极端走向另一个极端，那就是简单地把文艺从属于经济、从属于市场，这样做就容易造成用利润方式取代审美方式把握世界。当一个民族用利润方式取代审美方式把握世界时，这个民族就容易丧失人之为人所特有的对精神家园的坚守，造成文艺产品的媚俗化倾向，进而导致整个社会的精神滑坡、精神缺失。辩证的思维要求我们把有思想的艺术和有艺术的思想统一起来，有艺术的思想就是反对公式化、概念化，有思想的艺术就是反对为艺术而艺术、玩艺术。

电视艺术家在从事创作时要始终保持社会责任感和使命感，坚持艺术家的文化身份和艺术操守，也就是要始终把德艺双馨作为自己事业和人生的最高追求。德艺双馨德为先，德是艺术家安身立命之根，艺是艺术家成家立业之本。艺术家首先要有自己的艺术人格和艺术操守，才能用自己的艺术作品去感染他人。现在文艺界盛行炒作之风，我在这一点上更赞同王元化先生所说的，凡炒作，虽可以获得一时的热火朝天，终究不能改变一部作品真善美的价值。电视艺术界一方面有这样一群辛勤耕耘在电视剧创作和电视纪录片创作领域的电视艺术工作者，另一方面还需要大家深入研究电视艺术创作的现象和问题，进入对艺术规律的深刻、自觉的把握，尊重艺术家的创造性劳动，促使我们的电视艺术事业全面、协调、可持续发展。

2004-10-01

2006

为时代立传　为历史存真

　　欣闻"2005 年中国电视纪录片发展战略论坛"将出版论文集，要我为之作序，一则喜甚，一则惶恐之极。喜的是中国特色电视文化学学科建设中，又将增添一本沉甸甸的有着思想内涵、文化意蕴和学术分量的著作，我又将读到一本好书；惶恐的是我乃电视纪录片的门外汉兼忠实观众，哪有资格在一批专家学者的宏论前班门弄斧。

　　但，却之不恭。恭敬不如从命，为弥补因公差而缺席论坛的遗憾和过失，我只好硬着头皮赶鸭子上架，捉襟献丑了。

　　在众多的学术团体中，我对中国电视艺术家协会电视纪录片学术委员会一直怀着一种特殊崇敬的心情。那缘由，是那里有一批在名誉会长陈汉元、会长刘效礼带领下脚踏实地的电视人在日积月累地为中国电视纪录片的创作繁荣和理论建设辛勤耕耘着。他们条件有限，收入不丰，能量颇大，办交流活动，搞培训研讨，出学术书刊，兴创作基地，辟专业栏目……业务红红火火，步履实实在在。我每参加一次他们开展的活动，都茅塞顿开、受益匪浅。

　　我对纪录片的认识和兴趣，始于鲁迅先生的教诲。青少年求学时，读鲁迅日记，便记得其中有关于先生对电影纪录片的议论。大意是说：每有暇，携广平，乘车直奔电影院，看的是非洲纪实之类的纪录片，因为此生恐去不得那地方，只可望从银幕上了解些那里的实情。可见，在鲁迅看来，纪录片乃是他增长阅历和见识的重要窗口。伟人如此，况我辈乎！人生有限，荧幕无限，现代科学技术的成果足令人生拓展有限的时空，千里眼与顺风耳的理想已成现实。如今的电视纪录片，作为成为"显学"的电视文化的重要组成部分之一，承担着以覆盖面最广、影响力最大、渗透性最强的电视传媒记录历史与现实的神圣使命。正如《中国纪录片人宣言》所言："纪录是记录者的生命存在形式。纪录片的品格即是记录者的品格。"中国电视纪录片工作者担当的责任是："记录我们民族波澜壮阔的复兴历程；记录我们国家构建和谐社会的真实轨迹；记录我们人民奔上小康大道的动人故事。""为时代立传，为历史存真；传承文化，连接未来；生命不息，使命不止。"

当今世界，人类在反思历史时，无论是东方，还是西方的大思想家、哲学家、美学家，都共同认识到：如果说，工业革命在推动人类社会生产力发展的同时，也造成了自然生态环境某种程度的破坏——自然资源的失度与过度开发破坏了人与自然关系的和谐，那么，信息革命就在推动人类社会生产力发展的同时，留下了人文生态环境某种程度的破坏——人文精神和伦理道德水准的滑坡。面对人类自然生态环境和人文生态环境的严峻现状，曾荣获诺贝尔奖的数十位大科学家几年前云集巴黎，共商对策，参会者得出的结论之一：人类要生存下去，就必须回到25个世纪以前，去汲取孔子的智慧！可见，中华民族传统文化中的"以和为贵""和而不同""天人合一"等处理人与人、人与自然关系的和谐哲学，作为人类宝贵的思想资源，魅力仍存。在这方面，纪录片大有独特的用武之地。电视纪录片之所以分出"自然类"与"人文类"这样重要的类别，实乃创作趋势和内在规律使然。

人类在和平、发展这两大共同主题下，国家与国家、民族与民族之间的竞争，说到底，是攸关人的素质的文化力的竞争。文化力作为综合国力的根本性标志，极为紧要。考察当下国情，电视文化在相当程度上对书籍文化的挤压，已是不争的事实。但迄今为止，人类文明的精华，恐怕主要还不是集中体现在荧屏上，而是体现在图书馆里经过历史筛选和确认的古今中外的经典书籍文化里。当然，盛世文化理应最具包容性，理应包容电视文化。而电视文化应当包容时尚与流行，但不应止于时尚和流行。电视文化不仅应在满足人民群众日益增长的多样化的娱乐需求上多做贡献，而且更应在着意提升民族的精神文化素质上狠下功夫。唯其如此，电视文化的生命与价值，才能集中体现在思想内涵与文化意蕴上。电视纪录片在这方面的优势，显而易见。毋庸讳言，我们对电视纪录片的投入，远远少于对电视娱乐时尚节目的投入；我们对时尚与流行的宽容乃至放纵，又远甚于对思想文化品位的追求。须知，过度追求视听感官的刺激感，往往会同时消减理性思维能力和精神反思的痛感，两者是成反比的。这于民族的创新能力和建设创新型国家，都弊多利少。因此，呼吁全社会关心和支持注重思想文化品位的电视纪录片的创作及其理论建设，实在是当务之急的明智之举。

实践证明，优秀的具有吸引力、感染力的电视纪录片，往往不独靠纪实记录取胜，而是要伴以审美发现取胜。这就对创作者提出了须兼具纪实思维与审美思维双重优势的更高要求。不言而喻，创作者的历史观、美学观至关重要，其思想道德修养、科学文化素养、文学艺术学养乃至敬业精神，共同决定着作品的优劣成败。文格、艺格与人格，对于电视纪录片来说，缺一不可。亦如《中国纪录片人宣言》强调的："我们不媚俗，不趋炎，独立思考，真实记录。我们用良知与勇气铸起坚强的人格，然后从容不迫地记录这个变革时代中的伤痛与忧思、光荣与梦想。"行文至此，我对聪明智慧而又勤勉敬业的电视纪录片创作者们，油然而生敬意。

2006-02-10

2005 年中国电视剧创作概观

　　2005 年，中国电视剧创作保持着健康发展的态势。据国家广播电影电视总局电视剧管理司统计，全年共规划立项电视剧 2122 部 27819 集，实际生产完成 514 部 12447 集，生产数量较上年有所增长。全国电视台的 288 个频道中有 233 个频道共播出电视剧 20402 部次、529265 集次，平均每个频道每天播放电视剧逾 6 集。中央电视台和各省级电视台全年首播剧近 300 部 7000 集。全国卫视频道全年播出电视剧达 1088 部 27819 集。① 这些数据表明，电视剧已成为人民群众文化生活的重要内容，社会发展对电视剧艺术的需求越来越引人注目。

　　2005 年中国电视剧创作的主要特色有三个方面。

　　第一，围绕隆重纪念中国人民抗日战争暨世界反法西斯战争胜利 60 周年，精心策划，努力实现抗战题材资源的最佳配置和生产力诸因素（编、导、演、摄、录、美、音、化、服、道）的优化组合，创作了一批有艺术的思想与有思想的艺术较和谐统一的优秀电视剧作品，如《八路军》《亮剑》《冼星海》《陈云在临江》《抗日名将左权》《杨靖宇将军》《张治中》《茶马古道》等，还把一批抗战题材的优秀文学名著如《吕梁英雄传》《敌后武工队》《铁道游击队》《野火春风斗古城》等改

---

① 国家广播电影电视总局中国广播电视年鉴编辑委员会编纂：《中国广播电视年鉴（2006）》，中国广播电视年鉴社 2006 年版，第 61 页。

编搬上了荧屏。而《这里的黎明静悄悄》由电影改编成电视剧，则反映出抗战题材创作的国际视野。这批作品，一是注重坚持马克思主义的历史观和美学观，注重吸收历史研究和历史思维新鲜的成果并将其转化为审美艺术思维的内在驱动力，以追求历史真实与艺术真实的和谐统一；二是注重既艺术地再现中国共产党领导的抗日力量的中流砥柱作用，又客观生动地反映国民党中的抗日力量的历史功绩，以激活历史，反对分裂，高扬爱国主义，促进祖国统一；三是注重以审美的方式开掘抗战题材的文化内蕴和人性深度，注重讲究人物形象个性的鲜活丰满、细节描写的真实生动和叙事技巧的别致创新，以增强作品的吸引力、感染力。

第二，现实题材电视剧创作在数量、质量上都取得了可喜的进展。以数量论，全年规划立项的剧目中，现实题材为 1338 部 34557 集，分别占规划立项剧目总数的 63% 和 60%；全国卫视频道黄金时段播出的电视剧中，现实题材占 889 部 22684 集，分别占其总量的 81.7% 和 81.5%。[①] 以质量论，在反映现实生活，尤其是改革开放生活的深度和广度上，在主题揭示的深刻性和艺术表现的生动性以及风格呈现的多样性上，都有长足进步。《任长霞》堪称全年度现实题材电视剧的一道夺目霞光。饰任长霞的刘佳以出色的表演，在荧屏上为观众艺术地塑造了"柔肩担道义，红霞映长天"的人民的公安局女局长形象。作品真实感人，叙事流畅，细节生动，穿透力强，引起了强烈的社会反响。《圣水湖畔》《美丽的田野》在表现当代农村题材上有了新的艺术开拓。前者不仅别开生面地塑造了个性鲜明的农村妇女典型形象马莲，而且全剧流贯着浓郁的东北乡土气息，充满了独特的人生智慧和幽默风趣。后者继现实主义的《希望的田野》之后，尝试以浪漫主义手法

① 国家广播电影电视总局中国广播电视年鉴编辑委员会编纂：《中国广播电视年鉴（2006）》，中国广播电视年鉴社 2006 年版，第 61—62 页。

艺术地营造出有别于以往农村剧的理想美好意境和明朗欢快的格调，着意表现改革开放后的当代农民对美好理想的执着追求和浪漫乐观的人生态度，奏响了一曲建设新农村的颂歌。《家风》把镜头对准了离退休老干部保持晚节的清廉为民精神和正直坦荡的人格，由"家风"折射社会风气，褒扬了杨正民形象所体现的社会主义荣辱观，引人共鸣，发人深思。《搭错车》更是着笔于普通百姓家庭的亲情伦理，感人至深，催人泪下，获得了较高的收视率。而《铁色高原》又把镜头延伸到 20 世纪 60 年代 20 万铁道兵在云贵高原修筑西南战略大铁路的壮丽人生，艺术地再现了中华民族在那个难忘年代里艰苦创业的奋进精神和无怨无悔的奉献品格。这部作品以其悲壮凝重的风格，穿越历史岁月的隧道，通向今天，激励人们发扬伟大的民族精神，去推进改革开放的宏伟大业。

第三，创作更趋多样化。《汉武大帝》作为中央电视台的开年大戏，以磅礴的气势和整齐的演员阵容，全景式地、艺术地再现了西汉王朝政治经济文化景观和汉武帝的雄才大略，其思想较为精深、艺术较为精湛、制作颇为精致，受到社会的广泛关注。《大宋提刑官》则另辟蹊径，以南宋时期被誉为"世界法医学界鼻祖"的宋慈为原型，严肃地戏说，精巧地构思，悬念迭出，引人入胜，塑造了一位饱含哲理、充满智慧的正义凛然的古代法医形象。此外，根据林语堂的小说名著改编的《京华烟云》和根据经典神话改编的《宝莲灯》，都各有千秋，不仅赢得了不俗的收视率，而且为中国特色的长篇电视剧的类型化创作积累了新鲜经验。

检视 2005 年的中国电视剧创作，不难发现，值得注意的不足之处主要有以下几点：一是从整体上，精品力作少而平庸之作多的状况尚未改观；二是有的作品在历史观、美学观、文化观上存在这样那样的失误，表现为对时尚与流行的容纵远甚于对优秀传统的承继和对先进文化的建设，以及对错误混乱的价值取向和腐朽没落的思想观念缺乏必要的审美批判；三是有的创作者急功近利，心态浮躁，胡编乱造，随意调侃，片面追求收视率，以视听感官的刺激感和快感取代审美创造应有的美感，媚俗、低俗、庸俗之风尚存；四是创作思维和表现形式上的追风现象和克隆现象较为严重，创新意识有待加强。

2006-04-21

时代音符　歌坛精品

——近期原创抒情歌曲集锦《金色的旋律》感悟

　　真是巧得很，正当中央电视台热播广大观众欢迎的第 12 届青年歌手大奖赛之际，我有幸得到刚出版的由北京宝华文化发展有限公司和中国唱片总公司联合制作的近期原创抒情歌曲集锦《金色的旋律》一套，精选了从 20 世纪 90 年代初至今深受人民喜爱并广为传唱的优秀歌曲 32 首。论内容，既有歌颂党引领人民创造改革开放新时代的激越诗篇，如《世纪春雨》《唱起春天的故事》《为了谁》《香江明月夜》《走进新时代》等，又有抒发对人间至情、和谐理念和真善美礼赞渴求的个人情怀的动人旋律，如《望月》《寻找与守望》《家和万事兴》《回家》《我像雪花天上来》等，可谓题材广泛，主旨健康，意境和谐，内蕴深邃，尤其是将时代之大情与歌手之小情交融相通，感人肺腑。论唱法，有民族的，有美声的，还有通俗的，各美其美，美人之美，美美与共，百花齐放。论歌手，则大都是历届文化部的重要音乐比赛和央视青年歌手大奖赛选拔出来的优秀人才。从这个意义上讲，它可以视作这些赛事"出人才、出作品"的精粹版，称它为"时代音符，歌坛精品"，当之无愧。

　　一个时代的歌风，往往从一个侧面折射出这个时代的国情民意。反复听罢《金色的旋律》，心潮涌动，思绪联翩，品味再三，启悟亦有三。

　　一是编选者贵在文化自觉。著名社会学家费孝通先生积近一个世纪的人生经验和智慧，以为五四一代知识分子留给后继者最宝贵的财富便是"文化自觉"。自觉地传承中华民族的优秀传统文化，自觉地汲取人类文明中适合中国国情的优秀成果，自觉地投身改革开放和现代化建设实践与时俱进地吸收新鲜营养，三者互补整合，这便是重铸当代先进文化的文化自觉。中华文明，礼仪之邦，历来就有重视以"乐"化人的文化传统。音乐乃人类满足听觉享受的一种高级形态的审美文化。要从近20年来上万首歌曲中精选出32首佳作，集锦为《金色的旋律》，确非易事，全凭编选者可贵的文化自觉眼光。毋庸讳言，面对名利的诱惑，面对西方思潮的影响，歌坛上也流行着一些或无病呻吟、或歇斯底里、或食洋不化的东西。《金色的旋律》却能以高明的文化自觉眼光，"拨开岁月的迷雾，远离现代的喧嚣"，真正做到"守望精神的家园"，确保入选歌曲的最佳含"金"量。请听：从童声合唱、谷建芬作曲的唐诗新唱《春晓》《游子吟》和李谷一演唱、姚明作曲、阎肃作词的《前门情思大碗茶》里，我们强烈感受到中华民族优秀传统文化的无穷魅力；从张也演唱、印青作曲、蒋开儒作词的《走进新时代》和彭丽媛演唱、印青作曲、晓光作词的《江山》里，我们强烈感受到奋发向上的时代脉搏和精神力量；从宋祖英演唱、王佑贵作曲、宋青松作词的《长大后我就成了你》和郁钧剑演唱、刘青作曲、石顺义及郁钧剑作词的《家和万事兴》里，我们真切领悟到和谐文化的精神纽带确能促进"国安享太平"；从阎维文演唱、徐沛东作曲、晓光作词的《我像雪花天上来》和戴玉强演唱、田歌作曲、郑楠作词的《喀什噶尔女郎》里，我们又欣赏到洋为中用的艺术感染力……所有这些，都应归功于编选者高明而可贵的文化自觉意识。

二是词曲作者贵在精益求精。一首歌曲要广为传唱，根基在词美、曲美；否则，再好的歌手，也没有本事将它传扬开去。时下，有人误以词之晦涩、曲之怪诞为"美"，人民决不买账，于是只能孤芳自赏。请听《金色的旋律》，32首歌曲不仅歌词明白晓畅，言为心声，韵味有致，而且曲调旋律优美，动人心弦，易于传唱。艺术从来是靠精益求精、以质取胜的。无数量，当然无质量，但没有质量的数量，确无意义。恰如一部曹雪芹"十年辛苦十年泪"的《红楼梦》远胜数十部五花八门的《续〈红楼梦〉》一样，一首思想与艺术和谐统一的歌曲，是远胜于数十首空洞浮泛、粗制滥造的平庸之作的。基于此，我要向《金色的旋律》的词作家和作曲家们对艺术精益求精的精神，致以崇高的敬意！

三是演唱者贵在注重"三养"。"三养"者，即江泽民同志倡导的思想道德修养、科学文化素养、文学艺术学养也。应当说，各种赛事和选秀推出的歌星不可谓少，为何入选《金色的旋律》的演唱者及其代表作能经受住时间和群众的检验，而有人却"一夜成星"终昙花一现？根本区别便在是否注重提高自身的"三养"。德，是艺术家安身立命之根；艺，是艺术家成家立业之本。无论是已享誉全国的彭丽媛、宋祖英、李谷一、廖昌永、殷秀梅、戴玉强、阎维文、郁钧剑，还是年轻的后起之秀谭晶、王宏伟、雷佳等，他们都自觉心系人民，关注现实，面向基层，服务大众，感谢生活，不忘师恩，努力走德艺双馨、人品艺品俱佳之路。这，正是他们获得成功的关键。

2006-08-18

"文化慧眼"贵在"文化自觉"

——读丹增编著《文化慧眼读云南》感言

　　近些年来，云南省的文化事业和文化产业呈现出坚持以人为本，全面、协调、可持续发展的良好态势，人民受益，有口皆碑。近日，有幸先睹云南人民出版社刚出版的由丹增编著的《文化慧眼读云南》①，眼界大开，领悟多多。其中宝贵的一条，便是贵在"文化自觉"，尤其是一位主持文化工作的省委副书记的"文化自觉"，对这个省文化的兴旺发达至关重要。

　　这样讲，丝毫不意味着贬低人民是文化创造的主人。相反，这正是在坚持唯物史观的前提下强调文化领导者的"文化自觉"意识的极端重要性。"文化慧眼"者，文化自觉之意识也。这自然令我想起了著名社会学家费孝通先生临终前深刻总结五四一代知识分子近一个世纪以来的人生智慧的至理名言。他说，积百年经验，知识分子代代相传的文化接力棒上镌刻的四个大字是："文化自觉"。他以"十六字经"来诠释这种可贵的"文化自觉"——"各美其美，美人之美，美美与共，天下大同。"② 也就是说，管理文化和建设文化，一是要自觉地继承发扬本国度本民族本地区的优秀文化传统，珍视资源，突出特色，做到

---

① 丹增编著：《文化慧眼读云南》，云南人民出版社 2006 年版。
② 费孝通：《"美美与共"和人类文明》，《费孝通论文化与文化自觉》，群言出版社 2007 年版，第 430—442 页。

"各美其美"；二是要自觉地借鉴吸纳他国度他民族他地区的优秀文化成果，开阔视野，为我所用，做到"美人之美"；三是要自觉地立足现实，将前两者交融、整合，并进而创新，做到"美美与共"。果如是，便能构建和谐世界，实现"天下大同"了。显然，这种"文化自觉"是建立在各种文明"和而不同"、和谐互补的基础上的，与西方流行的"文明冲突论"无干。领导文化者有了这种"文化自觉"，于国家于民族于地区实乃大幸，就能造福于民，功在千秋；文化从业者有了这种"文化自觉"，于文学于艺术于新闻出版倍增活力，就能多出人才，多出精品，真正做到"以优秀的作品鼓舞人"。

《文化慧眼读云南》极有说服力地印证了这一真理。

该书内涵丰厚，体例独特，图文并茂，装帧考究，约 38 万字，载 2800 余张图片，分文学、舞蹈、美术、音乐、影视、戏剧、曲艺和新闻出版等门类，以文化慧眼细读云南。编著者丹增，乃中共云南省委主管文化工作的副书记，并兼中国文联副主席和中国作协副主席。上海《文学报》有报道标题即称"书记本色是'文贤'"[①]，真有几分道理。此间的"贤"，与书名的"慧眼"相通，"文贤"也罢，"文化慧眼"也罢，都直指"文化自觉"。我与丹增同庚，但相知恨晚，深知在他心中，主业是领导和管理云南省文化的省委副书记，而兼职的中国文联和中国作协的两个副主席更难以割舍。唯其如此，他胸怀对包括文学艺术在内的整个民族文化的浓郁情结，赴滇工作三年来，深入近 90 个县（市），邀请了 600 余名文艺家和专家学者，共同调研，商讨繁荣发展云南文化的大计。尤为可贵的是，他不仅注重现实，而且注重研究历史，亲自执笔撰写了各门类的文化样式在云南历史上的发展沿革，令本书的文化意蕴增强了历史的厚重感。他亲自审定的近几年来各门类的云南文化大事记，真实地记录了云南文化体制改革和云南文学、艺术、新闻出版事业逐步走向繁荣的创业历程，令本书具有了宝贵的

[①] 施雪钧：《书记本色是"文贤"》，《文学报》2006 年 9 月 21 日。

文献价值。而各门类的数百位名家的群贤毕至，精彩点评，深谋远虑，智慧火花，更令本书平添了珍贵的学术价值。

"文化慧眼"以"文化自觉"读云南，读出了"各美其美"——用丹增在"引言"中的话来讲，"核心就在于更加维护与关注民族的精神家园，更加尊重生命本体的要求和心灵的诉求"。云南是"民族文化的金矿、音乐舞蹈的海洋、影视拍摄的天堂、文学艺术的富矿、美术摄影的殿堂"。①充分珍视云南得天独厚的自然资源、人文资源和民族文化资源，努力实现这些资源的交融整合和最佳配置；充分尊重云南25个民族风格独特的文化人才，努力促成这些人才的茁壮成长和优化组合，从而为云南"出作品、出人才"和建设文化大省创造良好的人文自然生态环境，充分展示出云南文化独具的"美"的魅力。

"文化慧眼"以"文化自觉"读云南，读出了"美人之美"——丹增说得深刻："中华文化和世界文明发展的历史经验都说明，异质文化的交流、碰撞与融合是文化更新发展的重要契机，文化封闭只能导致僵化、停滞和落后。"②不仅注重"通晓国际规则"，"主动沟通世界"，向人类文明优秀成果的宝库和别的国家、民族学习借鉴适合我们国情、民情的有用的东西，而且注重招天下之贤士、会全国之名家，形成一道道大师荟萃"厚爱云南、指点云南、礼赞云南、献策云南"的灿烂景观，充分展示出云南文化擅长"美人之美"的广阔视野和博大胸怀。

"文化慧眼"以"文化自觉"读云南，读出了"美美与共"——丹增讲得到位："在多样文化的世界里，我们只有以广博的胸怀和时代的远见认准先进文化的方向，保持和发展民族文化的特性，着力弘扬它契合时代的智慧，实现'文化自觉'，才可能推陈出新、与时俱进，也才可能为世界文明作出新的贡献。"③自觉地在改革开放和现代化建设的肥土沃壤上将"己美"与"人美""与共"，就是高扬先进文化的旗

---

① 丹增编著：《文化慧眼读云南·引言》，云南人民出版社2006年版，第1、2—3页。
② 丹增编著：《文化慧眼读云南·引言》，云南人民出版社2006年版，第19页。
③ 丹增编著：《文化慧眼读云南·引言》，云南人民出版社2006年版，第16页。

帜善于交融、整合和创新，善于把传统的"己美"和"人美"化为当代中国特色的社会主义先进文化之"美"。从舞蹈《云南映象》到电影《德拉姆》，从话剧『打工棚』到音乐《一窝雀》，都在不同程度上可视为"美美与共"的产物。

"文化慧眼"贵在"文化自觉"。这种自觉，归根到底，源于哲学思维上的自觉。哲学管总。"慧眼"受制于哲学智慧。丹增的重要"参悟"，是自觉匡正那种长期影响我们的非此即彼的单向哲学思维模式，而代之以科学发展观要求的在以人为本前提下的全面、辩证、发展的哲学思维。他既注重防止把文化简单地从属于临时的、具体的、直接的政治任务，又注重防止把文化简单地从属于经济，而强调"文化对经济的'先导性'"；他既注重反对"科学至上"，又注重反对"人文至上"，而力倡"科学与人文结缘互补"；他既注重市场选择功能和自娱、互动形式对提升人民群众的文化参与度、发言权的积极作用，又注重防止其中可能产生的诱导与遮蔽——传达民意偏差，迎合低级趣味，导致背离广大人民群众的根本利益；他既注重文化与市场联姻后带来的文化增值、财力增强，以至于文化成为综合国力的重要组成部分的正面效应，又注重防止片面的利润追求的诱惑和拜金主义、技术至上主义等带来的负面腐蚀；他既注重文化产业价值观以各种创新要求和相应的名利回报给文化创新带来的新的动力源的积极作用，又注重防止市场导致娱乐、作秀、时尚和文化的泡沫化、浮躁化、浅薄化，以致降低国民精神和文化人格……所有这些，都得益于哲学思维上的自觉与创新。

2006-10-13

2007

关于经典作品改编的哲学思考

　　无论什么问题，当它的出现成为一种文化倾向和文化现象的时候，一个重要的根本性的任务就是从哲学思维上找原因。针对现在出现的经典改编热，我们也应当从哲学思维上找原因。

　　第一，大家都知道改编要忠实于原著，但究竟忠实的东西是什么要弄清楚。比如说要忠实于原著的精神倾向、人物形象体系、总体艺术风格等。但反过来，对改编者自身而言，特别是在思维上要忠实于什么这个问题，很值得研究。既然叫"改编"，文本意义上百分之百的忠实是不存在的。因为很多电影电视作品是站在小说家的肩上成长起来的，要把文学思维转换成视频思维，这是两种不同的思维方式。文学思维方式的媒介是语言，是平面的，影视艺术思维方式的媒介是银幕荧屏，它是视听具象。因此，百分之百的文本重合从来就不存在，也不可能存在。

　　大家应该读过布鲁斯东的《从小说到电影》，他说真正的电影改编家从来都不是匍匐在小说家面前下跪的人，而是另一种意义上不折不扣的创造者。我的老师钟惦棐先生曾经给我反复转述过何其芳先生关于改编的一段名言，那个时候没电视剧，他讲的是电影。何先生说，改编就是电影艺术家把小说家用语言塑造的小说艺术之山吃掉，消化掉，粉碎掉，化为己有，留下一堆创作的基本元素，这元素是有魂的，魂就是小说的魂。然后，电影艺术家按照电影语言的思维把这堆带魂的元素重塑为一座电影艺术之山。这就叫改编。

另外一个导致改编不能百分之百忠实于原著的原因，是改编者和原著所处的文化环境、时代条件迥异。任何改编者都是从他所生长、生活、思考的岁月里面去切入原著，去体现他对原著的理解。我们谁也没有本事把自己的思维同几百年以前的罗贯中重合在一起。所谓忠实于原著，是忠实于改编者对原著的正确理解。首先要有正确的理解，不能歪曲地理解，把原著毁了就不行。改编者必须树立敬畏经典、珍视经典的心态，没有这个不要去改编。最近我脑子里老是回荡这几个字：文化化人，艺术养心。文化如果急功近利地去"化钱"，艺术如果变成了"不养心"，而只是满足受众视听感官等生理上的刺激感，不是真正地通过养眼进而去养心，而是使人眼花心乱，那就比较麻烦。

第二，深入思维方式内部，我觉得我们现在在以下几个方面发生了问题。首先就是经典作品的历史意义和当代意义之间的审美张力的科学把握问题。任何经典处于一定的历史阶段，它肯定在那个阶段里面要凸显出它的精神指向，并且放射出一种带有永恒性的真理之光，这才叫作经典。但是我们在新的时代条件下改编的时候，肯定要注重我们今天对时代精神的感悟，要寻求对历史意义和当代意义之间的张力的把握、和谐的把握和度的把握。不能够简单地为了今天去篡改经典，也不能够让经典凝固不发展、不与时俱进。这之间就是艺术家哲学思维的高下之分了。

其次是部分与整体的把握。如果为了部分动摇了整体，那是不可取的。比如《水浒传》的改编取得了相当的成就，但是它有一个问题，像在表现潘金莲这个人物的时候，写了她人性的美、人性的善，这是原小说没有的。原小说很明显，就是把潘金莲当成一个荡妇，加入《水浒传》的整体人物体系当中。现在有一种观点是要理解女性，要发掘女性人性的深度，如果因此另写一个潘金莲，与《水浒传》无关，我赞成，但是改编水浒，把潘金莲这样一写，问题就来了。这显得猥琐、丑陋、矮小的武大郎跟她的婚姻很不幸，武松要来干预就成了英雄气短，整个一下子人物体系全都震荡了、坍塌了，我认为不能这样做。因此，要把握好整体与个别的关系。处理一部作品的时候，要把握到经典整体的魂。

我要谈的最后一点，就是一定要忠实于改编的艺术样式的独特思维规律。改编的电视剧就是电视剧，跟改编成电影完全不一样。电视剧每一集都要有高潮和悬念，事件集中，每一集的细节都要求匀称，这是规律，必须要尊重。改编成电影是另外一回事，电影的长度有限，播放的环境也不一样，都要尊重。

叔本华说过，"只有从那些哲学思想的首创人那里，人们才能接受哲学思想。因此，谁要是向往哲学，就得亲自到原著那肃穆的圣地去找永垂不朽的大师"[①]。他讲的是读经典本身，如果阅读的全是"二手货"肯定成不了大师，我觉得这些话完全适用于改编经典作品。要真正地接近经典、敬畏经典，就要认真地走进经典艺术家的灵魂，守护一番，浸润一番，才可能进入坚守人类精神家园的圣地。

2007-11-23

---

① ［德］叔本华：《作为意志和表象的世界·第二版序》，石冲白译，商务印书馆1982年版，第18—19页。

当代文艺工作者的历史使命

　　当前，在国家综合实力的竞争中，文化的地位越来越重要。温家宝总理近年来探访过两位老人。一位老人是自然科学家钱学森。他去病榻前看望钱学森的时候，求教的是什么问题呢?他问的是我们培养科学技术的高端人才，需要注意什么问题。温总理后来说，没有想到钱老回答的是学科技的要学点艺术。党的十七大进一步明确提出文化越来越成为综合国力竞争的重要因素①。那么在这种历史条件下，从宏观的全球环境下看这个问题，结论是，一个国家、一个民族，如果没有先进文化的引领，就将失去自立于世界优秀民族之林、先进民族之林的能力。一个国家文化软实力的强弱有个标准，就是这个民族的艺术鉴赏修养究竟有多高、艺术创造能力究竟有多高。这应该是文化软实力的一个重要部分。因此，我们应该从这个高度来想问题，就是能不能用我们的文学艺术作品，包括我们的创作和我们的文学理论评论去加入用先进文化自觉引领整个民族提高素质的行列。这就是我们称得上是自觉的文化人还是不自觉的文化人、是真正的党和人民需要的知识分子还是假知识分子的分水岭。在精神文明总体格局里边，一个民族的艺术占什么地位?今天在和平发展的语境下，提升国家文化软实力

---

① 胡锦涛:《高举中国特色社会主义伟大旗帜，为夺取全面建设小康社会新胜利而奋斗（2007 年 10 月 15 日)》,《胡锦涛文选》（第二卷），人民出版社 2016 年版，第 639 页。

的主要渠道之一就是提升这个国家文艺的品位，使这个国家的文艺获得大发展大繁荣。

温家宝总理走访的另外一位老人是季羡林先生。当时，温总理去向他请教一个问题，即构建和谐社会最重要的环节是什么，季老回答，最要紧的是每一个人内心的和谐。每一个人只有首先实现自己内心的和谐，方能和谐地处理与他人、与社会、与自然界的关系。只有用一种自觉的文化心态、艺术心态来处理问题，才能使自己的创作和理论研究都发挥到最理想的境界，使自己的聪明才智得到成功展现。

从1916年开始，中国艺术教育首先在南京被引进高等学校。蔡元培先生马上在北京呼应，在北京大学办了很多研修班。多年以来，我们培养了很多第一流的人才，但负面的表现就是缺乏站在理论的高度去抽象概括、建构体系的人。这已经成为一个事实摆在面前。钟惦棐先生生前就一针见血地指出电影学院在它具有长处的同时，还有一个短处。这个短处就是：电影学院的教学津津乐道于镜头接镜头、银幕复银幕，而于镜头之外、银幕之外，对于决定着银幕形象生命力的那些新鲜的人文科学和自然科学的思维成果知之甚少。现在中国电影的创作实践已经证明了他这个预言是真理。我们不妨看看今天，我们的某些大片所面临的困境不正是失去了从哲学思维的高度对人文科学的新鲜成果进行把握，并将这种把握转化为自己审美创作的一种内驱力、一种原动力而导致的吗?前一段时间，国家舞台艺术精品工程验收，我走了20个城市，看了30台戏，某些节目我认为就是在艺术哲学层面的思维出了毛病，缺乏大智慧，相反却为一部作品形式层面的小聪明津津乐道。我认为当下有种美学上含混的主张需要我们认识清楚，这个错误就是艺术要营造视觉奇观，阅读作品就要营造阅读奇观，怎么样刺激观众读者的视听感官就怎么干。这是不对的，不论是阅读作品还是视听作品，最高的艺术境界是创造精神美感而不是视听奇观，不能止于视听奇观。

我领会胡锦涛同志要我们自觉地用先进文化引领民族的文艺事业，就是要求引领者要有马克思主义科学发展观的思想指导。到了今天，我们这个民族多数人的温饱已经解决了，党中央在党的十七大上指出文化越来越成为综合国力竞争的重要因素，在这种条件下，应该自觉地用经济来搭台，用文化来唱戏。靠文化把民族的素质提高，靠艺术把民族的精神修养提升，然后高素质、高修养的人去保证社会经济的全面、可持续的发展。

2007-12-25

2008

推动文艺大发展大繁荣的新经验

中国是当今世界电视剧艺术的生产和消费大国。电视剧以其覆盖面之广、影响力之大和观众之多，在中华民族精神文明建设中起着其他文艺样式难以替代的重要作用。近一年来的中国电视剧创作，佳作迭出、势头喜人，为推动社会主义文艺大发展大繁荣提供了具有普遍借鉴意义的新经验。

一是在创作宗旨上，正确处理好社会效益即"化人"与经济效益即"化钱"的关系，坚持在"化人"的前提下力争双赢，反对背离"化人"的正确方向一味急功近利地"化钱"。《亮剑》《金婚》《士兵突击》《闯关东》《家有儿女》等优秀作品取得社会效益与经济效益双丰收的成功实践启示我们：坚持在"化人"的前提下努力"化钱"，是面向市场的电视剧创作正途，而一味让电视剧"化钱"追逐利润，甚至以降低、败坏人的精神素质为代价，是必须坚决反对的。

二是在美学追求上，正确处理好"养心"与"养眼悦耳"的关系，坚持"养眼悦耳"的审美归宿是"养心"，防止艺术创作止于"养眼悦耳"，以及误把受众视听感官生理上的快感当成精神美感。在娱乐文化日渐成为强势的所谓读图时代，电视剧要赢得观众，当然就要"养眼悦耳"，但止于"养眼悦耳"即把美学追求止于营造视听奇观是远远不够的。优秀的电视剧，理应通过"养眼悦耳"，以其强大的艺术吸引力、感染力达于观众心灵，使其得到认识的启迪、精神的陶冶，由快感而升华为美感。审美的终极目标本应是"养心"——净化人的心境。《亮剑》中广为传扬的"亮剑精神"，《金婚》中流淌着的夫妻间最珍贵的人间至情，《戈壁母亲》中感天动地的伟大东方母性，《士兵突击》中抱定宗旨、砥砺德行的理想信念，《闯关东》中自强不息、厚德载物和保家卫国、抵御外侮的民族精神，《战争目光》中的文化自觉与国防意识……其审美归宿都在"养心"。

三是在生产方式上，努力实现题材资源的最佳配置与创作生产力诸要素（编、导、演、摄、录、美、音）的优化组合。实践证明，电视剧作为一种精神生产，与物质生产一样，也有一个资源的配置问题和生产力诸要素的组合问题。吉林、山西等省与中央电视台联合对农村题材资源的配置，解放军各创作单位与中央电视台及相关省（区市）联合对军旅题材资源的配置，都努力实现"最佳"，避免了资源的浪费，值得称道。《恰同学少年》成功的基石，正是湖南电视工作者在中央文献研究室等单位的专家学者鼎力支持下，对毛泽东青少年时期求学生涯这一珍贵的题材资源实现了最佳配置。

四是在创作心态上，要力戒浮躁媚俗，努力做到"重在引领，贵在自觉"。这是确保创作健康持续地发展繁荣必备的主观条件。胡锦涛同志反复强调文化建设要重在引领，文艺创作"都必须既反映人民精神世界又引领人民精神生活"[1]，要"积极探索用社会主义核心价值体系引领社会思潮的有效途径"，"用社会主义荣辱观引领风尚"。[2] 要真正做到重在引领，关键在于创作者的文化自觉。著名社会学家费孝通先生临终前曾深刻总结包括他在内的五四一代知识分子近百年来文化建

---

[1] 胡锦涛：《在社会主义先进文化引领下建设和谐文化（2006 年 11 月 10 日）》，《胡锦涛文选》（第二卷），人民出版社 2016 年版，第 542 页。
[2] 胡锦涛：《高举中国特色社会主义伟大旗帜，为夺取全面建设小康社会新胜利而奋斗（2007年 10 月 15 日）》，《胡锦涛文选》（第二卷），人民出版社 2016 年版，第 639—640 页。

设的根本经验，认为可以归结为"文化自觉"这个大题目，并以"各美其美，美人之美，美美与共，天下大同"来阐明何谓"文化自觉"。自觉的反面是盲目。从事文化建设者陷入盲目，势必误人子弟；领导文化建设者陷入盲目，势必酿成灾难。《恰同学少年》《喜耕田的故事》等优秀电视剧共同的成功经验雄辩证明：文艺创作必须从艺术哲学层面宏观上对审美价值取向体现大智慧，切忌津津乐道于形式层面细枝末节的小聪明。唯其有了继承弘扬中华民族艺术之美，借鉴学习其他国家其他民族艺术之美，并善于在改革开放和现代化建设伟大实践中将这两种美交融、整合、创新的自觉性，才能真正使电视剧创作进入先进文化行列，参与引领和谐文化建设，为中华民族的伟大复兴提供精神能源和智力支持。

2008-02-29

文艺评论工作者的社会责任

　　我们身处一个前所未有的媒体时代，在这一时代中的艺术评论，由过去主要依靠文字承载，变成了现在主要靠视听形象传播。何况，随着消费主义开始盛行，受众心理不断变化：过去主要的受众心理是要求通过文艺作品满足其精神的要求，获取精神上的激励感，在认识时代发展趋势的同时获得审美的营养；而现在，很多受众追寻的是视听感官上的刺激感。

　　在这样两个特点所组成的当代文艺评论的大背景中，我们评论者要面对两种制约。从哲学层面来讲，我们受到了无形的技术领域的制约。比如利用声光技术的舞台艺术，想方设法地打造现代化、追求刺激感，但技术使用过度，就会变成一种制约，压抑、排挤艺术本体的力量。现在大量的相声都出现在电视屏幕上，很多相声演员用小品演员的夸张动作来抵消或者冲淡语言的幽默感，从而造成了艺术审美的滑坡。

　　从经济层面来讲，来自经济学家所说的"看不见的手"——市场的制约，对文艺和文艺评论的影响也极为显著。很多电视台热衷于搞收视率排队，这种"唯收视率"的做法导致一些有素质、有思想的节目被排挤出黄金时间，不能起到对公众启迪心智、给予审美的作用。

　　我们在这样的背景下从事文化建设，文艺评论工作者自身的价值目标、取向必须在与时俱进的马克思主义的引领下展开，也就是在坚持党的十七大提出的社会主义核心价值观的引领下，实践"文化化人、艺术养心、重在引领、贵在自觉"，这是当代文艺评论工作者的社会责任。

文化是人类独有的生存方式，文化的根本目的是"化人"，就是把人的素质"化"高。在娱乐文化成为强势文化的读图时代，当然要讲究养眼悦耳，否则公众不看。但艺术止于养眼悦耳是不行的，它只是一种手段，以营造视听奇观来作为审美创造的归属是不对的。人类艺术地把握世界的归属理应是"艺术养心"，应该提倡艺术通过养眼悦耳达于受众的心灵，使他们进而得到认识上的启迪、灵魂的净化，由视听快感升华为精神美感，这才是优秀的艺术，才能进入先进文化的行列，也才能引领整个文艺事业健康地大发展大繁荣。

文化艺术"重在引领"，但能否做到"引领"，关键在于文化工作者能否做到"文化自觉"，即所谓"贵在自觉"。费孝通先生所说的"文化自觉"包含四个方面：一是各美其美，即自觉继承弘扬民族文化和本民族最优秀的艺术；二是美人之美，即"拿来主义"，自觉地借鉴其他国家其他民族符合我们国情民情的文化艺术；三是美美与共，即前面两个方面交融、整合、创新，达到融会贯通的状态；四是天下大同，即构建和谐社会，在文艺批评上则表现为达到有利于人的自由全面发展、丰富人的境界，开阔人的视野的标准。

身处媒体时代的当代文艺评论工作要弘扬"文化自觉"的责任，保障文艺评论的独立性，为人民提供健康的精神食粮。文艺健康地翱翔，离不开自觉的文化创造；"文化化人、艺术养心、重在引领、贵在自觉"，这是文艺评论工作者社会责任感的表现。

2008-07-29

幸福贵在内心和谐

——评电视剧《老大的幸福》

　　正在央视一套播出的电视剧《老大的幸福》把镜头对准了一个普通老百姓的生活：憨厚老实的足疗师傅老大，在东北小城过着简单快乐的生活。几个自以为生活幸福、事业成功的弟弟妹妹要帮大哥换一个活法，极力安排他来到北京寻找"幸福"。《老大的幸福》通过喜剧的形式，透过范伟张弛有致、表演有度的形象创造，告诉人们什么样的幸福才是符合社会主义核心价值观所倡导的幸福。从这个意义上说，《老大的幸福》既给观众带来了欢乐，又没有丧失文化品位；既有幽默感，又有深刻的文化内涵。

　　为什么说它具有深刻的文化内涵呢？我们在构建和谐社会的历史进程中，要处理好人与人的关系、人与社会的关系、人与自然的关系，乃至于人与动物的关系。处理这些关系的前提是人的心态是否和谐。试想一个心态不平衡的人，总觉得别人有负于他、社会有负于他，他能以和谐的心态去应对他人、处理社会关系吗？《老大的幸福》中的老大正是以一种知足常乐、助人为乐的和谐心境来处理他与别人的关系、他与兄弟姐妹的关系、他与社会的关系。唯其如此，他才把自己的职业——足疗师——看得无比高尚，因为他给他的服务对象带来了快乐。与此不同的是，他的弟弟妹妹们有的是房地产老板，有的是官员，有的当演员，他们追求事业成功却常常感到不幸福。根源就在于老大的心态是和谐的，弟弟妹妹们的心态是不和谐的；老大以为别人带来益处为目标，弟弟妹妹们则更多地考虑自己的利益。季羡林先生曾回答过构建和谐社会需要注意些什么的问题，他说，根本在于每个人自身内心的和谐。这部电视剧没有说教，而是形象生动地向人们展示了一个普通人应当怎么样去生活、怎么为构建和谐社会做出自然而然、朴朴实实的贡献。《老大的幸福》是以艺术的方式自觉不自觉地触及了当代人文社会的神圣主题。从这个意义上讲，这部电视剧是极有现实意义的。

老大用自己的幸福观，照亮了他的弟弟妹妹等人有缺陷的幸福观，让观众从比较鉴别中悟出人生的真谛：人既需要物质生活也需要精神享受，人需要拼搏竞争也需要紧拉慢唱，人需要欢乐愉悦也要有反思。可能许多人都生活在和老大一样的平凡的世界里，但未必所有人都拥有老大那样的精神境界和人生态度，《老大的幸福》带给人们对于"什么是幸福"的思考和感悟，能起到引领作用。我们不能要求社会上每个人都成为圣人，但每个人都可以学习借鉴老大，修炼一种和谐的心态，在平凡的生活中追求幸福。

有的观众把老大的这种幸福观比作"阿Q精神"，我认为老大与阿Q是完全不同的人。阿Q处在被污辱被压迫的境地而不自觉，精神上麻木并以此为乐；老大是处在主人公的地位，用自己的辛勤劳作，以和谐的心态追求幸福。这是两种精神境界。老大的是非观很明确，他对于二弟做生意中采取的违法行为是不满的，并用自己人文关怀的方式帮助二弟走出了违法的境地；对于投河自尽的无助妇女，他伸出自己援助的手。而阿Q不分是非，只会"手持钢鞭将你打"。阿Q集合了中国国民性中的劣根性，老大则是集中了中国传统美德的精华，讲仁讲义。

老大的幸福观不是从天上掉下来的，而是传承中国优秀传统文化的结果。我国是礼乐之邦，历来提倡知足常乐，讲礼乐。老大对他人、对自己的兄弟姐妹，以及已经去世的父母都非常讲礼。从老大自编自演的健身操中可以看到礼乐文化对他的影响，他通过这种自我调适的生活获得了幸福。他曾经追求过他应该追求的人——一位单亲妈妈梅好，当他发现两人的婚姻无法实现时，他很难过，但他以一种超人的能力，调适得非常平和，不呼天抢地，重新回到曾经运行的轨道上来，开始新的幸福追求。

这部电视剧令我深有感触。老大原本很平静，在东北小城里从事着他喜爱的职业。我认为，在和平环境下，一个人从事自己喜爱的职业，并以该职业体现自己的人生价值，这就是最大的幸福。可是老大的弟弟妹妹们认为他不幸福，所以强拉着他到北京来。两种幸福观产生矛盾、碰撞，在笑声中很容易触动我们去思考。一个民族没有笑，不好；一味地笑，就要患上"集体精神病"。任何喜剧丧失了思想，就流于平庸和无聊，因而我们呼唤中国的卓别林。作为一个观众，我渴望对时代负责、对人民负责的有出息的艺术家，能以有思想的艺术和有艺术的思想和谐统一的艺术品奉献给人民。

2010-03-16

戏曲影视艺术的一项神圣职责

　　作为一名从事了三十余年影视艺术工作的戏迷，近年来我有两事终生难忘。一是中国文联主席团在昆明开会，会间休息时身为副主席的戏曲表演艺术大家裴艳玲即兴为大家来了一段《夜奔》，她演得身心投入，大家看得如痴如醉，那身段，那神采，一腔一调，一招一式，真个是从头到脚，浑身是戏！当时她已年届花甲，我想再不赶紧用现代的影视语言把这精湛的艺术忠实地记录下来，于祖国伟大的戏曲艺术的传承发展将造成不可弥补的损失。二是不久前著名书法家、戏曲家欧阳中石先生把我叫去，托我帮他查找其恩师奚啸伯先生于20世纪40年代留下的迄今为止唯一的电影资料——京剧《四郎探母·坐宫》。中石先生深情地告诉我：今年适逢奚老百年诞辰，倘能觅得这份珍贵的影像资料，是对这位京剧老生重要流派之一的创始人的最好纪念，也是传承发展奚派艺术的重要文献。他是1945年左右在济南看过这部电影的。多谢中国电影资料馆的领导和同人们鼎力相助，终于从库中寻觅到这份已沉睡多年的电影拷贝。当真实记录着奚老当年舞台演出的音容神貌的这份影像资料碟片呈送到中石先生手上时，他如释重负，夙愿得偿，其兴奋和喜悦溢于言表。

　　这两件事联系起来，令我悟出，戏曲电影、电视剧在满足当代观众从银屏上欣赏戏曲艺术的同时，还理应自觉肩负起一项记录传承的神圣使命。李瑞环同志积二十余年之心血，领导京剧艺术家齐心合力完成了功德无量的四百六十多出《中国京剧音配像精粹》工程，堪称运用现代化的电视语言完成这一使命的成功范例。如今由丁荫楠导演、裴艳玲主演、中国文联等单位摄制的戏曲电影《响九霄》，则是运用电影语言表现裴艳玲对戏曲艺术的独特贡献及其代表作的美学风范的成功实践。众所周知，丁荫楠以其《孙中山》、《周恩来》、《相伴永远》（李富春与蔡畅）、《邓小平》、《鲁迅》等伟人传记片蜚声影坛，又是京剧鉴赏家，裴艳玲则是当今剧坛不可多得的京梆表演大家，而中国文联拥有最雄厚丰富的文艺家资源，如此强强联合、优势互补、相映生辉，自然给《响九霄》实现戏曲艺术资源的最佳配置和影片创作生产力诸因素（编、导、演、摄、录、美、音、化、服、道）的优化组合奠定了坚实的基础。

这是一部专为裴艳玲量身打造的力作。我历来主张，影视艺术为艺术家立传，基本的也是最重要的要求，是以影视语言再现艺术家在其艺术领域里的独特贡献及其主要代表作的美学风貌。丁荫楠亦深通此理。裴艳玲在其自述《潇潇洒洒演一回》中坦言，她对《响九霄》剧作的要求有四：一是要"潇潇洒洒地演一回女人"，二是要再现她擅长的"铁骨铮铮的武松形象"，三是要像多年前她看过的广东调的《光绪哭井》那样安排成套唱腔"淋漓尽致地宣泄一下这种情绪"，四是要有"一大段道白，以展示戏曲独特的念白神韵"。显然，这四条，就是要凸显和展示她多才多艺的审美心胸、审美气度、审美风格、审美个性和审美情趣。丁荫楠在戏曲电影《响九霄》中很好地体现了裴艳玲的审美创造意图，他自觉地运用电影语言表现戏曲艺术的独特魅力。他的原则是以电影语言发挥和强化戏曲艺术的审美个性和审美优势，而不是反过来弱化和消解这种个性和优势。且看片头片尾由裴艳玲演唱的一曲"戏是我的魂，戏是我的命，戏是我的梦，戏是我的根，日出日落唱不尽，笑瞰这世间风云"，这既是艺术家发自肺腑的人生理想和美学理想，又是贯穿全片的精神灵魂。而围绕着支持康有为、谭嗣同变法图新编织出的艺术响九霄的动人故事带出的《斗牛宫》演出展示了"潇潇洒洒地演一回女人"的风貌，《蜈蚣岭》演出再现了"活武松"的美姿，《哭坟》一场淋漓尽致地表现了唱腔艺术的巨大魅力，终场"仰天啸，洒热血，唤醒我，华夏神州"的大段道白更显现了戏曲"独特的念白神韵"。至于以不同的巨幅国画为后背景，既腾出了宽敞的舞台空间供演员表演施展才华，又令国画与戏曲表演在写意、抒情、诗化等相通的美学特征上相映生辉。难怪裴艳玲观罢《响九霄》样片后满意地对丁荫楠说："有了这部电影，我这个'戏痴'对后学有个满意的交代了。"

愿多问世一些像《响九霄》这样的戏曲影视艺术作品，为传承、发展祖国戏曲艺术做出独特贡献。

2010-04-27

养护我们的精神家园

　　用艺术方式及审美方式把握世界是人类把握世界的独有方式，也是人类对精神家园的坚守。在新的时代条件下，中国文联和各文艺家协会应当担负起神圣的职责，让文艺陶冶人的情操，让文艺提升人的素质。

　　电视剧《蜗居》，不能说它不现实，因为生活中就有这样的事情。社会调查显示，14%的女大学生表示找男朋友就不找小贝，就要找宋秘书，即使宋秘书是有妇之夫。这证明电视剧的价值导向出问题了。在青年人里面产生了这样的价值导向，原因在于艺术家反映这样的社会信号的时候，在呈现这种社会现象的时候，采用了一种客观呈现的方式，甚至某种程度上是注入了一种同情式的呈现，放弃了道德评判。我们现在是"百花齐放"，有着很宽容很包容的环境，但是艺术家是有职责的，有时代担当的，要反思自己在这方面的失误。像这样的作品，我主张发挥文艺批评的作用，利用科学的、入情入理的文艺批评来解决这个问题。

　　比如，通过文艺批评可以指出这是客观呈现的现实，但淡化了自己的道德评判，扭曲了自己的价值取向。同时，我们甚至可以严肃地指出，这样的作品有关部门应该看看，也可以反思、调整我们的住房政策，这都没有什么不好，但是要善意地指出存在的问题。现在的问题在于，我们的艺术画廊里给当代青少年提供的艺术偶像是不是太单一了?抗日战争的时候，北大、清华、南开联合成立西南联大，到了云南昆明一带，同济大学没有地方很着急，四川李庄几个开明的绅士很有文化眼光，给同济大学打电报，最后8个字是"所有费用李庄承担"，同济大学土木系、梁思成和妻子林徽因去了那里，就在李庄旁边月亮湾竹林下面的一块地扎下根来，这是典型的"蜗居"。结果，小小的一个李庄由于去了一批文化人，添加了浓郁的文化色彩。

当时在李庄求学的，有前不久驾鹤西去的大鉴赏家王世襄，什么东西到他那里都可以辨真假；还有罗哲文，当时罗哲文最小，只有16岁，住最小的4平方米屋子，屋子里还有一个柱子，罗老就"蜗居"在那里3年多。墙角落有一个三角形的板子，支起来就是罗老的写字台，在林徽因和梁思成的指导下，他参与完成了《中国建筑史》插图版第一版。

"蜗居"里面走出了大师，所以我们要以这些来引领这一代青年人。我上次在南开说起这件事情，有的同学对话的时候很真诚，说老一辈有理想信仰，有爱国情怀，还有学术操守，他认准了一个目标就锲而不舍，一辈子如痴如醉，所以他成功了。我们现在为了走出"蜗居"难道可以心甘情愿地做"二奶"，连人格都不要了？这怎么能行！

我们过去反对文艺从属于政治，反对用政治思维取代文艺思维把握世界，现在我们又跑到另外一面，把文艺从属于经济，附属于市场。过去用政治思维取代文艺思维把握世界不对，现在某些人用市场思维、利润思维取代审美思维把握世界就对吗？当然更不对。我们常常在两极之间晃动，始终没有明白马克思讲的文艺是人类把握世界的独特方式，它和政治、经济都有联系，但并不依附于谁；依附于哪一个都要出问题，它和二者有联系但又相对独立。

在和平建设时期，人类解决了基本温饱问题之后，对于精神世界的建构尤其重要。现在我们的身上有责任、有担子，希望大家多读点哲学著作，思维上要过关，一定要把二元对立、非此即彼的观念，调整到兼容整合的辩证思维上。我衷心地祝愿大家静下心来学点哲学、学点历史，扎扎实实地为民族文化的真正的大发展大繁荣，营造一个良好的人文生态环境，共尽我们的绵薄之力。

2010-07-02

新颖独到　别开生面

——电视剧《我是特种兵》三题

一、个性鲜明的新人新作

说实话，有幸先睹电视剧《我是特种兵》，看头两集，我有点发蒙。一是因为太不熟悉特种兵生活，如此超乎寻常的训练，吃惊不小，我不禁怀疑：难道特种兵真是如此培训出来的？二是高中队、班长怎么都可以动不动就训斥新兵为"废物""垃圾"，这不太伤人的尊严、有悖"以人为本"吗？

但我还是硬着头皮看了下去。殊不知，越看越被吸引，越看越否定了自己最初的错觉。我发现自己从事了30年的电视剧事业，居然又冒出了一种需要调整习以为常的鉴赏思维才能在耳目一新的审美直感中领悟作品真谛的创新拍法。直觉越来越清晰地告诉我，《我是特种兵》是一部突破了电视剧传统思维模式的创新之作。

这又令我忆起恩师钟惦棐先生20世纪80年代初观赏电影《黄土地》时的情景。他是公认的电影美学大家、鉴赏大家。但初看《黄土地》，他也曾蒙过，对我说："电影也能这么拍？"再看后，他开始调整自己的鉴赏思维，告诫我："不能总以一种传统的电影思维来看新人的新作品。"他专门请回在陕北黄土地上插过队的儿子钟里满交流对《黄土地》的看法，以澄清自己的疑惑。结果，钟老撰文科学评价了《黄土地》在中国电影发展史上的独特地位和对电影语言的创新价值。

钟老是大家，他对《黄土地》的品评堪称楷模。不知怎的，看《我是特种兵》自然引发我对恩师品评《黄土地》留下的宝贵经验的重温和思考。同时，还联想起20世纪80年代对电视剧《巴桑和她的弟妹们》《希波克拉底誓言》和《南行记》的评价争议风波。对这三部屏坛新人的新作，有人称"看不懂"，有人赞"拓展了电视剧语言的审美表现能力"。而后来的历史证明：它们在中国电视剧发展史上，确有重要地位和独特价值。

历史的经验值得注意。对于像《我是特种兵》这样新颖独到、别开生面的新人新作，理论批评理应热情扶持。从一定意义上讲，年轻的电视剧事业的主体是青年人，希望与未来也属于青年人。青年人创作反映青年人生活的作品，个性鲜明，特色突出，自然为广大青年观众所青睐。我对《我是特种兵》，作如是观。

二、形式与意味的和谐统一

当然，我鉴赏《我是特种兵》由开初的审美接受心理抵触到后来的逐步理解、细嚼慢咽及至产生愉悦反思和精神美感，是有其深刻的历史缘由和美学缘由的。

这部作品可以看作青年主人公庄焱的成长史。这位戏剧学院的大一学生年方19岁，为了追随已经入伍的青梅竹马女友小影，居然休学参军，经历了一段异乎寻常的迷彩军营生活——从个性乖张、桀骜叛逆、不守规矩而又吃苦耐劳、越挫越坚的新兵典型到为了兄弟情谊才报名参加"狼牙"集训，再到严酷疲惫的"除锈"淘汰选拔，及至与老炮、强子、耿继辉、史大凡、邓振华6名精锐组成狼牙特种大队"孤狼特别突击队"，同生共死，排除万难，在各种实践演习中屡建奇功，最终奔赴边境奉命一次又一次侦察剿灭了盘踞在那里为非作歹的贩毒武装……

无疑，这确是一部表现特种兵独特的严酷悲壮、铁血硬气、爱国忠诚、理想情怀的军旅题材的青春励志剧，其间主人公庄焱等一批新兵在军队这个大熔炉里锻造锤正个性与军纪、哥们儿义气与战友深情、个体价值与国家使命的关系和位置，从而真正成长为中华人民共和国合格的陆军特种兵。而庄焱由一位现代气、个性化十足的艺术青年逐步触摸到当代中国军人的灵魂所经历的一遍又一遍的思想蜕变、理想感召和精神洗礼，对当代"80后""90后"的广大青年尤为具有普遍的启示意义。唯其如此，称《我是特种兵》既是一部典型的军旅题材作品，又是一部超越了军旅题材自身的具有普遍意义的当代青年题材的成功之作，诚不为过。

在美学风貌上，《我是特种兵》给时下屏坛吹来一股颇具魅力的新风。这种感受，似乎已久违了，记得还是当年观罢《希波克拉底誓言》后曾有过这种冲动。这里不妨举其大要：一是电视剧叙事手段的拓展与电视剧语言审美形态的创新；二是把网络小说的文学思维与迷彩军营生活的视听思维水乳交融结构剧作的精妙构思；三是以戏剧性与动作性制胜的快艺术节奏的娴熟把握；四是独具效果的声音处理。所有这些，可以概括为一句话——有意味的形式与有形式的意味的相当完美、相当和谐的有机统一。中国电视剧美学大厦，又多添了一根新的支柱。

三、从导演心里走出来的人物

在《我是特种兵》的研讨会上，我才首次目睹了青年编导刘猛的风采。

如同当年初识《巴桑和她的弟妹们》《希波克拉底誓言》《南行记》的青年导演潘小扬一样，我见到由中央戏剧学院毕业入伍到南京军区政治部前线文工团担任编导的青年军人刘猛时，抑制不住内心的喜悦。我感觉出他与剧中主人公庄焱有着必然的内在联系，甚至我想说他就是庄焱，庄焱是从刘猛心里走出来的。据说，从小说到电视剧，好事多磨，刘猛为《我是特种兵》耗费了近十年心血。也许是因为多年的沉淀反思和精雕细刻，刘猛才真正走完了王国维在名著《人间词话》

里所主张的"入乎其内，故有生气。出乎其外，故有高致"①的审美创作历程。他太了解、太熟悉庄焱了，庄焱在他心中孕育，他即庄焱，庄焱即他，庄焱的所思、所为、所言、所行，都从他的笔端、他的镜头中呼之欲出，令全剧行云流水，"生气灌注"。我更欣赏的，是刘猛在坚持深入生活的基础上进而自觉做到"出乎其外"，站在时代思维的高度上看远些、想深些，从而把握"高致"，给作品赋予审美理想的灿烂光彩。刘猛是一位有理想、有抱负、有才华的军旅艺术家，他对庄焱这一代人的精神生活和灵魂世界有着独到的思想发现和审美发现。他把握的"高致"表现为对中华文化的高度自觉和充分自信。这种自觉与自信，化为全剧激昂的主旋律：爱国、忠诚、理想、情怀、使命、荣誉。全剧始终坚持文化化人，艺术养心，重在引领，贯穿着社会主义核心价值观。这种自信，表现为对中国优秀传统文化（如忠、义等道德伦理）生命力与感召力的充分自信，对中国共产党领导人民军队创建的革命文化（如长征精神、抗震救灾精神等）的强大生命力与感召力的充分自信，对吸纳、兼容、消化外来优秀文化中适合国情的有用东西的充分自信，以及对与时俱进的中国化的马克思主义历史观美学观指导地位的充分自信，从而努力在创作中实现费孝通先生总结出的"各美其美、美人之美、美美与共"，塑造出一个个富有民族特色和时代特色的具有典型意义的艺术形象。刘猛在《我是特种兵》中体现出来的对中国优秀传统文化和革命文化的敬畏与自信，以及对世界进步文化的兼容与选择，这种文化眼光与创作态度，弥足珍贵。我对这位青年编导，寄予厚望。

末了，我对这部作品的制作方和播出方的文化眼光，也表示由衷的敬意。

2011-02-11

---

① 王国维：《人间词话》，黄霖等导读，上海古籍出版社 1998 年版，第 15 页。

艺术学获批成为独立学科门类随想

新近，国务院学位委员会第 28 次会议审议批准的《学位授予和人才培养学科目录（2011 年）》中，已将原隶属于"文学门类"，于中国语言文学（0501）、外国语言文学（0502）、新闻传播学（0503）之后的第四个一级学科艺术学（0504）升格为新的第 13 个学科门类"艺术学"。这个新增的与原有的哲学、经济学、法学、教育学、文学、历史学、理学、工学、农学、医学、军事学、管理学 12 个门类并列的"艺术学门类"，下设艺术学理论（1301）、音乐与舞蹈学（1302）、戏剧与影视学（1303）、美术学（1304）、设计学（1305）5 个一级学科。这是我国高等教育史、学科建设史和人才培养史上的一件具有里程碑意义的大事，是 21 世纪中华民族伟大复兴历史进程中艺术自觉、艺术自信、艺术自强的一项重大举措。

我作为国务院学位委员会艺术学学科评议组召集人，有幸亲历了为艺术学学科门类身份正名的十余载努力的全过程。20 世纪末，我国艺术学一级学科的奠基学者——东南大学教授张道一、中央音乐学院教授于润洋、中央美术学院教授靳尚谊、首都师范大学教授欧阳中石先生等，就做了大量学术铺垫工作。21 世纪初，换届后的评议组又继续在于润洋、靳尚谊和我为召集人的工作中持之不懈地努力申报。2008年，又一届新的评议组成立后，我既任召集人，又荣任全国政协委员，于是郑重其事地就此提出提案，得到全国政协提案委员会和教科文卫体委员会的高度重视。全国政协专门就此组织专家委员组成调研组深入中央音乐学院、中央美术学院考察，形成调研报告，提请国务院学位委员会、教育部、文化部、中国文联等相关部门研处，有力地促进了此项工作的圆满落实。

应当承认，过去将艺术学置于文学门类之下，有其历史缘由。学科目录制定时，全国各综合性高校都设有阵容较强、学术积累较丰的中文系，而专门开设艺术学专业的甚少。于是，将艺术学隶属于文学门类之下"托管"，也就成了一种顺理成章的权宜之举。近20年来，伴随着艺术的大发展大繁荣，全国高校开设艺术各种专业的学校已逾千所。艺术在整个国民精神文化建设和高等教育中的覆盖面之广、影响力之大已越来越凸显。尤其是在科学与艺术结缘互补的21世纪，人类在以经济的、政治的、历史的、宗教的、哲学的等方式把握世界的同时，还不可或缺地需要以艺术的即审美的方式把握世界，以坚守独特的神圣的精神家园。为了面向现代化、面向世界、面向未来，为了救治当下人类面临的经济危机、精神危机、道德危机和生态危机，都必须从文化自觉、文化自信、文化自强的高度去实现艺术自觉、艺术自信、艺术自强，去加强艺术学学科的理论建设。这是从改革开放和现代化建设伟大实践出发的一种必然。

再从人类文学艺术发展的历史看，确是先有艺术而后有文学，文学乃语言的艺术。有了口头语言，口头语言的艺术被称为口头文学；有了书面语言，书面语言的艺术被称为书面文学。岩画是先于文学的美术。照鲁迅先生的说法，婴儿坠地的第一声"哇"，便是音乐的先声。所以，是文学隶属于艺术，而非艺术隶属于文学。将艺术学设置于文学门类之下，不仅颠倒了这种历史上的先后关系，而且从思维学上考察，势必导致以文学思维统摄和限制艺术思维（包括各具特色的音乐思维、美术思维、戏曲思维、话剧思维、舞蹈思维、电影思维、电视剧思维）的发展，也就势必妨碍艺术学各分支学科的本体研究和体系构建。须知，虽然当代艺术各分支思维均离不开以文学思维为基础，但文学思维毕竟以语言为载体，形成叙事，没有具象，作用于读者的阅读神经，激发读者产生一种对应的空间联想，以完成鉴赏。读小说《红楼梦》，那大观园是没有具象的，要靠读者对语言的阅读把玩去想象完成。而艺术思维则迥异，音乐是听觉思维，美术是视觉思维，电影、电视剧则是视听综合思维。一般说来，艺术作用于受众的视听神经，除音乐特殊外皆有具象，激发受众产生一种对应的时间联想，以完成鉴赏。观电影《红楼梦》，那大观园就在银幕上，只需判断其间的人与事都发生在清朝即可。可见，把艺术学从原来隶属于文学门类之下升格为第 13 个新门类，就从哲学思维科学层面上充分肯定了艺术在促进人的自由全面发展中的独特地位和作用，标志着艺术学已经成为贯通自然科学与社会科学的人文学科的重要组成部分。艺术学学科建设，任重道远，使命光荣。艺术学学科门类的增设，结束了艺术学类本科生、硕士生、博士生毕业授予文学学位的历史，为学科建设和人才培养搭建了更广阔的平台，提供了更大的自由性，也带来了新的挑战。

2011-04-15

2012

又是一年春光好　且待百花再开时

——中国文联"百花迎春"十岁有感

"百花迎春"在近10年的中国文艺建设史上，搭建了一个能够使各个门类的艺术家聚在一起，相互交流、切磋艺术的新平台，这对于从宏观的视角贯通各个艺术门类之间的联系、促进中国文艺事业的健康持续繁荣，具有特殊意义。每年的"百花迎春"都是中国文学艺术大家庭的一次家族聚会，在这个聚会上，各艺术门类的艺术家们欢聚一堂，畅所欲言，切磋经验，交流心得。虽然各艺术门类的表现形式、传播媒介各不相同，但他们继承民族文化的优秀传统、书写时代发展的精神风貌的创作宗旨是相同的，他们对艺术、对真理的追求与领悟是相通的。因而这样一个每年一度的盛大聚首，对于中国文化艺术的影响是重大而深远的，它有利于各个艺术门类之间在哲学层面的融会贯通，也有利于提升观众的整体文化修养与审美情趣。艺术家们对艺术哲学的贯通与领悟，直接转化为文艺作品呈现给观众，比如2003年"百花迎春"的节目《名家名作名曲》，不仅汇聚了现代文学家郭沫若、巴金、冰心、曹禺、老舍的经典作品朗诵，让观众在不同作家作品之间领悟到了一个时代的人文精神内核，同时在钢琴、小提琴、大提琴、古筝等风韵别致的乐器伴奏中，领略到艺术门类之间浑然天成的美。各艺术门类在这种交流与贯通中，必然能不断汲取创作养分，为文艺创作注入活力与生机，共同推动整个文艺事业的健康繁荣发展。

在每年的新春佳节之际，"百花迎春"组织各个艺术门类卓有成就的知名艺术家数百人聚集在一起，向哺育自己成长的人民母亲拜年，向养育自己的时代回馈，这是中国特色社会主义文化为了人民、依靠人民的集中体现。如果说十载的"百花迎春"有一个共同主题的话，就是艺术家向哺育自己艺术生命的人民母亲拜年。胡锦涛同志强调，"为了谁、依靠谁是我们推进文化改革发展的根本问题，决定着社会主义文化的性质和方向"[①]。从历届参加"百花迎春"表演的艺术家身上，观众能够切实感受到艺术家们对人民的尊重与热爱，艺术家们经常在舞台上发自肺腑地感叹"生活是艺术的源泉，人民是艺术的母亲"。比如2005年"百花迎春"中有一个采风展示的环节，介绍了"德艺双馨"的人民艺术家常香玉生前全心全意为人民唱戏，直到生命最后一刻仍坚持为农民演出的感人事迹。这个节目以打动人心的纪录片画面及艺术家后代深情的讲述，具体而生动地印证了中国特色社会主义文化是人民共建共享的文化，使艺术家与人民之间的情感得到了升华。人民需要艺术，艺术离不开人民，在中华民族最重要的传统节日中，"百花迎春"借助现代化的传播媒介向人民拜年，密切了艺术家同人民群众的血肉联系。正如联欢会主题曲《百花迎春》中所唱的："扎根生活的沃土艺术长青，沐浴人民的目光前程壮丽。"

十载的"百花迎春"，在每年的春节期间经由电视媒介向全国人民播出，为具有中国特色的春节电视节庆文化注入一股活水，对电视综艺晚会某种失衡的生态环境进行了有力的调控。自1983年第一届央视春晚成功举办以来，春节期间逐步形成了以央视、文化部、公安部的三台春晚为主，以全国各地电视台规模不一、形式各异的联欢晚会为补充的春节电视节庆文化环境与氛围。环境树人，氛围育人，三台大晚会有各自偏重的功能：央视春晚仰仗大型歌舞和小品，着意营造

---

① 胡锦涛：《坚定不移走中国特色社会主义文化发展道路 努力建设社会主义文化强国》，《求是》2012年第1期。

欢乐、祥和、热闹的节日气氛；文化部春晚是一年来文化事业的汇报演出，具有较高的艺术品位；公安部春晚则意在联结警民情感的纽带，发挥独特的作用。而各种林林总总的小晚会，虽不乏成功之作，却也有不少千篇一律，既缺乏对节目内容艺术价值的挖掘，也鲜有形式上的创新，流于追求大而空的"形式主义"，久而久之造成了电视节庆综艺晚会的某种生态失衡。自从"百花迎春"加入电视春节晚会的行列，便以其讲究艺术品位、讲究艺术格调的突出特色，使节庆期间电视综艺晚会的整体面貌得到有力的调控。"百花迎春"没有一般春节晚会通常追求的那种宏大、热闹的场面和慷慨、激昂的情绪，而是仰仗文艺界知名艺术家，以艺术的养分，润物无声地引领、教化着电视观众的精神世界。与那些只能满足观众一瞬间对娱乐的消费需求的速朽文化不同，"百花迎春"为人民奉献的是由各艺术门类顶尖艺术家表演的、经历史和人民检验过的经典文艺作品，是在文化宝塔中占据塔尖位置的艺术家与文艺作品。在"百花迎春"的舞台上，作家协会奉献古代与现当代文学史上经典作品的朗诵；戏剧家协会奉献各剧种、各流派、各名家的经典唱段；音乐家协会送上经历时代淬炼、为广大人民耳熟能详的音乐作品；舞蹈家协会、杂技家协会奉上国际、国内重大比赛中斩获殊荣的舞蹈、杂技佳作；美术家协会、书法家协会、民间文艺家协会派出最优秀的艺术家当场为观众献艺呈宝；电影家协会则由深受爱戴的老电影艺术家带领观众穿越时代、重温经典电影的魅力。这些节目犹如竞相吐艳的群芳，为全国人民在传统的新春佳节期间提供了一道高品位的精神大餐，自觉担负起了文化艺术在教化人、养心、提升素质、塑造人格方面的历史使命，为营造良好的春节电视文化环境和氛围做出了贡献。

十载的"百花迎春"，坚持内容与形式上的创新，力图用一种"有意味的形式"同"有形式的意味"的和谐统一，不断带给人耳目一新的审美体验。首先，"百花迎春"注重"有意味的形式"，节目创作在追求形式上的变化与融合的同时，突出节目所承载的人文精神内涵。比如 2004 年"百花迎春"开篇后的第一个节目《北风吹》，首先由音乐艺术家王昆以经典的旋律将人们的思绪带回到遥远的年代，再由不同剧种的几代"喜儿"塑造者演绎不同风格的艺术形象，最后由年轻的演员刘亦菲用充满现代气息的欢快的方式重唱《北风吹》，节目以这种贯穿时代、贯通各艺术门类的创新形式，突出了抚今追昔、忆苦思甜的主题意味，使人们对今天能够"欢欢喜喜过个年"的幸福生活倍感珍惜。其次，"百花迎春"追求"有形式的意味"，不断变换形式，使经典文艺作品有耳目一新的诠释方式，对晚会的总体结构也进行有益的创新。比如2006年以前的"百花迎春"以每个协会为单位，逐一为观众献艺、拜年，而2007年开始则以地域及行政区、军队为方阵，由同一籍贯的艺术家联袂奉献表现地方特色的节目，使每个板块的节目既具有浓厚的地域特征，又在内容与形式上充满灵动的变化。胡锦涛同志在党的十七届六中全会第二次全体会议上的讲话中指出，要"坚持以改革创新为动力。只有深化文化体制改革，创新文化内容和形式，才能不断解放和发展文化生产力，不断为推动社会主义文化大发展大繁荣提供强大动力"[①]。十载的"百花迎春"，正是在追求文艺节目意味与形式的和谐统一的过程中，坚持不断创新，才使得文艺创作不断焕发生机，欣欣向荣。

2012年"百花迎春"继续发扬以往九届的特色与经验，由各艺术门类的百余名老、中、青三代艺术家同台，以思想性、艺术性俱佳的经典文艺节目向人民母亲致以深情的问候。宋人韩琦曾有诗咏迎春花，有道是："迎得春来非自足，百花千卉共芬芳。"中国文学艺术界的联欢绝不仅仅是文艺界友人的盛事，而且是增进各艺术门类间的沟通与交流、密切艺术与人民的血肉联系、营造良好健康的文化艺术氛围、促进文艺创新发展的有益实践。唯其如此，才能推动中国文艺事业走向"百花齐放"的繁荣春天。

2012-01-20

---

① 胡锦涛：《坚定不移走中国特色社会主义文化发展道路 努力建设社会主义文化强国》，《求是》2012年第1期。

岁月远去　崇高依然

——评电视连续剧《我们的法兰西岁月》

　　中央电视台播出的电视连续剧《我们的法兰西岁月》，以20世纪初留法勤工俭学运动为时代背景，讲述了青年时期的周恩来、赵世炎、蔡和森、邓小平等社会主义革命先驱在法国的艰难困苦、寻求救国之道并最终走上共产主义革命道路的真实故事。留法勤工俭学运动是为了"输文明于国内"，而《我们的法兰西岁月》的播出则是"输思想于观众"，对于提升电视青年观众的史学美学修养具有重要的启示意义。

　　《我们的法兰西岁月》具有坚实的史学基础。这部电视剧历史背景宏阔，人物有名有姓者近40人，但叙述起来仍然是人物形象鲜活、艺术肌理匀净不紊，观众能在惊心动魄的剧情中反思历史、崇拜英雄。主创者除了具有深厚的生活体验和驾驭题材的高超技巧外，主要应当归功于做足了史学功课。《我们的法兰西岁月》翔实的史料来自掌握第一手材料的中央文献研究室，有他们把握历史事实和历史脉络，使得该剧不至于偏离历史的本来面目而陷入"写历史就是创造历史的唯一方法"的戏说历史。剧中的"争生存权、争求学权"的二二八运动、占领里昂中法大学的斗争等剧情，均来自历史的真实。可以说，没有历史的真实就断难有历史的大是大非的科学判断。我们现在每年要创作近500部历史题材电视连续剧，邀请历史学家去追求历史的真实、储备历史知识、传达历史智慧的剧组其实并不多见，而《我们的法兰西岁月》剧组的主创者们做到了这一点，充分发挥了史学家们的艺术价值和艺术家们的史学精神。

《我们的法兰西岁月》坚持了正确的历史观。人民才是历史的创造者，是推动历史前行的根本力量。剧中讲述了周恩来、邓小平、陈毅、聂荣臻、李富春、赵世炎、蔡和森、陈延年、陈乔年、向警予等革命者赴法留学的故事，但是这些英雄并非天生就有侠骨豪气、匡时济俗的慷慨情怀，他们都来自普通的人民大众，最初的愿望有的不过是为了满足有饭吃、有学上，学成归国改变祖国面貌罢了。但是异国的生活使他们耳闻目睹了法国底层劳工的艰难生活和法国社会的种种不公与黑暗，他们原先所持的无政府主义、乌托邦主义、易卜生主义等理想最终幻灭，至此，朴素的共产主义思想才在他们头脑中萌芽，最后才汇集于科学的共产主义大旗下。因此，《我们的法兰西岁月》启示我们，任何历史剧都应在一定的历史观及历史意识的指导下达到对历史本体的历史认识和艺术再现，只有这样，才能在剧情中传达艺术人物从事一项事业的情感基础，从而塑造出真实可信的历史人物形象。可以说，当下重大和革命历史题材电视剧的"短板"，就是没有很好地书写这些杰出人物、英雄群体的真实生活以及由此激发的内在情感动力，而《我们的法兰西岁月》较好地解决了这一点。

《我们的法兰西岁月》洋溢着崇高情怀。对于《我们的法兰西岁月》冠之以青春励志剧也罢，红色偶像剧也罢，革命史诗剧也罢，剧中无不是以青春抒写崇高，以崇高激励青年。谁拥有青年，谁就拥有未来，我们的任何精神生产在生产自身的同时，也在生产自己的欣赏对象。但毋庸讳言，曾几何时，文学艺术界泛起了一种"躲避崇高""一怕深刻、二怕高雅"的思潮，如以此来生产自己的欣赏对象，势必会塑造出追求"软绵绵的幸福"的物质享受者和精神空虚的情感追求者。而《我们的法兰西岁月》贯穿着青年人应当具有的崇高情怀和远大理想。剧中的青年们年龄最小的只有 16 岁，最大的也不过三十出头，可正如剧中告诉我们的，古今中外，没有哪一次留学运动，像赴法勤工俭学运动那样培养了如此众多的革命家、思想家、军事家和自然科学、社会科学许多领域的杰出人才，他们为中国共产党的成立、中国的现代化建设和中华民族的伟大复兴做出了不可磨灭的伟大贡献。当然，《我们的法兰西岁月》了解青年从而歌颂青年，在尊重历史真实的同时，始终追求一种艺术真实。该剧既写出了青年们的豪情壮志，也写出了他们曾有的苦闷迷茫；既写出了他们的昂藏于天的革命情怀，又写出了他们柔情似水的坚贞爱情。例如，当蔡和森领导的蒙达尼派和赵世炎领导的勤工派有分歧时，他们也争吵，但最终见解趋同，信仰相近；当邓希贤（邓小平的学名）受到工头欺负时，聂荣臻等工友们充满侠气，"收拾"工头更是有一种年轻人的"狡黠"；当照相师问周恩来"中国很脏很乱吗？"时，周恩来面对祖国的方向回答，"她一直很美，后来被强盗糟蹋了"。艰苦的革命斗争同时培育了纯真的情感，周恩来与张若名虽互有好感，但因各自理想追求不同分道扬镳，周恩来最终选择邓颖超作为革命的终身伴侣；宗玉佩苦恋陈独秀之子陈乔年，却因种种原因两人不能结合，玉佩为保护乔年献出了生命；蔡和森和向警予最终走到一起，形成了著名的"向蔡联盟"；等等。这些无不是《我们的法兰西岁月》伟大爱国情怀下的友情、爱情的艺术写照。

《我们的法兰西岁月》中的革命先驱们岁月远去，崇高依然，我们的文艺家们倘能创作出更多更好的此类艺术佳作，必将成为可以实现这一殷切期望的史学的、美学的艺术参照。

本文系与博士张金尧合作

2012-06-29

科学的看法　辩证的说法

——学习李瑞环新著《看法与说法》
关于文艺精辟论述笔记

　　有幸捧读李瑞环同志新近出版的著作《看法与说法》中关于文艺的精辟论述，受益匪浅，体悟甚深。作为一名从业40年的文艺理论工作者，反复学习书中辑录的作者在天津任市长、在中央分管意识形态工作、在全国政协任主席及至最近差不多40年来就如何做好文艺工作的看法与说法，不仅倍觉亲切实在，而且又重新回到这段亲身经历过的生动、鲜活、丰富的历史情境中，深感作者极具个性的科学的看法与辩证的说法，经历了历史春秋与人民实践的检验，愈益闪烁出唯物论辩证法的思维的灿烂光芒，显现出重要的启示意义和深刻的现实意义。

　　首先，作者总揽全局，站在新的时代制高点上，高瞻远瞩地全面、深刻、辩证地论述了文艺的功能和目的。中国共产党领导文艺工作的历史上，曾出现过简单地、笼统地把文艺从属于政治的倾向，在现实的市场经济条件下，又冒出了简单地、一股脑儿地把文艺从属于经济的倾向。作者坚持文艺是人类审美地把握世界的独特方式，具有坚守人的精神家园、提高人的素质、促进人的自由全面发展的重要功能。他深刻指出："高明的、有远见的领导一定重视文艺工作。""文艺的根本目的应该是最大限度地满足广大群众精神生活的需要。……如果说物质生产的最终目的，是要使人民群众尽快地富起来，得到更多的物质享受，那么，艺术生产的最终目的，便应当是驱除人民群众精神上的'饥渴'，使他们的精神上极大地'富有'起来，得到更多的美的享受。""富而思文、富而思乐，这是一条必然的规律。"① 这就从哲学思维的高度严格区分了以物质的方式（以经济利润思维的方式）把握世界与以精神的方式（以文艺审美思维的方式）把握世界的不同作用和独立地位，防止从过去以政治方式取代审美方式把握世界的极端走向以经济方式取代审美方式把握世界的另一极端。

作者强调，邓小平同志提出"思想、文化、教育、卫生部门，都要以社会效益为最高准则。这个要求是完全正确的"，但要理解"社会效益是一个非常宽泛的概念。给人以思想启发和人生思考，具有社会效益；使人赏心悦目，增添生活情趣，也有社会效益；帮助人们开阔眼界，增长知识，'多识鱼虫草木之名'，同样也具有社会效益。歌颂四化建设的新成就，宣传改革、开放的新步伐，介绍人民如何奋勇建设自己的新生活，使人们受到鼓舞，增长信心与干劲，具有社会效益；反映工作中的矛盾，揭露生活中的阴暗面，指出前进中的困难，唤起人们的警觉，激励人们同困难和邪恶现象作斗争，同样具有社会效益。一句话，一切能够提高和满足人民群众文化生活需要的艺术创作，都能够产生这样那样的程度不同的社会效益，都应当允许存在、发展。强调社会效益为文艺开辟十分广阔的天地，而绝不应当成为束缚作家、艺术家创作手脚的框框"。② 认识多么科学！说法多么辩证！今天重温，对于匡正时下对文艺功能认识的片面和说法的偏颇，如"题材决定论"和"题材无差别论"，如创作中的"一窝蜂"与"同质化"现象，等等，都是药到病除的良方。关于如何处理好市场经济条件下文艺的两

---

① 李瑞环：《看法与说法》（第三册），中国人民大学出版社 2013 年版，第 701、711、716 页。
② 李瑞环：《看法与说法》（第三册），中国人民大学出版社 2013 年版，第 731 页。

个效益的关系，作者明言："第一，力求社会效益同经济效益的统一；第二，在首先考虑社会效益的同时，尽量提高经济效益；第三，当社会效益同经济效益发生矛盾的时候，要服从社会效益。"他继而以电影为例，指出"有些片子思想倾向较好，但票房价值不高；有些片子思想倾向并不好，却很有观众。两个效益的关系比较复杂，不能简单化。国家要从经济政策上鼓励和支持两个效益结合得好的作品和社会效益好而经济效益差一些的作品"。[①] 这里，不仅言简意赅地阐明了正确的理论原则，而且以情况复杂的电影为例提出了解决矛盾的具体经济政策。

关于正确理解文艺的几种功能的关系，作者说："过去在相当长的时期内我们强调教育、认识功能多，对审美、娱乐功能相对来说重视不够，这个问题在'文化大革命'期间表现尤为突出。我们提出重视审美、娱乐功能，并不等于可以轻视影片的教育、认识功能，轻视文艺作品在思想教育方面的作用。这几年确有忽视教育、认识功能，片面强调娱乐功能的错误倾向，甚至出现了一些'黄色'的、宣泄性的'娱乐'作品，这是必须正视和坚决改正的。我们的要求是教育、认识、审美、娱乐功能的统一，也就是文艺作品思想性和艺术性的完美结合。"[②] 联系当下的文艺创作与鉴赏，尤其是英模题材创作中的某些公式化、概念化倾向和文艺创作中屡禁不止的低俗化倾向，以及"唯收视率""唯票房""唯码洋"倾向，这些科学的看法与辩证的说法，是多么一针见血、鞭辟入里而又发人深省啊！

其次，作者从党如何实施对文艺的科学领导角度，以高度的文化自觉和文化自信，精辟揭示了文艺发展的独特规律。如果说，自觉认清文艺的独特功能，首先是个理性问题，其次才是付诸实践，那么，自觉把握文艺的独特规律，则是更重要的实践课题了。所以，作者强

---

① 李瑞环：《看法与说法》（第三册），中国人民大学出版社 2013 年版，第 731—732 页。
② 李瑞环：《看法与说法》（第三册），中国人民大学出版社 2013 年版，第 741 页。

调:"特别是各级领导同志,要充分认识和尊重文艺事业的特殊性,根据艺术生产的客观规律去实施正确的领导。"[1] 究竟何为规律?他说: 第一, 就外部条件而言,"能否自觉地坚持创作自由,努力开创宽松、稳定的创作环境,是一个能否坚持按照艺术生产规律办事的问题"[2]。因为艺术生产"是一种高度民主、非常自由的精神活动,与过多的干预、机械的强制不能相容。这种精神产品又要求是丰富多彩、多种多样的,最忌简单划一、强求一律,来不得任何公式主义和命令主义。文艺工作者的个人认识和实践总是有一定的局限,其产品也总是由不成熟到逐步成熟,既不可能一步达到尽善尽美,也不可能完全不犯错误。所以在艺术实践面前必须有一个人人平等、自由讨论、彼此争鸣、宽松和谐的环境,如果动辄揪辫子、打棍子、扣帽子,把气氛搞得十分紧张,其结果只能是扼杀文艺"[3]。这些话,把营造"宽松和谐的环境"对于按照文艺规律实施领导的必然性与科学性,讲得入情入理、十分到位。这也是中外文艺发展历史,尤其是和平安定环境下文艺发展、繁荣和出大师、名家所反复证明了的真理。20 世纪 90 年代初,电视剧《渴望》播出,造成万人空巷、争相传议,但有人却责难作品"不是艺术"。作者亲自接见《渴望》主创人员,充分肯定他们"贴近群众、贴近生活、贴近实际"的创作精神,强调创作就应该"大胆探索,勇于创新,向人民群众提供更多健康有益的、喜闻乐见的精神产品",[4] 有效地带头营造一种宽松和谐的创作氛围。第二, 就创作规律自身而言,从纵向上要处理好继承与发展的关系,"要先继承后发展",把发展建立在扎实继承的基础上,"离开了继承,就谈不上发展"[5];从横向上要区分好学习借鉴与生搬硬套的界限,善于借鉴姊妹艺术和外国艺

---

① 李瑞环:《看法与说法》(第三册),中国人民大学出版社 2013 年版,第 689 页。
② 李瑞环:《看法与说法》(第三册),中国人民大学出版社 2013 年版,第 695 页。
③ 李瑞环:《看法与说法》(第三册),中国人民大学出版社 2013 年版,第 694 页。
④ 李瑞环:《看法与说法》(第三册),中国人民大学出版社 2013 年版,第 735、737 页。
⑤ 李瑞环:《看法与说法》(第三册),中国人民大学出版社 2013 年版,第 750、761 页。

术中有用的东西，"见好就拿，拿来就化"，但"学习、吸收外来文化必须注意保持特色，无论如何不能因为融入世界而把自己的好东西给弄丢了弄没了，也就是说改革、改进、改善都可以，但是不能改行、变种"，"外国的东西只有经过消化吸收，和我们的民族特点相结合，才能成为自己的东西，真正为我所用"[①]。

作者力倡的，与费孝通先生的"16字经"——"各美其美、美人之美、美美与共、天下大同"一脉相通。他以京剧为例，深刻分析道："发展京剧必须符合京剧的特点，必须遵循京剧艺术的规律。京剧就是京剧，京剧的发展是对京剧的完善和提高，而不是把它变成别的剧种。""离开京剧的特色、规律，简单、生拉硬拽糅进一些与京剧格格不入的东西，这不叫发展京剧，而是糟蹋京剧，是对京剧缺乏理解和信心的表现。"[②] 作者身体力行地领导组织的京剧"百日集训"和"音配像工程"，就相辅相成，相得益彰，功在当代，荫及千秋，"它们所体现的先继承后发展、在继承的基础上求发展的思路，符合人类文化纵向讲继承、横向讲借鉴的客观规律，对于弘扬京剧艺术乃至一切文化艺术都具有普遍意义"[③]。作者亲自执笔改编的京剧传统剧目，堪称自觉遵循京剧艺术规律的典范。比如根据梅派名剧《生死恨》改编的《韩玉娘》，既强化深化了原剧蕴含的中华民族优秀传统文化中至今仍有生命力的爱国主义精神和伦理道德观念，保留和凸显了原剧脍炙人口、广为传唱的经典名段，又剔除了过于冗繁的枝节和有悖人物情感逻辑和性格逻辑的东西，经天津青年京剧院当代张派传人赵秀君和国家京剧院梅派传人董圆圆演出实践，效果极佳，广受好评。

再次，只有在自觉认清了文艺的独特功能并自觉把握了文艺的独特规律的基础上，才能真正自觉践行文艺工作者的时代担当和社会责任。作者进而指出："就文艺界自身来说，则重点应该解决精神状态问

---

① 李瑞环：《看法与说法》（第三册），中国人民大学出版社 2013 年版，第 763、761、737 页。
② 李瑞环：《看法与说法》（第三册），中国人民大学出版社 2013 年版，第 762、764—765 页。
③ 李瑞环：《看法与说法》（第三册），中国人民大学出版社 2013 年版，第 755 页。

题。"① 一是要振奋精神，增强事业心，"树立起高度的社会责任感"②；二是要提高自身的学养、素养和修养，"不论是搞创作的，还是搞表演的，都要抓紧时间，系统地读一点书，广读博览，用人类各方面的知识充实自己的头脑，提高自己的文化素质。除了学习马列主义外，要读点文学，读点历史，既看正史，也浏览各种野史，了解古今变迁，风土人情，体察各个层次人们的思想感情。这样，在创作和演出的时候，才能真正进入角色，作品、表演才不浅薄，才富有感染力。也只有这样，才有可能创作出流芳后世的鸿篇巨著"③。字字真经，句句名言，真值得我们反复体味，认真践行。

《看法与说法》体现出高度的文化自觉与文化自信，处处闪耀着与时俱进的中国化的马克思主义哲学的光辉。它深刻启示我们：必须学好哲学，用好哲学；哲学通，一通百通。作者自己就说："哲学是'明白学'，许多事情只有学了哲学才能真正明白；哲学是'智慧学'，学了哲学可以使人变得聪明，脑子活、眼睛亮、办法多。不学哲学，天赋再好也不能算明白人。不懂哲学的领导者就不可能是一个清醒的领导。"④ 他旗帜鲜明地指出："我向来不赞成随便划分'左'右的做法。大的政治路线上有'左'右之分，一般的是非问题不能说'左'和右"，"不能用一些人头脑中的'左'右两个框框随便去套。""只能站在正确的立场上反对错误的东西，而不能以'左'反右，或以右反'左'。"⑤ 作者精辟总结道："在我们党的历史上，反倾向斗争，常常是在纠'左'时，容易往右偏；反右时，又容易往'左'偏。而要克服忽'左'忽右的毛病，就必须认真地学习马克思主义理论，掌握唯物论、辩证法。"⑥《看法与说法》本身就堪称是"掌握唯物论、辩证法"的典

① 李瑞环：《看法与说法》（第三册），中国人民大学出版社 2013 年版，第 746 页。
② 李瑞环：《看法与说法》（第三册），中国人民大学出版社 2013 年版，第 717 页。
③ 李瑞环：《看法与说法》（第三册），中国人民大学出版社 2013 年版，第 747 页。
④ 李瑞环：《看法与说法》（第四册），中国人民大学出版社 2013 年版，第 1056 页。
⑤ 李瑞环：《看法与说法》（第四册），中国人民大学出版社 2013 年版，第 1006—1007 页。
⑥ 李瑞环：《看法与说法》（第四册），中国人民大学出版社 2013 年版，第 1002 页。

范，全书科学的看法与辩证的说法中，洋溢着实事求是、调查研究的科学精神，闪烁着摒弃二元对立、非此即彼的单向思维而代之以执其两端、关注中间、把握好度、兼容整合的全面辩证思维光芒。比如论"二为"方向与"双百"方针："'二为'和'双百'是统一的，不要把它们对立起来、割裂开来。离开'二为'谈'双百'，就会迷失方向；不坚持'双百'，繁荣电影、繁荣文艺就会成为一句空话，最后也实现不了'二为'。"① 又如论文艺创作的数量与质量："世界上不存在没有数量的质量，也不存在没有质量的数量，任何事物都是质量和数量的统一。……数量当然讲，但必须以质量为前提；不重视质量，质量低劣，最终导致没有真正的数量。"② 此类辩证论述，不胜枚举。我深信，认真学习和实践《看法与说法》关于文艺的精辟论述，必将有力地推动中国特色的社会主义文化强国建设宏伟大业的历史进程。

2013-09-11

---

① 李瑞环:《看法与说法》(第三册)，中国人民大学出版社 2013 年版，第 725 页。
② 李瑞环:《看法与说法》(第四册)，中国人民大学出版社 2013 年版，第 1083 页。

"徐悲鸿们"是民族精神宝塔的塔尖

　　电视剧《徐悲鸿》的导演王好为、李晨声是主要活跃在电影界的一对锲而不舍地坚持现实主义创作、具有人格魅力的导演，我对他们两位非常尊重。他们在年逾古稀之后，出于对徐悲鸿这位艺术大师、艺术教育家由衷的敬意选择了这个题材，而且以不完成这次创作死不瞑目的雄心带病坚持拍摄，这是让人非常钦佩的。

　　中国当下的文坛对真正的艺术家、艺术大师的态度是否尊重，已经成为这个民族艺术潮流、审美走向的一个重要因素。我们多年呼吁要把一些艺术大家、大学者搬上大众艺术的平台，让他们登上民族精神宝塔的塔尖。从这个意义来讲，《徐悲鸿》这部电视剧让观众喜欢，并知道中国的大美术家徐悲鸿还是一个大教育家，这就成功了。我们应该站在更宏阔的视野上，特别是要跳出一些过往的是非来看待问题，让徐悲鸿这样的大家来引领我们前行，因为他们有知识、有智慧、有修养，他们的境界和他们的人格是这个民族最宝贵的精神财富。

　　我看这部片子的时候很感动，越到后面越感动，这绝不是缺乏格调地去看一个男人、一个艺术家和三个女人的故事，他的每一次情感轨迹都蕴含着徐悲鸿的高尚人格。讲理想信仰，怀怜悯之心、悲世之情是一个人的大情怀，因此也要为《徐悲鸿》叫好。当今中国电视剧太少这种分量的东西，大多是今天婆婆明天大妈，拿小悲欢当大事件，天天都是身边琐事而忘却了与国家与人民的关系，而徐悲鸿最大的特点是关心祖国的命运、关心人民，这两条就是最宝贵的。一个民族的精神史当中的重要部分是由艺术家来建构的，任何一个民族都是如此。这些杰出的艺术家就是文明、文化自觉的标志，他们是一根根的支柱，把我们的精神大厦支撑起来了。今天确实有人是在解构、拆卸这些支柱，这是要坚决反对的。

这个片子是经得住看的，当然熟悉徐悲鸿的人会提出一些细节上的失真问题、人物造型的失真问题，但通通都是善意的，而且对我们今后的创作是宝贵的借鉴。连王好为、李晨声这样的导演都准备了十多年，尚且还有瑕疵，更说明我们的电视艺术工作者要敬畏大艺术家、敬畏历史，必须端正自己的创作态度，走进生活，走进大艺术家的心里，走进他们活跃于其中的那段历史，并且审美化。

2013-11-04

我看高满堂的剧作

第一，高满堂的创作为中国特色的社会主义电视剧艺术提供了民族学理研究的最厚实、最有价值的文本。高满堂的剧作充分体现了中国电视剧艺术有自己鲜明的民族特色、美学特色和艺术风格。

我刚参加了四川国际电视节，在这次四川国际电视节上，有两部长篇电视剧引起评委会的关注。一个是英国的《唐顿庄园》，另一个就是高满堂编剧的《温州一家人》。后者聚焦于当代农民走向世界的历程，写一个中国普通农民怎样一步步在改革开放的大潮中完成自己的精神境界的升华。

第二，高满堂的创作极其深刻而生动地告诉我们一个真理：艺术源于生活，高于生活；艺术家必须写自己熟悉的生活。他每次把握新的审美对象和题材的时候，总是到生活当中去，熟悉那个时代、那段历史，熟悉活跃于那个时代当中的各种人，了解他们的喜怒哀乐，然后让这些人物首先活跃于他的脑海当中，呼之欲出。高满堂真正践行了"读万卷书，行万里路"。所以，高满堂的剧作的一大特征就是角色、语言、场景鲜活。人物的语言非常有个性。

《闯关东》那样一种我们陌生的生活，经他了解以后，写出来是如此动人心弦，这是对贴近实际、贴近生活、贴近群众的生动展现。高满堂不仅深入进去了，贴近了，还站出来，做到了"入乎其内，故有生气；出乎其外，故有高致"。

第三，高满堂的创作给我们另一宝贵启示，就是要重视自己创作思维上哲学品格的铸炼。为什么这样说呢?满堂他自己说得好,娱乐应该有度,不能至上,艺术应该有节制,不应泛滥,要给自己留道底线。他认为他的创作当中最宝贵的一条就是境界和情怀。我愿意称高满堂的剧作是一种"有思想的艺术与有艺术的思想"达到相当完美的统一的作品。他的每一部作品都有思想,有灵魂。

　　当然,谈到思维层面的问题的时候,我作为一个老朋友、老观众也曾经说过,有的作品里面也要注意彻底地抛弃那种二元对立、非此即彼、好走极端的思维倾向的影响,我不是说他有这种倾向,我是说这种倾向的影响之广泛。真正的文化自觉说到底是哲学自觉,哲学自觉是自觉地运用执其两端、把握好度的辩证法,以兼容整合的思维取代二元对立、非此即彼的思维。比如说《闯关东》里的朱开山这个人物就很感人、很丰满。剧中在他淘金有了钱、置了地成为地主后,描写了他的长工们这一群栩栩如生的人物,有小偷小摸的,有偷奸耍滑的,总体来说都是朱开山的真善美的对立面。他的创作在哲学思维层面上,还有升腾的空间。哲学成果可以消化到审美创造的全过程中去,使你的作品既保持强大的吸引力、感召力,同时又保持着一种思想的穿透力。

2013-11-28

2014

自厚天美　执着追求

　　离开中国文联工作岗位，屈指算来，已近 8 年了。回顾改革开放以来，我先弄文学，在社科院文学所从师于朱寨先生，治过中国当代文学思潮史；接着又学电影，在中国电影艺术研究中心从师于钟惦棐先生，当了几年不那么称职的中国电影研究室主任；继之奉时任广播电影电视部部长的艾知生之命调中国电视剧艺术委员会主持工作，一干就是二十余年；最后进入 21 世纪，一边兼国家广电总局副总编一边到中国文联干到离职。如此文艺生涯，使我成为一名听命于时代召唤的门门懂一点、样样均不精的"万金油式"的文艺干部。于此，我毫不后悔。环境造人，氛围养人，经历是一笔宝贵的精神财富。更有幸的是，这种特殊经历逼我笔耕不辍，总是联系工作实践记下些人生感悟和心得体会，出版过十几本小书。如今要从中并着重从尚未入书的散发在报刊的那些自以为还值得入集存念的篇什中凑一本新的自选集，思来想去，先造出《自厚天美》这个书名来。

　　何为"自厚天美"？对于自己从事文艺工作近半个世纪的经验概括，我曾归纳为"文化化人，艺术养心，重在引领，贵在自觉"16 个字；对于自己反思一生得到的人生信条，我曾手书"自强不息，厚德载物；天人合一，美美与共"16 个字以自励。这"自厚"，便是"自强不息，厚德载物"。"天行健，君子以自强不息；地势坤，君子以厚德载物。"《易经》上的这句话，我以为精辟地体现了中华优秀传统文化对"君子"的精神人格和道德操守的要求：对主体讲自强不息，对客体讲厚德载物，而整体上又是对"君子"的规范。吾虽不能至，但心向往之，故以此律己。这"天美"乃"天人合一，美美与共"之谓也。我所崇敬的年逾九旬的北京大学著名哲学家张世英先生不久前曾极有见地地指出："天人合一"是中华民族传统哲学的精髓，而西方现代哲学主要可以概括为"主客二分"。前者的优长在于和谐人与自然、人与社会、人与人之关系，故在 21 世纪的当今世界愈益显现出强大的生命力和恒久的价值，但一过度，也露出了容易压抑和妨碍人的主观能动性和创造力的短板；后者的优长恰在于有利于培养和激发人的主观能动性和创造力，但一过度，又露出了激化人与自然、人与社会、人与人的矛盾冲突以致破坏和谐的弊端。张先生的高明，在于他力倡创建一门新的"中华民族精神现象学"，即兼容中、西方哲学的优长互补并克服摒弃两者各自短板的当代全新哲学。兼容互补，即著名的社会学家费孝通先生主张的"各美其美，美人之美，美美与共，天下大同"也。所以，我笃信张先生的新哲学学说，以为取"自厚天美"实非生造，而有深意藏焉：因"自厚"，故"天美"；既流淌着中华民族优秀传统文化哲学的浓浓血液，充溢着强烈的民族精神，又博采西方现代文化哲学的精髓，具有鲜明的时代精神。

《自厚天美》中大致收入了我两方面的文字：一是在文艺生涯和治学经历中对沙汀、钟惦棐、朱寨、叶辛、陈建功、周月亮等师友的感恩念旧之情，是他们，教我自强不息，是他们，诲我厚德载物；二是我对文学、电影、电视剧的有点意味的评论，其间灌注着我对"天人合一，美美与共"的执着追求。[①] 斗胆将这些文字敬献于读者，实际是把灵魂示众，真诚地倾听批评和指正。

2014-01-29

---

① 仲呈祥：《自厚天美》，中国文联出版社 2013 年版。

从一位风光市民到一群人的寻梦

——评话剧新作《活在阳光下》

春节期间，有幸观看了由孟冰编剧、胡宗琪导演、成都艺术剧院演出的话剧《活在阳光下》，心灵为之震撼，思绪浮想联翩。我想说，这是一部难得的直面人生、开拓未来的现实主义力作，是为当下"城镇化"建设进程中进城务工的"农转非"的"新市民"实现伟大的"中国梦"谱写的一曲心灵之歌。

众所周知，成都在"城镇化"建设上，进行了有意义的探索。当然，关于"城镇化"建设的理论和实践，人们尚存不同认识，这是政治家、社会学家、城市管理学者理应慎重辨析的事。但对于有思想、有社会担当、有敏锐艺术感悟和表现能力的优秀话剧编剧孟冰来说，他以审美眼光看重的是在这样一个"时代大背景"下，从农村进城务工的各色人等的心灵变迁史。他说："这当中有积极的、要求改变命运的人生主题，有在变革中被迫改变的无奈，有不愿意改变的固执，有对新生活的渴望，有对新生活的不适应，更多的是在新生活、新观念、新环境、新的身份认同、新的人生定位面前的缺乏准备状态、茫然状态、手足无措状态，当然，也有充满信心、踌躇满志，甚至是如鱼得水、春风得意的状态。这正是这个变革的时代，在多元文化的背景下，在不同价值观的碰撞中，在各种社会矛盾（特别是城乡矛盾）集中汇合的特殊区域内，提供给我们一个对人性的深层开掘，对中华传统文化的深刻认识，对中国人日益觉醒的生命意识、个体意识、公民意识及社会道德、公众理念建立的深入考察的机会。这是时代给我们的命题，这是社会历史发展给我们的命题，这也是人类文明进程中一个不可缺少的命题。"于是乎，应四川省委宣传部之邀，在成都市委宣传部和市文联的精心安排下，孟冰深入成都6个城乡接合部区县的新型农村社区和4个城区的进城务工农民集中安置点实地考察、集体座谈、个别采访、深度接触，一个个鲜活的人物的心灵历程活在了他的脑际，几易其稿，终于孕育出《活在阳光下》。

其实，剧作命题《风光市民》，原意仅聚焦于一位获得"风光市民"荣誉称号的典型人物，但孟冰在深入生活中被感动得不写不快的人物却是一群。他认为，"如果想反映出时代的大背景，一个人的故事会显得单薄和偏执"；如果写活了一群人的心灵轨迹，让当今不同人生经历的观众都能从中照见自己的心影，从中得到感悟与激励，共同为实现包括自己在内的伟大的"中国梦"添砖加瓦，那岂不别有洞天！他感到，这群人在寻"梦"的过程中，起点不一、行业不一、境界不一，但都在正确的价值观、道德观、伦理观、公民观的"阳光"的哺育引领下，驱散各自心灵中或强或弱、或多或少的旧文化、旧意识的"精神雾霾"，才真正把个人的"梦"汇入中华民族伟大复兴的"中国梦"。所以，《风光市民》易名为《活在阳光下》。这无疑是观赏和读解这部话剧的钥匙。

又于是乎，内容决定形式，孟冰将布莱希特的"叙事体戏剧"理论与实践"拿来"化入自己的创作中，并与导演胡宗琪、舞美设计黄海威通力合作，精心排练出这台具有中国特色中国风格的"叙事体戏剧"《活在阳光下》。

要在两小时的一台话剧里讲清一群人的心灵演进故事，谈何容易！孟冰的要诀是让"人物在碰撞中以最简洁的方式立即产生冲突，犹如平地起高楼，旱地拔葱。在看似一个个不相干的事件中，渐渐看到一个局部的全貌"。舞台上，一群人的心灵故事都在一座有着浓郁意象意味的城镇小院里向观众纵横交错地娓娓道来。小院里，矗立着已有危楼迹象的"清心阁"，那既是收藏巴蜀历史上文人墨客们典籍的优秀传统文化的文物宝地，又是解放战争中的中共地下联络站的革命圣地，称它象征着中华文化，诚不为过。唯其如此，当过文化局局长的魏少秋老人守护着它，每天总要抱着一盆花追逐着短暂的阳光；居委会主任、青春少女陈露潜心攻读传统文化典籍，却被误认为患了"自闭症"，她只好到"清心阁"来寻觅知音，向魏老求学问道。小院的院墙坍塌了，院坝却被居委会借用辟为娱乐活动站。这里的常客是"麻将四仙"，他们既打麻将，也说东道西；一对进城打工的夫妻在这里开起了小茶馆，寻觅着十年前被人拐骗的独子，谁曾料想，这拐骗者的妻子竟是不断慷慨解囊资助这对夫妻远处寻子的"麻将四仙"中的夏姐；一个怀孕的进城姑娘天天坐在那里一言不发地编织着毛衣，当婴儿出生后她却哭得撕心裂肺，因为她是为了生存才当了代孕妈妈；一位当年进城的打工妹，今天把家政公司办得有声有色，被评上"风光市民"，连她前夫的儿子刑满释放归来，都弃其亲父而投靠她这位虽无血缘但给他真挚母爱的妈妈……所有这些，堪称一副"城镇化"建设的"众生相"，展示出在中华优秀传统文化、红色文化与当代时尚流行文化的碰撞、交融、整合的时代大背景下"进城务工者"群体逐步驱散形形色色精神"雾霾"活在阳光下为实现"中国梦"添砖加瓦的心灵历程。

毋庸置疑，该剧直面现实的勇气是可嘉的。其揭示社会矛盾和人物心理的复杂性、尖锐性、深刻性都保持了孟冰作品惯有的现实主义品格，传达出一种促人向上、开拓未来的正能量。之所以如此，是因为主创人员在谱写剧中"进城务工者"群体的心灵历程时，坚持了正确的历史观、美学观、价值观的导向，艺术地呈现了每个人物从起初的精神状况向真善美境界攀升的真实轨迹，做到了"既反映人民精神生活，又引领人民精神世界"。而其间的精神能源，正来自那"清心阁"里由志士仁人和革命先烈传扬出来的优秀传统文化与红色文化。这，正是《活在阳光下》宝贵的创作经验。

2014-03-03

评论要摆正导向与市场的位置

武侯祠有副对联写道:"能攻心则反侧自消,从古知兵非好战;不审势即宽严皆误,后来治蜀要深思。"其中有一点就是在说明要审时度势。在新媒体时代,文艺评论要坚持正确的价值取向,须做到三点:其一,要保持在复杂形势之下的判断力;其二,要保持理想和信仰;其三,要防止判断力的钝化和政治敏锐性的削弱。

做好文艺评论工作,必须立足于中华文化传统。习近平总书记发表的一系列重要讲话,从 2013 年 8·19 全国宣传思想工作会议到中共中央政治局第十二次、十三次集体学习会议,他不断强调要重视文化建设,重视宣传思想和意识形态工作,尤其是强调了中华民族和中华文化的关系。我们过去比较习惯于讲中华民族创造中华文化、中华文化为中华民族发展提供精神动力,但是系统学习领悟习近平总书记讲话之后,我们会发现他更强调中华文化是中华民族生生不息、发展壮大的丰厚滋养,强调中华传统文化是中华民族的突出优势和最深厚的文化软实力,强调中国特色社会主义要根植于中华文化沃土。所以,我们的艺术评论也应该以高度的文化自觉和文化自信,从中华文化中汲取营养,必须根植于中华文化沃土。一些文艺评论家喜欢拿西方理论套用在中国文艺现实上,一味追"新"逐"后",理论跟风、术语移植、问题模仿,甚至于中洋文夹杂,看似众声喧哗,实则不伦不类,这都是不可取的。

文艺评论要建立在传统文化基础上,引导民族精神提升和艺术鉴赏的公赏力即对艺术美的判断力的提升。如何做到这一点？习近平总书记8·19讲话中提到"两个结合"，正是解决这个问题的有效途径。这就是，一要把服务群众同教育引导群众结合起来，二要把满足需求同提高素养结合起来。整个文化建设，包括文艺评论都需要遵循这"两个结合"的重要原则。比如说东北二人转，需要不需要引导、教育？比如说放映厅里都是《小时代》，需要不需要引导、教育？很多优秀的影片根本就上不了院线。过去我们常说文艺作品应该更多地强调"看人民喜欢不喜欢、高兴不高兴、欢迎不欢迎"，但是今天需要反思一下，群众喜欢的、欢迎的就都是对的吗？仅仅"满足群众"还是不够全面的，还必须讲"教育引导观众"，这也是我们文艺评论工作者的重要责任。

艺术是人类以审美把握世界的方式，是超功利的，而西方天天宣传艺术的价值靠市场检验，这从来就是一个谎言。西方的市场像田地一样，田埂上有一个入水口、一个出水口，都是西方高层掌控的，只不过秘而不宣。而我们有些人就相信了票房、收视率决定艺术的价值，造成了今天的现状。文化体制改革改什么？怎么改？习近平总书记就曾深刻地指出：无论改什么、怎么改，导向不能改，阵地不能丢。导向应该是培养弘扬社会主义核心价值观，打好凝魂聚气、强基固本的基础工程。

文艺评论要为培育社会主义核心价值观凝魂聚气，还必须慎重对待经典的传统和创新。不同时代的人们为传统经典注入新的时代感悟与阐释，激活了经典的当代魅力。比如芭蕾舞剧《红色娘子军》，演了半个世纪了依旧经久不衰，现在上演时还是满座。这个剧本身浸透了中国文化的精魂，借用了西方的芭蕾舞形式，讲了一个中国故事。这就是合理的化用。而一些作品解构经典，采取历史虚无主义态度，是要不得的。文化化人，艺术养心，重在引领，贵在自觉。这是我十几年来一直在讲的。我也一向坚信，追求健康的美感与卓越的思想启迪的和谐统一，是文艺评论美学的历史标准的最高境界。唯此，文艺评论方能在实现中国梦的历史进程中做出贡献。

2014-08-29

文艺评论为核心价值观凝神聚气

社会主义核心价值观是当今中华民族文化软实力的灵魂，是文艺评论的灵魂，植根于中华文化沃土。为其强基固本就必须继承传统，敬畏经典。相反，抛弃传统，颠覆经典，就等于割断了自己的文化之根和精神命脉。文艺评论家为培育社会主义核心价值观凝魂聚气，就必须慎重对待经典的传承与创新。经典也不是凝固不变的，伴随着历史的演进，不同时代的人们在传承艺术经典实践中往往会注入新的时代感悟与阐释。集合经典的当代魅力，关键是不忘本来才能开辟未来，善于继承才能更好创新。我们反对鹦鹉学舌，盲目西化，生搬硬套一些不合国情、不合实际的理念，对传统经典中蕴含的有生命力的文化基因和价值取向进行解构、颠覆，时下打着创新旗号的某些流行作品便属此类。倘若此风蔓延，则中华民族优秀文艺大厦的根基支柱将被逐一拆卸，大厦终将坍塌，社会主义核心价值观必不可少的重要精神源泉也将被切断，那是十分危险的。

培育社会主义核心价值观必须引领人们在日常生活中感知、领悟、实践它。文艺评论虽务必求美，但对生活的审美判断终极往往是道德评判。老托尔斯泰认为，文艺归根到底是传达情感的，而情感离不开道德评判，一部优秀的作品往往会对一个人的道德信仰、人文情怀产生终身的影响，对一个社会的道德风尚产生重要的影响。

培育社会主义核心价值观必须立足于中华民族的优秀文化传统，中国特色社会主义植根于中华文化的沃土，举世瞩目的中华文艺大厦是由代代相传、深入民心、历经时间和人民检验的杰出作家、艺术家及其经典作品为支柱搭建起来的。经典作品之所以经受住了历史和人民的检验，正因为其间蕴含着至今仍有强大生命力的中华民族最基本的、能与当代文化相适应、与现代社会相协调的文化基因。这些文化基因经过创造性转化和创新性发展，完全可以成为培育涵养社会主义核心价值观必不可少的精神源泉。

文艺评论要为社会主义核心价值观凝神聚气，说到底是要求文艺评论工作者坚持理论自信、制度自信，要对与时俱进中国化马克思主义的理论定力充满自信，要对中国特色社会主义制度的先进优越充满自信，要对走有中华民族历史传统文化积淀的、有中国特色的文艺发展道路充满自信。有了这些自信，才能在当今这场没有硝烟的世界文明冲突中、文明大战中站稳脚跟，保持清醒的是非判断力和理论定力，自觉发挥好文艺为培育社会主义核心价值观的正向作用。

2014-09-17

马克思主义文艺观中国化的最新成果

如果说，毛泽东同志的《在延安文艺座谈会上的讲话》是 20 世纪 40 年代马克思主义文艺观中国化成果的集中体现，那么，习近平总书记 10 月 15 日在文艺工作座谈会上的讲话，则是当今马克思主义文艺观中国化的最新成果，是中国特色社会主义文艺健康持续繁荣的科学理论指南。

习近平总书记秉承与时俱进的马克思主义文艺观，强调必须坚持以人民为中心的创作导向。[①] 这是马克思主义经典理论家一贯坚持的文艺创作的"人民性"。毛泽东同志当年在《在延安文艺座谈会上的讲话》中就把"我们的文艺是为什么人的"开宗明义列为"根本的问题"，并根据抗日战争的情势提出了文艺为工农兵服务，文艺应当成为"团结人民、教育人民、打击敌人、消灭敌人的有力的武器"。[②] 历史进入新时期，改革开放的总设计师邓小平同志根据全党实现了从"以阶级斗争为纲"到"以经济建设为中心"的历史转折的新形势，提出不要再提文艺为"当前的、具体的、直接的政治服务"，而是代之以"为人民服务、为社会主义服务"的"二为"方向，并强调"人民是

---

① 习近平：《在文艺工作座谈会上的讲话（2014 年 10 月 15 日）》，人民出版社 2015 年版，第 13 页。
② 毛泽东：《在延安文艺座谈会上的讲话（1942 年 5 月）》，《毛泽东选集》（第三卷），人民出版社 1991 年版，第 854—858、848 页。

文艺工作者的母亲"，"人民需要艺术，艺术更需要人民"①。江泽民同志提出"三个代表"重要思想，强调要"代表先进文化前进的方向"，要"以科学的理论武装人，以正确的舆论引导人，以高尚的精神塑造人，以优秀的作品鼓舞人"和"弘扬主旋律，提倡多样化"，为实现"以人为本"的先进文化观指明了根本途径。②胡锦涛同志倡导以科学发展观为指导，让文艺为推进经济、政治、文化、生态、社会文明"五位一体"的建设提供强大的精神资源和智力支撑，提出"一切进步的文艺创作都源于人民、为了人民、属于人民"的论断，将文艺创作的源泉、服务对象、成果归属都统一于"人民性"之中。③

习近平总书记在这次文艺工作座谈会上，进一步指出："实现'两个一百年'奋斗目标、实现中华民族伟大复兴的中国梦"，"文艺的作用不可替代"。④文艺"最能代表一个时代的风貌，最能引领一个时代的风气"⑤。这就极大提高了文艺工作者的社会责任和历史担当意识。习近平总书记还强调了"以人民为中心"的文艺业绩观，强调："文艺工作者要想有成就，就必须自觉与人民同呼吸、共命运、心连心，欢乐着人民的欢乐，忧患着人民的忧患，做人民的孺子牛。""一旦离开人民，文艺就会变成无根的浮萍、无病的呻吟、无魂的躯壳。""能不能搞出优秀作品，最根本的决定于是否为人民抒写、为人民抒情、为人民抒怀。"⑥习近平总书记阐发的文艺的"人民性"，同时还具有深厚的

---

① 邓小平：《在中国文学艺术工作者第四次代表大会上的祝词（1979年10月30日）》，《邓小平文选》（第二卷），人民出版社1994年版，第211页。

② 参见江泽民《宣传思想战线的主要任务（1996年1月24日）》，《江泽民文选》（第一卷），人民出版社2006年版，第497页。

③ 参见胡锦涛《在中国文联第九次全国代表大会 中国作协第八次全国代表大会上的讲话（2011年11月22日）》，人民出版社2011年版。

④ 习近平：《在文艺工作座谈会上的讲话（2014年10月15日）》，人民出版社2015年版，第6页。

⑤ 习近平：《在文艺工作座谈会上的讲话（2014年10月15日）》，人民出版社2015年版，第5页。

⑥ 习近平：《在文艺工作座谈会上的讲话（2014年10月15日）》，人民出版社2015年版，第18、15、16页。

历史人文基础和宏阔的全球视域。他强调除了向今人学习、要"深入群众、深入生活，诚心诚意做人民的小学生"①外，还应向古人学习。他强调："中华优秀传统文化是中华民族的精神命脉，是涵养社会主义核心价值观的重要源泉，也是我们在世界文化激荡中站稳脚跟的坚实根基。""要结合新的时代条件传承和弘扬中华优秀传统文化，传承和弘扬中华美学精神。"②习近平总书记还强调应向世界学习："必须认真学习借鉴世界各国人民创造的优秀文艺。只有坚持洋为中用、开拓创新，做到中西合璧、融会贯通，我国文艺才能更好发展繁荣起来。"③

2014-10-24

---

① 习近平：《在文艺工作座谈会上的讲话（2014 年 10 月 15 日）》，人民出版社 2015 年版，第 18 页。
② 习近平：《在文艺工作座谈会上的讲话（2014 年 10 月 15 日）》，人民出版社 2015 年版，第 25、26 页。
③ 习近平：《在文艺工作座谈会上的讲话（2014 年 10 月 15 日）》，人民出版社 2015 年版，第 26 页。

文艺评论工作要有准确的判断力

作为文艺评论工作者，我们要学习践行好习近平总书记在文艺工作座谈会上的重要讲话精神，这个讲话是马克思主义文艺观在 21 世纪最新成果的集中体现。做好文艺评论工作，需要有准确的判断力和坚实的理论根基。

过去简单化地把文艺从属于政治，用政治思维取代审美思维，现在面对市场经济，有些人又从一个极端跑到另外一个极端，以利润思维取代审美思维，将文艺从属于经济，做市场的奴隶。习近平总书记要求我们用审美的、艺术的方式把握文艺的独立定位和独立价值，这是极为重要的。总书记指出，文艺工作尤其要强调"传承和弘扬中华优秀传统文化，传承和弘扬中华美学精神"。[①] 这对文艺评论者来说也至关重要。

中华美学精神提倡天人合一，提倡道法自然。西方美学精神包括它的哲学精神长期强调主客二分，强调发挥主体的作用。我们应该把中西方的美学思想、美学精神互补整合，创造一种中华民族的时代精神。这既要天人合一、道法自然，又要发挥人的主观能动性，调动个人的创造能力，并且把个人的努力和创造融入民族梦、国家梦、人民

---

① 习近平：《在文艺工作座谈会上的讲话（2014 年 10 月 15 日）》，人民出版社 2015 年版，第 26 页。

梦，形成中国梦的强大精神能源。中华美学精神是一种生命的坚守与情怀、哲思的积淀与深化，从老子、孔子、庄子历经历代发展到近代的梁启超、王国维，一直到现代的朱光潜先生，无不把人的审美活动扎根在人生的沃土上，将对他人的关怀、社会的关怀、自然的拥抱和生命的钟爱结合在一起，因此它是独具魅力的。中华美学精神主张美在意象、以虚带实和超越生活。我们的道与西方靠科学实证、逻辑推理得来的艺术之道是不一样的。我们是别有风味、别有人生的感悟。

每个国家、每个民族都有自己独特的历史传统、文化积淀、基本国情，都应该有自己独特的发展道路。要讲清楚中国精神是中华民族最深层次的精神追求，是中华民族生生不息、发扬壮大的滋养；讲清楚中国的优秀传统文化是中华民族最突出的优势，是我们最大的生命力。有了准确的判断力和理论的定力，文艺评论才会真正产生公信力和战斗力。

2014-11-21

2015

我的问学之路

一、自学缘起

倘要我对自己作一小传，可曰：生于沪，长于蓉，求学立业于北京。弄过文学，不成气候，改弄电影，又不成气候；再弄电视，仍不成气候；最后进入中国文联，落得个"下岗职工"。这样写，是符合实际的。1946 年 8 月 9 日，我生于上海，尚未发蒙，便随母到了成都，直至新时期恢复高考后重招研究生的 1978 年。读高中时，满脑子还是父母给我的"学好数理化，走遍天下都不怕"的教育，所以数理化成绩一直很好，也未想过此生要从文。但我有一姐一兄一妹一弟，家庭靠父母不高的工资开支，待到姐兄都上了大学，妹读初中弟上小学，我居中正在高中，经济上入不敷出的情况月月发生。我看到学校收发室的告示板上出现了一位语文老师取报社寄来的稿费单的通知，于是突发奇想，觉得自己也可以给报社投稿挣点稿费来贴补家用，至少每月六元五角的伙食费可以不用再向母亲伸手了。无知者最无畏，我竟真的一发而不可止地把自己看电影、看戏甚至看乒乓球比赛的观感写成小文章，投给《成都晚报》。谁知，真的被选中了几篇陆续上了报纸。当看到自己幼稚的文字经素不相识的编辑加工斧正后变成铅字占据了报纸的"小豆腐块"时，那种兴奋劲和成就感令我从此与文艺评论结下了不解之缘。

1964年，被毛泽东称为"形左实右"的年头，我高中毕业，校长在全校大会上都点名表扬我这个能在报上发表文章的学生会头头学文科将来一定会大有作为，但无情的"出身论"却剥夺了我上大学的资格。我当上了教师，从教小学到教中学，直到被调入教育局的教研室工作。我主要教语文，也教过英语。"文化大革命"中，北京揪出吴晗、邓拓、廖沫沙"三家村"，上行下效，成都也紧跟着揪出了马识途、李亚群、沙汀"三家村"。我一介小民，虽然连"马、李、沙"三人的尊容都未见过，却因为在《成都晚报》上发表的几十篇"豆腐块"小杂文在教育界被当成"马、李、沙的小爪牙"揪了出来，几十篇小文章被贴出来冠以"奇文共欣赏，疑义相与析"供大家批判。我被隔离起来写交代材料。那时，我刚20岁出头呀！所幸，我毕竟查不出太多的劣迹，划不上"地富反坏"四类分子，充其量定了个"暗三类"。而"交代"又早写尽，于是容许我在隔离室学毛选或读鲁迅著作。这样，天赐我良机，让我能系统地读《鲁迅全集》。我本来就极崇拜鲁迅，这段时间，我重点读了《三闲集》《二心集》《南腔北调集》《伪自由书》《准风月谈》和《且介亭杂文》，还研读了《中国小说史略》和《汉文学史纲要》。"塞翁失马，焉知非福？"我的那点"鲁迅学"的功底，主要是这时奠定的。

"四人帮"覆灭，历史进入新时期。1978年，北京大学和杭州大学都恢复招收"鲁迅研究方向"的研究生。我虽未正式进大学上过本科，但我自信通过自学已具备了攻读"鲁迅研究方向"研究生的能力，北京大学殿堂太高，而我母亲又是杭州人，我于是便大胆报考了杭州大学。初试过后，在考生中我的专业和总分都名列前茅，复试时考官问我可知鲁迅关于杭州的诗，我随即应答出《阻郁达夫移家杭州》，并从"坟坛冷落将军岳"到"风波浩荡足行吟"逐句解释了鲁迅的用典。三位联合招生的导师之一的郑择魁老师在面试后曾对我明言："进入复试的四人中你年纪最小，成绩最好。"言下之意，录取当在情理之中。

但出人意料的是，我朝思暮盼的录取通知书却迟迟没有到来。

　　大约是苍天不负有心人吧，这时省委筹建四川社会科学院。负责筹建文学研究所的省委宣传部的吴野老师是位文艺评论家，他与《成都晚报》的资深编辑邓仪中老师都是我学习文艺评论的恩师。十年浩劫，十年人才断档。用人在即，他们力荐我先调入文学所工作。在时任省委宣传部办公室主任卢子贵的鼎力帮助下，我很快被调入文学所工作。好事成双，又逢刚复出主持中国社会科学院文学研究所工作的陈荒煤老师率队于昆明开完全国文学科研规划会后途经成都调研，需要四川社会科学院文学研究所对口接待，这任务便落在了我身上。我怀着崇敬的心情，小心翼翼地接待陈荒煤老师一行，并把这当成是绝好的求教学习机会。记得，他去新都宝光寺考察，见到对联"世外人法无定法然后知非法法也 天下事了犹未了何妨以不了了之"很感兴趣，便考问我应如何理解。我答后，又向他推荐了另一副对联"在这里听晨钟暮鼓打破了无限机关；退一步看利海名场奔走出几多魑魅"。他关切地询问了我的情况，知道我报考了"鲁迅研究方向"的研究生，且考分颇高，便告诉我他和朱寨正在主持国家"六五"重点社会科学研究项目之一的《中国当代文学思潮史》，人才断档，急需用人，想从报考本届研究生中优选几位青年参加，一边攻读，一边科研。他问我："鲁迅研究虽然归在现代文学里，但对研究当代文学十分重要。你愿意参加吗？"这正是我求之不得的。很快，他的秘书严平为我办好了进京手续。我结束了蜀中生涯，开始了真正进入学术的北京生涯。因此，是陈荒煤老师导引我真正开始走上了文艺研究的学术道路。

二、步步为营

　　进京之后，耳目一新，眼界大开。我兴奋地带着八纸箱常用书籍，乘火车由蓉赴京。严平秘书和荒煤老师的司机小安到北京站接我，把我安排到文学所借的人民日报彩印车间——日坛路 6 号的一间地下室里住下，邻居便是大名鼎鼎的文艺理论家何西来一家。次日，荒煤老师领我拜见了主持《中国当代文学思潮史》项目的朱寨老师。朱寨老师是延安鲁艺培养出来的老革命、老专家，是新时期中国当代文学研究领域的学术带头人。他的一篇关于短篇小说《班主任》的评论《从生活出发》，把名不见经传的刘心武推上了中国当代文坛的显赫地位。他热情地接纳了我这个编外弟子，当即交代了两项任务：一是开了一张老所长何其芳先前给他当班主任的中国人民大学文学研究生班的研究生的"必读经典"书单，要我在文学所图书馆逐一借来攻读，不要忙于发表文章；二是认认真真泡在图书馆里，查阅整理新中国成立以来全国省级以上出版社和报刊出版发表的在中国当代文艺发展历史上产生过相当影响的具有一定地位的小说、诗歌、散文、戏剧、电影、报告文学和理论批评著作，并梳理文艺界大事，编辑1949年第一次文代会至1979年第四次文代会的《新中国文学纪事和重要著作年表》，为进而撰写《中国当代文学思潮史》奠定坚实的基础。于是，谨遵师命，我起早贪黑，如饥似渴地啃书单上的必读经典，又从成都托运来一辆自行车，每周安排三天骑车到图书馆，开门即入，闭馆始出，中午就吃从食堂买来带去的两个糖三角，在那里翻卡片，查书目，把《文艺报》从创刊号一直阅到新时期，省级以上的出版社出版的文艺书目和文艺期刊发表的作品都逐一检阅。为了集中精力，文学所专门在陶然亭公园租了办公房，让我随朱寨老师搬了过去。荒煤老师还再三叮嘱我要珍惜在朱寨老师身边的学习良机，他说："文学所哪个研究生有你这个条件，天天都在导师身边随时可以聆听教诲！"对我的培养，真可谓投入成本不菲。记得，为我租的那间房，日租金9元，而那时的稿酬标准是每千字6元，也就是说，我每天要写出1500字，方可抵消租房费。那时的我，一是三十出头，精力旺盛，二是憋足了一股万不可给识我的"伯乐"丢脸的气，每日三餐都在公园职工食堂吃，早餐5分钱一个油饼、2分钱一碗棒子面粥、2分钱咸菜，午餐4两米饭2角钱一份肉片炒白菜，晚餐4两馒头一碗蛋汤，我每月工资42.5元，买25元饭菜票、5元邮票（给亲友寄信用），余下要买书。我自嘲"营养不足空气补（每天清晨公园开门前起床沿湖跑步呼吸新鲜空气），睡眠不足水上养（每天坚持夜深人静在湖里游泳千米在水上养神半小时)"。这样整整苦干了三个多年头，终于拿出了后来于 1984 年由四川省社会科学院出版社正式出版的《新中国文学纪事和重要著作年表》，填补了中国当代文学研究在资料汇总领域里的这一空白。这是我在朱寨老师指教下迈入文学研究领域的第一步。

第二步，朱老开始指导我从第一次文代会开始，逐年逐月收集、通读关于重要文艺活动、事件、思潮、作品、论争的文献资料，如关于"小资产阶级可不可以当作品的主角"的讨论、"萧也牧创作倾向"的讨论、"《红楼梦》研究批判"、"电影《武训传》批判"，等等。每一专题，文献资料浩繁，朱老都严格要求我认真阅读消化，并学会比较分析。此时，荒煤老师已回文化部复任副部长，这一重点项目全权交给了朱老。他作为主编，亲自设计了全书的章节，并分配我主要承担第一、二、四次文代会的大部分章节。每草就一章节，便呈朱老审阅，他总是把我叫到他房里，耳提面命，是我所是，非我所非，并逐段做出必要的修改和补充。手捧恩师的批改，领悟其间的缘由学问，我感慨万端。后来被朱老招至麾下参加这一国家重点项目的，还有湖北大学副校长范际燕教授、《文学评论》副主编蔡葵研究员。朱老很尊重每位成员的劳作，都在人民文学出版社正式出版的《中国当代文学思潮史》的每一章节后，特别署上了执笔者。其实，有幸参加《中国当代文学思潮史》撰写，对我来说，实际上是扎扎实实地完成当代文学研究生的学习过程。在这一过程中，朱老作为当代文学研究和评论的学科带头人，还一直关注着文坛的新作品、新动向，并及时发表重要评论，引领创作健康繁荣。比如，谌容的中篇小说《人到中年》一发表，朱老读后夜不能寐。他连夜写评论，写一张，递给住在隔壁房的我一张，他写我抄，他再改，我再抄。这篇评论后来见报，影响极大，不仅确立了《人到中年》在新时期文学史上的地位和价值，而且确立了谌容这位作家在中国当代文学史上的地位和价值。我也在这终生难忘的抄抄誉誉中，从朱老那里学会并锻造了当代文艺评论的思维能力。我学写的稚嫩的文艺评论文章集为《当代文学散论》，于 1985 年由重庆出版社出版，与我参与撰写的《中国当代文学思潮史》一起，先后荣获"中国当代文学研究著作奖"。这期间，我还出版了小书《创作与生活》，应约为《文学评论》撰写了评论刚崭露头角的文学新秀陈建功的小说创作的论文《他呼唤生活的强者》和为周扬主编的《新文学大系》撰写了评论另一位青年作家叶辛的三部长篇小说的论文《奋进青年的奋进之歌》。两位后来都当选为中国作家协会副主席。这是我进入当代文学研究领域的第二步。

第三步，由文学研究转入电影研究。为弄清"电影《武训传》批判"的来龙去脉，朱老带着我去访问他在延安鲁艺时的学长、那场批判运动的亲历者钟惦棐先生。钟老是当年"武训历史调查"的三人小组（钟老、江青、袁水拍）的组长，其时正患肝病住在右安门的第二传染病医院。我们去时，他病重，小便失禁呆坐在床上，当时并未访问成。之后，他病渐愈出院，我于是腿勤数次去西单振兴巷6号他家中求教。一往一来，钟老看上我的记忆力，戏称我为"DDK"（当时流行的名牌录音磁带）。待到1985年《中国当代文学思潮史》书稿基本完成时，钟老向他的学弟朱老提出了要我去他身边当学术助手的要求。他对朱老说："你主持的项目基本完成，我的《电影美学》项目正急需人，你就乐于助我这个病人吧！"这样，经文学所领导同意，我便从陶然亭公园搬到了西单振兴巷6号钟老家中。钟老家共五间小房，中间两间打通做他的书房，朝里一间是老两口的卧室，朝外两小间就给我用了。他的四子一女都搬出去了，老大钟里满大学毕业后进了中央电视台，老二是后来以短篇小说《棋王》《树王》《孩子王》成名的钟阿城，老三钟大陆搞摄影，老四钟星座后来成了"星座一人广告公司"的老板，小女钟珊珊也出嫁成家了。那时，钟老是中国电影评论家协会的首任会长，他于1956年底发表于《文艺报》的那篇评论员文章《电影的锣鼓》，虽令他遭难被错划为右派劳改了27年，但历史证明他敲响的"锣鼓"是颠扑不破的真理，他因此赢得了中国电影界同人的尊敬与爱戴，成了电影界的理论权威与美学大家。从谢晋导演的《牧马人》《天云山传奇》《芙蓉镇》到吴天明导演的《人生》《老井》，再到吴贻弓、郑洞天、谢飞、胡炳榴、黄健中，以及颜学恕、黄建新、陈凯歌、张艺谋等活跃于银幕的导演有了什么新作，都络绎不绝地到钟老家来交流、研讨。从一定意义上可以说，20世纪80年代初中期，与改革开放的时代共同着脉搏、与人民群众解放思想的潮流共同着呼吸的中国电影现实主义深化创作的学术研究最重要的中心，实际上就在西单振兴巷6号。作为钟老的学术助手，我在这里一直待到1987年为他老人家送终。钟老言传身教，身体力行，引领我登上电影美学的殿堂。他谆谆告诫我：为学先为人，人品比学术更重要。他姓"马"，笃信马列，行不改名，坐不改姓。"操马克思主义批评的枪法"才能无往不胜。他的历史观，植根马克思主义唯物史观，又从陆沉27年劳改生活中细心研读司马光的《资治通鉴》所展示的历史镜鉴中铸就，因而他品味作品的历史目光极为深邃，总比我们多看几步棋。比如看晋剧《打金枝》，我看见的是皇宫院里皇家驸马公主及郭家间的斗气，而钟老看见的却是一部从中唐到晚唐的形象的衰落史。他的美学观，植根于中华传统美学精神，从"天人合一""道法自然""和而不同"到"入世"与"出世"的统一，通民心、接地气，再到以虚代实、营造意象、追求意境。一部《金瓶梅》，在他看来是明末"市民美学的高峰"。我有幸从学于他，受益匪浅。多年的坎坷磨难，毁了他的健康。他抱病攻读经典，每有心得，便用三色笔在书上做出各种批注，要紧处，还习惯在香烟盒纸的背面用铅笔写上一段段感悟，然后将这张张写有妙语感悟的香烟盒纸片用夹子夹在书桌靠墙的一根铁丝上。待到累积了十数张，一篇相对完整的心得已成，便取下来铺陈在书桌上，把我叫过来，他一边吸着香烟，一边一张张连缀起来阐述心得体悟，命我花几天整理成文。我总是用文学研究所特制的那种留有三分之一空白的300字一页的大稿纸把整理后的文章工整誊出，呈送他审改。他总是在那三分之一的空白处用铅笔做出许多精彩的修改。我再抄，他再改，往往要反复几遍。老实说，我正是从反复琢磨理解他何以如此修改中，学习他的思想、他的学术、他的历史观和美学观的。这是我学习电影美学和电影评论的主要途径和方法。几年中，在钟老指导下，我协助他整理编辑了他的著作《陆沉集》《起搏书》《电影策》

《电影的锣鼓》。正如钟老在《电影的锣鼓·序》中所说:"全书编务由青年文艺评论家仲呈祥同志一竿子到底,还有上面提到的《电影策》也是如此。"① 我在这一时期的主要治学成果,是后来荣获中国广播电影电视研究著作一等奖的由中国戏剧出版社出版的《"飞天"与"金鸡"的魅力》。

第四步,转入电视艺术领域。从 1985 年起,我因随钟老上西郊黑山口参加过一次由当时广播电视部电视剧艺术委员会阮若琳秘书长主办的创作会议,钟老叫我代他就如何评价电视剧《走向远方》发了言,竟被阮老看中,聘我当了中国电视剧"飞天奖"的评委和《中国电视》杂志执行主编,开始与电视艺术结缘。1987 年 3 月 20 日,钟老不幸仙逝,中国电影界失去了领军人物。这时,新组建两年的国家广播电影电视部艾知生部长找我谈话,说电视剧和电视艺术节目的影响越来越大,需要加强管理,要调我到新改名的由他亲自兼主任的中国电视艺术委员会工作。至 20 世纪 90 年代初,我正式被任命为中国电视艺术委员会副主任兼秘书长,在部党组领导下具体负责一年一度的"飞天奖"评选和主编《中国电视》杂志。笨鸟先飞,勤能补拙。仅每年参评"飞天奖"剧目的时长,大都近千小时甚至逾千小时。作为受命具体负责主持者,我要求自己尽量逐一认真读片,以对创作者和艺术高度尊重,评得上评不上都要对参评者说出个"子曰"。这就耗用了我的大量时间(每天看十小时,每届评奖也曾看三个多月)。我大约成了看中国电影和电视剧最多的人之一。我有时戏称:影视剧看得越多智商越低。这是我的真情实感。因为毕竟影视剧中大量属于平庸,而迄今为止,人类文明最精华的成果,恐怕还是积累在图书馆里历经历史和人民检验过的古今中外的经典作品中。所以,攻读经典,走近大家,自己就会逐渐智商情商一起开发,成为志在高远、情感丰富的大写的人。相反,像我这样大多光阴都与平庸的影视剧打交道,久而久之,

---

① 钟惦棐:《电影的锣鼓·序》,重庆出版社 1986 年版,第 3 页。

自己也难逃平庸的结局。好在，靠着我此前从学朱老弄文学打下的文学评论功底和从学钟老弄电影耳濡目染来的电影美学素养，评奖时每天上午下午晚上三个时段看片，我就黎明即起，晨五点钟趁诸评委尚在梦中，便独自到宾馆大堂的沙发上，用笔记下读片体会和诸评委的高见，为后来真正治中国电视剧发展史的专家学者留下珍贵的资料，这便是在学界颇有点影响的拙著《十评飞天奖》和《中国电视剧历史教程》的由来。这一时期，我还出版了《中国电视剧研究札记》《艺苑问路》《仲呈祥影视评论二集》《大学影视》等几本小书。

第五步，从事文联工作。历史进入 21 世纪，适逢中国文联换届，时任中宣部部长丁关根同志接见我，要我一边继续兼任广播电影电视总局副总编，一边调任中国文联驻会副主席、书记处书记。自此，我走出了单一的文艺门类领域，进入新的覆盖面更广的涉足戏剧、音乐、美术、书法、舞蹈、杂技、曲艺、电影、电视、摄影、民间文艺各个领域的文联工作岗位，具体负责联系研究室。由于工作的磨炼，我逐步成了"门门初通，样样不精"的"万金油"式的文艺干部。好在如钱锺书先生所云"不通一艺勿谈艺"，辩证法讲究寓共性于个性，艺术总是有共性的。我先前在文学、影视领域奠定的基础，令我与各门类艺术家都找到了许多共同语言。本性难移，笔耕不辍，在此期间我着眼于打通各门类艺术，探求统管整个艺术领域的普遍规律，陆续出版了《艺苑问道》《审美之旅》《银屏之旅》等著作。

第六步，"下岗"后的治学生活。2006 年，中国文联换届，我退居二线，任全国政协委员，继续兼任国务院学位委员会艺术学科组召集人和教育部艺术教育委员会副主任，受聘到中国传媒大学和南京艺术学院任艺术研究院院长。自此，我又重新回到了学术轨道上全身心治学，致力于艺术学学科建设和加强文艺评论。我一边在大学里与博士生互教互学，一边致力于在前辈学者于润洋、张道一、靳尚谊、欧阳中石、杨永善等先生努力的基础上，继续在全国政协提案，呼吁以高度的文化自觉与文化自信，为适应新的时代需求，将艺术学由国务院学科目录中的原一级学科升格为门类；呼吁为发挥文艺评论的引领作用，组建打通各艺术门类的中国文艺评论家协会。此两项攸关学术大计的呼吁，现均已成为现实。我被推选为首届中国文艺评论家协会主席。国务院总理李克强亲授聘书聘我为中央文史研究馆馆员。全国哲学社会科学规划领导小组聘我为"全国哲学社会科学专家咨询委员会委员"。这几年，我陆续出版了《文苑问道——我与〈人民日报〉三十年》《中国电视剧艺术发展史》《中国电视文艺发展史》《自厚天美》等著作。

三、还在路上

21 世纪，人类进入了科学与艺术结缘互补的新时代。科学求真，开辟通向真理的道路；艺术求美，为之营造和谐的生态氛围。两者互补生辉。艺术理应以自身的历史品位和美学品位去培养造就受众深刻而不肤浅、沉稳而不浮躁、高雅而不低俗、幽默而不油滑的审美情趣与鉴赏修养，从而为全社会营造良好的文化氛围。

只有首先"各美其美"，传承和弘扬中华民族优秀传统文化和美学精神，才能真正"美人之美"，进而把两者交融整合，做到"美美与共"，实现"天下大同"。

反思六步，步步为营，我战战兢兢地行进在令人汗颜的问学路上。如果说，荒煤、朱寨、吴野老师带我进入文学殿堂，那么，钟老则引我领悟电影美学指向高远精神境界的奥秘，而王元化先生就是教我懂得"未经反思的生活是不值得过的"的哲理导师。梳理近 40 年来自己的蹒跚问学，我在学术上的认识主要有如下几个方面。

1. 力倡文化化人，艺术养心，重在引领，贵在自觉。文化旨在化人而非一味化钱，艺术旨在养心而非一味养眼，更不能花眼乱心；文化建设重在引领，不能消极迎合，"要把服务群众同教育引导群众结合起来，把满足需求同提高素养结合起来"，"适应是为了征服"；文化创造者贵在文化自觉而万勿盲目，必须以高度的文化自觉和文化自信，当好"人类灵魂的工程师"。靠文化把人的素质化高，靠艺术把人的境界养高，然后再靠高素质、高境界的人保障社会经济的全面、协调、可持续发展，此乃科学发展观的题中之义。相反，急功近利地逼文化化钱，让艺术止于养眼甚至花眼乱心，不惜牺牲人的素质和理想，低素质、低境界的人势必把搞上去的经济吃光、花光、消费光，这是背离科学发展观宗旨的。

2. 提出"氛围说""宝塔喻""引领论"。21世纪人类进入了科学与艺术结缘互补的新时代，艺术理应以自身的历史品位和美学品位去培养造就受众深刻而不肤浅、沉稳而不浮躁、高雅而不低俗、幽默而不油滑的审美情趣与鉴赏修养，从而为全社会营造良好的文化氛围。民族艺术犹如一座宝塔，塔座作品越包容则越厚实坚固，塔身作品则按历史品位与美学品位的不同有序地拾级而上，塔尖作品则应为那些经过历史与人民检验的确能代表民族审美思维最高水平的经典。此序绝不可颠倒。民族的整体精神素质和群体性的审美鉴赏修养，正是靠这些塔尖经典作品为灯塔来引领精神航程的。

3. 建议不用"思想性艺术性观赏性三性统一"的不科学提法。这是一个在文艺界流行和实践了近30年的关于文艺批评标准的提法。这个提法，在理论思维上逻辑混乱，错把逻辑起点为作品自身品格、本属于创作美学范畴的概念——思想性和艺术性，与逻辑起点为观众接受效应、本属于接受美学范畴的概念——观赏性，置于同一范畴来下判断，说"思想性艺术性观赏性三性统一"就犹如说"男人女人农民三统一"一样逻辑混乱，但表面上给人造成了符合逻辑的推论，似乎存在一种不讲艺术性的观赏性需要贴加上去。而顺理成章地，这种不讲艺术性的观赏性正是凶杀、打斗、床上戏等视听感官生理上的刺激感，亦即导致了误把低俗当通俗、把欲望当希望、把单纯的感官享受当精神美感。唯其如此，在实践效果上因为理性思维上的失之毫厘，造成创作实践上的谬以千里，证明其已成为娱乐化、低俗化泛滥的重要理论根源。

4. 主张文艺批评要坚持中国化的与时俱进的马克思主义的"美学的历史的"标准。所谓"美学的"标准，即考量作品承载内容的形式达到的审美化程度；所谓"历史的"标准，即考量作品所反映出的作家艺术家意识到的历史内容的深度和广度。"美学的"必然是"艺术的",而历史的主体是人民,所以"历史的"也当然涵盖着"人民的"。西方古典的、现代的、后现代的以及五花八门的批评标准都可以研究借鉴,但必须是"见好才拿,拿来就化",绝不能生吞活剥、东施效颦。只有首先"各美其美",传承和弘扬中华民族优秀传统文化和美学精神,才能真正"美人之美",进而把两者交融整合,做到"美美与共",实现"天下大同"。那种背离中国文艺批评的历史传统、文化积淀和基本国情的"以西方的标准为标准、以西方的是非为是非"的批评标准,必须坚决反对。

5. 提倡高等院校应当成为民族思维的先锋阵地,高等艺术院校应当成为民族艺术思维的先锋阵地。高等艺术院校不仅应着意久远,为国家培养输送一流的高端艺术人才,而且应当承担引领社会风尚的神圣使命。高等艺术教育必须加强马克思主义的指导地位,必须加强师生团结奋斗的共同思想基础和理想信仰,必须把适应多样化的时代需求与提高师生学养、素养、修养结合起来,培养德、智、体、美全面发展的一代新人。哲学管总,哲学通,一通百通。要摒弃长期制约我们的二元对立、非此即彼的单向思维方式,而代之以执其两端、把握中间、兼容整合、全面辩证的和谐思维方式,真正在艺术教育和研究领域里践行科学发展观。

6. 呼吁加强科学的文艺批评,批评贵在实事求是。批评家一是要善操与时俱进的中国化的马克思主义枪法,坚持"美学的历史的"标准,秉持科学的判断力,是其所是,非其所非;二是要锻造理论的定力,万勿随波逐流,今日说东,明日曰西,左右摇摆,本身就不是东西;三是要真正靠判断力和理论定力来赢得追求真理的战斗力。

7. 改编文学名著是提升影视艺术的重要途径之一。就人类文艺发展历史而言,艺术先于文学,文学乃人类语言的艺术,而早在人类尚无语言时便已产生了如岩画之类的艺术,但当代繁花似锦的各类艺术,恐怕都离不开以文学为基础。完全意义上的"忠实于原著"是不存在的,影视改编者忠实的,说到底只是改编者对文学原著的理解。因为文学思维与影视艺术思维是两种不同的思维。前者以文字语言为载体，往往假定时间，形成叙事链条，作用于读者的阅读神经，激发读者产生一种对应的相对丰富的空间联想来完成鉴赏；后者以视听语言为载体，往往假定空间，形成叙事链条，作用于观众的视听感官，激发观众产生一种对应简单的时间联想来完成鉴赏。所以，改编者的视听思维不可能与原著者的文学思维完全重合。改编者须吃透原著的精神指向、美学风格、审美个性，将原著靠文学思维搭建的小说的艺术的山消化掉、粉碎掉，留下一堆闪烁着原著精神与艺术精灵的创作元素，然后遵循影视艺术思维的独特规律重新搭建一座影视艺术之山。

8. 珍视经典，敬畏经典。民族经典是传承民族优秀文化传统和文化基因的重要载体。经典也可改编并通过改编与时俱进地传承发展，但改编须遵从经典的价值取向、人物关系、艺术风格顺势方向加以丰富、深化、发展，而不能逆势方向加以解构乃至颠覆。顺势与逆势，一字之差，却反映了两种截然对立的对待经典的改编观。前者积极地传承和发展了民族经典，使民族艺术更加生机勃勃地自立于人类先进文明之林；后者却无异于拆卸了民族艺术大厦的根根支柱，使民族艺术不能自立于人类先进文明之林。

9. 在中国特色社会主义市场经济条件下，文化可以有产业，但不能产业化。"化"者，彻头彻尾彻里彻外之谓也。产业化势必导致资本生产即市场运作，但正如马克思在《资本论》中的精辟论断：资本生产对于精神生产的某些部门来说，如艺术、诗歌相敌对。① 如是，"唯票房""唯收视""唯点击率"便顺理成章，如英国提出的"文化创意"，原意重在"意"，即文化化人之意，但传到中国被变成"文化创意产业"，"创意"变成了"创钱"。联合国教科文组织提出的保护人类的只可触摸、靠心传口授（如民间剪纸，靠作者把一张红纸横竖几折，

---

① ［德］马克思：《剩余价值理论》（第一册），人民出版社1975年版，第296页。该书为《资本论》第四卷。

以一把剪刀巧妙地几剪，展开便成为一幅艺术品，这无法用文字语言记述传承，而只能口传心授）的文化生产流程的主张，在中国被译为"非物质文化遗产保护"，再被加上"产业化"，于是，便出现了大量将精美的剪纸艺术品拿到电脑上批量复制，再摆到旅游点卖钱的现象，毁掉了原本要保护的文化生产流程，与初衷相悖。

回望一生，年近古稀，不少的黄金时间都用在了行政工作上，问学路上成效甚微，甚为惶恐，但也不以为憾，因为行政工作也是需要人去做的，每念及此，鞭策自己抓紧夕阳时光，活到老而学到老，问学路上生命不息永不止步。

2015-06-29

智攀"高峰"

——序《李莉剧作集》

欣闻又一本《李莉剧作集》即将付梓，上海戏剧家协会秘书长寄来清样供我学习并嘱我为之作序。[①] 李莉是我极敬重的作家，她编剧的京剧、越剧、沪剧、滇剧，我看过不少。但于戏曲，我毕竟是外行，充其量算半个戏迷，要我作序，愧不敢当，又却之不恭，只好从实招来，写上一些肤浅的读后感受，权且充序。

在我看来，李莉确为当今文坛一位智攀"高峰"的戏曲编剧大家。习近平总书记在文艺工作座谈会上，曾深刻指出我们的文艺创作有数量缺质量、有"高原"缺"高峰"，深情号召作家艺术家要扎根生活、扎根人民，[②] 以优秀作品立身。缺"高峰"非无"高峰"。收在这本集子中的九个戏曲剧本，都具有较高的历史品位和美学品位，都做到了有艺术的思想与有思想的艺术的较完美的统一，都堪称至少是努力智攀"高峰"的优秀作品。这本集子在国务院印发《关于支持戏曲传承发展若干政策的通知》后出版，真是生逢其时，意莫大焉。

戏曲艺术是中华民族审美把握世界的独特创造，是对人类文化的独特贡献。戏曲艺术当然是表演的艺术，甚至是角儿和流派的艺术，

---

① 该书由上海三联书店于 2016 年正式出版，定名为《步步留痕：李莉剧作集锦》。
② 参见习近平《在文艺工作座谈会上的讲话（2014 年 10 月 15 日）》，人民出版社 2015 年版，第 9、19 页。

但剧本乃一剧之本，戏曲编剧也是戏曲艺术之本。论及中国戏曲艺术的发展，断然离不开论及汤显祖、关汉卿们，这是常识。而要传承发展当今处于困境中的中国戏曲，要义之一就是要培养造就一批高素质高修养高水平的戏曲编剧。

我与李莉相识恨晚，交往有限，但看她写的戏，尤其是读罢她的书，我以为她当之无愧正是一位时代和人民需要的高素质高修养高水平的智攀"高峰"的戏曲编剧。

她的"智"，首先体现在以高度的文化自觉与文化自信，把握科学的哲学精神指引编剧实践。她自觉认识戏曲艺术通过娱乐化人养心的功能，自信戏曲艺术在当代的魅力和作用，摒弃过去那种简单的二元对立、非此即彼、好走极端的单向思维模式，代之以把握两端、关注中间、兼容整合、全面辩证的和谐思维，去审美地再现或表现人、历史与现实。这是戏曲编剧在创作思维上哲学领域里的一场深刻变革，是最值得称道之处。且看她把握现实题材，沪剧《挑山女人》中王美英形象的精雕细刻，就完全是把审美表现对象当成完整意义上的人，笔透人心，塑造主人公的精神成长史，呈现人物的心灵轨迹和道德风范。唯其如此，王美英形象才格外真实、可信、可敬、可学。她把握历史题材，无论是滇剧《童心劫》中的李贽与冰娘、京剧《金缕曲》中的顾贞观与吴兆骞、京剧《梨园少将》中的潘月樵与静娘，还是越剧《双飞翼》中的李商隐与王云雁、越剧《新狸猫换太子》中的陈琳与寇珠，抑或是越剧《甄嬛》中的甄嬛、沈眉庄和安陵容，都能在审美表现上是其所是、非其所非，努力做到黑格尔在论"理想性格"时所主张的把人物性格的"质的规定性""呈现的复杂性"与"情致的始终如一性"辩证统一起来，塑造出"圆形"的而非"扁平"的内蕴丰厚、栩栩如生的人物形象。这种科学的哲学精神，更表现在她自觉以区别于西方哲学的"主客二分"的中华哲学的"天人合一""道法自然"的"和合"理念，去和谐《金缕曲》中顾贞观与吴兆骞的矛盾，去刻画《双飞翼》中李商隐与王云雁的爱情，甚至"化腐朽为神奇"把同名电视剧《甄嬛传》结局所受到的责难加以明智的颠覆。

她的"智"，还体现在以高度的爱国主义民族精神，把历史镜鉴的启迪融入编剧实践。习近平总书记再三强调，要珍视中华民族的文化基因，要传承和弘扬中华优秀传统文化，传承和弘扬中华美学精神。[①] 中国戏曲艺术作为中华文化的重要组成部分，是中华民族的精神血脉之一，蕴含着中华民族优秀的文化基因，彰显着中华美学精神。正是从这个意义上可以说，不懂中国戏曲，就不能完整地懂得中华文化。《李莉剧作集》的历史意识极其鲜明，她高度重视历史镜鉴的启迪，尤其是珍视发掘剧中蕴含的中华民族优秀的文化基因，彰显中华美学精神。《挑山女人》中的自强不息、厚德载物，《童心劫》中的珍爱童心、讴歌生命，《金缕曲》中的仁爱节义、理解宽容，《双飞翼》中的纯真爱情、无私奉献，《新狸猫换太子》中的忠孝节义、人性光辉，《甄嬛》中的慈悲为怀、以德报怨……所有这些，都被深入发掘凸显出来，成为贯穿全剧并加以强化的文化基因和价值取向，进而成为全剧的精神题旨。这些剧作，一方面是与西方美学往往把理想寄托于宗教与天堂不同，另一方面是与西方古典美学强调写实不同。其共同的美学追求表现为：一是彰显中华美学精神所倡导的把"入世"与"出世"、现实主义与浪漫主义统一起来的人间情怀，重民本，通人心，接地气；二是注重写意，营造意象，追求境界，寄情高远，讲究神圣。《新狸猫换太子》对传统《狸猫换太子》各种版本的改造创新，受到广泛好评赞誉，缘由正在于李莉准确捕捉了这出传统剧中蕴含的代代相传、为广大观众普遍认同的陈琳、寇珠身上的"忠""义""节"等文化基因和价值取向，并与时俱进地注进时代意识，淡化原有的对皇帝的"忠"，强化对生命的珍爱、对正义的坚守和对节操的忠贞，使之与"当代生活相适应、与现代社会相协调"，从而真正实现了"创造性转化、创新性发展"。这一成功经验，值得称道和推广。《金缕曲》《双

---

① 参见习近平《在文艺工作座谈会上的讲话（2014年10月15日）》，人民出版社2015年版，第26页。

飞翼》《童心劫》的剧本中，都有令人过目难忘并统摄全剧的意象、意境，为导演和表演写意留下了空灵潇洒的广阔的用武天地。

李莉的"智"，落实在她清醒地明白自己作为戏曲编剧的时代担当和责任意识上，努力以优秀剧作去为当代观众提供精神正能量。她学习、领悟、践行习近平总书记关于"文艺工作者应该牢记，创作是自己的中心任务，作品是自己的立身之本"①的指示，"把服务群众同教育引导群众结合起来，把满足需求同提高素养结合起来"②，以自己精心创作的优秀戏曲作品为营造深刻而不肤浅、沉稳而不浮躁、高雅而不低俗、幽默而不油滑的文明健康的文化鉴赏氛围，培养造就真正懂得欣赏戏曲艺术的观众群体，不断提升全民族的戏曲文化素养和整体精神素质贡献微力。她的剧作，立意高远，取材别致，人物独特，结构严谨，意象精致，历史、文学、美学品位皆高，唱词极为考究，读来朗朗上口，思来回味无穷。同时，她注重依据剧种特长、剧团优势为主要演员量体裁衣创作剧本，如《挑山女人》《金缕曲》《双飞翼》《甄嬛》《新狸猫换太子》等，都取得了极大成功。她甚至还注意到舞台越剧与电影越剧的异同，专门分别创作了两个《新狸猫换太子》剧本。

习近平总书记于五四青年节在北京大学曾精辟阐明，历史要前进，改革要深化，"需要哲学精神指引，需要历史镜鉴启迪，需要文学力量推动"③。李莉的戏曲剧作实践，从一个很小的侧面又一次雄辩证明了这一颠扑不破的伟大真理。

2015-10-19

---

① 习近平:《在文艺工作座谈会上的讲话（2014 年 10 月 15 日）》，人民出版社 2015 年版，第 7 页。
② 习近平:《把宣传思想工作做得更好（2013 年 8 月 19 日）》，《论党的宣传思想工作》，中央文献出版社 2020 年版，第 16 页。
③《习近平考察时强调：青年要自觉践行社会主义核心价值观》，2014 年 5 月 4 日，中国政府网（https://www.gov.cn/xinwen/2014-05/04/content_2671253.htm）。

2016

文艺批评三思

文艺批评要以文化自觉的姿态，摒弃过去二元对立、非此即彼、好走极端、或捧之上天、或批之入地的单向思维，代之以全面辩证、兼容整合、具体分析、是其所是、非其所非的和谐思维，特别是要反对那种东施效颦、盲目西化、唯洋是尊、食洋不化的洋奴思维。

一是搞好文艺批评的关键在于坚持科学标准，即马克思主义的"美学的和历史的"标准，亦即习近平总书记与时俱进地提出的"历史的、人民的、艺术的、美学的"[①]标准。

按照唯物史观，历史的必然也是人民的，人民是创造历史的主体；按照马克思主义美学观，美学的也必然是艺术的，艺术是人类审美把握世界的独特方式。之所以要强调历史的标准，主要是针对时下那股历史虚无主义思潮；之所以要强调人民的标准，主要是针对时下那股偏离和背弃以人民为中心的创作倾向；之所以要强调艺术的标准，是针对时下那股非艺术化的公式化概念化的题材决定论的创作遗风；之

---

① 习近平：《在文艺工作座谈会上的讲话（2014 年 10 月 15 日）》，人民出版社 2015 年版，第 30 页。

所以要强调美学的标准，是针对时下流行的那种唯美主义形式主义的审美时尚。文艺批评标准的混乱，必然导致文艺批评实践的混乱，造成是非不明、褒贬不分。坚持科学的批评标准，理论指南就是习近平总书记的一系列讲话精神，就是《中共中央关于繁荣发展社会主义文艺的意见》。

优秀作品是思想性与艺术性相统一的。思想性与艺术性的逻辑起点是作品自身的品格，前者是历史品格，后者是美学品格，同属创作美学范畴；观赏性的逻辑起点则是观众的接受效应，属于接受美学范畴。因此，我们不能把不同逻辑起点上抽象出的思想性、艺术性与观赏性并列在一起作为同一类批评范畴下判断并当成批评标准。那样会给人一种似乎符合逻辑的误解，好像有一种与艺术性无关的观赏性必须当成标准，这种与艺术性无关的观赏性恰恰就是凶杀、打斗、床上戏之类视听感官生理上的刺激感。这正是造成以营造视听奇观去取代思想深度和精神美感的创作倾向在批评标准上的理论根源。奇且正，是正道；奇而邪，非正途。

更何况，推而广之地用思想性、艺术性、观赏性"三性统一"作为标准去衡量各种门类的文艺作品，是不科学的。小说、诗歌、散文、报告文学等文学作品，是作用于读者的阅读神经的，并无具象，没有观赏性；音乐作品是听众用耳朵来听的，也无观赏性；至于"五个一工程"中的理论著作和文章，那就更不能用观赏性标准去衡量了。应当看到，电影界近30年来确有一种未能科学认识观赏性、未能清醒追求观赏性的盲目倾向。面对市场，提出观赏性需要重视是有依据的。但对于创作者来说，艺术性的题中应有之意，便是要靠作品的历史品位和美学品位去吸引感染受众。所以，历届党代会总书记的政治报告和国务院总理的政府工作报告中，都以"增强作品的吸引力感染力"为标准，这有明确的指向性，即把受众提升到作品的历史品位与美学品位上来。而观赏性却没有指向性，它是因人而异（不同人有不同的观赏情趣）、因时而变（不同时代条件有不同的标准，"文化大革命"中的毒草如今成了香花）、因地而迁（不同鉴赏环境下会有不同的鉴赏需求）。须知，要真正解决观赏性这个矛盾，必须按范畴学规定的，什么范畴的矛盾主要只能在什么范畴里面解决。那么，要解决观赏性的问题，就只能主要在接受美学范畴里解决，而不能把它推到创作美学范畴里解决。在接受美学范畴里面，观赏性的主要因素第一个是观众，它是观赏的主体。

马克思有句名言："对于不辨音律的耳朵说来，最美的音乐也毫无意义。"①我的导师钟惦棐先生说过一句很著名的话："再好的电影，对于不懂得欣赏电影基本法则的观众也是没有用的。"他这个话讲得很深刻。任何精神生产在生产自身的同时都在生产自己的欣赏对象。因此，我们首先要提高观众的鉴赏修养，提高全民族的文明素养，才能解决好观赏性的问题。其次，就是要努力净化鉴赏环境。氛围是养人的。现在的环境必须净化，电影市场院线主要的黄金时段全部给了赚钱的片子，优秀的、思想性与艺术性结合得好的电影根本排不上。我们在评金鸡奖的时候，十几个放映厅除拿一个给我们看外，其他放的全是《小时代》《港囧》之类。怎么办？环境不净化，相反却把观赏性的问题推给创作者解决。面对着素养有待提高的受众和不干净的环境，你让这样的片子占领市场，就是刺激那些文化上不自觉、没有时代担当意识的创作者。那些一心赚钱的创作者，放弃引领，一味迎合。结果，越如此，观众素养越败坏，鉴赏环境越糟糕，于是，创作者就去生产格调更低下的作品，创作与鉴赏之间的二律背反，即恶性循环便产生了。这是值得我们深刻反思的。

二是要执行好标准，批评家就要从根本上在哲学层面的思维方式上努力实现科学化。

哲学管总。哲学通，一通百通；哲学不通，四处碰壁。为什么提这个问题？长期以来，我们把文艺从属于政治，用政治思维取代审美思维把握世界，特别是到了和平建设时期，更吃了苦头。应当说，在战

---

① ［德］马克思：《1844年经济学—哲学手稿》，刘丕坤译，人民出版社1979年版，第79页。

争时期，提文艺从属于政治有其合理性。进入和平时期以后，就发现这样是不符合马克思主义的，因为文艺是人类审美把握的独立方式，它与以政治的、经济的方式把握世界，与以历史的、宗教的方式把握世界，既有内在联系又相互独立，彼此间并无从属关系。但前几年在市场经济条件下，我们纠正了"左"的错误，有人又从一个极端跑到另外一个极端，把过去的用政治方式取代审美方式把握世界变成了用利润方式即经济方式取代审美方式把握世界。作为一个批评工作者，我深深体会到，必须按照习近平总书记讲话的要求，学习辩证法，站在文化自觉和文化自信的高度，把长期以来影响制约我们的二元对立、非此即彼、好走极端的单向思维自觉转化为执其两端、关注中间、兼容整合、全面辩证的和谐思维，由此，文艺批评就可以走向持续繁荣。

　　我举一个例子，《光明日报》不久前为《芈月传》开会，郑晓龙这位电视剧艺术家，曾执导《渴望》《北京人在纽约》《编辑部的故事》等作品。应该说，这是位有思想艺术追求的有才华的导演，他塑造的每一个艺术形象出来之后，都引起过强烈的社会反响和争议。刘慧芳形象出来了，誉之者众，说代表了人民对善的深情呼唤，但是也有批评的，批评者就说这个形象把妇联几十年的妇女解放工作、自强自立教育都冲淡了。这就有了争鸣，真理就越辩越明。当时《求是》让我写了一篇文章——《"〈渴望〉热"后思录》，一万多字，就分析了这种现象。现在也是这个问题，《芈月传》出来，争议也很大，上海有文章批评它一味讲宫斗，缺失了现代性的反思。这似乎就有点极端了，因全剧并未止于写宫斗。该剧顾问、中国秦汉史学会会长王子今先生在《光明日报》发表文章，认为该剧阐述了正确的国家观、民族观和历史观。电视剧艺术家徘徊在历史真实与艺术真实之间进行审美创造，造成了一种值得珍视的文化现象，不仅是观众在议论、史学家在议论，而是大家都在议论。这种电视文化现象，引发了中华民族群体性的史学热。文艺批评在其间是大有用武之地并肩负着不可推卸的神圣职责的。比如，好多人过去不认识"芈"字，也不知道中国历史上有43个太后执过政，第一个是秦宣太后，最后一个是慈禧太后。大家因为电视剧研究这段历史，这个氛围很好，有利于提高全民族的历史修养和历史意识。这就是大家发表意见，"百家争鸣"。回头来看，战国、秦汉时期百家争鸣时，民族思维和民族灵性活跃。20世纪80年代，也曾出现过宝贵的争鸣局面。

百岁老人马识途曾作隶书郑板桥名句"隔靴搔痒赞何益 入木三分骂亦精"，勉励文艺批评要旗帜鲜明、褒优贬劣。这种旗帜鲜明的指名道姓的批评绝不是好走极端的捧杀或骂杀。

三是要善于和谐作家艺术家与批评家的关系，要营造一种和谐的创作与批评的关系和氛围环境。

艺术养心，氛围养人。我20世纪80年代在《光明日报》上写过一篇文章，就是《论作家与批评家》。我的导师钟惦棐和上海的谢晋堪称至交，两个人情深谊厚，谢晋每有新作，从《天云山传奇》到《芙蓉镇》，都到京请教钟老。在振兴巷6号钟老家，他们两个老头于葡萄架下对酒当歌。他们都是酒仙，推心置腹，无话不言。但是他们到了研讨会上，却是不留情面，刺刀见红。比如，钟老在《谢晋电影十思》中就入木三分地做出了"时代有谢晋，而谢晋无时代"的评价，既肯定了谢晋紧跟时代执导《女篮五号》《舞台姐妹》《红色娘子军》《天云山传奇》《牧马人》《芙蓉镇》等优秀作品，也批评在"四人帮"横行的时代他也执导过"打走资派"的阴谋电影《春苗》。此谓"时代有谢晋"。而钟老故去后的历史更证明了他判断的预见性，因为谢晋晚年执导的《清凉寺钟声》《老人与狗》《女儿谷》等多少旨在赶时髦、受西方深挖"人性深度"影响的作品，确实缺少了对中国现实独到的思想发现和审美发现。此谓"谢晋无时代"。谢晋读后，深受启迪，思之良久，夜不能寐，他深夜打电话告诉我："你导师一句话够我想一辈子，受用终身呀！"

谢晋的《天云山传奇》是根据鲁彦周的同名小说改编的，讲的是反右斗争中一位名叫吴遥的地委组织部副书记，为了把手下的漂亮女干部宋薇抢到手，居然把她的丈夫罗群打成右派，然后借"划清界限"逼宋离婚改嫁给自己。影片上映，影评界反应强烈。赞之者称"深刻得很"，揭示了"左"的历史渊源；但批之者说"反动得很"，是诬蔑共产党的。钟老连夜给《人民日报》赶写了一篇影评《预示着矫健发展的明天——〈天云山传奇〉随笔》，他指出，《天云山传奇》对生活的怨尤，引来了人们对《天云山传奇》的怨尤。怨尤之于怨尤，在他看来都是不必的。但人们不能因此否认生活中"吴遥们"的存在。历史是不能道德化的，即便不出吴遥，也会出张遥、王遥的，历史是由复杂的政治、经济、文化、道德诸因素合力铸成。而艺术反映历史，往往要经过道德评判这一中介，艺术甚至离不开道德评判。钟老主张要辩证地把历史分析与道德分析综合起来。此文既出，两种极端之论都平息了。钟老与谢晋，堪称批评家与作家关系的楷模，值得我们今天学习和效法。

2016-02-17

"一带一路"民间文化探源工程咨询暨《二十世纪中国民间文学学术史》座谈会发言

　　刘锡诚先生是一位我尊敬的文艺理论批评界的前辈，他退休以后集中精力研究民间文学，特别是民间文学的学术史，这位退休了七年依然致力于学术研究的学者，是学界的一个榜样。这么多年以来，刘锡诚先生可以说是甘坐冷板凳，潜心学术，然后写出了这部填补空白的《二十世纪中国民间文学学术史》①。刘锡诚先生是真正的中国文化的脊梁，特别是学术建设的脊梁，当下的中国太需要这种脊梁了。

　　就学术研究来说，我个人认为，真正最有价值、最有见解的、最有建树的学术专著，常常还是出于那些以锲而不舍的精神辛勤耕耘的个体精神劳动。刘先生的著作就是这样的一部著作。他的学术生涯、研究生涯无疑为当下那种浮躁的、浅薄的、趋时的不良学风给予了有力的匡正。所以，我作为"下岗"职工，真诚地表示，表彰这样的学术成果，是学术界出版界学习、领悟、贯彻习近平总书记关于"高举旗帜，引领导向"重要指示精神的题中之义，也建议中国文联表彰这部学术著作的作者、出版社和责任编辑。我们真正应该把像刘先生这

---

① 刘锡诚：《二十世纪中国民间文学学术史》，中国文联出版社 2014 年版。

样的学者，推到中国学术建设宝塔的塔尖，照亮我们的学术航程，而不要再把那些恐怕只有资格在学术宝塔的塔座位置，或至多在塔腰上给他一个位置的，不恰当地捧到塔尖，如时下所谓的某些学术明星。那样，于中华民族的学术建设是不利的。

2016-03-23

以戏"济世"

——悼程派名家李世济

本来还沉浸在梅派名家梅葆玖仙逝的悲痛之中，却又惊闻我熟知的程派名家李世济驾鹤西去！呜呼，中华戏曲正在振兴的喜人情势下，却接连失去两大流派的两根擎天大柱。生老病死，自然规律，虽不可抗拒，但戏曲界连失栋梁，怎不叫人悲伤！

我与世济先生零距离接触，第一次是在全国政协礼堂。那是受邀前去观看天津市青年京剧团晋京演出《大保国·探皇陵·二进宫》，该剧由孟广禄、张克、赵秀君主演。全国政协原主席李瑞环亲临观看，我有幸被安排到他右边就座，而坐在他左边的，正是世济先生。开戏前，我聆听她向瑞环主席汇报全国政协京昆室的工作，知她是京昆室的副主任，谈及京剧界的现状，如数家珍，揭矛盾一针见血。开戏后，伴随着三位主演的精彩演唱，她不时忘情鼓掌，不时轻声附耳对瑞环主席精要评点。只见瑞环主席频频点头称是，还说了一句："这三位堪称当今唱这出戏的最佳组合之一。"这一次，她给我留下了难忘的印象：她是一位践行戏比天大、真正以戏"济世"的戏曲大家。

这之后，我与她常在中国文联主席团会议上见面。她与我同为副主席，我驻会，她兼职，开会时常坐在一起。她长我十几岁，我尊称她为老师，她却呼我"老仲"。说起戏来，她滔滔不绝，讲问题，述忧虑，提建议，献计策，总能让我思路大开，获益匪浅。她感恩党和政府对戏曲的重视和关怀，感恩朱镕基、李瑞环、丁关根等中央领导对繁荣发展戏曲事业亲力亲为干的实事，如"京剧电影工程""京剧音配像和像音像工程""京剧研究生班""全国青年京剧演员电视大赛""中央电视台戏曲频道""空中剧院"，等等。她不仅关心自己专攻的旦行程派，而且关心京剧各行当及全局的发展。有一次，为了抢救濒临失传危机的丑行艺术，她以年逾古稀的高龄，上下奔跑，八方呼吁，真令人感佩。我方深知，她和丈夫著名琴师唐在炘先生都曾就读于上海名牌大学，受过严格的高等教育，对京剧的认识有着一种知识分子特有的文化自觉。她把京剧看成中华民族以戏曲方式审美把握世界、坚守人类的精神家园的独特创造，她执着地把自己的生命无条件地贡献给京剧事业。她晚年意外丧了独子，白发人送黑发人，接着又走了相濡以沫的老伴，留下一双未成年的孙女。不幸的人生遭际可以摧垮不少人，但对她这位具有非凡人格的老艺术家来说，却能历经坎坷，爱戏更深，既勇于直面人生，又永葆进取精神去开拓未来。我多次在京剧界的研讨会和观摩演出时遇见她，开始还硬朗，后来用手杖，近半年坐轮椅了。约两个月前，中国戏曲学院为张火丁专门成立传承发展程派艺术中心，她就是坐着轮椅进会议室的。我迎上前去问安，直到握住她的手，她才笑道："原来是老仲呀，我的眼睛看不清了。"尽管身体欠安，她说："火丁的事一定要来。"她讲了一番真挚动情的激励后学的话，实在支持不住了，大家劝她提前离会。我送她下楼，从轮椅上扶下来再换上小汽车。临别，我特别说："世济老师有啥事，招之即来！"她却笑笑应道："放心吧，我自己行！"多么坚强的老人啊！

这位具有非凡人格的坚强老人，在艺术追求上是一丝不苟、容不得半点沙子的。记得在中央电视台的全国青年京剧演员电视大赛上，她和我应邀坐在评审席上当监审。我告诉她，一位程派传人（也是她的学生）应约照别人大改过的剧本把一出程派名剧搬上了银幕。她很关注，急着问我要了碟片，说一定要看。第二天，一到大赛现场，她拉着我很生气地说："我看过了，怎么能这样乱改程派经典剧目呢？对经典，首先要敬畏，只有在继承基础上的创新才是真正的创新。这种打着创新旗号迎合市趣硬塞私货篡改经典的做法，会毁了程派艺术！"言之凿凿，掷地有声。至今，她捍卫艺术的尊严、纯洁和神圣的音容笑貌，还活跃在我脑际。

以戏"济世"的世济先生，精神永存，英灵安息！

2016-05-18

《中国艺术发展报告》的责任与价值

今天参加《2015 中国艺术发展报告》^①出版首发式，我产生了一点感想，跟大家分享一下。

第一，《中国艺术发展报告》是按年度汇总艺术实践的具有权威性的重要文献。按照习近平总书记的指示，中国特色的社会主义植根于中华文化的沃土。而中华文化的重要组成部分是中华艺术。忠实记录、整理并进而科学抽象出具有普遍意义的经验教训，是中华艺术理论学术建设的必不可缺的重要工作。有权威、有质量的年度艺术发展报告，是总结艺术发展经验教训、促进中国艺术健康可持续发展、研究中国艺术学历史的代代相传的必备书，具有独特的史学价值、文献价值、学术价值。组织编写具有权威性、史料翔实、有科学分析的年度艺术发展报告，充分体现了文联系统的文化自觉和文化自信及其不可推卸的神圣文化责任。

第二，《中国艺术发展报告》对省区市文艺和基层文联工作有重要表率作用。一些边远省份的历史文化积淀未必丰厚，但对艺术发展历史却高度重视。海南省文联作协党组书记、省文联主席张萍就高度重视此项工作。经过 3 年的编撰工作，认真梳理海南 60 余年的文艺大事，全面客观，辩证取舍，科学分析，出版了《光辉岁月·海南文

---

① 中国文学艺术界联合会编：《2015 中国艺术发展报告》，中国文联出版社 2016 年版。

学艺术大事记（1950—2013）》。这是对海南文艺发展历史负责的明智之举。《2015中国艺术发展报告》的问世，更为全国文联系统树立了榜样。如果我们各个省区市每一个年度都能够拿出自己有分量的、有学术价值的发展报告，何愁理论研究没有基础?所以《中国艺术发展报告》的编撰是极有现实启示意义的事情。

第三，《中国艺术发展报告》对中华民族文化建设、中华美学精神传承和发展，有重要价值。周扬同志曾经亲任主编，出版《中国新文学大系》。周扬等领导同志看到了这类出版物在民族文化建设、在中华美学精神传承和发展上的重要地位和价值。我们编撰出版年度发展报告也是类似的基础理论建设。作为一个读者，我为这样的著作出版叫好，为《中国艺术发展报告》叫好。

2016-05-20

闽都文化的普遍意义与深刻启示

手捧自 2015 年以来出版的一整套《闽都文化》刊物，虽不厚重，却甚简朴精致。读之，备感其文化品质、内涵与意义沉甸甸的，令人获益匪浅，启示良多。

其一，显现了一种可贵的文化自觉与文化自信。所谓自觉，是自觉而清醒地认识到经济只能致富，文化方能致强；实现闽都文化资源的深广发掘与最佳配置，实现闽都文化生产力诸因素的充分调动与优化组合，在建设中国特色社会主义现代化新闽都中占有重要地位和发挥着重要作用。所谓自信，就是自信而着力于以闽越文化为基础、以中原文化为主体，融汇整合了海外文化，具有领风气之先且开放包容的鲜明特征的闽都文化，如三坊七巷文化、昙石山文化、船政文化、寿山石文化、温泉文化，还有林则徐、沈葆桢、严复、林纾、林觉民、圆瑛法师、林祥谦、侯德榜、郑振铎、胡也频、林徽因、邓拓、冰心、陈景润等一大批杰出人物的文化精神，都具有永恒的生命力，是中华优秀文化的重要组成部分，都可以与当代文化相适应、与现代社会相协调，与时俱进地实现创造性转化与创新性发展，是今天建设中国特色社会主义的重要思想资源和精神能源。这种可贵的文化自觉与文化自信，对于全国各地方各民族的现代化文化建设，都具有普遍借鉴意义。

其二，显现了一种高明睿智的文化建设方略和思路。习近平总书记2013 年 8 月 19 日在全国宣传思想工作会议上的重要讲话中精辟阐述了

"四个讲清楚"的文化建设方略和思路，强调"要讲清楚每个国家和民族的历史传统、文化积淀、基本国情不同，其发展道路必然有着自己的特色；讲清楚中华文化积淀着中华民族最深沉的精神追求，是中华民族生生不息、发展壮大的丰厚滋养；讲清楚中华优秀传统文化是中华民族的突出优势，是我们最深厚的文化软实力；讲清楚中国特色社会主义植根于中华文化沃土、反映中国人民意愿、适应中国和时代发展进步要求，有着深厚历史渊源和广泛现实基础"①。对每个国家和民族都应做到这"四个讲清楚"，对每个地区和城市也应做到讲清楚自己独特的文化传统、独特的历史命运、独特的基本区情和市情，从而坚定地走出一条有自己特色的发展道路。显然，"闽都文化"正行进在学习、领悟、践行习近平总书记关于"四个讲清楚"文化建设方略和思路的康庄大道上。

其三，显现出一种深刻而不肤浅、高雅而不低俗、沉稳而不浮躁、审时而不趋时的可贵的文化品格和美学品位。读《闽都文化》篇章，观《闽都文化》栏目，皆着意于引领社会风尚、提升审美情趣、营造精神净土，可谓刊物虽小而境界甚高。这在时下，显得尤为可贵。

有此三条，我们坚信，"闽都文化"研究前程远大，未可限量。

2016-05-27

---

① 习近平：《把宣传思想工作做得更好》（2013年8月19日），《论党的宣传思想工作》，中央文献出版社2020年版，第17页。

文艺评论切忌迷失方向

习近平总书记在一系列重要讲话中，一是反复强调以人民为中心的创作导向，这具有鲜明的现实针对性，针对的是当下在各种文化思潮的影响下，文坛出现的各种偏离乃至背离以人民为中心的错误创作倾向。二是强调"两个巩固"和"两个结合"，即"巩固马克思主义在意识形态领域的指导地位，巩固全党全国人民团结奋斗的共同思想基础""把服务群众同教育引导群众结合起来，把满足需求同提高素养结合起来"①。这也具有强烈的现实针对性，针对的是思想文化艺术领域里出现的那种"以洋为尊""以洋为美""唯洋是从"的，跟在别人后面亦步亦趋、东施效颦，热衷于"去思想化""去价值化""去历史化""去中国化""去主流化"那套非马克思主义中国化、时代化、大众化的错误思潮；针对的是在市场经济条件下出现的一味迎合、放弃引领的"唯票房""唯收视率""唯点击率""唯码洋"的错误倾向。三是强调"三个离不开"，即离不开哲学精神的指引，离不开历史镜鉴的启迪，离不开文学力量的推动。②哲学管总，哲学通，一通百通；哲学不通，四处碰壁。坚持马克思主义哲学精神的正确指引，才能确保不

---

① 习近平：《把宣传思想工作做得更好》（2013年8月19日），《论党的宣传思想工作》，中央文献出版社2020年版，第14、16页。
② 参见《习近平考察时强调：青年要自觉践行社会主义核心价值观》，2014年5月4日，中国政府网（https://www.gov.cn/xinwen/2014-05/04/content_2671253.htm）。

迷失方向。

过去，我们把文艺简单地从属于政治，用政治思维取代审美思维把握世界。现在在市场经济条件下，文艺不从属于政治了，又有人走到另一极端，把文艺笼统从属于经济，用利润思维取代审美思维把握世界。这是哲学思维上出现的值得注意的非此即彼的单向思维倾向。总书记既强调经济建设是中心，一百年不能变，又强调意识形态工作是党的一项极端重要的工作，万万疏忽不得。这就是以执其两端、关注中间、兼容整合、全面辩证的和谐思维，去取代那种二元对立、非此即彼、好走极端的单向思维。这就是哲学思维上的深刻变革，科学的文艺评论的秘诀正在于此。一流的文艺评论是旗帜鲜明地摒弃了二元对立、非此即彼、好走极端的单向思维，而代之以与时俱进的马克思主义哲学精神指引的评论。

总书记还精辟提出了"四个讲清楚"："要讲清楚每个国家和民族的历史传统、文化积淀、基本国情不同，其发展道路必然有着自己的特色；讲清楚中华文化积淀着中华民族最深沉的精神追求，是中华民族生生不息、发展壮大的丰厚滋养；讲清楚中华优秀传统文化是中华民族的突出优势，是我们最深厚的文化软实力；讲清楚中国特色社会主义植根于中华文化沃土、反映中国人民意愿、适应中国和时代发展进步要求，有着深厚历史渊源和广泛现实基础。"① 这"四个讲清楚"，应当成为我们开展健康的文艺评论的重要理论指南。

上述四条，我体会是联系文艺评论实践，学习总书记的讲话理应抓住的要领。总书记谈到文艺评论的地位和作用时说："文艺批评是文艺创作的一面镜子、一剂良药，是引导创作、多出精品、提高审美、引领风尚的重要力量。"这是总书记所阐释的与时俱进的马克思主义文艺批评观。总书记明确说文艺批评要的就是批评，他特别提出，"不

---

① 习近平：《把宣传思想工作做得更好》（2013 年 8 月 19 日），《论党的宣传思想工作》，中央文献出版社 2020 年版，第 17 页。

能套用西方理论来剪裁中国人的审美，更不能用简单的商业标准取代艺术标准"，不能搞红包批评。[①] 总书记进一步提出了批评的标准，强调"运用历史的、人民的、艺术的、美学的观点评判和鉴赏作品"[②]。我理解，总书记强调"历史的"，是针对时下的历史虚无主义思潮；强调"人民的"，是针对偏离乃至背弃以人民为中心的错误倾向；强调"艺术的"，是针对"为艺术而艺术"和"非艺术"的错误倾向；强调"美学的"，是针对"唯美主义"和"非审美"思潮。而历史的主体是人民，人民的必然是历史的；艺术是人类审美把握世界的产物，艺术的必然是美学的。

我认为，评论家评论每一部作品的时候，一定要有纵向上的兼容性，要有历史感，要有传承。同时，横向上还要有思想的开放性，要有直面人生开拓未来的胆识，要有独到的思想发现和审美发现。评论家首先要真诚，为天地立心，为生民立命，为现世开太平。评论家还要有一种滴水穿石的坚实的读书积累，有举重若轻的史识洞见和美学发现，有剥茧抽丝的逻辑思维。评论家要靠读书积累得道于心、靠思想积累发现于心、靠生活积累活化于心、靠感情积累净化于心。果如是，才能真正做到为人民鼓与呼。

2016-06-29

---

① 习近平:《在文艺工作座谈会上的讲话（2014 年 10 月 15 日）》，人民出版社 2015 年版，第 29 页。
② 习近平:《在文艺工作座谈会上的讲话（2014 年 10 月 15 日）》，人民出版社 2015 年版，第 30 页。

"三个自信"后为何要加"文化自信"?

习近平总书记在庆祝中国共产党成立 95 周年大会上发表的重要讲话中，精辟指出："全党要坚定道路自信、理论自信、制度自信、文化自信。"① 他还在访问欧洲时强调："我们要保持对自身文化的自信、耐力、定力。"② 在这里，总书记在"道路自信、理论自信、制度自信"这"三个自信"之外，加上了"文化自信"，而且进一步指出文化自信"是更基础、更广泛、更深厚的自信"③。这确有深意藏焉，值得我们反复体悟，深长思之。

我们的道路是中国特色的社会主义道路；我们的理论是中国化、时代化、大众化的马克思主义理论，即毛泽东思想、邓小平理论、"三个代表"重要思想、科学发展观和习近平治国理政系列重要讲话；我们的制度是中国特色的社会主义制度。对这样的由中国共产党领导中国人民团结奋斗历经 95 年艰辛开创的道路、理论、制度，我们充满了自信，因为这极具中国特色的经历和正在接受的实践检验，既符合人

---

① 习近平：《在庆祝中国共产党成立 95 周年大会上的讲话（2016 年 7 月 1 日）》，人民出版社 2016 年版，第 12 页。
②《习近平同德国汉学家、孔子学院教师代表和学习汉语的学生代表座谈 强调掌握一种语言就是掌握了通往一国文化的钥匙》，《人民日报》2014 年 3 月 30 日。
③ 习近平：《在庆祝中国共产党成立 95 周年大会上的讲话（2016 年 7 月 1 日）》，人民出版社 2016 年版，第 13 页。

民的根本利益又代表了历史前进的方向，且为国际共产主义运动增添了夺目光彩和创造了成功经验。那么，为什么在这"三个自信"之后，还必须强调加上"文化自信"呢？

我理解，从一般意义上讲，道路定方向，理论系指南，制度是保障。这三方面坚持实事求是，坚守中国特色，坚定自信，不东施效颦，不盲目西化，不搞"去思想化""去价值化""去历史化""去中国化""去主流化"那一套，是确保实现中华民族伟大复兴的中国梦的必要前提。而道路、理论、制度的自信，追本溯源，都植根于中华文化。这恐怕正是强调文化自信才是"更基础、更广泛、更深厚的自信"的缘由。记得早在 2013 年 8 月 19 日在全国宣传思想工作会议上，习近平总书记提出的著名的"四个讲清楚"中就强调，"要讲清楚每个国家和民族的历史传统、文化积淀、基本国情不同，其发展道路必然有着自己的特色；讲清楚中华文化积淀着中华民族最深沉的精神追求，是中华民族生生不息、发展壮大的丰厚滋养；讲清楚中华优秀传统文化是中华民族的突出优势，是我们最深厚的文化软实力；讲清楚中国特色社会主义植根于中华文化沃土、反映中国人民意愿、适应中国和时代发展进步要求，有着深厚历史渊源和广泛现实基础"[1]。中国特色的社会主义是总设计师邓小平同志留给我们的最宝贵的政治遗产。习近平总书记讲中国特色的社会主义既不是植根于经济繁荣的沃土，更不是植根于西方文明的沃土，而是植根于中华文化的沃土。这就是说，经济只能致富，文化方能致强。西方文明中适合中国国情的先进东西当然要学习借鉴、为我所用，但不可生搬硬套、误植为根。中华文化是中华民族的精神血脉和精神家园，是代代相传自立于世界先进民族之林的精神根基。文化自信是道路自信、理论自信、制度自信的

---

[1] 习近平：《把宣传思想工作做得更好》（2013 年 8 月 19 日），《论党的宣传思想工作》，中央文献出版社 2020 年版，第 17 页。

基础；是不仅渗透于道路自信、理论自信、制度自信的方方面面，而且更广泛地深入人的一切物质活动和精神活动，可谓凡有人在则无时不有、无处不在；是既深且厚，深到每个人的内心成为一切活动的"基因"，厚到铸就每个人的抗争耐力和思维定力。唯其如此，文化自信才是更基础、更广泛、更深厚的自信。

那么，文化自信的主要内涵是什么呢？我以为，就是指对中华文化的自信。这里的中华文化，一指源远流长的中华优秀传统文化，从天人合一到道法自然、从自强不息到厚德载物、从和而不同到中庸之道、从精忠报国到匹夫有责、从天下为公到舍生取义、从以人为本到民惟邦本、从革故鼎新到日新月异、从居安思危到载舟覆舟……其间的思维方式、精神品格、文明素质，都值得我们传承弘扬，自信自豪；二指在中国共产党领导下中国人民把马克思主义普遍真理与中国实践相结合创造的革命文化、红色文化、先进文化，从井冈山精神到长征精神、从延安精神到西柏坡精神、从雷锋精神到焦裕禄精神、从大庆精神到"两弹一星"精神、从载人航天精神到抗震救灾精神……所有这些，都是马克思主义中国化、时代化、大众化的成果，都值得我们发扬光大，自信自豪；三指社会主义核心价值观和中华民族伟大复兴的中国梦，能够使中华民族凝魂聚气，强基固本，团结奋斗，攻坚克难。有了这三方面的文化自信，我们就能认清和把握中国特色社会主义道路的历史沿革、文化依据和精神支撑，就能全面辩证处理好马克思主义与中华优秀传统文化兼容整合、与时俱进实现创造性转化与创新性发展的重大课题，就能深刻认清中国特色的社会主义制度的形成渊源、文化根基和历史必然，从而吸取更丰厚的文化滋养以更臻完善。

文化自信又是以文化自觉为前提的。所谓文化自觉，就是自觉认清以文化人的神圣使命，自觉以文化把人的素质化高，靠高素质的人去实现社会政治经济生态的全面协调可持续发展，而不是盲目地急功近利地以文化钱，不惜牺牲人的素质，结果是低素质的人把搞上去的经济吃光花光消费光，使社会文明生态失衡。卡西尔在其名著《人论》中曾认为，完整意义的人是一方面为一定的传统文化所塑造，另一方面又创造在继承传统文化基础上的新文化的人。只有真正树立文化自觉，才能做到文化自信；而真正做到文化自信，文化自觉才能深化提升。这便是两者的辩证统一。

2016-07-15

不忘文艺初心　坚定文化自信 ①

　　文化自信，就是对中华民族的优秀传统文化充满自信，对中国共产党领导人民创造的革命文化充满自信，对社会主义先进文化、社会主义核心价值观和中华民族伟大复兴的中国梦充满自信。习近平总书记强调，要坚守中华文化立场，要传承中华文化基因，要展现中华美学风范。

　　我认为，增强文化自信，至少在三个方面要传承弘扬中华美学精神。

　　第一，中华美学精神，源于中华哲学精神，区别于西方哲学强调"主客二分"，强调的是天人合一、万物相通。张世英先生专门深刻阐发了"天人合一、万物相通"的思想，认为有助于人类在审美把握世界的活动当中，去协调人与他人、人与社会、人与自然的矛盾，所以，在今天可以成为解决世界局部战争和生态危机的一剂美学良方。但是，"天人合一"讲过头了也有弊端，就是压抑了个体的创造能力和个性的发展。西方哲学的"主客二分"强调张扬自我，强调人的主观创造性，但是强调过头了，就制造了人与他人、人与社会、人与自然的矛盾，引起战争和生态破坏，引起世界的不安宁。美国亨廷顿的"文明冲突论"即源于此。中西方美学各有各的优势，也各有各的不足。增

---

① 2016 年 8 月 20 日至 21 日，由中国文艺评论家协会、陕西省委宣传部和西北大学主办的第一届中国文艺"长安论坛"在陕西西安举办。此为作者在这次论坛上的发言。

强文化自信，就要对中华美学精神充满自信，就是要首先自信"各美其美"，并在此基础上去"美人之美"，学习借鉴别的国家的文明成果中有用的东西，进而"美美与共"，把中西美学兼容整合、互补共铸。也就是说，不能再搞二元对立、非此即彼、好走极端的单向思维，而应当从文化自觉与文化自信的高度代之以全面辩证、兼容整合、取法乎中的和谐思维，能够取中华美学精神"天人合一"之长，补西方哲学"主客二分"之短，然后取西方哲学之长，补中华哲学"天人合一"之短。这样，兼容整合，互补生辉，人类就可能攀登更高级的文明。

第二，中华美学精神，与西方古典美学基本上把理想寄托于上帝、天堂不一样，很重要的特点是强调通民心、接地气、重民本，要考虑民生问题，这是中华美学精神的优势。要充分自信并好好发扬这个优势。

第三，与西方古典美学主张"写实"不同，中华美学精神主张以虚代实、营造意象、追求意境。参加这次"长安论坛"的有戏曲界、电影界、电视界、文学界、音乐界、美术界的学者，几乎涵盖了人类栖息在大地上诗意地把握世界的各种艺术门类。中华艺术的通论、文论、书论、乐论、影视艺术理论，都强调形神兼备、追求意境，积累了丰富深厚的美学资源。正因为如此，我们应当充满文化自信地珍视这些资源，配置这些资源，创作优秀作品，练就我们这个民族在世界各种文化相互激荡的环境中的竞争耐力，保持我们坚定创造中国风格、中国气派、中国特色的社会主义文艺评论的精神定力。我最反对搞评论的人今天说东，明天说西，跟风、赶浪潮，这绝不是科学的文艺评论。今天说市场就强调票房，明天强调导向，又是只管说题材决定一切，那不是科学的文艺评论。我衷心祝愿"长安论坛"能够把文化自信与中华美学精神的深入研究和认真实践融为一体，使我们在文化上的自信，真正表现在作为更基础、更广泛、更深厚的一种自信，深在每个人的灵魂深处、精神深处，厚在每个人对于歪风邪气和庸俗思潮的抵制能力和精神定力上。我们的艺术不忘初心，就大有前途。

2016-09-12

用习近平总书记重要讲话精神
指导文艺创作

两年来，文艺界持续学习、深入领会、认真贯彻习近平总书记2014年10月15日在文艺工作座谈会上的重要讲话精神，推动文艺创作和理论批评发生了深刻喜人的变化，取得了令人欣喜振奋的成绩。

第一，讲话为繁荣文艺创作和文艺评论提供了理论武器和行动指南。思想是创作和评论的先导。习近平总书记的讲话集中体现了21世纪中国共产党领导人民把马克思主义文艺理论中国化、时代化、大众化的最新成果。其中阐述的若干重大问题，提出的新思想、新观点、新论断，无论是对作家艺术家还是对文艺评论工作者，都既有醍醐灌顶之启示，又有鞭辟入里之警示，对解决当前文艺创作和文艺评论中存在的问题，推动创作和评论繁荣发展，具有强大的引领作用。比如在创作目标上，提出文艺当为伟大祖国鼓与呼，创作有筋骨、有道德、有温度的作品；在创作存在的问题上，提出有数量缺质量、有"高原"缺"高峰"，抄袭模仿、千篇一律和机械化生产、快餐式消费的问题；等等。这些重要思想，经过两年的实践，都已深入人心，刻在作家艺术家的脑海里，成为广大文艺工作者创作与评论的自觉意识与准则。

第二，坚持以人民为中心的导向，文艺各门类都创作生产了一批有筋骨、有道德、有温度的作品。各主管部门高度重视，把创作生产优秀作品作为文艺工作的中心环节，作家艺术家的时代使命意识和社会责任意识普遍增强，通过"深入生活、扎根人民"主题实践活动的开展，创作氛围正气上升，创作出了如电影《周恩来的四个昼夜》、电视剧《海棠依旧》《彭德怀元帅》、豫剧《焦裕禄》、湘剧《月亮粑粑》、话剧《小镇》等一批从"高原"攀登"高峰"的优秀作品。文艺理论评论界也步入正轨、勃发生机。为贯彻执行习近平总书记关于要高度重视和切实加强文艺评论工作的指示精神，中国文艺评论家协会和中国文学批评研究会应运而生，二十多个省市的相应组织也纷纷问世，全国专业的业余的文艺评论工作者响应总书记的号召，组织起来，创办刊物，研讨培训，说真话，讲道理，辨是非，营造了开展文艺批评的良好氛围。同时，在全国文艺评奖制度改革之后，各类文艺评奖的数量精简了，质量却明显提高。

　　第三，坚守中华文化立场，文化自信大大增强。文艺工作座谈会之后，一个明显的转变就是创作的民族性、主体性更强了，传承和弘扬中华优秀传统文化、弘扬中华美学精神，开始成为作家艺术家及广大文艺工作者共同的文化自觉与文化自信，这为我们面向现代化、面向世界、面向未来提供了新的文化制高点和创作出发点。

2016-10-12

文化自信与繁荣文艺

习近平总书记在中国文联十大、中国作协九大开幕式上的讲话中对广大文艺工作者提出的第一条希望就是:"希望大家坚定文化自信,用文艺振奋民族精神。"[1] 他把"坚定文化自信"与"用文艺振奋民族精神"联系起来,发人深思,启人心智。他再次强调了在庆祝中国共产党成立 95 周年大会上的讲话中深刻阐明的较之于道路自信、理论自信、制度自信,"文化自信,是更基础、更广泛、更深厚的自信"[2]之后,又进一步深刻指出文化自信"是更基本、更深沉、更持久的力量"[3]。的确,文化自信是一种伟大的力量,而且"是更基本、更深沉、更持久的力量"。文化是人独有的生存方式,文化无处不在、无时不有,浸润于每一个人的心灵深处,小而言之,攸关每一个人的理想信念、价值取向、道德情操,大而言之,体现出一个民族的精神品格和人文素质。对自己民族文化的自信程度,决定着一个民族在当今世界风云激荡、思潮交锋中具有多么深沉的耐力和多么持久的定力。因此,坚

---

① 习近平:《在中国文联十大、中国作协九大开幕式上的讲话 (2016 年 11 月 30 日)》,人民出版社 2016 年版,第 5—6 页。
② 习近平:《在庆祝中国共产党成立 95 周年大会上的讲话 (2016 年 7 月 1 日)》,人民出版社 2016 年版,第 13 页。
③ 习近平:《在中国文联十大、中国作协九大开幕式上的讲话 (2016 年 11 月 30 日)》,人民出版社 2016 年版,第 6 页。

定文化自信，是事关国运兴衰、事关文化安全、事关民族精神独立性的大问题。没有文化自信，不可能写出有骨气、有个性、有神采的作品。

坚定文化自信，就是要坚定地对在 5000 多年文明发展中孕育的中华优秀传统文化充满自信，就是要坚定地对在党和人民伟大斗争中孕育的革命文化和社会主义先进文化充满自信，因为这些文化中积淀着中华民族最深沉的精神追求，代表着中华民族独特的精神标识。我们只有从博大精深的中华文化宝库中萃取精华、汲取能量，才能保持对自身文化理想、文化价值的高度信心，才能保持对自身文化生命力、创造力的高度信心，也才能"做到胸中有大义、心里有人民、肩头有责任、笔下有乾坤"①，创作出激励中国人民和中华民族不断前行的优秀文艺作品。

中华优秀传统文化是中华民族的精神血脉。一个时代有一个时代的文艺，一个时代有一个时代的精神。从诗经、楚辞、汉赋到唐诗、宋词、元曲，再到明清小说等，它们共同铸就了辉煌灿烂的中国文艺历史星河。习近平总书记深情地指出："中华民族文艺创造力是如此强大、创造的成就是如此辉煌，中华民族素有文化自信的气度，我们应该为此感到无比自豪，也应该为此感到无比自信。"② 我们应当继承弘扬中华民族素有的这种文化自信的气度，而继承弘扬这种文化自信，一定要与时俱进，落到实处。一是要遵循文艺"因时而兴，乘势而变，随时代而行，与时代同频共振"的规律，让文艺"发时代之先声、开社会之先风、启智慧之先河，成为时代变迁和社会变革的先导"，"离开火热的社会实践，在恢宏的时代主旋律之外茕茕子立、喃喃自语，只能被时代淘汰"。③ 二是要坚持思想和价值是文艺的灵魂，一切

---

① 习近平：《在中国文联十大、中国作协九大开幕式上的讲话（2016 年 11 月 30 日）》，人民出版社 2016 年版，第 5 页。
② 习近平：《在中国文联十大、中国作协九大开幕式上的讲话（2016 年 11 月 30 日）》，人民出版社 2016 年版，第 7 页。
③ 习近平：《在中国文联十大、中国作协九大开幕式上的讲话（2016 年 11 月 30 日）》，人民出版社 2016 年版，第 7—8 页。

表现形式都是表达一定思想和价值观念的载体。"离开了一定思想和价值观念，再丰富多样的表现形式也是苍白无力的。"①三是要坚持把歌唱祖国、礼赞英雄当作文艺创作的永恒主题。"对中华民族的英雄，要心怀崇敬，浓墨重彩记录英雄、塑造英雄，让英雄在文艺作品中得到传扬，引导人民树立正确的历史观、民族观、国家观、文化观，绝不做亵渎祖先、亵渎经典、亵渎英雄的事情"，"必须有史识、史才、史德"，"不能用无端的想象去描写历史，更不能使历史虚无化"。②在这里，习近平总书记以马克思主义的历史观、美学观，褒优贬劣，扬清激浊，既言简意赅、语重心长指明了坚定文化自信的正确航向，又旗帜鲜明、一针见血地批评了那种脱离时代和人民、热衷于形式主义和历史虚无主义那一套的丧失文化自信的错误倾向。我们一定要深长思之，认真践行。

习近平总书记还精辟指出："中华文化既是历史的、也是当代的，既是民族的、也是世界的。"③因此，坚定文化自信，还必须坚定对党和人民在斗争和建设中创造的革命文化（如井冈山精神、长征精神、延安精神、西柏坡精神及"两弹一星"精神、雷锋精神、焦裕禄精神、抗震救灾精神、航天精神，等等）和社会主义先进文化充满自信，对社会主义核心价值观充满自信，同时也对学习借鉴世界文化中适合中国国情的有用的成果充满自信。我们自信既能不忘本来，各美其美，又能吸收外来，美人之美，更能面向未来，交融整合、美美与共，从而在继承中与当代生活相适应、与现代社会相协调，实现创造性的转化，在借鉴中完成创造性超越与中国化。正如习近平总书记所殷殷期

---

① 习近平：《在中国文联十大、中国作协九大开幕式上的讲话（2016年11月30日）》，人民出版社2016年版，第8页。
② 习近平：《在中国文联十大、中国作协九大开幕式上的讲话（2016年11月30日）》，人民出版社2016年版，第8—9页。
③ 习近平：《在中国文联十大、中国作协九大开幕式上的讲话（2016年11月30日）》，人民出版社2016年版，第10页。

望的:"创作更多体现中华文化精髓、反映中国人审美追求、传播当代中国价值观念、又符合世界进步潮流的优秀作品,让我国文艺以鲜明的中国特色、中国风格、中国气派屹立于世。"①

2016-12-12

---

① 习近平:《在中国文联十大、中国作协九大开幕式上的讲话(2016年11月30日)》,人民出版社 2016 年版,第 10 页。

2017

文艺评论家要敢讲真话、敢抒真情、敢求真理

　　习近平总书记在中国文联十大、中国作协九大开幕式上的重要讲话中指出，"要加强和改进文艺理论和评论工作，褒优贬劣，激浊扬清，更加有效地引导创作、推出精品、提高审美、引领风尚"①。可谓言之凿凿，字字千钧，切中时弊，为文艺理论与批评的发展指明了方向。

　　文艺理论建设亟待加强。无论是传承创新中国古代文艺理论优秀遗产的学术研究，还是批判借鉴古典的和现代的西方文艺理论的学术研究，抑或是联系当今实际把马克思主义文艺理论中国化、民族化、大众化的创造性工作，目前都还相当薄弱。中国特色社会主义文艺理论大厦和话语体系，都正在构建之中。而理论思维的失之毫厘，必将导致批评实践的谬以千里。譬如，套用西方理论来剪裁中国人的审美，或者用简单的商业标准取代艺术标准，便是如此。再如，近30年来，在电影界，由于我们在理论上误把本来属于接受美学范畴的"观赏性"

---

① 习近平：《在中国文联十大、中国作协九大开幕式上的讲话（2016年11月30日）》，人民出版社2016年版，第21页。

矛盾，主要推给了创作美学范畴去解决，而未能从理论上弄清哲学上范畴学法则所规定的什么范畴里的矛盾应主要在什么范畴里解决（主要应着力普及艺术教育，提高观众审美鉴赏素养和努力净化电影市场鉴赏环境）。创作者在市场经济大潮中面对审美鉴赏素养日益下滑的观众和芜杂媚俗的鉴赏环境，倘缺乏文化自信和社会担当又要占领市场、赢得票房，唯一的出路只能是放弃引领、一味迎合。其结果，愈迎合观众素养愈被败坏，愈迎合市场环境愈糟糕。于是，电影创作生产与电影鉴赏消费之间的二律背反即恶性循环怪圈便产生了。可见，这种理论思维上的失误，某种程度上成了在市场经济大潮中电影创作一定范围内出现低俗化、庸俗化、媚俗化倾向的一个诱因。

　　文艺批评要的就是批评。褒优贬劣、激浊扬清是文艺批评的主要功能和神圣职责。作为创作的一面镜子和一剂良药，文艺批评理应旗帜鲜明，秉笔直书，敢讲真话、敢抒真情、敢求真理，"运用历史的、人民的、艺术的、美学的观点评判和鉴赏作品，在艺术质量和水平上敢于实事求是，对各种不良文艺作品、现象、思潮敢于表明态度，在大是大非问题上敢于表明立场"[1]，营造开展文艺批评的良好氛围。

2017-01-23

---

[1] 习近平：《在文艺工作座谈会上的讲话（2014 年 10 月 15 日）》，人民出版社 2015 年版，第 30 页。

戏曲传承发展离不开领军人物

——观山西运城蒲剧青年实验团演出《西厢记》感言

年逾八旬的文化部艺术司原司长、中国艺术研究院原常务副院长、山西省文化厅原厅长曲润海自信地以资深戏曲专家身份告诉我，山西作为戏曲大省，传承发展戏曲最有成绩、最有希望的地区是运城和临汾。此次有幸专程前往，学习观摩了由平均年龄不足 20 岁的山西运城蒲剧青年实验团演出的小梅花版《西厢记》，感慨万端，止不住鼓掌叫绝！

我之叫绝，是因为这批青少年演员，从南征饰的张珙、任玲饰的崔莺莺、吴敏丽饰的红娘等主演，到尚在市文化艺术学校攻读蒲剧专业的饰小和尚的 6 位配角，阵容整齐，艺术呈现远远超过了我的预期，可以说是达到了当今戏曲表演的一流水准。在戏曲事业遭遇发展瓶颈普遍不甚景气的今天，运城的蒲剧传承发展却如此生机勃勃、后继有人，奥秘何在？

这当然离不开党和政府的大力扶持。但关于加强对传承发展包括戏曲在内的中华优秀传统文化的扶持的中央文件和地方政策，各地几乎都在贯彻，缘何运城真秀特秀？其间一个重要的因素，是因为出了一个以生命践行"戏比天大"的蒲剧领军人物——景雪变。

我知道景雪变，是因为由她主演的蒲剧《山村母亲》。这出戏五进北京，全国巡演，尤其是下乡下基层，迄今已演出 1600 多场，还由舞台搬上了银幕，赢得了包括文化部第二届优秀保留剧目、中国戏剧二度

"梅花奖"、中国戏曲现代戏突出贡献奖、第25届中国金鸡百花电影节"优秀新片奖"等多项大奖，她本人还被第13届世界民族电影节组委会授予"蒲剧皇后"称号。按理，誉满艺坛，她可以自慰了。但景雪变之可贵，正在她永不止步地求变求新。作为一位名副其实的领军人，她不仅以高标准要求自己对蒲剧艺术的传承发展不断做出新贡献，做到"领导群众观看一个样，农村城市演出一个样，钱多钱少一个样，观众多少一个样"，坚持"给群众送戏，送去好剧目、好作风、好形象"，起好示范作用，而且以难能可贵的文化自觉、文化自信着眼于蒲剧事业的未来，于2002年就领衔组建起由蒲剧界极富潜质的青年演员和市文化艺术学校艺术教研骨干组成的寓演出与教学于一体的运城市蒲剧青年实验演出团，并亲任团长和副校长。

弹指一挥间，十五度春秋过去，景雪变坚持"带新人、走正路、出精品、兴戏剧"，已经初见成效，开花结果。她一身二任，团、校互补，演出与育人并举，创作与教研共进，抓剧目建设，抓人才建设，抓队伍建设，抓演出质量，整理、加工、排演了30多出优秀传统剧目，每年送戏下乡演出200余场，在连续12届"中国少儿戏曲小梅花荟萃活动"中培养了38名赢得全国"小梅花奖"的青少年演员。目前，由此培养走出的如范宝香、赵高平、吉春红、闫海燕、闫军、李英、南征、任玲、赵振、吴敏丽、孙薛青、任帅、刘岩、刘泉佚、张明元等为数可观的优秀中青年演员，已经挑起了传承发展蒲剧艺术的大梁！他们不仅让蒲剧优秀传统剧目在今天的舞台重放光彩，而且连《山村母亲》这样的优秀现代剧目也已经有三代演员不断传承演出了。如此景观，何愁蒲剧没有光辉灿烂的未来！

因此，我悟出：戏曲的传承发展要靠党和政府的扶持，也离不开像景雪变这样的德艺双馨的领军人物。景雪变及其山西运城市蒲剧青年实验演出团的经验，值得珍视，对全国传承发展地方戏曲都具有普遍借鉴意义。

2017-02-22

"人生论美学"有利于实现中华传统美学的"两创"

浙江理工大学金雅教授寄来即将付梓的《人生论美学与当代实践："人生论美学与当代实践"全国高层论坛论文选集》[1]书稿，并嘱我为之作序。这着实令我汗颜。此次论坛，我本拟与会学习，不料公务缠身，未能遂愿。书稿到手，爱不释手，喜读收入其中的论坛文稿 50 篇，才扎扎实实地补了课，获益匪浅，感触良多，信笔记下自己的肤浅体会。

近十余年来，以金雅教授为领军人物的学术团队锲而不舍地高举"人生论美学"的旗帜，可谓登高一呼，应者云集，成果累累，已成气候。我是"人生论美学"的赞成者、信奉者，理由如次。

其一，"人生论美学"传承和弘扬了中华传统美学精神。习近平总书记在著名的"四个讲清楚"中首要便强调每个国家、每个民族都必须讲清楚自己独特的历史传统、文化积淀、基本国情，其发展道路必然有着自己的特色。[2]建构民族美学和开展民族美育，也必须首先讲清

---

① 金雅、聂振斌主编：《人生论美学与当代实践："人生论美学与当代实践"全国高层论坛论文选集》，中国社会科学出版社 2018 年版。
② 参见习近平《把宣传思想工作做得更好（2013 年 8 月 19 日）》，《论党的宣传思想工作》，中央文献出版社 2020 年版。

楚中华美学的历史传统、学术积淀、基本国情，才能坚定地走有中国特色的美学、美育发展道路。应当承认，美学是 20 世纪初才从域外引进的现代理论学科，但这并不能说中华文化传统中此前就没有美学与美育。从儒家的"尽善尽美"到道家的"天地大美"，从代代相传、丰富多彩的各种文论、书论、乐论、画论到戏论，其间追求的人生伦理与自然伦理和谐交融的大美境界，其间聚焦于真善美张力贯通的大美清韵，其间蕴含的审美艺术人生的动态统一的大美诗意，都为"人生论美学"所承接并提供了重要的思想学术资源。因此，"人生论美学"既植根于中华优秀传统文化和中华传统美学精神的沃土，又接续进入 20 世纪以来中国现代美学呈现出的如梁启超的"趣味说"、王国维的"境界说"、朱光潜的"情趣说"、宗白华的"情调说"、丰子恺的"真率说"等富有人生价值取向的学术积淀，是一种有中国特色、中国精神、中国风格、中国气派的美学美育理论主张和发展道路。

其二，"人生论美学"昭示了中华传统美学实现"创造性转化与创新性发展"的一条正确路径。习近平总书记在中国文联十大、中国作协九大开幕式上的讲话中，强调要"坚持以人民为中心的创作导向，坚持为人民服务、为社会主义服务，坚持百花齐放、百家争鸣，坚持创造性转化、创新性发展"①。这足见能否实现创造性转化与创新性发展是攸关当代文化建设的方向、道路、方针的一个重要问题。美学美育的当代构建也必须实现对中华传统美学的创造性转化与创新性发展。而真正实现"两创"，前提是必须对中华传统美学做到"两有"，即有鉴别地对待、有扬弃地继承；进而做到"两相"，即与当代文化相适应、与现代社会相协调。这"两有""两相"到"两创"的正确路径都离不开"人生"。所以，在我看来，20 世纪五六十年代在中国开展的那场关于美学的大讨论，聚焦于"美是什么""美的本质"，总在形而上

---

① 习近平：《在中国文联十大、中国作协九大开幕式上的讲话（2016 年 11 月 30 日）》，人民出版社 2016 年版，第 5 页。

的概念层面思辨争论，并未跳出认识论美学的框架，虽然也是有益的，于学术发展也有贡献，但承接的主要还是西方美学的研究路径和思维方式。之后，尤其是历史进入新时期以来，东西方文化八面来风，中国又相继问世了实践美学、新实践美学、生命美学、生态美学及女性美学等学派，都从不同重点和侧面丰富和深化了对中国当代美学美育的研究，都是需要的，都功不可没。但是，比较起来，我以为"人生论美学"的提出，有利于令中国特色的当代美学美育研究和建构对中华传统美学美育精神实现"两有""两相"并进而实现"两创"，是既更具统揽全局的宏观眼光，又更能紧密联系实现"两个一百年"的宏伟目标、实现中华民族伟大复兴的中国梦、促进人的自由而全面发展的人生实践的。其现实意义与深远意义都不可低估。

其三，"人生论美学"紧扣"人生"，即以人为本、以人生为对象的美学研究贯彻了以人民为中心的工作导向和为人民服务、为社会主义服务的方向，因而具有强大坚实的研究对象和服务对象，具有广阔的研究天地和用武之力，前途未有限量。"人生"者，涵盖了人与他人、人与社会、人与自然的以人为本的整个生态，因此举起"人生论美学"旗帜就比单一地提"生命美学""生态美学""意象美学"更为全面、更为确当。而"认识论美学"和"实践论美学"都对，都有存在之必要，其"认识"和"实践"的主体皆为"人"，而"认识"和"实践"的都是主体与他人、与社会、与自然发生的关系即"人生"，所以，倒不如以"人生论美学"统而全之。这样，既上承中华传统美学精神，又更富时代特色和中国风格，且更趋科学、精准。不仅如此，"人生论美学"还有力地把美学美育研究从过去的书斋里彻底解放到现实鲜活的"人生"海洋里来，解放到人民群众的审美创造、鉴赏实践和艺术教育活动中来，解放到当今文学艺术创作与鉴赏的百花齐放的人生中来。"问渠那得清如许？为有源头活水来。"这就为当代中国美学美育理论研究和实践注入了强劲的活水。

其四，"人生论美学"为创建中国现当代美学美育理论和话语体系、创建中国美学学派开通了一条充满希望和生气的大道。"人生论美学"作为中国特色哲学社会科学和中国特色美学之一脉，必然要在中华传统美学宝库里汲取丰富的营养以"各美其美"，并注重学习借鉴西方美学经典中适合中国国情的有用东西以"美人之美"，并立足中国改革开放现代化建设的现实和人民的"人生"将两者交融整合创新以达到"美美与共"，从而创建出中国特色的中国现当代美学美育理论体系和话语体系，创建出中国当代美学学派，为人类美学做出独特贡献。当然，一个真正意义上的学派的形成是需要历史和人民检验的。一是要有传承和渊源，"人生论美学"上承中华传统美学；二是要有代表性学者，"人生论美学"从孕萌于20世纪上半叶的梁启超、王国维、朱光潜、宗白华、丰子恺、方东美到自觉于20世纪末至今天的钟惦棐、聂振斌、金雅、陈望衡、马建辉等；三是要有标志性的学术成果，"人生论美学"出版了《中国现代美学名家文丛》《中国现代人生论美学文献汇编》《"人生论美学与当代实践"全国高层论坛论文集》和金雅的个人专著《中华美学：民族精神与人生情怀》等；四是要有读者群，"人生论美学"已经开始有了越来越多的关注它、传播它的读者群，尤其是青年读者群；五是要有代代相传的后继学者，且喜"人生论美学"两次学术论坛上已有越来越多的青年学者登台亮相……所有这些，都预示着"人生论美学"学术生气勃勃，前景辉煌灿烂。习近平总书记殷殷期望我们："既要像小鸟一样在每个枝丫上跳跃鸣叫，也要像雄鹰一样从高空翱翔俯视。"① 我深信："人生论美学"既能像小鸟一样深入"人生"细节捕捉并解析思想发现和审美发现，又能像雄鹰一样以与时俱进的中国化的马克思主义历史哲学意识从高空翱翔俯视"人生"洞察真谛，为引领提升中华民族驾驭"人生"的精神修养和审美素质

---

① 习近平：《在中国文联十大、中国作协九大开幕式上的讲话（2016年11月30日）》，人民出版社2016年版，第22页。

做出独特贡献！

以文化人，以艺养心，以美塑人，重在引领，贵在自觉，胜在自信。"人生论美学"作如是观。

2017−07−21

"人生论美学"的一股清泉

——评大型现代锡剧《三三》

在国家艺术基金 2017 年度大型舞台剧和作品滚动资助的项目中，由江苏张家港市锡剧艺术中心根据著名作家沈从文的同名小说改编创作的大型现代锡剧《三三》（编剧杨蓉，导演韩剑英，主演董红），在当今戏曲百花园里独树一帜，清丽别致，恰似方兴未艾的学界"人生论美学"呼唤的创作实践流淌出的一股沁人心扉的意境犹深的幽幽清泉。

众所周知，在中国现当代文学史上，沈从文是独特的"这一个"。过去，在"以阶级斗争为纲"的时代，我们对他的乡土文学的独特的认识价值和美学价值认识不足、珍视不够。近几年来，似乎又有人从一个极端走向了另一个极端，把他的文学成就说得超过了鲁迅、郭沫若、茅盾，这又是另一种有失公允。平心而论，贬之入地、捧之上天都不是实事求是。观锡剧《三三》，笔者倒真佩服改编者的历史睿智、文化眼光和审美才华，把小说《三三》的独特价值成功地以锡剧艺术形式在舞台上相当完美地呈现出来，创造了从小说的文学思维到戏曲的视听思维的转换，是具有普遍借鉴意义的成功经验。

沈从文小说的文笔优美，语言一流。读之往往如读诗一般，张弛有度，韵味无穷。有学者称沈从文为文体家，其小说散文有音乐律动感。唯其如此，文学语言审美个性化程度越高的小说，越难以戏曲化。因为小说以文学语言为载体形成叙事，没有具象，作用于每位读者的阅读神经，激发读者产生对应的相对复杂的空间联想来完成鉴赏。而戏曲以视听语言为载体形成叙事，即以歌舞演故事，是具象的，作用于处于群体中的个体观众的视听感官神经，激发观众产生对应的相对简单的时间联想（如观锡剧《三三》知道是发生在民国年间）。所以，聪慧的从小说到戏曲的改编者，一定懂得从文学思维到戏曲思维转换的妙谛：必须首先把小说原著的艺术之山的美学价值、认识价值及其成功的人物形象塑造吃透、消化透，然后加以粉碎，留下一堆闪烁着原著小说艺术精灵的未经加工的创作元素，再按戏曲的审美创造规律利用这些元素重塑一座戏曲的艺术之山。成功的戏曲家不是匍匐在小说家膝下的"忠实的翻译者"，而是"站在小说家肩上的戏曲再创造者"。且喜，《三三》从小说到锡剧，编、导、演都深谙此道。编剧杨蓉曾说："每一个时代都有它自己的文学。但经典的文学不仅仅属于它那个时代，它同时属于后来一代又一代能够感悟经典，并能与其享受艺术共感的受众。"她要从前辈沈从文"用生命留下的文学的'苦难蚀刻'里，寻觅和挖掘到历史的旧影和记忆"。导演韩剑英明言："大型锡剧《三三》在享乐主义泛滥的今天无疑是另一种声音，它进行的是一种逆向的思考，是人与自然生态的对话，更是世俗与宇宙空间的对比。""它以平实的农村小故事向今人展示了小主人公三三的小梦的美好，引发世人对当今社会与人生的反思，并折射出每个人具体而微小的个人梦将会汇集成美丽宏伟的'中国梦'！有梦想的人是快乐的，幸福的！"中国戏剧"梅花奖"得主、领衔主演董红声情并茂、如诗如画地在舞台上以出色的表演实现了编导的上述改编创作意向。这是多么值得称颂的一种清醒的文化自觉和可贵的文化自信啊！

锡剧《三三》忠实于对同名小说精髓的正确理解和准确把握。应当说，小说《三三》在那个时代与激进的革命文学相较，似乎还缺少时代感，但就其独特的审美发现而言，确是相当超前地关注到人与自然生态的对话。请看三三对居住生存环境山山水水的眷恋，那难以忘怀的乡愁，再看少爷的"城市病"的感伤和来到乡间养病对山水生态的神怡、邂逅三三后情感的净化，以及桃子进城返乡的巨大反差和城乡文化冲突所致的爱情悲剧……所有这些，都被锡剧《三三》以戏曲审美方式和审美优势凸显在舞台上。人生与自然生态的关系和矛盾，是"人生论美学"的题中之义，成功表现这一题旨的戏曲作品尚不多见。锡剧《三三》慧眼独具，抓住这一题旨，做足文章，为百花争艳的戏曲园地再添奇葩，值得称道。笔者曾听写过昆剧《南唐遗事》、话剧《李白》等多部优秀作品的当今著名剧作家郭启宏感触颇深地夫子自道："中国古代文豪中，李白、杜甫等我都敢写，但那位既能'刑天舞干戚，猛志固常在'，又能'采菊东篱下，悠然见南山'的具有超前的当代人才认识到的人类生态意识的陶渊明我够不着，不敢写。"足见以戏曲方式表现这一题旨之难。

更值得称道的是，锡剧《三三》在表现人生与自然生态的关系这一题旨时，并未脱离时代与社会去抽象地把人与自然生态的关系纯净化。编导注意到，"人生"的内涵是时代感与社会性的，不仅涵盖人与自然生态的关系，而且必然也涵盖了人与他人、人与社会甚至人与自身的复杂关系。也正因为如此，"人生论美学"坚持以人为本、坚持以人生为美学研究的路径，这较之于"生态美学""生活美学""女性美学"以及过去讲了多少年的"认识论美学""实践论美学"要更具有统揽全局的精准性。锡剧《三三》中，不仅有三三与少爷的悲剧，而且还有桃子的悲剧，都注入了鲜明的时代感和深刻的社会性。

基于此，笔者愿把锡剧《三三》看成是"人生论美学"倡导的创作实践的一个值得珍视的成功范例。

2017-08-07

面对新时代的艺术学学科建设

——习近平文艺论述学习笔记

一、党的十九大精辟指出："中国特色社会主义进入了新时代，这是我国发展新的历史方位。"① 这个新时代之"新"，一是新在承前启后、继往开来，在实现党的十八大以来历史性变革的大势下继续夺取中国特色社会主义伟大胜利；二是新在决胜全面建成小康社会，进而全面建设社会主义现代化强国；三是新在全国各族人民团结奋斗、不断开创美好生活，逐步实现全体人民共同富裕；四是新在全体中华儿女勠力同心、共同实现中华民族伟大复兴；五是新在中国日益走向世界舞台中央，不断为构建人类命运共同体做出独特的更大贡献。

面对这样一个振奋人心、重任在肩的新时代，作为当今中国特色社会主义文艺组成部分之一的艺术学学科建设，如何以高度的文化自信与文化自觉担负起自己的职责使命?这确是我们面对的最重要的神圣课题。

二、在这个新时代中国特色社会主义伟大实践中，孕育产生了习近平新时代中国特色社会主义思想。这是马克思主义中国化、时代化、大众化的最新成果，是继承发展毛泽东思想，是包括邓小平理论、"三个代表"重要思想、科学发展观在内的中国特色社会主义理论体系的

---

① 习近平：《决胜全面建成小康社会 夺取新时代中国特色社会主义伟大胜利——在中国共产党第十九次全国代表大会上的报告（2017 年 10 月 18 日）》，人民出版社 2017 年版，第 10 页。

最新成果，旗帜鲜明地科学阐明了新时代"坚持和发展什么样的中国特色社会主义、怎样坚持和发展中国特色社会主义"①。党的十九大已经把习近平新时代中国特色社会主义思想，与马克思列宁主义、毛泽东思想、邓小平理论、"三个代表"重要思想、科学发展观一起，庄严地写进了党章。习近平文艺论述，作为习近平新时代中国特色社会主义思想的重要组成部分之一，是繁荣发展新时代中国特色社会主义文艺的理论纲领和行动指南，当然也是繁荣发展艺术学学科建设的理论纲领和行动指南。

三、中国自古以来，乃礼乐之邦。通俗讲，礼者，制度法治也；乐者，音乐艺术也。治国理政，当然要问经济、问政治、问社会、问生态，也须臾缺失不了文化艺术，其间便包括作为培养艺术人才和艺术教育基础的艺术学学科建设。面对新时代的艺术学学科建设，首先要解决好艺术为人民、写人民、服务于人民的问题，即如何为历史性变革中的中国特色社会主义服务、如何为奋力实现中华民族伟大复兴中国梦的中华儿女谱写心史的问题。归根结底，这就是艺术学学科建设的指导思想问题，是艺术学学科建设这个审美意识形态领域里要不要坚持中国化的马克思主义的指导和领导权的大是大非问题。习近平文艺论述，是新时代对中国特色社会主义文艺与人民、与经济、与政治、与社会、与生态关系的科学阐释与辩证总结。因此，认真学习、深刻领悟、坚决践行习近平文艺论述，既是时代的召唤、人民的需要，也是事关包括艺术学学科建设在内的整个中国特色社会主义文艺坚持举精神之旗、立精神支柱、建精神家园的关键，事关国运兴衰、文化安全、民族精神独立性，事关建设中国特色社会主义强国，万万不可稍有闪失。

四、习近平总书记在党的十九大报告中指出："中国特色社会主义

---

① 习近平：《决胜全面建成小康社会 夺取新时代中国特色社会主义伟大胜利——在中国共产党第十九次全国代表大会上的报告（2017 年 10 月 18 日）》，人民出版社 2017 年版，第 18 页。

文化，源自于中华民族五千多年文明历史所孕育的中华优秀传统文化，熔铸于党领导人民在革命、建设、改革中创造的革命文化和社会主义先进文化，植根于中国特色社会主义伟大实践。"① 习近平文艺论述，源自于中华优秀传统文化和中华美学精神，熔铸于马克思主义文艺观中国化的历史进程和继承发展毛泽东文艺思想以及中国特色社会主义文艺理论，植根于繁荣发展新时代中国特色社会主义文艺伟大实践。作为党中央领导集体的核心，习近平同志高瞻远瞩，统观大势，立足中国，放眼世界，吸吮着丰厚充沛的中华优秀传统文化如文论、乐论、艺论、书论、画论等的营养，坚持与时俱进的中国化的马克思主义，紧密联系新时代中国特色社会主义文艺实践的新矛盾、新问题，实事求是、科学分析、辩证取舍地以兼容整合的和谐思维取代了二元对立、非此即彼、好走极端的单向思维。他深刻指出："发展中国特色社会主义文化，就是以马克思主义为指导，坚守中华文化立场，立足当代中国现实，结合当今时代条件，发展面向现代化、面向世界、面向未来的，民族的科学的大众的社会主义文化，推动社会主义精神文明和物质文明协调发展。要坚持为人民服务、为社会主义服务，坚持百花齐放、百家争鸣，坚持创造性转化、创新性发展，不断铸就中华文化新辉煌。"② 这些论述，句句真理，字字珠玑，理应成为我们繁荣、发展包括艺术学学科建设在内的新时代中国特色社会主义文艺的根本指导思想。

五、习近平总书记在党的十九大报告中明确指出："要繁荣文艺创作，坚持思想精深、艺术精湛、制作精良相统一，加强现实题材创作，不断推出讴歌党、讴歌祖国、讴歌人民、讴歌英雄的精品力作。发扬学术民主、艺术民主，提升文艺原创力，推动文艺创新。倡导讲品位、讲格调、讲责任，抵制低俗、庸俗、媚俗。加强文艺队伍建设，造就

---

① 习近平：《决胜全面建成小康社会 夺取新时代中国特色社会主义伟大胜利——在中国共产党第十九次全国代表大会上的报告（2017 年 10 月 18 日）》，人民出版社 2017 年版，第 41 页。
② 习近平：《决胜全面建成小康社会 夺取新时代中国特色社会主义伟大胜利——在中国共产党第十九次全国代表大会上的报告（2017 年 10 月 18 日）》，人民出版社 2017 年版，第 41 页。

一大批德艺双馨名家大师，培育一大批高水平创作人才。"① 这就为包括艺术学学科建设在内的整个新时代中国特色社会主义文艺的性质与任务、内涵与主旨、标准与生态、继承与创新、人才与队伍等重要课题都言简意赅地指明了方向与路径，绘就了蓝图。艺术学学科建设，要自觉为践行实现这一宏伟蓝图做出独特的应有的贡献。

六、习近平文艺论述是在新时代中国特色社会主义伟大实践、伟大斗争中产生形成的，是在党的十八大以来非凡地解决了许多长期想解决而未能解决的难题、办成了许多过去想办而未能办成的大事的历史性变革中产生形成的，因而必然带有鲜明的时代性、针对性、战斗性和实践品格。艺术学学科建设纵有其娱乐功能，但终究脱离不开其审美的意识形态属性。联系艺术学学科建设近十余年的实践演进，进而联系整个文艺传播的现状，我们会更深切地领悟习近平文艺论述的博大精深和实践品格。毋庸讳言，曾几何时，艺术学界乃至整个文艺界，刮起过一股唯洋是瞻的"西化"风，习近平总书记在主持召开文艺工作座谈会时字字铿锵、斩钉截铁地指出："如果'以洋为尊'、'以洋为美'、'唯洋是从'，把作品在国外获奖作为最高追求，跟在别人后面亦步亦趋、东施效颦，热衷于'去思想化'、'去价值化'、'去历史化'、'去中国化'、'去主流化'那一套，绝对是没有前途的！"② 他强调要"牢牢掌握意识形态工作领导权"，"旗帜鲜明反对和抵制各种错误观点"。③ 针对艺术学界乃至整个文艺界曾出现的"唯收视、唯票房、唯点击率"即"唯经济效益"倾向，习近平总书记在文艺工作座谈会上反复强调"文艺不能在市场经济大潮中迷失方向，不能在为什

<hr>

① 习近平：《决胜全面建成小康社会 夺取新时代中国特色社会主义伟大胜利——在中国共产党第十九次全国代表大会上的报告（2017 年 10 月 18 日）》，人民出版社 2017 年版，第 43 页。
② 习近平：《在文艺工作座谈会上的讲话（2014 年 10 月 15 日）》，人民出版社 2015 年版，第 25 页。
③ 习近平：《决胜全面建成小康社会 夺取新时代中国特色社会主义伟大胜利——在中国共产党第十九次全国代表大会上的报告（2017 年 10 月 18 日）》，人民出版社 2017 年版，第 41、42 页。

么人的问题上发生偏差","文艺不能当市场的奴隶,不要沾满了铜臭气","经济效益要服从社会效益,市场价值要服从社会价值"。① 针对文艺界尤其是影视界、艺术学界一度泛滥的低俗化、庸俗化、媚俗化的娱乐化倾向和以视听感官生理上的刺激感来冲淡乃至取代文艺本应化人养心的思想启迪、精神美感的美学主张,习近平文艺论述突出强调"要把提高作品的精神高度、文化内涵、艺术价值作为追求,让目光再广大一些、再深远一些,向着人类最先进的方面注目,向着人类精神世界的最深处探寻,同时直面当下中国人民的生存现实,创造出丰富多样的中国故事、中国形象、中国旋律,为世界贡献特殊的声响和色彩、展现特殊的诗情和意境"②。要坚决反对"是非不分、善恶不辨、以丑为美",坚决反对"搜奇猎艳、一味媚俗、低级趣味,把作品当作追逐利益的'摇钱树',当作感官刺激的'摇头丸'"。③ 真是振聋发聩。针对文艺界包括艺术学界一度刮起的一股解构经典、戏说历史的邪风,习近平文艺论述高擎唯物史观大旗,痛斥形形色色的历史虚无主义:"文学家、艺术家不能用无端的想象去描写历史,更不能使历史虚无化","戏弄历史的作品,不仅是对历史的不尊重,而且是对自己创作的不尊重,最终必将被历史戏弄"。④ 多么深刻犀利,多么发人深省!

七、艺术学从原本为国务院学科目录中置于文学门类下的一个一级学科升格为独立的门类以来,在党的十八大后的历史性变革中获得了迅猛发展,其下属的五个一级学科(艺术学理论、音乐与舞蹈学、戏剧与影视学、美术学、设计学)遵循艺术学统揽全局的一般规律和各自学术领域的独特规律进行学科建设,为新时代中国特色社会主义

---

① 习近平:《在文艺工作座谈会上的讲话(2014年10月15日)》,人民出版社2015年版,第9、20页。
② 习近平:《在中国文联十大、中国作协九大开幕式上的讲话(2016年11月30日)》,人民出版社2016年版,第16页。
③ 习近平:《在文艺工作座谈会上的讲话(2014年10月15日)》,人民出版社2015年版,第9页。
④ 习近平:《在中国文联十大、中国作协九大开幕式上的讲话(2016年11月30日)》,人民出版社2016年版,第9页。

艺术学搭建起初具规模的五大支柱。可以预言，艺术学学科建设伴随着进一步学习、领悟、践行习近平文艺论述和中国特色社会主义艺术创作、评论、教育实践的深化，音乐学与舞蹈学、戏曲学与话剧学、电影学与电视艺术学都将细化，五大支柱势必会发展为八大支柱。面对新时代的艺术学学科建设，将在满足人民群众对美好生活，尤其是丰富多彩的高品位、高格调的精神生活需求上和普及艺术教育、"造就一大批德艺双馨名家大师，培育一大批高水平创作人才"①上，做出更大的独特贡献。

八、必须强调，面对新时代的中国特色艺术学学科建设，务必遵从习近平文艺论述关于"坚守中华文化立场"的论述。毋庸讳言，在高等学校的艺术学学科建设中，有一股"言必称希腊"的"唯洋是从"之风。这是一种缺乏文化自信的表现。习近平文艺论述旗帜鲜明地强调要坚守中华文化立场，传承弘扬中华文化精神，彰显中华美学精神。只有首先以高度的文化自信自觉地"各美其美"，才能真正去"美人之美"，借鉴吸收世界先进文明中适合中国国情的有用东西为我所用，进而做到"美美与共"，把两者交融整合并创造出既富中国精神又有时代特色的社会主义艺术，也才能为人类艺术和构建人类命运共同体做出独特贡献。因此，呼吁面对新时代的中国艺术学学科建设强化中华民族学理色彩，实为紧要。

马克思曾精辟指出，理论只要彻底，就能说服人。而真理一旦为人民群众所掌握，一定会转化为强大的精神力量和物质力量。我们深信，习近平文艺论述一旦为人民群众，尤其是广大文艺工作者掌握，一定会铸就新时代中国特色社会主义文艺包括艺术学学科建设更加璀璨夺目的新辉煌！

2017-12-15

---

① 习近平：《决胜全面建成小康社会 夺取新时代中国特色社会主义伟大胜利——在中国共产党第十九次全国代表大会上的报告（2017 年 10 月 18 日）》，人民出版社 2017 年版，第 43 页。

2018

为中华民族强起来做出精神上的贡献

习近平总书记在中国文联十大、中国作协九大开幕式上的讲话中指出，"祖国是人民最坚实的依靠，英雄是民族最闪亮的坐标。歌唱祖国、礼赞英雄从来都是文艺创作的永恒主题，也是最动人的篇章。我们要高扬爱国主义主旋律，用生动的文学语言和光彩夺目的艺术形象，装点祖国的秀美河山，描绘中华民族的卓越风华，激发每一个中国人的民族自豪感和国家荣誉感。对中华民族的英雄，要心怀崇敬，浓墨重彩记录英雄、塑造英雄，让英雄在文艺作品中得到传扬，引导人民树立正确的历史观、民族观、国家观、文化观，绝不做亵渎祖先、亵渎经典、亵渎英雄的事情"①。

党的十九大报告明确指出，"要繁荣文艺创作，坚持思想精深、艺术精湛、制作精良相统一，加强现实题材创作，不断推出讴歌党、讴歌祖国、讴歌人民、讴歌英雄的精品力作"②。军事题材作为影视作品的

---

① 习近平：《在中国文联十大、中国作协九大开幕式上的讲话（2016年11月30日）》，人民出版社2016年版，第8—9页。
② 习近平：《决胜全面建成小康社会 夺取新时代中国特色社会主义伟大胜利——在中国共产党第十九次全国代表大会上的报告（2017年10月18日）》，人民出版社2017年版，第43页。

重要题材，是表达爱国主义、英雄主义、集体主义，塑造国家和民族形象的重要载体和形式，因此这类影视作品的思想内涵、艺术质量和价值取向等方面的引导作用极为重要，具有重要的现实意义。

"新时代"，用习近平总书记的话来讲，就是近代以来久经磨难的中华民族迎来了从站起来、富起来到强起来的伟大飞跃，迎来了实现中华民族伟大复兴的光明前景。中华民族强起来的根本标志是文化强、精神强，就是习近平总书记反复号召的要我们举精神之旗、立精神支柱、建精神家园。军事题材及英雄主义的创作重点就在于怎样在中华民族真正强起来的过程当中做出我们精神上的贡献。要达到这个目的，就不仅要靠高超精湛的艺术，还要靠精深的思想，更要靠精良的制作。

2018-01-17

当代中国文艺格局中的"粤派批评"

    习近平总书记在 2013 年 8 月 19 日全国宣传思想工作会议上提出"四个讲清楚"重要指示精神：一是要讲清楚每个国家和民族的历史传统、文化积淀、基本国情不同，其发展道路必然有着自己的特色；二是讲清楚中华文化积淀着中华民族最深沉的精神追求，是中华民族生生不息、发展壮大的丰厚滋养；三是讲清楚中华优秀传统文化是中华民族的突出优势，是我们最深厚的文化软实力；四是讲清楚中国特色社会主义植根于中华文化沃土、反映中国人民意愿、适应中国和时代发展进步要求，有着深厚历史渊源和广泛现实基础。[①] 在今天看来，"四个讲清楚"既有现实针对性，又有深远的意义。研究一个地区的文艺批评要讲清楚这个地区文艺批评的历史传统和文化积淀，要找准优势和特色，才能走向全国，进而走向世界。"粤派批评"究竟成不成立?虽然有争议，但值得研究。我们讨论问题不要从概念出发，而是从事实出发。如果我们不找准切入点，很难高扬地方特色，很难从根本上杜绝中国文坛不论是创作还是评论中常常出现的同质化、雷同化的现象。

    有人说中国五六十年来没有形成过文学批评的流派，这恐怕不是

[①] 习近平：《把宣传思想工作做得更好（2013 年 8 月 19 日）,《论党的宣传思想工作》，中央文献出版社 2020 年版，第 17 页。

事实。这取决于我们怎么看待流派。流派要有旗帜，要旗帜鲜明地写出理论主张；要有围绕着理论主张的一大批作家和批评家的著述和成果；要代代相传，形成一支重要力量，做出突出贡献。"粤派批评"开风气之先。"粤派批评"的老师都很重视中华民族的优秀传统文化，都有深厚的传统文化功底，学术思维都带有个性，都是针对当下发声。广东历来有此特点，不仅占领了改革开放的前沿阵地，很多事情也都是走在前面的。如果全国各地都向广东学习，高扬自己的旗帜，总结自己的历史传统和文化积淀，找准自己的省情乃至于国情，并以此走向全国，我国的文艺创作和批评的雷同化、同质化、一窝蜂现象就会从根本上得到杜绝。

2018-02-12

具有"东方情怀"的英雄史诗

——评歌剧《鉴真东渡》

由江苏省委宣传部指导、江苏省演艺集团创作演出的原创歌剧《鉴真东渡》在第三届中国歌剧节上一亮相，便深深地震撼了在场观众。它不仅带来了别致新颖的艺术品相，让观众感受到了浓浓的"东方情怀"，也塑造了具有中国哲学色彩的英雄形象。用现代歌剧的形式来表现"鉴真东渡"这个古老题材，在当下具有重要的价值和意义，它表明了改革开放的中国在实现中华民族伟大复兴的中国梦时，越来越自觉和自信地认识中华民族优秀传统文化的地位和价值，以及整个中华民族对构建人类命运共同体的独特贡献。对于这种艺术上的创新，我们应该更热情地鼓励、更真诚地评价。

用歌剧讲好中国故事

《鉴真东渡》这个故事流传千载，在中国文化中有着特殊的地位，它不仅是中国人不畏艰险、百折不挠的精神品质的象征，也是大唐盛世中国以包容的心态积极对外进行文化交流的表现。鉴真"六次东渡"的过程极具戏剧性和象征性，具有极高的"书写"价值，是一个典型的中国故事。作为从西方舶来的艺术形式，歌剧主要通过演唱和音乐来叙述故事、展开情节并塑造人物。如何用歌剧的形式讲好一个传统的中国故事，是这部歌剧创新的重点。

本剧在情节的设置、人物形象的突出和场景的选择上，不仅通过不断的突转增强可看性，同时尤其注重气象的表达。东渡的场景分成六幕，每一幕作为一个小单元又自成一个故事，同时六幕又层层递进，共同组成整个渡海的过程，这样的设计让故事本身气象宏大而又充实。而演员的演唱和舞蹈的设计、音乐、置景、灯光的配合，都能让人感受到一种浓烈的盛唐气象。同时，本剧特别注重写意性，以抒发中国精神为主。比如开场古筝用一个中国人、一个日本人来演奏，这种独具匠心的符号和意象，表现了中日两个国度文化交流的源远流长。这让我想起了习近平总书记对文明观的概括，即"多样""平等""包容"。再比如"海"的意象的反复出现，它既象征磨炼，也代表路途，衬托出了无畏的精神。可以说，这是一个有着浓烈东方情怀的故事，而歌剧的表达方式很好地呈现出了这种情怀。

这个戏前半部分是"形式的意味"胜于"有意味的形式"，形式感太强，便使情节和人物精神世界的细致刻画受到了一定的冲击，其实这样的形式感应该淡化，前后的"度"的把握应该适当。总体来说，歌剧《鉴真东渡》呈现精彩，表演精湛，希望经过修改加工后日臻精美，成为一部用歌剧形式呈现中国故事的，融思想性、艺术性于一体的更好的佳作。

重塑充实的鉴真形象

作为一部人物剧，如何塑造鉴真形象是这部歌剧的核心，形象立住了，这部戏也就立住了。鉴真具有多重身份，一个是僧人，一个是使者，一个是英雄。作为僧人，对其"佛心"的刻画至关重要；作为使者，其心怀天下、促进文化沟通的情怀是重点；作为英雄，其彷徨迷茫而又勇敢地与磨难斗争的无畏无惧的品质是关键。本剧在六幕的结构中，既让每一幕各有侧重，又串成一个"隐性"的成长过程，把这三种身份较好地呈现了出来。

从六幕中鉴真形象的发展脉络看，后边比前边塑造得更好。六场戏用六个字点明主题，准确生动且富有意味。第一幕是"幻"，写出了人与自然的冲突，当天人冲突后展示了鉴真的非凡，他的境界比众弟子更高，凸显了以他为代表的中华民族思想者的认知和勇气。但作为歌剧，这场戏是歌有了，戏剧却不足。第二幕是"愿"，表明了两国宗教界早就有了交流的宏愿。但这场戏没有把矛盾核心抓牢，没有围绕鉴真与众弟子的争议冲突来展开，来凸显鉴真交流宏愿之"宏"。第三幕本来矛盾的焦点应该是"迷"，但戏剧中心点放在了静海身上，展现他在迷途中的反省。因此前三场矛盾点有些分散，没有聚焦在鉴真身上。第四幕是"觉"，这场戏矛盾冲突激烈，剧中体现的思想突破了封建束缚，融入了现代文明意识，用草药救助民生则写出了佛教的核心文化"慈悲为怀"。第五幕进入核心问题的"心"，主要解决人的精神世界，即让宗教和艺术共同汇聚于人的精神世界。最后一幕是"慧"，展现了主人公的大彻大悟，从中勾连到了一个具有时代意义的日本的招提寺和中国的大明寺的结缘。这个结缘是用历史做一面镜子，告诉当代人构建人类命运共同体的共同宏愿，不要再用战争来解决问题，引申出和平的当代现实共鸣，也让鉴真的形象达到了充实的境界。

鉴真虽然是一个英雄，但作为一个真实存在的人，他也一定有复杂的精神世界，有恐惧、有不安、有失望，这样的形象才更加真实，也更有力量。在这一点上，这部歌剧还须进一步斟酌。总之，《鉴真东渡》这部英雄史诗在中国哲学价值和精神传统的基础上把鉴真的丰富性塑造了出来，作为歌剧的形式，还是非常值得肯定的。对于这样的民族史诗，这个戏在之后的完善过程中，要站得更高一些、讲得更深一些、看得更远一些，要坚定搞好这个戏的自信心，以多样化的形式、现代化的手段，把"鉴真东渡"这样的经典故事不断传扬下去。

2018-02-28

为活跃当代文艺评论做出独特贡献^①

我深知一个人在青年时期选定了文艺评论这个职业，或者有这种爱好并为之奋斗，是一件充满艰辛、充满幸福感的事情。今天，"西湖论坛"举办到第四届了，来了很多名家，来跟我们青年同行朋友促膝谈心。这种形式很好，我看是互教互学、互补共进。能够集中在一起促膝谈心，说真话、诉真情、求真理，哪怕是虽不能至，也是心向往之。

这是一件好事，也是一个青年文艺评论家成长的必由之路。想当年，我提着包跟着陈荒煤、朱寨、钟惦棐老师，听他们耳提面命，从他们身上汲取学术的营养，跟在他们背后，感受到他们身上散发出一种看似不见、摸似不着的思想和学术的震撼力、感染力，直击我的心灵。我常常感到自己知之甚少，书读得太少，实践太不深入。因此我只有笨鸟先飞，不然就辜负了跟他们一场。青年人要虚心向前辈请教。这是我想跟大家说的第一点体会。

这次论坛的主题定得很好，叫"新时代文艺的中国精神"。党的十八大以来，我们用短短的时间，就实现了历史性的变革。作为改革

---

① 2018 年 4 月 14 日至 15 日，由中国文艺评论家协会、中国文联文艺评论中心和浙江省文学艺术界联合会主办的第四届中国青年文艺评论家"西湖论坛"宁波峰会在浙江宁波举行。此为作者在这次峰会上的发言。

开放 40 年来的见证人，我可以清晰地看到，新时期党的文艺政策有过两次重要的调整：一次是"文化大革命"结束进入新时期，邓小平同志在第四次全国文代会上作重要讲话，石破天惊地提出"不是要求文学艺术从属于临时的、具体的、直接的政治任务"①，接着用"为人民服务、为社会主义服务"取而代之。这一重要调整适应了党的中心工作从以阶级斗争为纲到以经济建设为中心这个重大历史转折后对文艺工作的政策指导。再一次就是当下，党的十九大正式确立习近平新时代中国特色社会主义思想为党的指导思想。作为习近平新时代中国特色社会主义思想重要组成部分之一的习近平文艺论述，对文艺批评的标准也相应做出了重要的调整，提出要"坚持思想精深、艺术精湛、制作精良相统一"②，取代"思想性、艺术性、观赏性相统一"的提法；提出应当追求作品的"精神高度、文化内涵、艺术价值"③；提出"面对生活之树，我们既要像小鸟一样在每个枝丫上跳跃鸣叫，也要像雄鹰一样从高空翱翔俯视"④。要像小鸟一样，唱出最美的旋律，跳出最美的舞姿，就是要发现细节、塑造人物，要写出人物的精神高度、人性深度；要像雄鹰一样从高空翱翔俯视，讲的就是要有深刻的历史哲学意识。这些精辟论断，都需要我们去学深悟透。

我个人体会到，习近平文艺论述是 21 世纪中国共产党人领导文艺工作，把马克思主义文艺理论中国化、时代化、大众化的最新成果，系统阐述了文艺与人民、文艺与生活、文艺与时代、文艺与经济、文艺与生态等成体系的科学思想应该成为文艺评论工作的理论指南和行动准则。这是我想跟大家说的第二点体会。

---

① 邓小平：《在中国文学艺术工作者第四次代表大会上的祝词（1979 年 10 月 30 日）》，《邓小平文选》（第二卷），人民出版社 1994 年版，第 213 页。
② 习近平：《决胜全面建成小康社会 夺取新时代中国特色社会主义伟大胜利——在中国共产党第十九次全国代表大会上的报告（2017 年 10 月 18 日）》，人民出版社 2017 年版，第 43 页。
③ 习近平：《在中国文联十大、中国作协九大开幕式上的讲话（2016 年 11 月 30 日）》，人民出版社 2016 年版，第 16 页。
④ 习近平：《在中国文联十大、中国作协九大开幕式上的讲话（2016 年 11 月 30 日）》，人民出版社 2016 年版，第 22 页。

第三点体会，是讲现在的创作和评论生态。当前的创作和评论生态还存在一些问题，比如创作与评论的不平衡问题，数量与质量的不平衡问题，有"高原"缺"高峰"问题，都需要进一步规范。这里还有许多工作需要去做。拿文艺评论来讲，首要的就是要加强评论队伍的建设。我们讲文化自信，讲文化强国，没有高素质的人才不行。这方面的发展很不充分。所以，在座的各位，大家面临着大好的机遇，任重道远。希望大家严于自律、勤奋学习、勇于实践、敢讲真话，为活跃中国当代的文艺评论做出自己独特的贡献！

2018-05-28

精彩的新疆故事　诗化的民族心史

——评电影《远去的牧歌》

　　有幸先睹天山电影制片厂历经两年精心创作的庆祝改革开放 40 周年的新片《远去的牧歌》，宛如聆听了一个精彩的新疆草原牧民近 40 年来改革开放的精彩故事，吟诵了一首哈萨克族心灵嬗变的优美诗篇，思绪联翩，畅游在审美愉悦的海洋之中。久违了，如此努力实现思想精深、艺术精湛、制作精良相统一的用心、用情、用功的讴歌改革开放的精品力作！

　　影片以独特的视角、娴熟的纪实手法，真实感人地以细节展现了从 20 世纪 80 年代中期到 21 世纪第二个 10 年中期新疆草原哈萨克族胡玛尔一家从游牧生活变革发展进入商品社会和市场经济大潮的人生轨迹和精神历程。全片分为"冬"（20 世纪 80 年代中期）、"春"（20 世纪 90 年代中期）、"夏"（21 世纪第一个 10 年中期）、"秋"（21 世纪第二个 10 年中期）四篇。

　　天寒地冻，雪灾突降，朔风凛冽，牧民队长胡玛尔不得不率领世代逐水草而居的众人赶着牛马羊"转场"。一方面，须派哈山紧急通知在后山为集体养骆驼的杰恩斯迅速转移到冬窝子；另一方面，又要妥善保障儿媳在暴风雪中平安产下新生命博兰古丽。殊不知，哈山在与恶劣自然环境的抗争中英勇牺牲，其妻哈迪夏在悲痛之中不免抱怨胡玛尔的派遣导致自己失去了丈夫。而胡玛尔目睹哈迪夏丧夫后所遇的困难，派儿子阿扎提送去草料。面对羊群啃食残雪中的枯草之根，胡玛尔发出了"草根都啃光了，还会有草原吗"的悲叹，于是决计率众转往春牧场……

多年后，博兰古丽大学毕业返回草原当上村干部建设家乡，与恋爱多年的里亚斯喜结良缘。她与村干部一起请爷爷胡玛尔和牧民们迁往牧民新村生活。胡玛尔坐在巨石上吹起了斯布孜格，抒发自己向过去告别的眷恋情怀，表达自己迈向美好新生活的雄心。且看，牧民新村气象万千，过去转场的崎岖山路变成了宽阔的柏油马路和高速公路，过去靠骆驼背起的家什和人工驱赶的羊群已用一辆辆汽车承载装运，牧民合作社将牲畜集中饲养销售，家家户户水电暖配置齐全，医院、幼儿园、学校等公共资源和生活设施一应俱全。

这便是《远去的牧歌》展示的如诗如画的银幕世界，"不著一字，尽得风流"。全片不空喊一句口号，全凭人物情感和思绪在特定情境和生动细节中的自然流淌，折射出时代变革风貌和一个民族的精神变迁轨迹。影片显然是以散文化结构和诗化品格取胜的，其独特的美学品位值得称道。

其一，以"冬""春""夏""秋"四季结构了近40年改革开放中新疆哈萨克民族精神世界发生的深刻嬗变。"冬"寒象征着传统的游牧生活转场的天灾给牧民的物质生活和精神生活带来的巨大压力，并由此强烈呼唤变革的发端；"春"暖象征着伴随改革大潮对传统游牧生活的震荡给老中青牧民价值取向、生活方式、道德观念带来的冲撞和变化；"夏"热象征着改革巨浪推动的令传统游牧文明必然向现代文明转化的历史发展趋势；"秋"实则象征着改革开放结出硕果——牧民新村的现代文明生机勃勃。这种结构，不靠强情节，不靠巧误会，言简意赅，凝练节制。

其二，托物言志、寓理于情，聚焦人物，细节制胜，铸就诗化品格。在银幕上，狂风、暴雪、悬崖、峭壁、沙漠、草原、河流等自然景观和羊、马、牛、骆驼、鹰隼、燕子等动物，都是注入了特定情境下的人的情志，都在折射出从传统游牧文明走向现代文明的牧民们的精神轨迹和心灵历程。著名作家沙汀曾有创作经验之谈："故事好编，零件难找。"零件者,细节也。"影片中精彩细节接连不断,请看那"搬移燕子巢"的细节,胡玛尔与爱鹰、爱马离别的细节,胡玛尔慨叹"这年月连喝杯马奶也要付钱"的细节……这些不胜枚举的细节,如一连串闪烁人性人情光彩的珍珠,形象生动地诠释了以小见大的时代变革的宏大主题。

其三,形神兼备,意境深远,摄影精致,韵味无穷。影片视听语言考究,画面有气势、有情致,对话有生活、有哲理。目睹银幕上那离我们远去的千百年游牧生活形成的崎岖的转场牧道,耳闻那胡玛尔既留恋昔日的温馨更向往现代文明牧场新村的美好生活的牧歌,那形与神、意与境,怎能不让人思绪万千!

《远去的牧歌》抒写了改革开放40年来新疆哈萨克族草原牧民执行"退牧还草"政策从游牧生活走向现代文明的精神变迁史,既形象展示了游牧文明的人文内蕴和时代局限,又生动再现了哈萨克族牧民走向现代文明、努力开创美好生活的时代主旋律,具有厚重的历史品格。习近平总书记在中国文联十大、中国作协九大开幕式上的重要讲话中精辟指出:"创新是文艺的生命。要把创新精神贯穿文艺创作全过程,大胆探索,锐意进取,在提高原创力上下功夫,在拓展题材、内容、形式、手法上下功夫,推动观念和手段相结合、内容和形式相融合、各种艺术要素和技术要素相辉映,让作品更加精彩纷呈、引人入胜。"[1]这部影片可视作学习、领悟、践行这一重要指示的一次成功实践。它把提高作品的精神高度、文化内涵、艺术价值作为追求,以更广大、更深远的历史目光,努力向着人类先进文明注目,向着人物精神世界的最深处探寻,直面哈萨克族草原牧民在改革开放40年中的生存现实,创造出这部独特的新疆故事、哈萨克旋律,为中国乃至世界银幕贡献了特殊的声响和声彩,展现了特殊的诗情和意境。

2018-09-10

---

[1] 习近平:《在中国文联十大、中国作协九大开幕式上的讲话(2016年11月30日)》,人民出版社2016年版,第16页。

用心用情用功写好评论

习近平总书记在全国宣传思想工作会议的重要讲话中指出："要引导广大文化文艺工作者深入生活、扎根人民，把提高质量作为文艺作品的生命线，用心用情用功抒写伟大时代，不断推出讴歌党、讴歌祖国、讴歌人民、讴歌英雄的精品力作，书写中华民族新史诗。"① 这不仅是对创作的殷殷厚望，也是对评论的谆谆嘱托。

我们要把提高质量作为文艺评论的生命线。

用心，就是要用21世纪中国化马克思主义——习近平新时代中国特色社会主义思想活化于心的辩证和谐思维去对文艺作品进行美学的历史的分析，站在新高度，找准新方位，提高评论质量，以达到强信心、聚民心、暖人心、筑同心，以举精神之旗帜、立精神之支柱、建精神之家园。譬如，尚长荣就是一位用心的艺术家，他师从侯喜瑞，又兼学金少山、裘盛戎先生，他还学了周信芳的"麒派"艺术。他以自己的用心激活传统、融入时代，塑造了曹操、塑造了魏征、塑造了于成龙，但既不是"侯派"，不是"金派""裘派"，也不是"麒派"，而是取各流派之长，以自己的艺术感悟力和创造性劳动，实现传统戏曲文化的创造性转化和创新性发展。既上承流派，又有代表作，形成

①习近平：《自觉承担起新形势下宣传思想工作的使命任务（2018年8月21日），《论党的宣传思想工作》，中央文献出版社2020年版，第341页。

了独特美学风格；既有观众群体，又有理论家为其进行理论总结，还有传承人——六项齐备，可称"尚派艺术"已经形成。

用情，就是要以我们评论工作者"艺比天大"的对人民对历史对文化的极端负责任的真情深情，灌注评论全篇，真正做到为历史立言、为时代立碑、为人民呐喊，倾其全力注入全情推出讴歌党、讴歌祖国、讴歌人民、讴歌英雄的精品力作，为创立中国文艺评论学派殚精竭虑、鞠躬尽瘁。

用功，就是要以高度的文化自信和文化定力、千锤百炼的文字功夫去传达出评论家的学养、素养、修养，要在守正，贵在创新，重在实践，以形成独具风格、具有独特魅力的评论华章。譬如我的老师、电影美学家钟惦棐先生，看钟老的电影评论，你不能不承认，他写得有多漂亮，即使把他的名字抹掉，我们仍然可以在一大堆评论文章里面把他辨识出来，因为他独特的文字魅力、独特的思维穿透力非比寻常。评论家应该练就这样极具个性的文字功力。让评论之翼助创作之翼，齐飞共翔，展翅高飞，推动文艺事业持续繁荣。

我们务必牢记习近平总书记的嘱托，用心用情用功写好每篇评论，充分发挥文艺评论在美育中的重要作用，去开创文艺评论园地的百花齐放新局面。

2018-10-10

河北影视抓住了民族精神的血脉

　　五年之前，我和我的一批同行朋友根据河北影视创作的实践，抽象、概括地提出了"河北影视现象"。五年时间过去了，证明河北的影视艺术创作无愧于全国影视创作的一面旗帜，他们坚持思想精深、艺术精湛、制作精良相统一，坚持讴歌时代、服务人民、礼赞英雄，创作了一批具有标志性意义的作品。

　　河北的影视创作，雄辩地证明了面对新时代实现创作题材资源的优化配置，这是首要条件。无论是刚刚播出的《最美的青春》，还是电影《李保国》《周恩来的四个昼夜》、电视剧《海棠依旧》，等等，河北的影视剧都有着鲜明的地方特色，与那种跟风而上、雷同化、皮相化、一般化的创作彻底划清了界限。这条经验是具有普遍意义的。

　　河北的影视创作善于对题材进行深入的研究，以新的视点审视和配置题材。比如《最美的青春》的导演深入塞罕坝，真正从生活当中出发，直面矛盾，解剖矛盾，塑造了创造塞罕坝精神的塞罕坝三代人的心灵。

　　主旋律是一种精神，是一种贯穿于作家艺术家创作全过程的审美思维的思想和精神。也就是，一切有利于弘扬社会主义、集体主义的思想和精神，一切有利于国家统一、民族团结、社会进步的思想和精神，一切用诚实劳动开创美好生活的思想和精神。我们要大力弘扬这种精神。

2018-11-12

2019

坚定不移开创中国特色文艺批评之路

　　五年前，在中宣部、中国文联的领导下，中国文艺评论家协会成立。五年来，经过大家的共同努力和中国文艺评论家协会工作班子的辛勤耕耘，做出了一些成绩，产生了一些社会影响，但是应该说距党和人民以及时代对我们的要求还有很大的距离。无论什么时候，我都会关注中国文艺评论家协会的工作。

　　多年以来，我一直呼吁将国务院学科目录当中的艺术学由一级学科升级为门类。经过近三代人共同努力，十余年后最终实现了。2011年，艺术学升级为门类。近期，在王一川和我的召集下，在河北大学召集了由50多个院校参加的会议，认真研究艺术学作为一级学科的核心课程的指南和内容。其中，它的核心课程包括艺术理论、艺术史论、艺术史，还有就是艺术批评。跟我们关系最密切的应该就是艺术批评。

　　"文艺评论家眼中的改革开放40年"这个主题非常好。说来很巧，我是1978年进京工作，我跟着改革开放正好走了40年。回顾40年，感慨万端，最大的感受是作为一个文艺评论工作者，最核心的问题就是要掌握科学的文艺批评标准。没有批评的标准、评论的标准，谈何文艺评论?而文艺批评标准在中国特色社会主义大环境里，当然是党的文艺政策指引的标准。

我认为，这40年来，党对文艺政策的重大调整主要是两次。第一次是在十一届三中全会大背景下，邓小平同志以政治家的胆略，聚焦文艺与政治的关系，在第四次文代会上指出，"党对文学艺术工作的领导，不是发号施令，不是要求文学艺术从属于临时的、具体的、直接的政治任务"①。

究竟怎样看待文艺与政治的关系，这个主题是当时文艺界包括文艺批评界议论的焦点。当时《人民日报》很快发表了社论，用为人民服务、为社会主义服务的"二为"方向取代了狭隘的为政治服务的思路，指出不能用狭隘的政治概念裁夺艺术作品。这一次重大调整解放了人们的思想，拓宽了文艺创作的题材，迎来了百花齐放的社会主义文艺的春天。

回过头我们发现，邓小平同志在讲文艺不要从属于临时的、具体的、直接的政治任务的时候，他同时强调，这丝毫不会减轻作家艺术家肩上的责任，相反是加重了责任，因为归根到底文学艺术是不能脱离政治的。他已经预见了一些人会二元对立、非此即彼、好走极端、不"左"就右。那种"我就是独立的，我就跟政治无关，我跟人民也无关，我是写自己的感受，为艺术而艺术"的观念是不可取的。

第二次是由新时期进入新世纪、由市场经济取代计划经济的大环境下，特别是党的十八大以来，习近平总书记聚焦于文艺与经济的关系，旗帜鲜明地对文艺政策进行精准化的指航。2013年8月19日，习近平总书记在全国宣传思想工作会议上的讲话中指出："经济建设是党的中心工作，意识形态工作是党的一项极端重要的工作。"②总书记强调的是包括文学艺术在内的整个意识形态工作，文学艺术工作不能等同于意识形态工作，但文学艺术具有意识形态属性，这是不能抹杀的。

---

① 邓小平：《在中国文学艺术工作者第四次代表大会上的祝词（1979年10月30日）》，《邓小平文选》（第二卷），人民出版社1994年版，第213页。
② 习近平：《把宣传思想工作做得更好（2013年8月19日），《论党的宣传思想工作》，中央文献出版社2020年版，第14页。

在市场经济取代了计划经济的总体背景下，习近平总书记在2014年10月15日文艺工作座谈会上明确指出，"文艺不能在市场经济大潮中迷失方向，不能在为什么人的问题上发生偏差"，"文艺不能当市场的奴隶，不要沾满了铜臭气"。① 习近平总书记的讲话非常深刻、非常尖锐地提出了市场经济环境下文艺工作如何面对社会效益和经济效益的问题。优秀的文艺作品当然最好是两个效益统一，当两个效益发生矛盾时，要让市场价值服从社会价值，让经济效益服从社会效益。

马克思在《资本论》里指出，人类把握世界的方式很多样，人不仅是"物质动物"即"经济动物"，更是高级形态的"精神动物"即理性的"情感动物"，所以人类不仅需要以经济方式把握世界，还需要政治的、历史的、哲学的、宗教的、艺术的方式，即以精神的方式把握世界。资本运作的目标是追求经济效益的最大化，而审美艺术创作的最佳境界是超功利，西方从毕达哥拉斯到黑格尔，中国从老子、孔子、庄子到陶渊明、王阳明，概莫能外。陶渊明的"不为五斗米折腰"说得最准确。因此，马克思断言：资本生产对于某些精神生产部门说来，如艺术、诗歌，是死敌。

2016年11月30日，习近平总书记在中国文联十大、中国作协九大开幕式上的讲话中指出，作家艺术家应该追求文艺作品的"精神高度、文化内涵、艺术价值"②。总书记指出，"我们既要像小鸟一样在每个枝丫上跳跃鸣叫"③，这显然讲的是艺术性，发现细节，塑造人物，"也要像雄鹰一样从高空翱翔俯视"④，这是讲思想性，讲历史哲学。先讲艺术性，后讲思想性，给我们文艺工作者很深的启发。文艺批评的

---

① 习近平：《在文艺工作座谈会上的讲话（2014年10月15日）》，人民出版社2015年版，第9、20页。
② 习近平：《在中国文联十大、中国作协九大开幕式上的讲话（2016年11月30日）》，人民出版社2016年版，第16页。
③ 习近平：《在中国文联十大、中国作协九大开幕式上的讲话（2016年11月30日）》，人民出版社2016年版，第22页。
④ 习近平：《在中国文联十大、中国作协九大开幕式上的讲话（2016年11月30日）》，人民出版社2016年版，第22页。

最高标准是美学的、历史的标准，这是一个共识性的、永恒的标准。搞文艺批评，批评的对象首先是要经受住美学上的考量、艺术上的分析，再分析其历史价值，才有意义，否则文艺批评很可能变成概念化的评论。

习近平总书记在文艺工作座谈会上谈到文艺作品批评标准的时候，提出四个订立的标准，即"历史的、人民的、艺术的、美学的"①，同时提出"举精神之旗、立精神支柱、建精神家园"②，这些都离不开文艺。这里的中心词是"精神"，因此文艺评论的第一要义是要重视文艺作品的精神价值，就是在市场经济面前也不能忘掉这个魂，只有这样才称得上是面对新时代的中国文艺评论，由此也应该坚持走出一条有中国特色、中国风格、中国气派的中国文艺评论发展道路。

我们当然要学习借鉴西方文艺批评，特别是适合我们国情的优秀成果，但是回顾40年来，我认为要保持文艺批评的生命力，首先要"各美其美"，美我们中华民族自己的优秀文艺批评传统，珍视自己的文化积淀、学术积淀，同时又以开放的眼光"美人之美"，吸纳外国先进经验、为我所用，并且将这两种美结合，"美美与共"，才能坚定不移开创有中国特色的文艺批评之路。

2019-01-16

---

① 习近平：《在文艺工作座谈会上的讲话（2014年10月15日）》，人民出版社2015年版，第6页。
② 习近平：《在文艺工作座谈会上的讲话（2014年10月15日）》，人民出版社2015年版，第30页。

党的指引　时代的召唤　人民的厚望

　　"文艺事业是党和人民的重要事业，文艺战线是党和人民的重要战线。"① 习近平总书记代表党中央，在贺信中再次强调了文艺在党的事业、时代的召唤、人民的厚望中的重要地位，指明了文艺工作者所担负的光荣而神圣的使命。"举精神之旗，立精神支柱，建精神家园，都离不开文艺。"② 学习习近平总书记语重心长的贺信，句句箴言、字字铿锵，倍受鼓舞，倍觉亲切，也倍感责任重大，使命在肩。

　　习近平总书记充分肯定广大文艺工作者坚持以人民为中心的工作导向，深入生活、扎根人民，不断增强脚力、眼力、脑力、笔力，记录新时代、书写新时代、讴歌新时代，为人民奉献了一批精品力作。譬如，荣获文华大奖的话剧《柳青》和《塞罕长歌》，编、导、演、美、音等主创人员，就都是分别靠脚力深入柳青当年创作《创业史》扎根生活多年的农村和三代人历经半个世纪创造出人间奇迹的塞罕坝，练就了思想发现、审美发现和洞察生活真谛、把握历史走向的眼力，才启动了深邃思辨的脑力和才华横溢的笔力，创作出了堪称从"高原"攀上了"高峰"的这两部优秀作品。

---

① 《习近平致中国文联中国作协成立 70 周年的贺信》，《人民日报》2019 年 7 月 17 日。
② 习近平：《在文艺工作座谈会上的讲话（2014 年 10 月 15 日）》，人民出版社 2015 年版，第 6 页。

习近平总书记深情指出："中国特色社会主义新时代呼唤着杰出的文学家、艺术家。"①面对新时代的召唤，我们要认真学习、领悟、践行习近平总书记在 2014 年文艺工作座谈会和 2016 年中国文联十大、中国作协九大开幕式上的重要讲话精神，以及他给电影表演艺术家牛犇的信中提出的"做有信仰、有情怀、有担当的人"②的号召，在致内蒙古自治区苏尼特右旗乌兰牧骑队员们的回信中提出的"努力创作更多接地气、传得开、留得下的优秀作品"③的要求，在给中央美术学院老教授的回信中发出的"加强美育工作，很有必要"④的号召……只要我们把习近平总书记关于文艺工作的一系列重要指示铭记于心、落实于实践，我们就能坚持与时代同步伐、坚持以人民为中心、坚持以精品奉献人民、坚持用明德引领风尚，把自己千锤百炼成不负时代、不负人民的杰出的文艺家。

习近平总书记强调："中国文联、中国作协是党和政府联系文艺界的桥梁和纽带，在团结引领文艺工作者、繁荣发展社会主义文艺事业方面肩负重要职责。"⑤文艺要"举旗帜、聚民心、育新人、兴文化、展形象"，中国文联、中国作协就是要在党的坚强领导下，充分发挥自身独具的对广大文艺工作者的"团结引导、联络协调、服务管理、自律维权"⑥的作用，开创新时代中国文联、中国作协工作的新局面。

2019-07-17

---

① 《习近平致中国文联中国作协成立 70 周年的贺信》，《人民日报》2019 年 7 月 17 日。
② 《习近平给新近入党的电影表演艺术家牛犇的信》，《人民日报》2018 年 6 月 27 日。
③ 《习近平回信勉励乌兰牧骑队员 大力弘扬乌兰牧骑优良传统 永远做草原上的"红色文艺轻骑兵"》，《人民日报》2017 年 11 月 22 日。
④ 《习近平给中央美术学院老教授回信强调 做好美育工作弘扬中华美育精神 让祖国青年一代身心都健康成长》，《人民日报》2018 年 8 月 31 日。
⑤ 《习近平致中国文联中国作协成立 70 周年的贺信》，《人民日报》2019 年 7 月 17 日。
⑥ 《习近平致中国文联中国作协成立 70 周年的贺信》，《人民日报》2019 年 7 月 17 日。

深入领会贺信精神内涵
自觉肩负文艺评论使命

习近平总书记在贺信中明确指出："文艺事业是党和人民的重要事业，文艺战线是党和人民的重要战线。"① 一个"事业"，一个"战线"，这两个关键词发人深思。"事业"必不可少，"战线"尤须战斗，而当下"战斗正未有穷期"。习近平总书记的贺信，与当年延安文艺座谈会上毛泽东同志讲的"文武两个战线"一脉相承，表明文艺在围绕中心、服务大局中不可或缺的重要地位，赋予文艺评论工作者神圣而光荣的职责使命。

要把握贺信精神，绝不能孤立地去理解，而是要系统、科学、完整地加以深刻领悟，要联系党的十八大以来习近平总书记关于文艺工作的一系列重要论述去学习领悟。习近平总书记秉承毛泽东同志《在延安文艺座谈会上的讲话》的优秀传统，亲自主持召开文艺工作座谈会。他同时又继承了邓小平、江泽民、胡锦涛等中央领导人在文代会上讲话的传统，出席中国文联十大、中国作协九大开幕式并讲话。党的十九大以来先后给乌兰牧骑队员、老艺术家牛犇、中央美院老教授等写信回信，亲切看望参加全国政协十三届二次会议的文艺界、社科

---

① 《习近平致中国文联中国作协成立 70 周年的贺信》，《人民日报》2019 年 7 月 17 日。

界委员并讲话。经济只能致富，文化方能自强。重温习近平总书记在2013年8月19日全国宣传思想工作会议上提出的"四个讲清楚"、在2014年五四青年节视察北京大学时的相关精辟论述，我们更能清醒认识到文艺事业和文艺战线的重要担当。

我们要自觉将习近平总书记的贺信精神落到实处。下一步文艺评论家还要关注创作和作品，现在确实有好的作品，但评论的声音还不够，还需要在评论作品上下功夫。目前《中国文艺评论》杂志办得很有成绩，今后还要深入一步，把杂志办成一本影响和引领全国文艺评论的重要刊物。切实加强文艺战线上的评论战斗力，不负时代、不负人民，不负以习近平同志为核心的党中央的重托。

2019-08-14

精神高度、文化内涵和艺术价值
是文艺评论的准绳

    党的领导是文学艺术繁荣发展的根本保证，文艺评论工作的关键是学习、领悟、践行好习近平总书记关于文艺工作的重要论述，因为这些重要论述是习近平新时代中国特色社会主义思想的重要组成部分。习近平总书记在中国文联十大、中国作协九大开幕式上的讲话中指出，"要把提高作品的精神高度、文化内涵、艺术价值作为追求"[①]。面对任何一个作品，这三方面的考察，都应当成为文艺评论的准绳。

    第一，精神高度。习近平总书记的要求是两个指向："让目光再广大一些"，这是讲空间感；"再深远一些"，这是讲历史感。怎样才能实现"广大"呢？"向着人类最先进的方面注目。"不是把个人身边的小悲欢当成大世界，不是向西方张扬的所谓的人性的复杂性注目。怎样实现"深远"呢？"向着人类精神世界的最深处探寻。"[②] 深处的东西都是真善美的吗？未必，我们需要探寻鉴别。做到了这两条之后，"我们既要像小鸟一样在每个枝丫上跳跃鸣叫，也要像雄鹰一样从高空翱翔俯

[①] 习近平：《在中国文联十大、中国作协九大开幕式上的讲话（2016 年 11 月 30 日）》，人民出版社 2016 年版，第 16 页。
[②] 习近平：《在中国文联十大、中国作协九大开幕式上的讲话（2016 年 11 月 30 日）》，人民出版社 2016 年版，第 16 页。

视"①。前一句是讲要塑造人物，要有细节，不审美化、不艺术化就不能感人，这是讲艺术性；后一句讲把审美表现的对象纳入历史的长河中，用哲学思想加以观照，这是讲思想性。我们评论的对象，首先要经得住美学考量、艺术分析，然后对它进行思想上的分析，才有价值。

第二，文化内涵。文化自信是起到基础性、广泛性作用的自信。习近平总书记认为，文化自信是一个国家、一个民族的发展中一种更基本、更深沉、更持久的力量。党的十九大报告指出，"中国特色社会主义文化，源自于中华民族五千多年文明历史所孕育的中华优秀传统文化，熔铸于党领导人民在革命、建设、改革中创造的革命文化和社会主义先进文化，植根于中国特色社会主义伟大实践"②。对于传统文化，习近平总书记是有一套完整的思想体系的，绝不是简单地一味批判，也不是简单地照单全收。他把"批判继承"换成了"扬弃继承"，强调要"同当代中国文化相适应、同现代社会相协调"③，然后从"两相"到"两创"，即要坚持创造性转化、创新性发展。这就是在文化内涵方面继承与创新的正确态度和路径。

第三，艺术价值。艺术价值怎么体现?要用美学思想、美学精神、美育思想去考察它。习近平总书记强调要坚守中华文化立场，要传承和弘扬中华美学精神。他强调知、情、意、行相统一，他认为"加强美育工作，很有必要"④。他说，"讲求言简意赅、凝练节制"，这是承载精神的形态、结构方式；"讲求形神兼备、意境深远"，⑤是指艺术作品

① 习近平:《在中国文联十大、中国作协九大开幕式上的讲话（2016年11月30日）》，人民出版社2016年版，第22页。
② 习近平:《决胜全面建成小康社会 夺取新时代中国特色社会主义伟大胜利——在中国共产党第十九次全国代表大会上的报告（2017年10月18日）》，人民出版社2017年版，第41页。
③ 习近平:《在中国文联十大、中国作协九大开幕式上的讲话（2016年11月30日）》，人民出版社2016年版，第15页。
④《习近平给中央美术学院老教授回信强调 做好美育工作弘扬中华美育精神 让祖国青年一代身心都健康成长》，《人民日报》2018年8月31日。
⑤ 习近平:《在文艺工作座谈会上的讲话（2014年10月15日）》，人民出版社2015年版，第26页。

最后的完成形态。搞艺术的人归根到底是教育人、引导人追求高远的意境，引导大家都去向着那些经典作品和大师们学习，这个民族才有希望。

2019-10-21

展现革命老区文艺工作者的
担当精神和使命意识

——观革命历史题材京剧《碧血慈云》

　　看完江西省京剧团创排的现代京剧《碧血慈云》，笔者深受感动。这感动，首先源于剧中催人泪下的母子情和演员们自始至终卖力的表演，其次来自一个地方院团短暂"沉寂"后重新崛起的崭新面貌。更重要的是，观众再次目睹了革命老区文艺工作者在进行革命历史题材创作时迸发出的如火的创作激情和全情投入的创作态度，身入、心入、情入，《碧血慈云》的主创当之无愧。

　　新中国成立以来，戏曲舞台上涌现了一大批革命历史题材作品，因为特定的历史原因，其中尤以革命现代京剧影响最大、最广。一个有意思的现象是，除几个样板戏是集全国之力打造而成外，相当一部分剧目都是由革命老区的文艺院团创作、演出的。这种情况的出现或与革命历史题材文艺创作本身所具备的特殊性有关。但凡这片土地上曾经红旗招展、英雄辈出，此地的文艺工作者免不了对革命事迹耳濡目染，因此，每有机会从事革命历史题材创作，他们便会自觉调动起每一根神经、每一个艺术细胞，抱着必胜的信念把英雄的事迹广为传扬，让更多的人接受信仰之光的洗礼。这里面除了有艺术追求的问题，还涉及精神和信仰层面更高远的追求。

　　《碧血慈云》又是这样一部震撼人心之作。在江西这片"充满红色记忆、洋溢红色热情、释放红色活力的红土地"上进行革命历史题材创作，一方面具有得天独厚的素材优势，另一方面也面临着很大的挑战，因为此地绝大多数英烈故事和斗争历史早已被先前的文艺工作者搬上了舞台。与此同时，创作主题的矿藏都被文艺工作者们深挖深采过。新时期的广大文艺工作者究竟应如何做到让红色精神放射出新的时代光芒？《碧血慈云》的主创团队给出了创造性、创新性的回应。

京剧《碧血慈云》由江西省文演集团、遂川县人民政府联合出品。全剧讲述了 1928 年肖家璧反动武装在遂川城内大肆烧杀掳掠之际，张龙秀同志为掩护群众撤离被捕，断然拒绝匪徒提出的供出革命武装下落等要求而慷慨就义的故事。

《碧血慈云》的编剧步川并未选取在中国共产党历史上已有定论或者广大群众耳熟能详的革命先辈，转而塑造了一位相对默默无闻的革命母亲——张龙秀（江西省首任省委书记陈正人之母），仅从这点便可看出他的胆识和智慧。但站在艺术创作和受众欣赏的角度，舞台上又绝不可能存在真正"默默无闻"的主角。因此，如何写出"平凡"的革命母亲张龙秀的"不平凡"，是摆在编剧面前的首要难题。好在编剧以仅存的半页 A4 纸篇幅的史料记载为基础，大胆虚构、巧妙编织，为该剧填充进诸多既符合历史情境又不违背人物情感逻辑的戏剧情节，进而赋予主角张龙秀饱满立体的人物性格。于是，观众们得以看到教儿读书时语重心长的张龙秀——"你要多读书、明事理、学好样，长大后要做岳飞、包拯、文天祥"；看到与儿久别重逢后喜不自禁的张龙秀——"云散云聚雁去雁回花落花开草枯草长，今日里喜从天降"；看到面对敌人时大义凛然的张龙秀——"打铁不怕火星烧，革命不怕斩人刀，斩了头来还有颈，斩了颈来还有腰"。

张龙秀身上既有全中国乃至全人类的母亲身上所具有的舐犊情深的普遍情感，又有着特定历史时期、特殊历史环境造就出的革命女性目光远大、信仰坚定的非凡品质。当平民母亲的普遍性和革命母亲的超越性通过艺术表达在舞台上交汇融合，张龙秀生动鲜活的艺术形象就自然而然地印刻在观众的脑海中，成为革命现代京剧中又一个典型形象。

主题的纯粹和深邃，是《碧血慈云》之所以成功的重要保证。《碧血慈云》通过塑造一个有独特个性和独特认识价值、审美价值的母亲形象，深刻揭示了人民同党的关系，以生动可感的艺术实践正面践行了不忘初心、牢记使命。我们清晰地感知到，编剧步川想以一个革命老区文艺工作者的文化自信和文化自觉告诉世人：人民哺育了党，党领导人民为美好未来而奋斗。

　　在革命的低潮期，面对卷土重来的凶残敌人，张龙秀毅然决然地申请入党。她不是不知道此时此刻选择入党也许就是选择死亡，不是不清楚丧心病狂的敌人随时可能将怒火发泄在自己身上。二十一载好时光，张龙秀将全部心血化入对孩儿陈林的辛勤哺育和谆谆教诲，而这往后的每一秒，她更是要用生命来守护她所遵循的信仰。那一刻，庄严而神圣的红色光芒照耀舞台，张龙秀，这个出身大户人家的知识女性，在严酷的革命岁月里，清醒地认识到历史发展的必然趋势，坚定了自己的人生选择。她的选择震动了儿子陈林，震动了遂川城的百姓，也震动了今天的我们。没有流血牺牲，也无枪林弹雨，甚至连一句半句的豪言壮语都不曾有，只是一个决定，一个深思熟虑之后的选择，却足以带来爆炸性的巨大能量，足以让在场的观众接受精神的洗礼，这便是戏剧冲突中所蕴藏的无穷力量。

　　初心何为，何为初心？初心就是尊重人民的主体地位，初心就是不忘人民对中国共产党的哺育之恩，初心就是为中国人民谋幸福、为中华民族谋复兴。

　　如果说思想的深刻和情节的感人并不令人感到意外，毕竟在这片热土上有着革命历史题材舞台艺术创作的深厚积淀，那么，全剧表达方式上的创新则让人眼前一亮。该剧所采用的舞台叙述方式可称得上是一种对革命意识形态的"非常态"书写。剧中，革命无处不在，却始终被置于后台，就好像全剧倒数第二场的处理方式：母亲被捕下狱的情节只通过在场的陈林转述，而整个舞台则交与主人公陈林去展现他的痛苦和懊悔。如此一来，演员们有了充足的表演空间，他们得以施展"十八般武艺"，用唱做并重的表演让戏迷们大呼过瘾。《碧血慈云》的主旨始终不曾通过强烈的视听觉冲击方式直接呈现于舞台，舞台上接连出现的不过是一个个片段式的故事，然而，通过类似蒙太奇的手法将这些原本碎片化的故事连缀成篇后，整出戏不仅显得结构整饬，更具有了一种令人难以忘却的崇高感和神圣感，让人情不自禁地追思革命先辈的不易，遥想当年激情燃烧的岁月。

当然，《碧血慈云》高质量的舞台呈现离不开导演高超的艺术造诣。仅以结尾为例，为革命献身的张龙秀重现舞台，并从舞台后区向前区走来，而陈林则由前区往后区缓步移去，母子二人在舞台中央擦身而过，顷刻间，漫天雪花飘洒，如梦似幻。雪花落得正是时候，它带给人一种淡而持久的哀伤，像是在怀念为革命牺牲的母亲，哀伤中又夹杂着些许感动，雪花的洁白似乎象征着革命者永远纯洁无瑕的内心。在对诸多复杂情愫的把玩和咂摸中，在对母子情的深情咏叹里，古典戏曲凝练节制、意境悠远的传统美学精神得以发扬。

最后，不得不单独提到《碧血慈云》的音乐，作曲家朱绍玉的音乐天才为全剧增色不少。剧中的几个经典唱段可称得上词曲俱佳，时而悠扬婉转、时而高亢激越的唱腔为文学性浓厚的唱词插上了双翼，助它直上青云，又钻入人们心底。朱先生精心创作的主题唱段"为娘送儿三宗宝"更是听得人潸然泪下。提起具有赣地色彩的音乐，不得不提赣南《长歌》（送郎调）。或许大家对这个名称有些陌生，但感动中国的江西民歌《十送红军》便是在此基础上加工、发展而来的。今天，在《碧血慈云》中再次听到这熟悉的旋律。没想到在京剧声腔的严格限制下，它还能显得如此灵动飘逸、如此宽厚博大。每当旋律响起，红土地熟稔的气息扑面而来，一下子将人带入戏剧情境。朱先生设计的京剧唱腔不仅具备表情达意、深化主题的功能，还带有极强的戏剧性、动作性乃至行为目的性，实质上早已跳出一般戏曲配乐的范畴，成为全剧除文字外的第二语言。

《碧血慈云》是一出源于江西、书写江西且能代表江西的现代京剧，它的激情、它的色彩、它的纯粹、它由内而外的气质，无不向我们彰显着它来自一个对革命有着深刻认识和真切体悟的地方。不可否认，《碧血慈云》在艺术上尚有提升空间，但它所展现出的革命老区的文艺工作者面对革命历史题材创作时"培根铸魂""守正创新"的担当精神和使命意识值得充分肯定。在新中国成立 70 周年之际，赣鄱大地的文艺工作者们再一次以自身的文化自觉和文化自信坚守住了红色创作的前沿阵地，为繁荣革命历史题材舞台艺术创作做出了独特贡献。

本文系与博士文豪合作
2019-10-23

培根铸魂是新时代文艺评论
工作的历史使命

　　党的十九大报告对文化建设和文艺工作作了重要论述，新时代文艺工作要服务于实现中华民族伟大复兴、构建人类命运共同体的伟大使命，也要服务于满足人民美好生活需要。文艺评论家要以马克思主义文艺理论为指导，大力弘扬社会主义核心价值观，正视文艺的意识形态属性，在创作和批评实践中，以负责任的态度，坚守美善合一的评价标准，观照时代、反映社会、回应人民，表现自己"熟悉的生活""积淀的生活""发酵过的生活"。文艺评论家要在对时代、社会、人民的敏锐感知中，向着人类精神世界的最深处探寻，为中华民族的伟大复兴培根铸魂、凝聚力量。

　　以习近平同志为核心的党中央高度重视文化自信，强调在民族、国家、政党及个人层面充分肯定和积极践行中华文化价值，发掘治国理政的智慧，并在新形势下自觉对中华优秀传统文化进行创造性转化和创新性发展。张世英先生对中国传统哲学"天人合一"观念的现代阐释，告诉我们中国传统文化的生命力以及当代转化的必要性。从国庆档电影《我和我的祖国》《中国机长》等影片的创作中，我们也可以感受到，革命文化、红色文化是社会主义先进文化建设的重要组成部分，也是中华民族最深沉的精神追求。文艺评论工作者要更好地用中国理论解读中国实践，应该旗帜鲜明地讲清楚中国文艺批评的历史传统、文化积淀、基本国情，坚定不移地走一条有中国特色、中国精神、中国气派、中国风格的社会主义文艺批评之路。艺术家和文艺评论家必须明确新时代的历史方位，融入时代，守正创新，发挥文艺在新时代的独特作用。首先要守住正，才能真正地创新，只有在各美其美的基础上美人之美，才能够吸收、容纳、消化人类先进的艺术批评经验，从而为我所用，达到美美与共。文艺的根本是培根铸魂，道路是以人民为中心，深入生活、扎根人民，要高扬以现实主义精神为主导方向、兼容多种方法的创作道路，守住红色基因、秉持爱国情怀、不忘艰苦创业的优良传统。文艺评论家在衡量作品时要用好这些评论武器。

文化艺术要坚持正确的"义利观"。在文艺作品的艺术性和商业性问题上，一方面，要努力实现社会效益和经济效益的统一；另一方面，要充分发挥文化艺术"以美育人，以文化人"的作用。在大众文化、网络文化盛行的今天，文艺评论要坚持引领作用，不能以迎合大众口味、追求商业利益为目的。钱锺书先生在其《谈艺录》中提出的艺术三境界——法天、胜天、通天，分别指艺术客观真实反映生活、艺术源于生活但高于生活、艺术"不着一字，尽得风流"的"天人合一"之境界。三者的区别就在于主体是否有意识地把握和表现其所感受到的"生活"，并主动引领人民形成高雅的审美观。相反，片面反映情感和财产纠葛、追逐名利地位等的作品，只是对现实生活的低俗再现，不具有先进文化的精神气质和引领作用，应给予科学的批评。

文艺评论要因时而变，因地而迁。文艺的社会功能在战争时代和和平发展时期是不同的，这是由社会实践的基本内容决定的。以"伤痕文学"在当代的接受为例，在当时的历史背景下，伤痕文学具有突破极左思潮和僵化创作模式的积极意义，但新时期的文艺更要表现民族的时代精神和社会主义建设热情，伤痕文学中有感而发的个人经历和情感体验就显得局促和不足了，需要文艺家给予客观公正的评价和分析。

建设良好的文艺批评社会环境，不仅是艺术家或文艺评论家个人的事，还要在全社会形成健康、积极、优美的艺术鉴赏氛围，需要全社会的共同参与，宣扬主旋律、创设"情境"、提高受众的鉴赏水平，在艺术作品的审美感知中，形成共同意识。因此，只有大家共同参与，才能从根本上为文艺服务社会开拓道路。

2019−11−27

2020

荧屏上的抗疫群英谱

——赞首部抗疫题材电视剧《最美逆行者》

　　中国电视剧创作的优秀历史传统和审美优势之一，便是与时代同呼吸、与人民共命运，迅疾地在荧屏上为时代画像、为时代立传、为时代明德。从1958年问世的第一部直播电视剧《一口菜饼子》到《为了六十一个阶级弟兄》，再到改革开放以来的《九一八大案纪实》等，都彰显了这一传统和优势。如今，由中央广播电视总台出品的首部抗疫题材电视剧《最美逆行者》，正是一部应时代之命而生、应人民之需而作的反映2020年中华民族在党的领导下奋起抗疫的荧屏形象史，堪称是感天动地的全民抗疫的英雄谱。

　　内容决定形式，题材形成风格。也许正因为较之于文学审美表现，电视剧审美表现更具有声画具象的直观优势；而较之于更早产生的姊妹艺术的电影审美表现，电视剧的审美表现又更加轻便灵活；加之与电视新闻在传播方式上的血缘联系，因此制作周期更短、覆盖面更广、影响力更大。《最美逆行者》正是如此。这部作品共14集，每两集一个单元讲述一个相对独立的抗疫故事（相当于一部短篇电视剧），塑造了几位抗疫的平民英雄形象。这实际上是一个以抗疫为主题的7部短篇电视剧集锦。

　　每个故事都采自悲壮的抗疫现实生活，且人物大都依据原型加工，全剧总体洋溢着"真实、鲜活、温暖、奋进"的现实主义精神。

第一个故事《逆行》，统揽全剧，气势不凡。由陆军医院传染科主任肖宁临危受命奔赴武汉抗疫第一线开篇，引出护士于丽娜、身患渐冻症的华院长、离异了的司机李文丽等一群平凡人物，面对"封城"，迎难而上，勇当逆行英雄。好一幅党领导下各条战线的普通群众众志成城、合力抗疫的视听"速写"！接下来的六个故事，角度不一，别致出新，特色取意各有千秋。

《婆媳战疫》镜头聚焦于家庭，因为家庭是社会的细胞，家庭既是生活的港湾，也是抗疫的主要战场之一。家庭抗疫往往是整个社会抗疫的真实缩影，在同一屋檐下，杨素素与婆婆在如何培养教育幼儿刘阳上发生冲突，未及调解就碰上突发的新冠疫情。大敌当前，抗疫不仅抗了疫，而且化解和谐了一度紧张的婆媳关系。这难道还不发人深思吗？

《幸福社区》则把镜头从聚焦于一个家庭延伸扩大到一个社区的几个家庭。几个不同条件的家庭和几组人物的不同关系，构成了有趣的戏剧冲突，而冲突的化解则生动地描绘出了一幅社区抗疫卓有成效的幸福蓝图。

《别来，无恙》把镜头对准了奋不顾身的援鄂抗疫医疗队的白衣战士和志愿者。岳鲁冰、周星焱和彭帅堪称佼佼者。岳鲁冰大夫的精于专业而又不乏铁骨柔情、周星焱的家国情怀与人性之美、彭帅的倾情奉献与胸怀坦荡，都表现得有滋有味，让人感到美不胜收。

《一千公里》好似一部精巧的"公路片"，为全剧增添了一条"一方有难，八方支援"、从广州到武汉的志愿者货运司机的叙事线索。老周与唐冬至这对老少司机在寻找失踪的女司机春芬的过程中发生的真实的平凡小事，把观众带进了他们不平凡的精神境界，映照出中华民族命运共同体的伟大人间情怀。

《了不起的兔子叔叔》则令全剧悲中写喜、苦中寻乐，蒙上了活泼灵动的喜剧氛围和浪漫色彩，可谓先抑后扬，昭示抗疫必胜。"大连小哥"涂梓鞘的独特遭际和漫画才华，都给人们带来了思索和欢笑。

最后一个故事《同舟》，以"封舱"结局，与开篇的"逆行"形成首尾呼应，令全剧虽看似短篇集锦，却在表现逻辑上浑然一体，凸显出共同的主旨：一曲"最美逆行人"的英雄颂歌！

　　作为一部由短篇集锦而成、靠内在环环相扣表达一个共同主题的14集电视系列剧《最美逆行者》，在中国特色电视剧创作美学上还做出了一个贡献，那便是给已经濒临绝迹的曾在中国电视剧发展历史上辉煌一时的短篇电视剧的复苏探寻了一条新路，呈现出勃勃生机。

　　曾记否，20世纪80年代，《希波克拉底誓言》《牛玉琴的树》《秋白之死》《太阳从这里升起》等一大批思想精深、艺术精湛、制作精良的短篇电视剧，发挥了"文艺轻骑兵"的作用，给观众留下了深刻印象，也为电视剧语言的审美创造力提升做出了重要贡献。而荣获国际国内多项大奖的《南行记》，不也正是由三个有着内在联系的短篇电视剧集锦而成的吗？

　　毋庸讳言，面对市场经济，由于广告效应，电视剧越拍越长，短篇销声匿迹。这是建构电视剧美学的一大憾事，也是满足人民群众多样化审美需求的一大空白。且喜，《最美逆行者》的横空出世，让我们看到了短篇电视剧重现辉煌的生机。

　　末了，我还要向以郭靖宇为艺术总监、总编剧的《最美逆行者》创作集体点赞致敬！他们继《最美的青春》《最美的乡村》之后，又为人民奉献《最美逆行者》。"三美"均系他们深入生活、扎根人民、坚持严谨的现实主义创作精神和道路结出的硕果，也是他们坚持追求作品的精神高度、文化内涵、艺术价值和执着向真、向善、向美的结果。"历历在目人和事，久久不忘爱和情。"同时，也要向倾情参演的陈数、王志飞、杨志刚、许还山、史可、萨日娜、韩雪、巍子、刘之冰等观众喜爱的知名演员，致以由衷的敬意！

2020-09-16

豫剧人李树建"四部曲"四题

一

河南出了个李树建，为豫剧而生，视豫剧为生命。他 12 岁入梨园，与豫剧相依为命，已 46 个春秋，而李树建名扬剧坛乃至文坛，被人称为道地的"豫剧人"，乃是自 2004 年他已过不惑之年以颂"忠"的《程婴救孤》一炮打响之后，接二连三地以倡"孝"的《清风亭上》、以歌"节"的《苏武牧羊》和以赞"义"的《义薄云天》奉献给人民，完成了他以豫剧新编历史剧的审美形式，艺术地诠释中华民族优秀传统文化核心内容"忠孝节义"的"四部曲"夙愿。这在中国豫剧发展史乃至中国戏曲发展史上，窃以为都是值得大书一笔的盛事。

人生有限，艺海无涯。李树建年近花甲，视戏如命，为民演戏，心无旁骛。他本擅豫西衰派老生，饰程婴、演张元秀、扮苏武，施其所长，乃属常理，但今以高龄勇饰跨行而又从未尝试过的红生关羽形象，真可谓艺高人胆大。吾师著名美学家钟惦棐说过：真正的审美创造，是艺术家勇于为自己设置障碍，并善于以艺术方式翻越这个障碍，令创作的难点转化为亮点！李树建的树德建功，正是如此。其所执着的审美创造追求，如果没有敢于为自己设置障碍并善于翻越这障碍的思想勇气和艺术智慧，谈何容易！

这便是独特的李树建。唯其如此，他才成为一位真正与人民、与豫剧事业心心相通的"豫剧人"，成为当今豫剧界的重要领军人物之一。

二

誉称李树建为"豫剧人",是因为他这位平实的人从精神灵魂到艺术追求上都是为豫剧、为人民的。他是一位既有理想信念、又有艺术造诣,更有思想境界的属于人民的豫剧人。

毋庸讳言,我们现在练就高超甚至独到的艺术造诣的戏曲界各剧种代表人物不少,但同时兼备先进思想、坚定信仰的领军人物却不多。李树建之可贵正在于此,而其成功的秘诀亦在于此。历史进入 21 世纪,尤其是进入新时代后,李树建思想上与时俱进,以可贵的文化自信和文化自觉,敏锐地感悟到了豫剧作为文化的组成部分,理应承担起传承弘扬中华民族优秀传统文化的时代使命,理应让戏曲艺术成为培育社会主义先进文化的沃土。他与著名编剧陈涌泉心灵相通,精心选材,改编创作了以颂"忠"为旨的《程婴救孤》,成功塑造了豫剧舞台上的"忠臣"形象程婴。之后,他又一发而不可止地扣紧"孝、节、义"的主旨,精心选题,改编创作了《清风亭上》《苏武牧羊》《义薄云天》,成功地在豫剧舞台上塑造了倡"孝"的张元秀形象、歌"节"的苏武形象、赞"义"的关羽形象。这种历经近 20 年不懈努力终成"四部曲",完整地以豫剧审美形式艺术诠释中华民族优秀传统文化核心内涵"忠孝节义"的可贵实践,难道不正是源于高度的文化自信和文化自觉吗?不正是闪烁出这位豫剧人的思想气质吗?一流的戏曲领域领军人物,都应当兼具高超的艺术修养和先进的思想品质。

更为可贵的,是这位豫剧人对习近平总书记再三强调的对中华优秀传统文化必须通过"同当代中国文化相适应、同现代社会相协调"[①]的实践路径,努力实现创造性转化、创新性发展等重要指示的学习、领悟和践行。"四部曲"正是因此而结出的硕果。程婴忠必胜奸形象的精神深度、文化意蕴,张元秀善必胜恶形象的平民控诉、痛斥忤

---

① 习近平:《在中国文联十大、中国作协九大开幕式上的讲话(2016 年 11 月 30 日)》,人民出版社 2016 年版,第 15 页。

逆，苏武誓死报国形象的高风亮节、坚贞不屈，都打通了历史与现实的连接，水到渠成地与弘扬当代中国文化、与宣传社会主义核心价值观相联系，成为当今培育社会主义核心价值观的精神沃土和思想资源。尤其是《义薄云天》中的关羽形象，在"华容道放曹"一场戏中，对其"义"的精神世界和人性深处的开掘，超越了"兄弟情谊"和"报恩情结"，而是站在新时代的视角，入情入理地加入了对"北方民生和北方安定的忧思"，使"放曹"的理由更加充分，既有历史感又有时代感，令"义"增添了"天下民生"的新内涵。这真是剧坛传统关羽形象的创造性转化和创新性发展。

三

豫剧人李树建的"忠孝节义"四部曲，在剧坛可以说形成了一种"李树建现象"。这现象又昭示出新时代改善和加强党领导文艺的行之有效的正确途径。

正如习近平总书记强调的，"加强和改进党对文艺工作的领导，要把握住两条：一是要紧紧依靠广大文艺工作者，二是要尊重和遵循文艺规律"①。这真是千真万确！李树建的艰辛奋斗成就了"豫剧人"的辉煌，十余年间"四部曲"应运而生，这都是在党和政府领导下尊重豫剧艺术的发展规律、尊重以李树建为领军人物的豫剧艺术家的结果。豫剧之所以成为遍及全国十几个省区市的影响很大的剧种，豫剧的传承发展、守正创新之所以成为全国戏曲界的一面旗帜，其缘由盖出于此。

四

豫剧人李树建的"四部曲"还昭示我们，新时代的中国戏曲已经在逐步形成异彩纷呈、争奇斗艳的艺术流派。

---

① 习近平：《在文艺工作座谈会上的讲话（2014年10月15日）》，人民出版社2015年版，第28页。

近来常听到一种叹息：过去戏曲界各剧种曾流派纷呈，如今未见新流派诞生。这固然是一种评价和忧思，但笔者以为，切不可悲观，只要直面日益繁荣兴旺的当今戏曲创作，就能眼界大开，除却悲观，拥抱正在产生的新流派。

笔者曾在京剧界尚长荣的《曹操与杨修》《贞观盛事》《廉吏于成龙》三部曲座谈会上呼吁，是到了称尚派艺术（此尚派非尚小云派，而指尚长荣派）的时候了，并陈述了理由。如今，想大胆称：豫剧界也已出现了新时代的"李派"艺术。理由简陈于下：一是其代表艺术家是守正传承、博采各家、独特创新的豫剧人李树建；二是其立得住、传得开、留得下的代表作品是"忠孝节义"四部曲；三是有广泛的观众群体和忠实戏迷作为其发展的坚实基础；四是有越来越多的豫剧青年人才从师李树建，可望"李派"流传；五是已有不少戏曲理论家对"四部曲"和"李树建现象"进行抽象概括和理论总结，以阐明其在中国豫剧发展史和中国戏曲美学史上的独特地位和独到价值。综上所述，还在发展中的豫剧"李派"须生，遂得以成立。不知诸位以为然否？

2020-11-18

美美与共　守正创新

——我看张火丁演《霸王别姬》

菊坛出了个张火丁，艺界产生了"张火丁现象"，这引起了我这个作为京戏迷的文艺理论工作者的关注。因张火丁的作为令程派艺术在新时代大放异彩，因"张火丁现象"的产生令戏曲理论界大开眼界，这确是不争的事实。

张火丁演出程派经典剧目《锁麟囊》《荒山泪》《金山寺》等时，众口一词，击掌叫绝，几无争议。但此次出人意外，她大胆以程派艺术演绎梅派经典剧目《霸王别姬》，却引起了争议。虽不乏叫好者，却也有不以为然者。这给热闹的"张火丁现象"又增添了值得细细琢磨和研讨的新内容。

张火丁自言，她挚爱梅派艺术，尤喜其经典剧目《霸王别姬》；她想演虞姬，是多年埋在心底的夙愿。显然，作为程派艺术的顶尖传人，不囿于流派局限，以宽广的视野和包容的心态，在"各美其美"的基础上"美人之美"——学习借鉴别的流派艺术之美，并进而实现"美美与共"，即以自己所宗的程派艺术为本，兼容、整合梅派艺术所长，在守正的基础上创新和丰富流派艺术，这便是张火丁的初衷。她之所以选中了《霸王别姬》这出梅派经典，一是因为梅兰芳先生塑造的虞姬这个艺术形象深深地打动了她，以至于长久存活于她心灵中的人物艺术画廊中，呼之欲出，激励着她用程派艺术进行再创造；二是因为梅兰芳先生在这出戏中的精湛表演和唱腔令她感到美不胜收，欲罢不能。

于是，一贯对艺术追求如痴如醉、心无旁骛的张火丁付诸实践，执着地精心耕耘，历时年余，终了夙愿，一出由她主演虞姬的程派艺术演绎的《霸王别姬》先后在京、沪等地与观众见面。

有人以为，程派就是程派，梅派就是梅派，派别壁垒森严，跨派串演，非为正宗。这种说法在实践上和理论上均难成立。从实践上看，谁说跨派演出就不正宗？京剧史上，各流派经典剧目被别的流派搬演的成功实践不胜枚举：周信芳的麒派经典剧目《四进士》，不是被马连良的马派搬演得各有千秋、异彩纷呈吗？周信芳塑造的刚正凝重的宋士杰形象与马连良塑造的正直潇洒的宋士杰形象，不是各有其难得的审美价值么？一出《玉堂春》，不是梅派、程派都能演绎得满堂叫彩么？因此，此说在实践上不值一驳。从理论上看，各种流派艺术的形成，都自有其历史发展过程，都自有其首创艺术家及传人，都自有其代表性剧目，都自有其独特的审美优势、风格、个性，都自有其受众群体。但是，流派与流派之间，并非壁垒分明，不相往来，而是相互影响、交融、互补的。从这个意义上讲，各流派在"各美其美"的基础上又善于"美人之美"，不断吸取借鉴别的流派的优长，从而"美美与共"地充实、完善自身。这可以说是流派艺术发展的普遍规律。张火丁学习借鉴梅派艺术以充实发展自己所宗的程派艺术，正是把握戏曲流派艺术发展这一规律的一种文化自觉和文化自信，这从实践到理论都殊为可贵。

具体到张火丁演出的《霸王别姬》，我完全赞同叶少兰老师的充分肯定和中肯评价。他是大家，对京剧这门"讲究"的艺术从实践到理论在当今都堪称一流，我极佩服。我是外行，难做出他那么精深的分析。但我深感张火丁以程派艺术对梅派艺术经典《霸王别姬》的演绎是严谨的守正创新。所谓守正，是她既守住了自己所宗的程派演唱艺术之"正"，也守住了梅派这出经典剧目精彩华章之"正"。她一出场，自始至终，一招一式，一腔一调，其间浓郁而独特的程派韵味扑面而来；而梅派《霸王别姬》中那些耳熟能详、久演不衰的经典唱段和表演，都守正保留并适度和谐地糅进了程派的韵味。所谓创新，主要体现在张火丁对虞姬这个人物形象在思想意蕴和文化内涵上的再开掘和对"剑舞"注入了自己的新创造上。她着意在保留梅派原作虞姬对项羽深沉炽烈的情爱的同时，特别强化了虞姬对楚国民心走向的关切。得民心者得天下，这浓墨重彩的渲染，令这一女性形象的精神价值取向和文化内涵得到了深化，唯物史观所昭示的历史发展潮流不言自明。这种创新，理应得到称赞。至于"剑舞"一段，张火丁在充分保留梅派精彩表演基础上更增加难度，载歌载舞，把虞姬的复杂哀婉心境表达得入木三分，有什么不好呢？

总之，张火丁以程派艺术演绎梅派经典《霸王别姬》，是一次既"各美其美"，又"美美与共"的守正创新的成功艺术实践，我为之叫好！

2020-12-21

待到山花烂漫时

——喜看民族歌剧《山茶花开》

以脱贫攻坚为题材的民族歌剧，已有《马向阳下乡记》这样的优秀作品。而最近由步川编剧、傅勇凡导演、石松作曲、江西文演集团出品，江西省歌舞剧院创排的原创民族歌剧《山茶花开》，又另辟蹊径，令人耳目一新，给人以深刻的思想启迪和悲壮的审美感受，堪称一部有精神高度、文化内涵、艺术价值的有筋骨、有道德、有温度的原创民族歌剧。

全剧充分发挥民族歌剧的审美优势，聚焦于彰显扶贫干部——茶岭村第一书记唐猛（乡亲们亲昵地叫他"猛书记"）的精神世界和人格魅力。以唐猛为中心，通过他与同样从机关到某村任第一书记的妻子肖燕的心心相印和互诉衷肠，"花相寄，人相忆，心相连，情相系"，展示出他"为天地立心，为生民立命，为往圣继绝学，为万世开太平"的文化人格和"把青春付给人民"的理想抱负；通过他与负责全乡脱贫攻坚督导的林处长从矛盾到和谐的待人处世历程，讴歌了他实事求是、精准扶贫的政绩观；通过他为贫困户四姑婆治疗老寒腿和以赤诚之心感化贫困户曹大旺、曹满财化解恩怨、脱贫先立志，展现他厚德载物、一心为民的高远精神境界……所有这一切，又都是通过声情并茂、朴实无华、具有浓郁江西民歌味的独唱、对唱、重唱、合唱审美地表达出来的。这样，一个靠音乐语言和演员表演塑造出来的形象，便直达观众的内心，引起强烈的情感共鸣。要奋斗就会有牺牲，剧末这位深受乡亲们爱戴的猛书记劳累过度，倒在了工作岗位上，真正是鞠躬尽瘁、死而后已！至此，观众不禁潸然泪下，全剧达到了台上台下、演员观众精神产生共鸣的高度。

以质朴感人、优美动人的民族歌剧艺术，成功塑造了可信、可亲、可思量、可学习的猛书记和林处长两个新时代人民公仆形象，是歌剧《山茶花开》的最大成绩。他们不但有崇高的信仰、高尚的情操，还有丰富的内心世界和对社会、对人生的严肃又深刻的思考。这样的艺术形象不仅在当代歌剧舞台上十分鲜见，即便是放眼当代舞台艺术创作，也是能在人物画廊中站稳脚跟的。这个成绩，确保了该剧重大政治主题的艺术性呈现，确保了歌剧艺术与戏剧艺术的自然融合，确保了作品文学性和观赏性的并存，对于歌剧艺术的民族化进程具有示范意义。

作为一部民族歌剧，《山茶花开》十分注重传承、弘扬由《白毛女》《小二黑结婚》到《洪湖赤卫队》《江姐》等民族歌剧经典作品形成的优秀传统。一是注重核心唱段的精雕细琢。《白毛女》里的《北风那个吹》、《洪湖赤卫队》里的《看天下劳苦大众都解放》、《江姐》里的《我为共产主义把青春贡献》……这些刻画人物精神世界的核心唱段，至今仍被广泛传唱、永驻民心。《山茶花开》接续这一优秀传统，精心创作了词曲兼美的《待到山茶花开时》《让脱贫攻坚的胜利旗帜高高飘扬》《轻轻喊声好书记》《我不想和你告别》等核心唱段，其中有酣畅淋漓的独唱，有情深意切的对唱、重唱，有气势磅礴的合唱，都有望经过多演多唱，立住、传开、留下来。二是注重多唱形象，少唱概念。实践验证，从"清粼粼的水来蓝莹莹的天"到"一条大河波浪宽"，再到"洪湖水，浪打浪"和"红岩上红梅开"……长驻民心和传唱于世的，都是托物言志、寓情于理的形象。《山茶花开》较好地继承发扬了这一审美优势。"弯弯里格水绕不开座座山，高高里格树摸不到天上星""神台上打老鼠打到了花瓶""风吹云，水流沙，是非曲直自会有回答"……无不形象生动，意味隽永。"月儿弯弯星子稀，几声狗叫几声鸡。风过竹林沙沙响，山村有梦好甜蜜"，更是通过独特、生动的形象，活画出山村月明星稀、鸡鸣狗吠的美景。舞台上那山茶花、那榨油坊、那座座青峰、那丛丛翠竹，甚至是轮椅、努比亚山羊……都在托物言志、寓情于理，形象地印证着人与自然和谐相处的生态文明真理，印证着绿水青山就是金山银山，印证着绿水青山靠人的奋斗就能成为金山银山，印证着扶贫先扶志、扶志精神强！

原创民族歌剧《山茶花开》是江西省庆祝中国共产党百年华诞的献礼之作。它是主创艺术家认真学习、领悟、践行习近平总书记关于文艺工作系列重要指示精神结出的硕果，是艺术家深入生活、深入民心、坚持现实主义精神和浪漫主义情怀相结合的结果。它的成功实践又一次雄辩证明：鲁迅先生当年举起的"遵命文学"大旗至今仍有强大的生命力——人民的文艺工作者，只有听党之命，自觉地把个人的艺术追求与审美情怀融入为时代画像、为时代立传、为时代明德的历史洪流中，尊重艺术规律，才能创作出高质量的思想精深、艺术精湛、制作精良的有筋骨、有道德、有温度的优秀作品。

期待《山茶花开》沿着其选择、践行的中国民族歌剧现实主义康庄大道继续前进！

期待山茶花越开越艳！

期待新时代的舞台上出现更多像《山茶花开》这样的好作品！

2021-04-26

千淘万漉虽辛苦，吹尽狂沙始到金！

——观电视剧《大浪淘沙》

近日，由中共浙江省委宣传部、湖南省委宣传部、嘉兴市委宣传部、长沙市委宣传部联合出品，杭州佳平影业公司、湖南和光传媒公司联合摄制的作为国家广播电视总局庆祝建党百年展播活动"理想照耀中国"重点作品的《大浪淘沙》，登陆浙江、江苏卫视，回溯了中共一大开启党全部历史的源头，再现了党波澜壮阔、百折不回的革命奋斗历程，以电视剧艺术形式为学习党史交出了一份较好的形象答卷。

《大浪淘沙》以独特视角形象抒写党的历史。它打破了以往一些重大革命题材作品以事写史的桎梏，首次把镜头聚焦于参加中共一大、见证中国共产党从无到有的 13 位代表，尤其是中国共产党两位主要创始人——陈独秀和李大钊的身上，以人带史，以人写事。用历史作为试金石，去冲刷、考验大浪潮下的这些历史人物，全景式地展现以毛泽东为代表的早期共产党人的人生选择、命运走向和理想追求，以及他们在时代洪流中救亡图存、前赴后继、力挽狂澜的伟大历史。中国革命从来不是一帆风顺的，而是不断总结、纠正，从挫折、错误中吸取教训，激发出绝地反击的奋进的力量，最终"大浪淘沙、浩气长存"，让观众感受到裹挟在历史洪流之中的坚定信仰迸发出的中国立场、中国道路、中国精神、中国价值、中国智慧和中国力量，感受到第一代共产党人的情感之美、人格之美、崇高之美！

第一，情感之美。我常说，人之所以为人，就在于是区别于其他动物的高级理性情感动物，有着自身独立的精神家园需要坚守。托尔斯泰认为艺术是传递情感的，只有把握住情感的力量，才有可能树立起鲜活的感人的人物形象，让生命力具有超越现实存在的永恒价值。电视剧《大浪淘沙》着力于这点，让聚焦的一大代表都拥有自己的高光时刻、高潮片段，用丰富鲜明的个性色彩，勾勒出了一幅不同以往的人物群像。《大浪淘沙》中的陈独秀是新文化运动的"总司令"，他像是一位命运坎坷的孤独英雄。他与妻子高君曼从相知相守到分道扬镳，与儿子陈延年、陈乔年从疏远的"同志"两字到听闻儿子牺牲后的老泪纵横。他在大革命中因右倾错误给党造成重大损失，后期为了宣讲抗日，身陷囹圄五年，出狱时身体羸弱却义无反顾直奔抗战中心武汉，最后力不从心病死在重庆江津。之前很少有电视剧完整地表现陈独秀的整个人生历程，《大浪淘沙》却努力遵从历史唯物主义，勇敢迈出这一步，让我们看到荧屏上这位拥有着坎坷人生、复杂情感的陈独秀形象，从而做到了"知人论世，须考其全人"，即对历史先贤能是其所是、非其所非，客观辩证，全面汲取精神营养。

如果把人的内心比作一个宇宙，那么将永远都无法展现出其复杂本相。毛泽东在无数影视剧中被塑造刻画了无数次，如何真正走近伟人的心灵世界、还原伟人的精神风貌，唯有用情感和人格魅力，去升华观众的审美认识，引领感受伟人精神世界的闪耀的点点火花。《大浪淘沙》中毛泽东以教员的形象登场，丝丝入扣，逐渐拨开了五四时期的迷雾和中国面临的困境。"公理不可丧，中国不可辱！"一字一句，让人强烈感受到毛泽东身上那股沸腾的热血和浇不灭的热火。这份对民族的担当，"如欲平治天下，当今之世，舍我其谁也"的坚定信仰，构成了毛泽东灵魂的底色。同样，面对妻子杨开慧去世，不少电视剧都有表现，《大浪淘沙》却不以"悲"的情绪结尾，而是毛泽东与朱德深情怀念亡妻：作为丈夫，受万箭穿心苦，奈何身莫赎；作为共产党人，悲歌催战鼓，刀枪向敌仇。"为有牺牲多壮志，敢教日月换新天。"一个情感丰富却将超越了个人情感的家国情怀融于一体的革命理想主义的伟人形象，跃然于屏幕之上。

第二，人格之美。美其外，也要美其心。这个"心"是人格，是

"穷则独善其身，达则兼济天下"的浩然之气。《大浪淘沙》以大事件为串联，中共一大、中共三大、国共合作、四一二反革命政变、南昌起义、秋收起义、建立苏区、长征、遵义会议、抗日战争、中共七大的召开等等，着力展现的是人物在这些历史重大节点上的人生选择：有人步步踏错，有人迎难而上，有人坠入深渊越陷越深，有人心向光明百炼成钢。信仰崩塌者，究其根本，是人格的卑劣；信仰弥坚者，不忘初心，源自高尚人格。心有所信，方能行稳致远！剧中，王尽美积劳成疾，远行遗言竟还是叮嘱"全体同志要好好工作，为无产阶级，和全人类的解放，和共产主义的彻底实现，奋斗到底"；李大钊绞刑架前的"力求速办"，表现出那奔涌而至的从容和所向披靡的力量；李汉俊的矢志不渝，死而无憾；邓恩铭的"不惜唯我身先死，后继频频慰九泉"；何叔衡坚守中央苏区，跳入山崖，只剩一盏金属骨架的"美最时"牌马灯为他照亮人生最后一段路……都令人不禁深切领悟到"没有牺牲的信仰不是真正的信仰"。革命胜利从来不是天上掉下来的，不是别人拱手相让的，而是用流血牺牲换来的！先驱者的人格是红色，是流血牺牲，是红色血脉、红色基因。他们看见黑暗，奔向光明，深信"路是一步步走出来的，只要坚定地走下去，总有一天我们会实现自己的理想"。董必武"遵从马列无不胜，深信前途会伐柯"的生命不息、战斗不已。秉承"为天地立心，为生民立命，为往圣继绝学，为万世开太平"的志向和使命，他们以超常的眼光看到苦难的中国能走向辉煌，坚韧不拔，一步步创造理想中的未来，共同交汇组成了中国共产党人的人格之美！

第三，崇高之美。革命年代已经过去，但是革命的崇高精神永不过时，其中包含的理想主义、革命情操都是在中国新时代背景下需要继续发扬继承的。史诗品位、大开大合的故事一定是吸引人的，电视剧《大浪淘沙》有着独特的戏剧结构，它以现代人陈启航的视角回顾历史，点评人物。"其作始也简，其将毕也必巨。"这句话反复在《大浪淘沙》中被强调，中共一大时全国仅50多名党员，如今党员队伍已是非常壮大，拥有9000多万名党员，比任何时候都接近实现中华民族伟大复兴中国梦的目标。一个没有精神力量的民族是一个没有希望的民族，立"为人民谋幸福，为民族谋复兴"之志，无论是当年弱小还是如今强大，无论是逆境还是顺境，都应该初心不改、使命不忘，保持这份崇高，愈挫愈奋、愈战愈勇！在实现中国梦的征程上，不断前进，无愧于心，不忘初心。

"千淘万漉虽辛苦，吹尽狂沙始到金！"中共一大到中共七大，整整24年的革命历史，是一个大浪淘沙的过程。有的人走向了革命的反面，背叛了最初的信仰，如张国焘、陈公博、周佛海之流；有的人坚守革命信念，历经风浪，成为真金，如以毛泽东为代表的先驱者革命者们。中国革命走到今天，这个大浪依旧没有停歇，始终在考验、拍打着每一个共产党员的灵魂，时刻提醒着我们居安思危、戒骄戒躁。电视剧从情感、人格、崇高三方面去刻画人物，塑造出高度审美化的人物，是近来重大革命历史题材电视剧创作的一大成果。

习近平总书记说："要从党的辉煌成就、艰辛历程、历史经验、优良传统中深刻领悟中国共产党为什么能、马克思主义为什么行、中国特色社会主义为什么好等道理，弄清楚其中的历史逻辑、理论逻辑、实践逻辑。要深刻领悟坚持中国共产党领导的历史必然性，坚定对党的领导的自信。要深刻领悟马克思主义及其中国化创新理论的真理性，增强自觉贯彻落实党的创新理论的坚定性。要深刻领悟中国特色社会主义道路的正确性，坚定不移走中国特色社会主义这条唯一正确的道路。"[①]如今《大浪淘沙》大幕拉开，我们可以告慰先烈，今天的陈启航们站在南湖烟雨楼红船边，讲述着百年前的中国历史，从容淡定，风华正茂。百年对望，一个会议，一条小船，诞生了一个世界大党，成就了中国翻天覆地的变化，革命先烈看见后继有人，点点星星火，已铸成殷殷雷！

2021-05-24

---

①《习近平在福建考察时强调 在服务和融入新发展格局上展现更大作为 奋力谱写全面建设社会主义现代化国家福建篇章》，《人民日报》2021年3月26日。

攸关文艺评论的思想认识调整

  毛泽东同志曾经说过，政策和策略是党的生命。文艺评论必须严格按照党的方针政策来开展，方能健康持续地发展。历史进入新时期、新时代以来，党的文艺方针政策指引着文艺评论工作，党对文艺与政治、与经济关系的一些思想和认识调整，对文艺评论有着重大的指导意义。

  例如，在第四次文代会上，邓小平同志深刻指出，"党对文艺工作的领导，不是发号施令，不是要求文学艺术从属于临时的、具体的、直接的政治任务"①。这道出一个真理，即马克思精辟阐明的以政治的、经济的、历史的、哲学的、宗教的、艺术的等方式把握世界，是人类文明进步的必然，但诸种把握世界的方式虽然彼此联系，却并无"从属"关系。毛泽东同志《在延安文艺座谈会上的讲话》里关于"在现在世界上，一切文化或文学艺术都是属于一定的阶级，属于一定的政治路线的"②，是在战争环境里揭示的真理，具有历史必然性，是必须肯定的。但是，进入和平建设时期之后，就要防止简单化地用政治思维去取代审美思维、艺术思维，如果不处理好两者的关系，就谈不上科

---

① 邓小平：《在中国文学艺术工作者第四次代表大会上的祝词（1979 年 10 月 30 日）》，《邓小平文选》（第二卷），人民出版社 1994 年版，第 213 页。
② 毛泽东：《在延安文艺座谈会上的讲话（1942 年 5 月）》，《毛泽东选集》（第三卷），人民出版社 1991 年版，第 865 页。

学的文艺评论。邓小平同志注意到这样的思想后，提出一定要防止从一个极端走向另一个极端。1980 年，他在题为《目前的形势和任务》的讲话中指出，"不继续提文艺从属于政治这样的口号"，"这当然不是说文艺可以脱离政治。文艺是不可能脱离政治的"。①

再如，进入社会主义市场经济这个发展阶段，党的十八大以来，以习近平同志为核心的党中央高度重视文艺与经济的关系。在社会效益与经济效益的关系问题上，习近平总书记在文艺工作座谈会上指出，"同社会效益相比，经济效益是第二位的，当两个效益、两种价值发生矛盾时，经济效益要服从社会效益，市场价值要服从社会价值"②。与此相呼应，文艺创作应该追求三点：精神高度、文化内涵、艺术价值。这就证明两个效益的关系是我们进行文艺评论、把握文艺评论标准时不可回避的重要课题。在党的十九大报告中，习近平总书记强调，"要繁荣文艺创作，坚持思想精深、艺术精湛、制作精良相统一"③。在今天，只消看看还有人简单化地把文艺从属于政治演变成了文艺从属于个人的"政绩"，还有人以票房收视率论英雄，就足见真正与时俱进地处理好文艺与政治、文艺与经济的关系，还任重道远。

2021-06-04

---

① 邓小平：《目前的形势和任务（1980 年 1 月 16 日）》，《邓小平文选》（第二卷），人民出版社 1994 年版，第 255—256 页。
② 习近平：《在文艺工作座谈会上的讲话（2014 年 10 月 15 日）》，人民出版社 2015 年版，第 20 页。
③ 习近平：《决胜全面建成小康社会 夺取新时代中国特色社会主义伟大胜利——在中国共产党第十九次全国代表大会上的报告（2017 年 10 月 18 日）》，人民出版社 2017 年版，第 43 页。

历史自觉　文化自信　艺术品质

——评电视连续剧《觉醒年代》

　　从"站起来""富起来"到"强起来"，中国正经历一场百年未有之大变局。而一百年前，中国也同样经历了一场百年未有之大变局，只不过那是苦难的中国经历的一场外有帝国主义瓜分、内有封建势力复辟、仁人志士日渐觉醒的以启蒙思想改造社会救亡图存的大变局。中央广播电视总台近日播出的电视连续剧《觉醒年代》，就是以一百年前的那场大变局为宏阔的历史背景，展现了从新文化运动、五四运动到中国共产党建立这段波澜壮阔的历史画卷，讲述了活跃于其间的标领着时代进步潮流的以陈独秀、李大钊等为代表的致力于为"跪着的"中国人开启民智的先贤们九死未悔的革命故事，艺术地揭示了马克思主义与中国革命实践相结合和中国共产党成立的历史必然性。对于今日处于"两个一百年"交汇期的中国，电视剧《觉醒年代》所具有的清醒的历史自觉、坚定的文化自信乃至精湛的艺术表达，都值得反思、催人觉醒。正是有这些可贵的历史美学品格，《觉醒年代》堪称是重大历史和革命题材电视剧创作的一部具有史诗性的标志性作品，并由此载入中国电视剧史册。

一

　　电视剧《觉醒年代》具有清醒的历史自觉。它首先表现在是以历史史实为镜鉴基础。一部重大历史与革命题材电视剧，如果没有丰富的历史资料和新鲜的研究成果，如果没有高超的情节铺排的艺术表现力，纵然有缜密的理论乃至先进的思想，也断难成为优秀的艺术作品。电视剧《觉醒年代》的历史智慧即揭示历史走向的必然性，是建立在熟稔纷繁复杂的历史史实基础之上的。戊戌变法、晚清新政、辛亥革命、张勋复辟、出版《新青年》、一战胜利、巴黎和会的弱国外交、如火如荼的五四运动、中国共产党的成立等国内外重大历史事件，提倡白话、讨伐孔教"三纲"、克鲁泡特金无政府主义、问题与主义、革新与革心、布尔什维克主义等各种保守、改良、变革思潮在《觉醒年代》中都得到真实而艺术的再现。可以说，《觉醒年代》以历史史实为镜鉴基础的历史自觉，对于时下流行的那股历史虚无主义，无疑是一种有力的匡正；《觉醒年代》的艺术自觉，对于厌倦了那种脱离历史真实的"架空剧""玄幻剧"的影视观众，无疑是对历史素养和审美回归的真诚呼唤。

这种清醒的历史自觉，还表现在对探寻历史道路的现实判断力上。历史的真实远比艺术的历史更为丰富、复杂，历史道路选择的必然性远比艺术作品情节人为铺排的偶然性更为艰难、精彩。《觉醒年代》在拥有大量史料和深入研究的基础上，既非创作者个人喜好的任意裁剪，亦非对历史的任意解读和重构，更非将历史作为任意打扮的小姑娘，而是融入了先进历史观引领下的现实判断力和正确的原则立场。"历史是最好的教科书，也是最好的清醒剂。"当听到李大钊"试看将来的环球，必是赤旗的世界"的演讲时，我们无不为选择了谋独立、求解放、站起来、富起来、强起来一百年来的历史道路而自信自豪。《觉醒年代》发出的虽是各种保守与激进、强权与公理、辩论与抗争等理论比较、反复实践的历史的"回声"，但其创作旨归足够鲜明，那就是站在今天反思昨天，以清醒的历史思辨、历史自觉增强人们现实的制度自信、道路自信。

二

电视剧《觉醒年代》具有坚定的文化自信。它首先表现在对传统文化的科学思辨上。文化有先进与落后之分、野蛮与文明之别。电视剧《觉醒年代》对于在浩浩荡荡的世界潮流前的中国传统文化进行了应有的、必要的反思，特别是与孔教"三纲"进行了彻底决裂。可以想见，如果没有那一场彻底的决裂而抱残守缺、妄自尊大，正如《觉醒年代》所展示的那样，我们必将在孔教"三纲"中对一个十几岁的娃娃继续三呼"万岁"。毋庸讳言，现在一些"宫廷"艺术品依然在充当"辫子军"，宣扬着"家天下"思想，须知中国封建社会"满本都写着两个字是'吃人！'"[①]如果坚持"祖宗之法不可变"，宗法不可变、文法不可变，何以能唤起民众自强自立的"革新与革心"的意识？深入剧情，我们也会发现，《甲寅》日趋保守，即使是《新青年》杂志，在新文化运动早期对于语言与文字、语法与文法的变革也历经摇摆。正如《觉醒年代》中鲁迅也批评《新青年》"温暾水，不够劲"，他说："其一，你们倡导白话文，自己却用文言文和半文言文写作，犹抱琵琶半遮面；其二，提倡和普及白话文，根本是要有大众喜闻乐见的作品，我以为，用白话写小说是普及白话文最好的形式，而恰恰你们没有这方面的作品；其三，也是最重要的，你们口口声声要讨伐孔教'三纲'，但讲的全是些大道理，认识也不深刻，没有形象思维的作品是根本不可能触及人们的灵魂。"同样可以想见，如果在一百年前，在饿殍遍地、民不聊生的境况中，民众绝大多数不识字，如果死守黄侃之流的文言文法，"德先生"（民主）和"赛先生"（科学）来不了中国，大道理也进不了社会最底层人民的头脑，要启迪民智断无可能，要让包括长辛店的工人们在内的普通中国人也被号召起来为"还我山东""还我青岛"而斗争更无可能。

这种坚定的文化自信，还表现在对优秀传统文化的家国情怀的坚守。深入《觉醒年代》剧情，可以看到新文化运动有着这样的历史逻辑：不提倡白话文，民众就难以迅速获得基本的识字阅读技能，更难

---

① 鲁迅：《狂人日记》，载鲁迅先生纪念委员会编纂《鲁迅全集·第一卷·呐喊》，鲁迅全集出版社1948年版，第281页。

以接受"民主"与"科学"等先进文化，进而只有一种可能，朝廷乃至北洋政府继续"量中华之物力，结与国之欢心"，失去青岛继而失去整个山东、国将不国，而百姓要么目不识丁、民智难启，要么噤若寒蝉、不谈国事，要么认为"国家是朝廷的国家，干我何事"。如此循环往复，始终沉沦于愚昧。这就是新文化运动之历史逻辑的起点。而这，又辩证地证明了新文化运动并非一种对传统文化的彻底抛弃，而是一种扬弃，那就是坚守了如《觉醒年代》诠释的优秀传统文化所提倡的家国情怀。剧中"中国是中国人的中国"的呐喊，屈武血溅总统府、易白沙蹈海自沉的壮举，不正是三闾大夫屈原"亦余心之所善兮，虽九死其犹未悔"的现实写照吗？"劳工最有用、最贵重"，难道不是中国优秀传统文化"民贵君轻"思想的现实呼应吗？因此，《觉醒年代》保持了清醒的文化自信，正如陈独秀在回答共产国际马林时说："说我不喜欢中国传统文化，那是讹传。我八岁随祖父熟读四书五经，十八岁中得院试秀才第一名。这些我都烂熟于心、挥之不去。"可以说，电视剧《觉醒年代》艺术再现的新文化运动，始终行进在文化自信的轨道上。剧中北大学生"自强不息"的强国思想，长辛店工人"天下兴亡，匹夫有责"的家国情怀，陈延年、陈乔年"舍生取义"的人生追求，陈独秀"苟日新、日日新、又日新、做新民"的革故鼎新的创新思想，工读互助社"扶危济困"的共产互助等，都是日用不已的中国优秀传统文化在那场百年未有之大变局中的创造性转化和创新性发展。

三

电视剧《觉醒年代》还具有精湛的艺术表达。这首先表现在故事的流畅性上。剧中就世界大势来说，涉及美英法意日俄等国际关系；就国内情势来说，既有顽固不化的保皇党，又有摇摆不定的改良派，还有坚定的革命派。总之，帝国主义、封建主义、克鲁泡特金的无政府主义以及共产主义，各种主义在这宏阔的历史背景中错综复杂又相摩相荡。但《觉醒年代》的主创者们凭借高超的驾驭重大革命和历史题材的能力，既能将惊心动魄的长篇奇伟故事铺排流畅，又能刚柔相济地在具体情节细节上感人至深。例如，在日本落魄的陈独秀遭到留日学生的围攻令人心生疑窦，其实这只是伏脉千里的起点。与之相呼应的情节是，陈独秀从日本回国发起新文化运动、主编《新青年》后，又被人污蔑曾在日本做过汉奸，间接导致了陈独秀出走上海。其实这都是后来被北大开除的桐城派代表人物林纾的学生张丰载一人所为。也正是这个张丰载，在"辫子军"进入北京时头戴"马尾辫"勇当"带路党"，而在林纾要他撤回影射蔡元培的讽刺小说《妖梦》时阳奉阴违，竟然谎称已经撤回，待小说出版后又将责任推给出版社，被林纾逐出师门"永不相见"。又如，当陈独秀从日本回来后，汪孟邹等好友为他接风，陈乔年、陈延年为"报复"父亲的"不孝"，在硬菜"黄牛蹄"的荷叶中裹上癞蛤蟆"献给"父亲，让陈独秀当众出丑。这样的情节细节，也仅仅是为后来的故事做好铺垫：当陈独秀在雨夜里背着被军警打伤昏迷的陈乔年去医院时，跌倒了再站起来，再跌倒再站起来，一个革命家坚定的性格和舐犊之情令观众频频落泪。这之后，陈独秀出狱，蔡元培、李大钊、胡适等好友为他举行出狱"诗会"时，陈乔年两兄弟亲手做了一道"黄牛蹄"献给父亲，二人紧紧相拥，乔年叫一声"爸"，父子二人积怨全消。如此草蛇灰线地铺排，使得《觉醒年代》线索清晰、结构紧凑、悬念迭生，钳制住观众的审美神经，激发了观众强烈的收视热情。

这种精湛的艺术表达，还表现在人物设置和性格塑造上。作为重大革命和历史题材的影视剧，人物设置必须科学、客观。而如何表现人物的历史功绩，又集中体现着主创者的历史观。《觉醒年代》中的历史可谓风云际会，主创者在该剧中"以李大钊、陈独秀、胡适、蔡元培从相识、相知到分手，走上不同人生道路的传奇故事为基本叙事线，以毛泽东、周恩来、陈延年、陈乔年、邓中夏、赵世炎等革命青年追求真理的坎坷经历为辅助线"，如此设置人物，就不会有失公允地落入一些革命题材的窠臼，即慑于后来成为革命领袖的英名而将历史功绩厚此薄彼抑或等量齐观。《觉醒年代》"说一人肖似一人"，人物性格鲜明，如陈独秀的执着与坚守、李大钊的慷慨与侠义、胡适的温良与隐忍、蔡元培的兼容与圆通、陈延年的固执与英勇等。例如，面对胡适主张将北京大学迁往上海，陈独秀怒目圆睁毫不留情："你这是吹灯拔蜡，这不是学生的越俎代庖，而是国家的主权和利益高于一切，主次轻重不能混淆。"而面对胡适的《多研究些问题、少谈些"主义"!》，李大钊通过资助长辛店工人，在社会实践中与胡适据理力争更见睿智："社会问题的解决，必须依靠社会上多数人的共同运动，而要有共同的运动就必须要有共同的主义作为准则。""将主义当材料与工具，去解决一个又一个的实际问题。"三人性格各异、选择不同，各自坚持真理矢志不渝，而三人的友谊也同样真实不虚。"大事不虚，小事不拘"，剧中把握得恰到妙处。

这种精湛的艺术表达，还表现在情节设计的机趣上。电视剧是塑造人的艺术，也是讲故事的艺术。如果没有故事的传奇性，尤其是如《觉醒年代》这样揭示历史规律的电视剧，是很容易陷入"席勒式"的"时代传声筒"的人物对白中的。《觉醒年代》能引人入胜、令人欲罢不能，也在于创作者的情节设计的艺术感染力上。例如，李大钊答应刚来北京的孩子吃涮羊肉，但学生来借钱又全部慷慨相助，只能哄孩子说"不吃肉，吃肉塞牙"，但知道李大钊慷慨好施常常断炊的蔡元培此时命人送钱来时，李大钊的孩子说："爸爸，其实我吃肉不塞牙。"李大钊也说："爸爸吃肉也不塞牙。"……李大钊侠义之士又父子情深的形象，跃然荧屏。又如，陈独秀在天桥新世纪游艺场撒传单，主创者们将剧场内演出的剧目选为《挑滑车》，宋将高宠的唱词就是陈独秀侠义肝胆的真实写照："怒冲霄，哪怕他兵来到，杀他个血染荒郊。单枪匹马，把贼剿，俺定要威风抖擞把贼扫……"再如，生在南洋、学在西洋、娶在东洋、仕在北洋的辜鸿铭也极有机趣，当蔡元培因他不好好上课（一学期只讲了六行诗）找他诚勉谈话时，他一开始恃才放旷，后又害怕北京大学真的开除他，连声说："明天开始把学生讲回来。"而故事发展到北京大学组织教授团到英国使馆去答辩为什么要解聘英国教授克德莱时，蔡元培要陈独秀、李大钊、胡适去请辜鸿铭参加答辩团，辜鸿铭那个"谱"也摆到家了，点了一桌子好菜吃，李大钊急得连摸腰包害怕囊中羞涩。……至于陈独秀去陈乔年开办的互助社吃早餐却忘了带钱，陈乔年非要他洗碗抵账不可，个中情节也令人忍俊不禁。总之，本剧的演员极具功力，深入人心，于和伟饰演的陈独秀、张桐饰演的李大钊、马少骅饰演的蔡元培，以及周显欣饰演的高君曼、曹磊饰演的鲁迅等，皆个性鲜明、形神兼备，各具其妙。

2021-06-21

谱写新时代党员的青春之歌

——评电视剧《我们的新时代》

2021 年 4 月 19 日，习近平总书记在清华大学考察时指出："当代中国青年是与新时代同向同行、共同前进的一代，生逢盛世，肩负重任。"① 近期，由国家新闻出版广电总局指导、华策集团等联合出品的电视剧《我们的新时代》生动回应了当代青年如何肩负历史使命、如何成长为堪当民族复兴大任的接班人这一时代之问，充分展现了新时代青年共产党员以青春之我、奋斗之我投身强国伟业，在历史巨变中勇于担当、善于作为的新风貌。

在中国共产党成立 100 周年之际，围绕党史和共产党人精神谱系的文艺作品屡见不鲜。电视剧《我们的新时代》另辟蹊径，从当下基层青年党员的视角出发，以时代报告剧的形式探索"时代新人"对"红色基因"的传承和发展，用新题材、新人物、新思想谱写了新时代党员精神的新篇章。首先，该剧采用单元剧的结构方式，在"传承党员精神"的主题下开辟出六个单元，每单元配置一组主创团队，分别讲述不同地区基层党员在强军强国、工业发展、救援保障、民族团结、乡村振兴、社区维护等领域的奋斗历程，各单元之间既相对独立又彼此补充、映射，从而以多维度的视角、多样化的风格展现年轻党

---

① 《习近平在清华大学考察时强调 坚持中国特色世界一流大学建设目标方向 为服务国家富强民族复兴人民幸福贡献力量》，《人民日报》2021 年 4 月 20 日。

员在应对新时代课题时的责任和担当。其次，该剧在创作上遵循纪实美学原则，将内容的戏剧性建立在扎根生活、扎根人民的基础上，以实事感人、凭真情动人。比如《紧急营救》以"蓝天救援队"等多个民间救援团体为原型；《排爆精英》融合了三位排雷英雄的感人事迹。剧中的拍摄场景和细节也十分考究。比如《腾飞》搭建了同比例的支线客机和静力试验环境，真实再现了我国民用飞机制造的工作场景和工艺流程；《幸福的处方》深入贵州丹寨县龙泉镇高要村实地拍摄苗乡村医的故事，体现出真实质朴的艺术风格。再次，该剧紧扣社会热点，及时反映时代风貌。比如《腾飞》关注我国飞机制造业"卡脖子"问题；《因为有家》聚焦"网红经济"与新农村建设；《美丽的你》更是涉及代际沟通、文明养宠、社区防疫、邻里关系、幼儿托管、5G通信等与当代人民生活密切相关的话题。每一个故事都凝结着新一代年轻党员的新思想、新智慧，展现着新时代各行各业的新方法、新举措，使电视剧《我们的新时代》既具有精神高度、时代内涵，又触及社会现实、贴近民生民情。

电视剧作为一门视听艺术，归根结底是人学。《我们的新时代》注重挖掘"小人物"伟大心灵的回声，塑造了平凡与伟大相融合、个人理想与民族复兴相统一的党员形象。剧中各单元的主人公都是基层工作者，这些"小人物"有技术工人、乡村医生、社区志愿者，也有排爆军人、大学生村官、救援人员等。他们既是具有好奇心、上进心的平凡青年，又在各自岗位上做出了非凡的成绩，彰显出共产党人坚强的意志品质和锐意进取的精神风范。所以，剧中一方面描写基层党员在平凡生活中的喜怒哀乐、悲欢离合，另一方面又刻画他们在工作中超越普通人对困难的畏惧、对名利的追逐，在时代大潮中勇敢地涉险滩、闯难关，无私地为国家和人民服务。比如《腾飞》中的刘梦莺就以强大的信念和百折不挠的意志，将青春和汗水投入我国支线飞机的制造中；《排爆精英》中的刘夕石在个人与集体、小家与大家的矛盾冲突中做出超乎常人的抉择，用"牺牲自我，奉献社会"的信条完成了边境排雷的崇高事业。在深刻诠释"伟大出自平凡"的基础上，《我们的新时代》还注重将年轻人鲜明的个性与共产党人精神的共性相结合，六位主人公都是有性格、有主见、自我意识凸显的新时代青年，如《美丽的你》中面冷心热的白菁、《幸福的处方》中正直善良的柳石兰、《排爆精英》中热血幽默的刘夕石等。尽管环境不同、性格各异，他们作为共产党员的奋斗精神、牺牲精神、创新精神、奉献精神却又一脉相承、彼此关联。《我们的新时代》有意为新一代基层党员树碑立传、传神写照，将规则与选择、亲情与大爱、崇高与平凡、个性与共性相统一，由此绽放出青春理想之美、信仰之美、奋斗之美、人性之美的动人光辉。

一代青年有一代青年的特点，一个时代有一个时代的担当。近年来，不同题材的影视作品均在寻求契合当下传播语境的年轻化表达。然而，作品的年轻化不仅体现在演员的选择、形式的表达上，更体现在创作者对新一代青年精神世界的挖掘和思考中。改革开放40多年来，我国物质文化水平有了质的飞跃，面对出生于网络时代、吸收海量资讯且衣食无忧的当代青年，用什么样的文化来引领他们，以什么样的精神来感奋他们，是当代文艺工作者思考的重要命题。《我们的新时代》以党员精神的传承回应新一代青年的奋斗支点，将青春励志与红色文化相结合，关注当代青年在社会实践中精神升华的轨迹和心灵嬗变的过程，既在精神的传承上体现"长江后浪推前浪"的历史规律，又在心灵的成长上强调"一代更比一代强"的青春责任。当然，该剧也不避讳青年一代在奋斗道路上遭遇的挫折、犯过的错误、产生的偏差，而是让青年一代的理想信念在一次次挫折和奋起中淬火成金、历久弥坚。总的来说，电视剧《我们的新时代》以人带事，生动展现了新一代青年党员的人生追求、价值取向、精神风貌，并以"小人物"为切口把握时代脉搏、回答时代课题、描绘时代精神，引导青年观众思考个人理想与国家命运、民族复兴之间的紧密联系，为党的精神在新时代的传承和发展谱写了新篇章。

本文系与博士林玉箫合作

2021-06-30

坚持马克思主义基本原理
同中华优秀传统文化相结合

——习近平总书记在庆祝中国共产党成立
100 周年大会上的重要讲话学习笔记十题

一

习近平总书记在庆祝中国共产党成立 100 周年大会上的重要讲话中首次明确提出了要"坚持把马克思主义基本原理同中华优秀传统文化相结合"①的重要命题。反复领悟，思之再三，深感这是作为领导我们事业的核心力量的中国共产党，一以贯之地坚持把作为指导我们思想的理论基础的马克思主义同中国具体实际相结合的题中应有之要义。"与中国具体实际相结合"理所当然地包含着同中国的历史与现实、政治与经济、文化与生态相结合，这是马克思主义中国化的必由之路，是实事求是的辩证唯物主义的认识论和方法论的必须，也是中华优秀传统文化与当代文化相适应、与现代社会相协调并进而实现创造性转化、创新性发展的正确途径。

马克思主义是指导我们思想的理论基础，中华优秀传统文化是民族的精神基因和文化渊薮。失去了思想导向的理论基础势必迷失方向，

---

① 习近平：《在庆祝中国共产党成立 100 周年大会上的讲话（2021 年 7 月 1 日）》，人民出版社 2021 年版，第 13 页。

丧失了精神血脉的根基便成了无本之木。因此，坚持马克思主义基本原理同中华优秀传统文化相结合，攸关方向，事关大局，理当高度重视，切实落实。

二

通过百年党史的深入学习，我们更加深刻地认识到："十月革命一声炮响，给中国送来了马克思列宁主义。"只有马克思主义普遍原理同中国具体实际相结合，走社会主义道路，才能救中国。马克思主义是社会形态革命的伟大学说，其辩证唯物主义与历史唯物主义哲学、以无产阶级专政和社会主义民主为核心的科学社会主义、以劳动价值论和剩余价值论为基础与基石的政治经济学，是一个完整的科学的理论体系。无数志士仁人不懈探索，服膺真理，雄辩证明：只有以马克思主义为理论基础，才能完成中国社会从半封建半殖民地社会形态到人民当家作主的社会主义共和国社会形态的根本变革，此外别无他途。而欲将马克思主义中国化，须与中国具体实际相结合，其间绕不开的"实际"之一，便是中华优秀传统文化。

从毛泽东主席到习近平总书记，都极其珍视中华优秀传统文化。他们都反复用"博大精深"这一成语来精准称颂其丰厚内涵，都多次用"从孔夫子到孙中山"这一介词结构来表述对其杰出伟人遗产的全面珍视。毛泽东在《中国共产党在民族战争中的地位》中强调指出："学习我们的历史遗产，用马克思主义的方法给以批判的总结，是我们学习的另一任务。我们这个民族有数千年的历史，有它的特点，有它的许多珍贵品。对于这些，我们还是小学生。今天的中国是历史的中国的一个发展；我们是马克思主义的历史主义者，我们不应当割断历史。从孔夫子到孙中山，我们应当给以总结，承继这一份珍贵的遗产。这对于指导当前的伟大的运动，是有重要的帮助的。"[1] 习近平在新时代论

---

① 毛泽东:《中国共产党在民族战争中的地位（1938 年 10 月 14 日）》,《毛泽东选集》（第二卷），人民出版社 1991 年版，第 533—534 页。

及中华优秀传统文化的"天人合一""民惟邦本""和而不同""天下为公""以文化人""己所不欲，勿施于人"等时精辟指出："像这样的思想和理念，不论过去还是现在，都有其鲜明的民族特色，都有其永不褪色的时代价值。这些思想和理念，既随着时间推移和时代变迁而不断与时俱进，又有其自身的连续性和稳定性。我们生而为中国人，最根本的是我们有中国人的独特精神世界，有百姓日用而不觉的价值观。我们提倡的社会主义核心价值观，就充分体现了对中华优秀传统文化的传承和升华。"① 反复领悟、体味这两段字字珠玑的精湛论述，受益良多。

三

应当看到，在如何以高度的文化自信去坚持把马克思主义的基本原理同中华优秀传统文化相结合上，近百年来我们的认识是不断深化与发展的。在新文化运动和五四运动中，必须肯定，高举科学与民主旗帜"批孔批儒"以唤醒民族觉醒是历史的进步与必然，但确实也留下了以二元对立的简单思维把文化划分为"新"与"旧"的对立所带来的对传统文化笼统否定的弊端。因为实际上，文化是民族的生存状态，是民族的基因，是民族的血脉，恰如黄河长江之水，是万万不可抽刀断水、以"新"与"旧"了了分割的。文化只有"源"与"流"之分，而无"新"与"旧"之别。唐人魏征在《谏太宗十思疏》中曾云："欲流之远者，必浚其泉源。""浚源"始能"流远"，"塞源"必定"断流"。要想繁荣发展当代社会主义先进文化，就必须开掘配置好优秀传统文化，实现古为今用、现代转化。君不见，尽管五四时期经吴虞之口喊出了"打倒孔家店"的口号，直至"文化大革命"中掀起过"评法批儒"浪潮，但历史却是无情而又公正的，如今以儒学为主

---

① 习近平：《青年要自觉践行社会主义核心价值观——在北京大学师生座谈会上的讲话（2014年5月4日）》，人民出版社2014年版，第7—8页。

体的中华优秀传统文化不仅未被打倒，反而在新时代兴起的"国学"热潮和波及全球的国际儒学联合会会员大会上被人们继承弘扬，并努力使之与当代文化相适应、与现代社会相协调，进而实现创造性转化、创新性发展！

四

那么，为什么说马克思主义基本原理应当而且完全可以同中华优秀传统文化相结合呢？

这首先是因为，"我们不是历史虚无主义者，也不是文化虚无主义者，不能数典忘祖、妄自菲薄。中华传统文化源远流长、博大精深，中华民族形成和发展过程中产生的各种思想文化，记载了中华民族在长期奋斗中开展的精神活动、进行的理性思维、创造的文化成果，反映了中华民族的精神追求，其中最核心的内容已经成为中华民族最基本的文化基因"[①]。著名哲学家张岱年先生曾概括总结到，中华优秀传统文化的基本精神主要有四点：一是"天人合一"的哲学主张（另一位百岁哲人张世英先生把这条表述为"万有相通"）；二是"民吾同胞，物吾与也"的民本思想；三是"自强不息，刚健有为"的奋进精神；四是"礼之用，和为贵"的和合处世原则。习近平总书记多次阐明，中华优秀传统文化中的这种"讲仁爱、重民本、守诚信、崇正义、尚和合、求大同"的精神理念具有恒久的时代价值，完全应当而且可以与当代文化相适应、与现代社会相协调，实现创造性转化、创新性发展，成为涵养社会主义核心价值观的文化源泉，以激励人们为实现中华民族伟大复兴的中国梦而不懈奋斗。

再看马克思主义的三大组成部分和基本原理，不正是科学总结了人类社会发展历史和文化成果（其中当然也包括中华民族 5000 余年

[①] 《习近平在中共中央政治局第十八次集体学习时强调 牢记历史经验历史教训历史警示 为国家治理能力现代化提供有益借鉴》，《人民日报》2014 年 10 月 14 日。

的文明史及其优秀文化成果）的集大成的人类革命理论经典吗！符合逻辑、顺理成章地以马克思主义基本原理为指导思想，打通中华优秀传统文化与社会主义先进文化和社会主义核心价值观的"源"与"流"的内在联系，贯通古今，活跃思维，扬弃继承，转化创新，古为今用，这便是坚持把马克思主义基本原理同中华优秀传统文化相结合的新时代使命。

五

先说马克思主义基本原理中关于整个世界观、方法论的论述，与中华优秀传统文化中"天人合一""万有相通"的相结合、相联系。马克思主义关于人类社会变革与发展、关于人与自然的关系、关于人学、关于每一个人的自由而全面发展等精辟论述，都可以导引中华优秀传统文化的"天人合一""万有相通"与时俱进地开掘出新的富有生命力的哲学能量和文化内涵。对于西方哲学过度强调"主客二分"导致主体因一味开发自然资源而令生态失衡、为争夺自然资源而导致局部战争等弊端，"天人合一""万有相通"无疑是一剂疗救的文化良方。难怪20世纪曾有诺贝尔奖获得者指出，人类要在21世纪生存下去，应当回到2500年前去汲取孔子的智慧。我想，要汲取的便是中华优秀传统文化的"天人合一""万有相通"的人与人、人与自然的和谐之道。张世英先生创造性地提出建构以中华哲学"天人合一""万有相通"为本以"各美其美"，再吸收融通西方哲学"主客二分"注重人的主观能动性和个性培养以"美人之美"，进而整合互补以"美美与共"，最终实现"天下大同"的21世纪人类命运共同体哲学，我以为便是马克思主义基本原理同中华优秀传统文化相结合的成功范例之一。

六

再说马克思主义基本原理中关于人的学说、关于"无产阶级只有解放全人类，才能最后解放自己"的伟大思想，同中华优秀传统文化中"民吾同胞，物吾与也"的民本思想的相结合、相联系。斯大林曾说：

共产党人是由特殊材料制成的。^①共产党为了无产阶级乃至全人类的解放，不计较任何个人的利益。而中华优秀传统文化儒学的杰出代表张载在《西铭》中就说道："乾称父，坤称母；予兹藐焉，乃混然中处。故天地之塞，吾其体；天地之帅，吾其性。民吾同胞，物吾与也。"^②这就是说，天地犹如父母，人与万物都是天地所生，都是由气构成，气的本性亦是人与万物的本性，人民都是我的兄弟，万物皆为我的朋友，真是"万有相通"、人与自然和谐。他的"横渠四句"言道："为天地立心，为生民立命，为往圣继绝学，为万世开太平。"两相结合，启人心智，不正能深化我们对"江山就是人民、人民就是江山，打江山、守江山，守的是人民的心"^③的认识吗！不正能激励我们自觉践行"以人民为中心"的工作方向吗！

七

然后说马克思主义基本原理中关于人的理想、信仰、情操、精神的精湛论述与中华优秀传统文化中"自强不息""刚健有为"的相结合、相联系。马克思主义关于人不是一般的经济动物而是高级形态的理性情感动物的论述，关于共产党人的理论信仰、斗争精神、人格情操的论述和马克思、恩格斯的身体力行、榜样垂范，与中华优秀传统文化中的"天行健，君子以自强不息；地势坤，君子以厚德载物"的人格风范，与"先天下之忧而忧，后天下之乐而乐"的政治抱负，与"苟利国家生死以，岂因祸福避趋之"的报国情怀，与"富贵不能淫，贫贱不能移，威武不能屈"的浩然正气，与"人生自古谁无死，留取丹心照汗青"和"鞠躬尽瘁，死而后已"的献身精神，谁说不是一脉相连、互为表里呢！谁说不能相映成辉、光照人间呢！

---

① 参见［苏］斯大林《悼列宁（1924年1月26日在全苏苏维埃第二次代表大会上的演说）》，《斯大林全集》（第六卷），人民出版社1956年版，第42页。
② 〔北宋〕张载：《正蒙·乾称篇第十七》，《张载集》，中华书局1978年版，第62页。
③ 习近平：《在庆祝中国共产党成立100周年大会上的讲话（2021年7月1日）》，人民出版社2021年版，第11页。

八

最后说马克思主义基本原理中"全世界无产阶级联合起来""英特纳雄耐尔，就一定要实现"同中华优秀传统文化中"以和为贵""天下大同"相结合、相联系。以马克思主义关于共产主义远大理想一定会在全球实现的宗旨为指导，从孔子的"礼之用，和为贵"到孟子的"人和"主张，再到张载的"为万世开太平"……人类社会发展的必然趋势，是谁也阻挡不了的！习近平总书记以博大胸怀和世界眼光，从高瞻远瞩地力倡"一带一路"到提出人类命运共同体思想，我以为正是马克思主义关于解放全人类基本原理同中华优秀传统文化的和谐理念与大同思想相结合的伟大创举。

九

说到马克思主义基本原理同中华优秀传统文化相结合，还必须论及与中华美学精神相结合。习近平总书记在文艺工作座谈会上论及传承和弘扬中华优秀传统文化时，紧接着就阐述了还要传承和弘扬中华美学精神。马克思主义基本原理中包含马克思主义美学原理，中华优秀传统文化中包含中华美学精神。习近平总书记精辟概括了中华美学的三个"讲求"：一是从中华民族审美创造的运作思维上，"讲求托物言志、寓理于情"；二是从中华民族审美创造的结构特征上，"讲求言简意赅、凝练节制"；三是从中华民族审美创造的宗旨上，"讲求形神兼备、意境深远"。① 总之，中华美学精神强调知、情、意、行的统一。运用马克思主义美学原理深入总结研究中华民族在 5000 余年文明史中审美创造和艺术鉴赏实践的乐论、画论、书论、文论、舞论、戏曲论、民间文艺论等诸多丰富多彩的经验，那是一篇多么绚烂诱人的华丽篇章啊！

---

① 习近平：《在文艺工作座谈会上的讲话（2014 年 10 月 15 日）》，人民出版社 2015 年版，第 26 页。

十

当然，必须指出，中华传统文化在其形成和发展的历史进程中，不可避免地会受到彼时人们的认识水平、科技水准、时代条件尤其是社会制度的局限、制约和影响，甚至也不可避免地会存在陈旧的、过时的乃至糟粕的东西。即使是其优秀部分，也需要"有鉴别地加以对待，有扬弃地予以继承"。譬如，中华传统文化，毕竟以封建宗法制度为基础、以血缘为纽带、以家庭为细胞，分析处理的是彼时君与臣、父与子、夫与妻、兄与弟、朋与友之间的人际关系，不讲阶级之别，只言君子小人之分，这显然离马克思主义关于阶级和阶级斗争的原理和学说相距甚远。又如，儒家乃至新儒家主张的"修齐治平""内圣外王""返本开新"等，也与马克思主义力倡的社会制度根本变革的革命原理和道路迥异。再如，中华传统文化中的"修己安人""怡情养性"，也与我们新时代力倡的"立德树人""培根铸魂"虽有联系更有差异。唯其如此，我们在把马克思主义基本原理同中华优秀传统文化相结合时，务必以高度的文化自信与文化自觉，坚持古为今用、推陈出新，善于结合新的实践和时代要求，去粗取精，辩证取舍，与当代文化融通，实现创造性转化、创新性发展，以跨越时空、超越国度、富有永恒魅力的新文化更好地服务于以文化人、以文育人的时代任务和宏伟大业，而万万不可食古不化、厚古薄今。

2021-07-16

君可知抗战烽火中还有个"西北联大"

　　中央文史研究馆每年组织的为期一周的"馆员文化采风"活动，忝列馆员的我总力争参加，因为此乃自己补课学习的极好机会。2021年由馆文史业务司耿识博司长带队，率考古学家安家瑶、现代文学史家陈平原、文博书法家董正贺、画家何家英和我，赴陕西考察采风。我一看考察内容，既有眉县的张载祠与横渠书院，有勉县定军山旁的武侯祠，有城固县的张骞墓，有洋县的蔡伦墓，还有汉阴县的三沈（沈士远、沈尹默、沈兼士）纪念馆和柞水县牛背梁国家森林公园生态保护区……对我的吸引力别说有多大了！真可惜，队伍出发时，我尚在奉命参加全国高校"双一流"工作会议不能脱身，待独自一人乘高铁赶到宝鸡与大家会合时，只能次日去汉中参观考察定军山旁的武侯祠了。

　　说实话，我生于沪（上海），长于蓉（成都），对成都南郊武侯祠再熟不过了。那里清人赵藩对诸葛亮治国理政经验概括出的"攻心"名联——"能攻心，则反侧自消，从古知兵非好战；不审势，即宽严皆误，后来治蜀要深思"——让我铭记终生，受益匪浅。我一直以为成都南郊武侯祠是后人纪念诸葛亮的最重要的祠堂，这回进汉中武侯祠一看，大开眼界，方知天外有天，祠外有祠。早于成都武侯祠落成之前，公元263年，蜀汉后主刘禅便下诏在定军山旁武侯坪为诸葛亮立祠，纪念这位"大汉一人"的"鞠躬尽瘁，死而后已"。祠内有联——"兵在攻心，三分聊竭解悬力；鱼如得水，六出诚为尽瘁哀"——显然先于清人赵藩，并滋润了赵藩的"攻心名联"。祠中，还有历代文人骚客留下的碑石60余块、匾30多方、联20余副。先有汉中武侯祠，方后有成都武侯祠，匡正了我的旧见。我不由得把这番感慨请教于平原兄，他哈哈一笑道："你这是犯了鲁迅笔下的祥林嫂的错误啊——只知道冬天有狼，不知道春天也有狼呀！"他接着反问我："君可知抗战烽火中汉中还有个'西北联大'吗？"

这一问，真把我问蒙住了。若问"西南联大"，我再熟不过了。此前，我还推荐记录"西南联大"在世老人的电影《九零后》的导演徐蓓，去采访当年"西南联大"中文系的学生、西南联大党支部书记、106岁的马识途老作家呢！我知道平原兄正在研究"抗战烽火中的中国大学"这一课题，这是话中有音。他接着说，世人皆知抗战烽火中由北大、清华、南开组成的国立西南联合大学南下云南，坚持办学八九年，成就斐然，人才辈出，但却鲜有人知，在抗战烽火中，还有个由北平大学、北平师范大学、北洋工学院、北平研究院联合起来一路西迁，翻越秦岭，移师汉中，才定名的国立西北联合大学，简称"西北联大"。但为何"西南联大"名扬天下，而"西北联大"却鲜有人知呢？

平原兄是做学问的有心人和高手。他乘机提出要求，容他单独改变考察行程，去深入调研抗战烽火中的"西北联大"。我历来敬佩他的学术人格，便起而响应，竟得到大家共鸣。于是，带着了解抗战烽火中的"西北联大"的强烈欲望，带着对2019年国务院批准为第八批全国重点文物保护单位的"西北联大"旧址、2020年入选第三批国家级抗战纪念设施和遗址名录的"西北联大法商学院旧址""西北联大工学院旧址"和"大成殿建筑"（国立西北师范学院与国立西北联合大学共用图书馆）的神往，我们一行开始了考察。

先是来到了居于如今的省级重点中学城固一中校内的"西北联大法商学院旧址"。那是一个别致的回字形两层阁楼小院，坐北朝南，建于1914年。新时期，此间曾作为城固一中的教师宿舍，弥漫着书香气。陪同考察的一位当地官员的夫人是该中学教师，夫妻俩曾居住于此，养育一子获得美国哥伦比亚大学博士学位，毕业后现在中国香港一名校任教。大家戏言皆凭当年"西北联大"福佑，故多出青年才俊。

再驱车前往古路坝村寻访"西北联大工学院旧址"。那是坐落在绿树成荫的一片草地上的一幢天主教堂。相传光绪十四年（1888），意大利神甫安廷相出任汉中教区主教，在此置地建造天主教堂，成为西北五省最大的天主教堂。"西北联大"的工学院当即迁于此教学，莘莘学子，勤奋攻读，造就了不少国家工学栋梁。

至于"大成殿旧址"，就在城固县城内。如今只是孤零零一幢庙堂，倒不怎么看得出当年作为国立西北师范学院与国立西北联合大学共同的图书馆的风貌了。

据平原兄考证，当年从"西北联大"培养造就的杰出人才中，有胡济民、师昌绪等十余位两院院士，有周培源、陈佳洱两位北大校长，有王义道等三位北大副校长。"西北联大"的影响、基因和遗风，大大推动了陕西省高等教育事业的发展。遥想1924年鲁迅应西北大学之邀到西安讲学时，陕西高等教育还很落后，以至于连鲁迅附带的想为创作长篇小说或戏剧文本《杨贵妃》搜集史料和素材的愿望都未能兑现。而"西北联大"一下子建起了六个学院，虽只在1938年4月至7月真正运行了三个多月。国立西北工学院和国立西北农学院分立出去之后，所余的四个学院也只共同维持了一年多。至1939年8月，"西北联大"正式解体而仅存"五校分立，合作办学"的格局。这中间，自然有复杂的政治因素、人事纠葛、经济缘由。也许这正是造成其无法与名声远扬的"西南联大"相比的深层次原因所在。这令人想起冯友兰先生1946年在著名的《国立西南联合大学纪念碑碑文》中赞道："三校有不同之历史，各异之学风，八年之久，合作无间，同无妨异，异不害同，五色交辉，相得益彰，八音合奏，终和且平，此其可纪念者二也。"南北相比，此一相异；昆明汉中，经济保障更有差异。这便造成了"西北联大"之声名远逊于"西南联大"了。

尽管如此，历史也并未遮蔽乃至淹没掉"西北联大"对陕西高等教育产生的积极影响和重要作用。且看历经抗战西迁、新中国三线建设、21世纪西部大开发，陕西如今已发展成为全国的高等教育强省。论数量，排名12左右（每年数字有变）；论质量，有西安交大、西北工大、西北农林科技大学三所"985"大学，有西安电子科技大学、长安大学、陕西师范大学、西北大学、第四军医大学等八所"211"大学（加上三所"985"大学），放在全国，除了京沪，罕有匹敌（江苏仅有两所"985"大学、十一所"211"大学，广东仅有两所"985"大学、四所"211"大学，山东仅有两所"985"大学、三所"211"大学，湖北仅有两所"985"大学、七所"211"大学……）。最新的创建"双一流大学"，陕西也位列前茅呀！

因此，人们在纪念"西南联大"的同时，也忘怀不了要纪念"西北联大"！

2021-08-13

坚持价值导向，着意审美引领

　　21世纪初，笔者在《人民日报》的"人民论坛"上曾针对市场经济背景下文艺创作中出现的"豪华风""滥情风""戏说风"发表了《艺坛"三风"不可长》^①一文，引起注目。如今，20年过去了，新时代生气勃勃、繁荣昌盛，艺坛力倡风清气正，创作评论两翼齐飞。但毋庸讳言，杂音仍不绝于耳。近来，一名流量明星因涉嫌强奸被批捕，一名颇有名气的歌手引咎退出娱乐圈，一名演员竟参观日本靖国神社，一名一级演员因强制猥亵获刑两年半……个中深层次缘由，必须反思。

　　一是坚持价值导向。早在2013年8月，习近平总书记就在全国宣传思想工作会议上深刻阐明，"意识形态工作是党的一项极端重要的工作"，要"把服务群众同教育引导群众结合起来，把满足需求同提高素养结合起来"。^②之后，又多次强调文艺的宗旨是以文化人、培根铸魂，是培育社会主义核心价值观。为什么上述杂音乱象的制造者会拥有数量惊人的"粉丝"？会那么得意忘形？会那么肆无忌惮？这可能与某些作品宣扬的价值导向的某种偏差有关。比如，某演员或歌手的作品明明既无精神高度，又缺文化内涵，更与社会主义核心价值观有悖，却

---

① 仲呈祥：《艺坛"三风"不可长》，《人民日报》2001年4月27日。后收录于《文苑问道——我与〈人民日报〉三十年》（重庆出版社2012年版）。
② 习近平：《把宣传思想工作做得更好》（2013年8月19日），《论党的宣传思想工作》，中央文献出版社2020年版，第14、16页。

不能旗帜鲜明地予以批评。结果，既害了其自身，更贻误了广大观众。文不化人只化钱，艺不养心仅养眼，放弃引领，一味迎合，后患无穷！再比如，无原则地宣扬"饭圈"文化。所谓"饭圈"，其实质就是拉帮结派，策划包装，互相吹捧，刷分控评，以期一夜成名、一夜暴富，把人商品化，让资本操纵一切。甚至出现了有"饭圈"的"粉丝"为其追捧的明星偶像打榜投票，竟花钱买牛奶只取了瓶盖内用于投票的二维码或包装箱里的投票卡后直接把牛奶倒掉的怪现象。此种不劳而获的"饭圈"经，颠覆的是劳动创造财富的真理，对抗的是社会主义核心价值观，影响所及，不独污染艺坛，而且危及全社会。不尖锐批评能行吗？

二是着意审美引领。习近平总书记反复强调，要继承弘扬中华优秀传统文化、中华美学精神和中华美学传统，强调文艺要讴歌真善美，鞭挞假恶丑，引领人们攀登高远的审美境界。2021年8月，中宣部等五部门联合印发的《关于加强新时代文艺评论工作的指导意见》，也要求"发挥价值引导、精神引领、审美启迪作用，推动社会主义文艺健康繁荣发展"[①]。中华美学精神和美学传统，从老子、孔子、庄子到屈原、陶渊明、李白、杜甫，都讲求托物言志、寓理于情，讲求言简意赅、凝练节制，讲求形神兼备、意境高远，强调知、情、意、行的统一。而中华优秀传统美学在现代化的历史进程中，从梁启超的"趣味"人生论美学到朱光潜的"情趣"人生论美学，从王国维的"境界"人生论美学到宗白华的"意境"人生论美学，都是讲究"趣"要雅、"味"要正、"情"要真、"意"要切、"境"要高。一句话，审美要讲究格调、讲究品位，要提高人的精神素质。要真正懂得"没有反思的人生不值得过、没有审美的人生更不值得过"。须知，己不正焉能正人，不讲诚信、道德败坏、情趣卑劣的人哪能创作出由真及善、由善

---

① 《中央宣传部等五部门联合印发〈关于加强新时代文艺评论工作的指导意见〉》，2021年8月2日，中国政府网（https://www.gov.cn/xinwen/2021-08/02/content_5629062.htm）。

达美的真善美统一的化人养心、培根铸魂的优秀文艺作品?以此衡量上述杂音，不能不承认我们在审美引领上也出现了某些偏差。否则，怎么会出现此种美丑不分、以丑为美、良莠不辨、良莠颠倒的怪现象呢?

三是厘清评价标准。习近平总书记反复强调，应当追求作品的"精神高度、文化内涵、艺术价值"，"向着人类最先进的方面注目，向着人类精神世界的最深处探寻"。[1]要坚持思想精深、艺术精湛、制作精良相统一。要努力实现社会效益与经济效益相统一，当两个效益相矛盾时，要坚持把社会效益放在首位。要运用人民的、历史的、艺术的、美学的评价标准。[2]应当承认，我们对这些评价准则的学习、领悟、践行都还存在着差距。君不见，出现上述杂音乱象，不正与那种唯经济效益（"唯票房""唯收视率""唯点击率""唯码洋"）是从的评价标准，与那种以视听感官生理上的快感去冲淡乃至取代精神美感、盲目追求"观赏性"的创作倾向，与那种靠"饭圈""粉丝"刷分控评以断优劣的现象，以及与那种仅仅依据尚不完善的大数据评价的方式有关吗?

总之，归根到底，只要我们团结起来，认真学习、深刻领悟、坚决践行好习近平总书记关于文艺工作的系列重要论述，就能不断清除杂音乱象，创造新时代社会主义文艺的新繁荣!

2021-08-20

---

[1] 习近平:《在中国文联十大、中国作协九大开幕式上的讲话（2016 年 11 月 30 日）》，人民出版社 2016 年版，第 16 页。
[2] 参见习近平《在文艺工作座谈会上的讲话（2014 年 10 月 15 日）》，人民出版社 2015 年版。

荧屏"家文化"中的"变"与"不变"

——从电视剧《对你的爱很美》谈起

《装台》之热犹未散去，张嘉益携其主演的新作《对你的爱很美》再度占领暑期荧屏高地。观罢全剧，未见复杂的人物设定，也无套嵌的故事情节，剧的开端便以戏剧化的方式使矛盾昭然若揭：随着一段尘封二十余年的往事重启，两个家庭原本宁静的日子顿生波澜，养父王大山与生父柯雷围绕"认女"展开了一场充满戏剧化的"博弈"。

"想做好一碗面，先要做好你自己。"这是主人公王大山传授给女儿王小咪的做事之道，也是王大山的为人信条。以卖牛肉面为营生的主人公王大山是个不折不扣的好男人，经商恪守诚信，做事坚守底线，对妻女更是疼爱有加，一家人和美的生活羡煞旁人。然而，这个"看上去很美"的家庭中却隐藏着一个只有夫妻二人你知我知的秘密——女儿非王大山亲生！前尘往事浮出水面，一连串颇具戏剧性的故事也就此展开。面对生活突如其来抛掷的巨大难题，"养父"王大山并没有转身逃避，而是选择对生活"报之以歌"，用理解和包容维护家庭的和谐。曾经玩世不恭的"生父"柯雷在这段亲情关系中重新审视自我，逐渐接纳并尝试付出，最终收获了爱与幸福。

编戏有如裁衣，"减头绪、密针线"方能凑成剧情结构的集中与严密。《对你的爱很美》开篇即集中矛盾，一线到底，叙事环环相扣，直奔高潮。该剧跳脱了以往家庭题材影视剧传统的风格定式，既没有在鸡飞狗跳的家庭争斗中博人眼球，也没有在苦大仇深的悲情叙事中赚取眼泪，而是以轻喜剧的艺术调性、明快的叙事氛围，寓庄于谐地呈现出两个"非典型"家庭之间的恩怨情仇，颇具喜感的表演方式以及后现代风格的影像表达为作品注入鲜活的时代气息，其可贵的艺术探索与审美创新使之在同类题材同质化大潮中独具特色。在《对你的爱很美》中，以王大山为代表的剧中人面对生活的"痛吻"，或不卑不亢、坦然接受，或历经心灵转化、实现精神成长。他们在重建的亲情关系中寻找到了各自的心灵栖息地，最终，以爱和良善抚平硝烟、化解干戈，与本不完美的生活"握手言和"。"家庭是社会的细胞。家庭和睦则社会安定，家庭幸福则社会祥和，家庭文明则社会文明。"① 一个个充盈着爱的小家，才能构建起和谐稳定的社会大家庭。在人生这场逆旅中，个体的力量是渺小的，唯如《对你的爱很美》中的"王大山们"一样，在前行路上用爱做彼此的光亮，终将照见幸福的未来。

故事看似充满了意料之外的荒诞性，但随着叙事的稳步推进，张嘉益、沙溢、刘敏涛、宋丹丹等饰演的王大山、柯雷、罗晴、罗玉凤等形象，逐渐化作有血有肉的"身边人"走进观众心中，他们通过精湛的演绎弥合了真实生活的情理，为该剧着色不少。尽管这些典型性人物具有一定的理想主义色彩，但荧屏上"这一个"隶属于时代的典型人物，则可以折射当今社会中不计其数的凡人个体，剧中人努力守护彼此的脉脉温情以及向善、向美的人性底色，嵌入在艺术的独特表达中，化身为审美对象更加深刻、更有力量地照进人们的精神世界，滋养现实人心，这也是电视剧《对你的爱很美》独特且宝贵的审美价值。从古至今，真、善、美的统一是文艺创作不变的美学追求。东汉王充常将美善并举，他曾在《论衡》中提到，"真美"之作必"善"，其中真是基础，善为目的，美则是结果。其实，在中华古典美学向现代转化中冲在前头的梁启超首推的"趣味美学"在《对你的爱很美》

---

① 《习近平在会见第一届全国文明家庭代表时强调 动员社会各界广泛参与家庭文明建设 推动形成社会主义家庭文明新风尚》，《人民日报》2016 年 12 月 13 日。

中也有体现。"趣味美学"之"美"充满了有格调的"趣"和有意境的"味"。我以为，这也是《对你的爱很美》的剧名中之所以谓"美"而非其他的缘由之一。当然，该剧距离"美"的终极目标，仍存在一定的现实距离。例如，某些剧情桥段过于追求戏剧性而失去生活的"真"，个别演员对于喜剧表演的分寸感拿捏不准……诸如此类的在审美创作中"度"的把握，相信通过电视剧创作者们同心合力、精心打磨，终能迎刃而解。

回眸改革开放的四十余年，中国电视剧走过青涩，迈出低谷，迎来了如今百花齐放的繁荣局面，通过不同的风格样式广泛反映历史与当下社会的方方面面，在方寸荧屏中生动演绎时代芳华。观众在多样化题材中"各取所需"地满足自身精神文化需求，其中，描写"家长里短、世道人心"的家庭生活剧最能引发观众的关注与共鸣。有别于革命历史题材的宏大叙事，家庭生活剧建立在以普通人为主体的价值立场之上，聚焦中国家庭文化，通过"世俗生活叙事"展现寻常百姓的人伦之情，凸显"家文化"的核心价值与美学意蕴，因此也成为最具民间性与群众性的电视剧题材之一。21世纪以来，家庭题材电视剧创作呈现出"你方唱罢我登场"的纷纭景观，涌现出如《金婚》《媳妇的美好时代》《婚姻保卫战》《父母爱情》《小欢喜》，以及《对你的爱很美》等大批优秀电视剧。作为联结小家个体与国家社会的情感纽带，这些作品从题材立意、内容形式、美学形态方方面面都因应时代、变革发展。然而，在常新的时代中亘古不变的，是中国家庭重亲情、重孝道、重团圆、重和睦等根深蒂固的传统"家文化"基因，以及崇尚和谐、求真向美的民族精神与价值追求。

辩证把握个中蕴含的"变"与"不变"，对于进一步打造当代家庭生活剧的美学格调有着重要意义。珍视这些传统中国"家文化"中不变的精神内涵并在创作中予以审美观照，这也是文艺作品迈向高峰的希望之一。

本文系与博士李华裔合作

2021-08-23

艺美大道　一以贯之

——张道一先生印象

　　鲁生嘱人来电话，言山东工艺美术学院近日将为中国艺术学学科建设的重要奠基人之一张道一先生90寿诞召开学术讨论会。我深知，鲁生作为道一先生最得意的博士，此举当深含倍感师恩之情，但道一先生历来反对为自己祝寿，于是定名为"从教70年研讨会"，以既不违师命，又应了借此深化中国艺术学学科建设之需。

　　与鲁生这位道一先生的亲授嫡传博士相较，我不过只是先生的一名"编外弟子"罢了。记得20世纪90年代中期，国务院学位委员会艺术学学科评议组换届，"蜀中无大将，廖化作先锋"，我滥竽充数，作为电影电视艺术学的代表，被推荐进了第二届艺术学学科评议组。其时，召集人正是张道一和于润洋先生。记得我首次参会，见成员皆为我敬重的学界前辈，美术界是靳尚谊、杨永善先生，戏曲兼书法界是欧阳中石先生，音乐界是上海音乐学院江明惇院长、武汉音乐学院童忠良院长和福建师范大学的王耀华副校长，还有国家广电部教育司副司长王伟国……真是学术权威云集。自此，我开始作为编外弟子，在学科评议组里向道一先生求"道"问学。

　　当时，艺术学只是作为国务院学科目录中文学门类下与中国文学、外国文学、新闻传播学并列的第四个一级学科，为正其名、求其位，道一先生和润洋先生带领学科评议组的一项重要使命，便是在充分的调查研究和科学的学理论证基础上，提请国务院学位委员会批准艺术学升格为学科目录中的第13个新门类。为此，道一先生不辞辛劳，东奔西忙，逢会必讲，为《文艺研究》撰文论证中国艺术学的地位和作用。在 1999 年于东南大学由道一先生倡导主持召开的"跨世纪中国艺术学研讨会"上，他发表了艺术学理应升格为学科目录门类的宏论。我清楚地记得，道一先生一是从人类文艺发展的历史角度雄辩指出，是先有艺术而后有文学，早在文学诞生之前，便有了岩画，而文学问世于语言诞生之后，口头语言的艺术称为口头文学，书面语言的艺术称为书面艺术，总之，文学乃语言的艺术。所以，从发展历史的角度看，是先有艺术而后有文学，艺术为"父"，文学为"子"，不能再在学科目录中颠倒这种"父子"关系了。当年制定学科目录时，因全国高等院校中开设文学系的队伍庞大、学术积累丰厚，而开设艺术学的高等院校甚少，阵容不大，国家经济财力有限，作为权宜之计，将艺术学归属于文学门类之下列为一级学科，确有历史的合理性。二是从学理性和文学艺术规律上看，将艺术学升格为学科目录中的门类已刻不容缓。历史进入新时期以来，在建设社会主义文化强国的伟大征程中，全国高等院校开设艺术学及其所属的音乐、舞蹈、美术、设计、戏剧、影视专业的越来越多，已逾千家，若再归属文学门类代管，太不适应迅猛发展的高教情势。更何况，从哲学思维层面上讲，文学思维是语言思维，它是以语言为载体形成叙事塑人链条，作用于读者的阅读神经，没有具象就可以完成鉴赏；艺术思维是视听思维，其中，美术、舞蹈是视觉思维，音乐是听觉思维，影视是视听思维，它们是以视听语言为载体形成叙事塑人链条，靠具象作用于受众的视听感官完成鉴赏。长期将艺术学置于文学门类之下代管，势必造成以文学思维统摄制约艺术学所属音乐、舞蹈、美术、设计、戏剧、影视各种独特的艺术思维，影响和妨碍艺术学所属各专业本体及其规律的深入研究。从实现中华民族伟大复兴中国梦、建设社会主义文化强国的战略高度，从文化自信到艺术自信的必然需求，道一先生言简意赅地把艺术学升格为门类之大"道"，阐释得入木三分！

在道一先生和润洋先生的带领下，那时的学科评议组，学术氛围浓郁，团结民主和谐。大家说，道一先生刚毅果敢，对学术上的不正之风决不姑息；润洋先生儒雅温润，善于以理服人厚德载物。两位召集人各施所长，兼容整合，互补生辉，带领学科评议组生机勃勃、充满了学术思辨力！

进入21世纪后，道一先生与润洋先生先后因年事已高离开了学科评议组，把召集人的班交给了我。虽如此，我每次出差南京，总尽量挤时间去道一先生家问"道"讨教。经学科评议组几代人十余年的不懈努力，2011年终于实现了艺术学升格为学科目录的第13个门类。此举完成，全国高等院校艺术学师生欢呼雀跃，群情振奋。但在究竟这门类叫"艺术学"还是叫"艺术"上，学界又产生了莫名的争议：有人说，在英语中，只有"艺术"（art）一词而无对应的"艺术学"这个词，因此只宜叫"艺术"门类；而国务院学位办认为，学科目录中的其他12个门类，如工学、农学、哲学、教育学、经济学、管理学、数学、文学、法学、理学、医学……都叫"学"，怎么你们要叫"术"？我带着这问题，讨教于道一先生。先生笑了一笑，斩钉截铁道："当然应当叫'艺术学'，这是中国的学科目录，当然理应按汉语的含义来定，在汉语中，'学'是一门学问，而'术'仅是一门技术，别的门类都称'学'，是一门学问，为何我们艺术学这门学问要自我降格到'术'即技术的层面呢？"他还颇含深意地说："在东西方八面来风的今天，有人去海外镀金归来，总是言必称'与西方接轨'，我是不信这一套用西方理论来剪裁中国人的实践的做法的！"

后来还有一次，在艺术学门类下设哪些一级学科和二级学科的问题上，学界又发生了争议：有的长期从事美术史、音乐史教学的教师认为，只有具体的美术史、音乐史，哪来什么凌空的艺术史？甚至还有人说，设立"艺术史"这个二级学科，是一批不学无术，不懂美术史、音乐史的人空想出来的！我带着这个问题，又去向道一先生问"道"。他听后，真有点生气了，说："这又是哲学上没有弄通的、只重'术'而不重'道'的见解，艺术史与音乐史、美术史等具体门类史的关系，在哲学上是一般与个别的关系，没有个别，何来一般？这就是朱光潜先生说'不通一艺莫谈艺'的道理，但艺术史是要探究从艺术的各个具体门类史中抽象、概括、总结出的普遍适用于整个艺术的一般规律性的东西，两者既有联系，更有区别，怎能混为一谈！"

至于说到究竟谁"不学无术"时，道一先生真动怒了！他揉揉自己几近失明的眼睛，拄着手杖站起来，走到足足有一人高的垒在书架旁的他的专著前，指着书柱字字铿锵道："设艺术史为二级学科是我主张的，试请斥我们'不学无术'者把他的学术成果拿出来与老汉这些拙著比比，看看谁才是真正的'不学无术'！"

道一先生，就是这样一位令人敬重的桃李满天下的"艺美大道，一以贯之"的艺术学界大师。

2021-11-12

树立国家安全意识，探索当代
谍战剧的生活化审美表达

——评电视剧《对手》

近一个时期以来，随着台海局势进一步复杂严峻，国家安全机关相继实施"2018 - 雷霆""迅雷 - 2020"专项行动，有力打击了台湾间谍情报机关派员潜入大陆从事间谍活动。《中华人民共和国反间谍法》和《中华人民共和国国家安全法》的落地实施，为加强国家安全教育、树立国家安全意识提供了法律依据，也从侧面说明，在新形势下，以往看似离人民生活较为遥远的"境外间谍"很可能就潜伏在我们身边。解决台湾问题、实现祖国完全统一是大势所趋、民心所向，而从时代之变、中国之进、人民之呼中提炼主题、萃取题材，正是当代电视剧的创作使命和创新动力。2021 年，由卢伦常执导，郭京飞、谭卓、颜丙燕、宁理领衔主演的电视剧《对手》，就是聚焦当代的都市谍战，以新颖的视角、生活化的叙事方式，讲述了国安人员与一对台湾间谍夫妇斗智斗勇并最终将其抓获的故事。与此前按类型片模式创作的谍战剧往往局限于表现与间谍活动相关的活动不同，该剧把镜头伸展开来，把整个社会生活当成整体来把握，从而在谍战题材的创作上实现了新突破、新发展，提供了具有普遍借鉴意义的新经验。这主要表现在以下三个方面。

一是突破了类型片的制作模式，将生活当作整体来进行审美把握，从而令"反间谍"进入人们的日常生活，以更强烈的感染力警示观众增强国家安全意识。从 20 世纪 80 年代的《敌营十八年》开始，我国谍战题材电视剧稳步发展，至 21 世纪的《潜伏》《暗算》掀起创作热潮。类型化制作、模式化生产势必造成同质化现象，从某种意义上讲，我国谍战剧的发展也在此时进入了瓶颈期。事实上，中国电视剧讲究现实主义精神与浪漫主义情怀相结合，倡导把生活当成整体来全面、辩证地把握。在创作中借鉴西方谍战剧类型片模式中适合中国国情的经验是可以的，但简单地套用西方"类型片理论"来裁剪中国特色的复杂的间谍与反间谍生活显然是有局限的。正如习近平总书记在中国文联十一大、中国作协十大开幕式上的重要讲话中所说的，"艺术的丰盈始终有赖于生活"①。近几年来，我国谍战剧创作逐渐回归现实生活的整体性和复杂性，尽可能融入家庭、情感、职场、青春等元素，致力于实现谍战题材超越类型化发展的拓维破局。《对手》积极探索谍战题材的生活化表达，颇见功夫。例如，在人物塑造上尽可能淡化传奇性和神秘性，无论是境外间谍还是国安人员，都在社会生活、家庭伦理与情报任务中承载着多重身份。李唐和丁美兮这对间谍夫妇人到中年，面临着生活负担、健康危机、亲子关系、隐藏身份等多重压力，在夹缝中挣扎求存，并逐渐明白"荣退"不过是黄粱一梦；以段迎九为代表的国安干警一方面在反谍工作中心思缜密、雷厉风行，另一方面又在平衡工作与生活的过程中体会人世间的悲欢离合、喜怒哀乐。双方在你来我往的较量中逐步展现丰富复杂的内心世界，既有温情，又有力量。在剧情的铺陈上，《对手》将惊险曲折的情节放置于市井空间、融汇于日常生活之中，让敌我双方的激烈冲突与家庭伦理的情感矛盾

---

① 习近平：《在中国文联十一大、中国作协十大开幕式上的讲话（2021 年 12 月 14 日）》，人民出版社 2021 年版，第 12 页。

相互助推、交织纠结，使其既具备谍战剧悬疑反转、剑拔弩张的美学特征，又弥漫着柴米油盐的烟火气和亲人间的温润真情的浓郁生活气息。

二是普及了人民的国家安全意识和反间谍意识，真实地再现了寻常生活中的"渗透"与"反间"之战。首先，该剧通过新颖的视角，从反派接到的各类任务出发，细致入微地展现了隐蔽在人群之中的出租车司机、教师、棋牌馆老板、民营企业家等是如何在境外势力的操控下形成谍报网络，进而进行情报的刺探和传递的。《对手》有意打破西方类型片中优雅无敌的间谍形象，转而提醒观众当代间谍更可能是生活在你我身边的貌似平凡的小人物。其次，该剧有意体现境外情报机关不只盯着传统意义上的"关键人士"，同样也会从警惕性较低的"侧面人物"入手——接触客户信息的银行职员、牙科医生，以及在重要单位工作的学生家长等，都可能成为境外间谍拉拢、策反、威胁的对象。缺乏反谍意识的后果极有可能是变成帮凶、触犯法律乃至家破人亡，这也为我国公民树立国家安全意识敲响了警钟。再次，该剧将国家安全机关举报电话、宣传标语等信息融入剧情之中，并与境外间谍被捕、自首等情节相呼应，既提示了维护国家安全是每个公民的基本义务，又形象化地普及了反间谍知识。"青山遮不住，毕竟东流去"，以李唐为代表的境外间谍在最后一刻认清形势、回头是岸，其与段迎九的最后一场对谈也传达出该剧对海峡两岸同胞"度尽劫波兄弟在，相逢一笑泯恩仇"的美好期许和祖国统一的大势所趋。

三是以大历史观和大时代观为基础，靠细节的艺术魅力激起观众的审美共鸣。谍战题材作品的情节推进通常包含历史叙事与事件叙事两种方式，前者指向对宏观历史的规律性和时代精神的揭示，后者指向对微观事件的细节化展现。作为一部当代谍战剧，《对手》以琐碎日常中的一件件小事来推进剧情，由细处彰显人物的人性深处、复杂情感和戏剧张力。譬如一张外卖单透露出线人的生活习惯和大致位置，一本诗集体现了李唐梦想与现实的落差，一把牙刷暗示了丁美兮出卖肉体的悲剧，一颗打落的牙齿反映出间谍生活的窘迫和心酸，一组摩斯密码折射出亲情与潜伏的两面……这些细节都充分体现了事件叙事的艺术魅力，也与该剧的生活化表达相映成趣。当然，对当下日常生活的关注并不意味着放弃对历史逻辑的认识和对时代精神的展现，《对手》中的间谍夫妇在大陆生活了18年，见证了祖国日新月异的发展变化，李唐的女儿小婷来到大陆学习工作其实也从侧面印证了历史发展的大势。倘若该剧在描绘当下反谍新征程的同时更注重对历史进行整体性的把握，将历史与现在、局部与整体、现象与本质联结得更加紧密，使副线人物的动机揭示得更加充分，则全剧的历史品位、美学意蕴将会更上一层楼。

承百代之流而会当今之变。《对手》对谍战题材电视剧创作的新突破、新发展值得称道，提供的有益启示值得推广。期待谍战剧在表现方式和艺术追求上持续探索创新，更好地讲好中国故事、弘扬中国精神、彰显人类共同的价值追求。

本文系与博士林玉箫合作

2022-01-14

明天德　入世情

——追思与书法家欧阳中石先生二三事

　　著名书法家欧阳中石先生驾鹤西去已有一年多时日，其间几次提笔想寄托哀思，却最后都还是想到追思会上去倾诉吧。但因疫情，追思会一延再延，待到先生爱女欧阳启名老师电话告知我定下来的日期时，我又正在外地开会，只好简录视频致哀。总愧言未尽意，遂命笔抒怀不尽的哀思。

　　我有幸与中石先生相识，是在 20 世纪 90 年代国务院学位委员会艺术学第三届学科组成立会上。那时，召集人是中央音乐学院于润洋教授和东南大学张道一教授，美术学是中央美术学院靳尚谊教授和中央工艺美术学院杨永善教授，音乐学还有上海音乐学院的江明惇教授、武汉音乐学院的童忠良教授和福建师范大学的王耀华教授，戏曲学、书法学便是首都师范大学的欧阳中石教授，而"蜀中无大将，廖化作先锋"，电影电视剧学就由时任国家广电部教育司副司长的王伟国同志和我来勉为其难了。那时的学科组，确实学术含金量颇高。虽然艺术学门类甚多，通才难寻，而"闻道有先后，术业有专攻"，学科组内专才济济。于是组内议事，各施所长，学术民主，择善而从，互补生辉。凡涉音乐学事，则遵从音乐学教授的意见；凡遇美术学事，则遵从美术学教授意见；而一进入戏曲和书法领域，大家都十分尊重欧阳中石先生的意见。记得有一次，论及某一大学申请批准新增设戏曲学博士点，诸位先生考虑到该校毗邻台湾，具有研究歌仔戏的独特优势，为加强沟通海峡两岸文化交流计，似可原则同意。唯中石先生深沉思之，摇了摇头，问道："这所大学里有谁是真正深通戏曲学的学术带头人？"这一问，倒把大家问住了。中石先生接着道："办个博士点，关键在于有无货真价实的该专业的学术带头人；倘无，岂不徒有虚名，误人子弟！"言罢，大家甚以为是，于是择善而从，否定了该校的申请。中石先生的这种执着的学术精神和严谨的学术态度，给我留下了深刻的印象。还有一次，我登门就某位领导指示要某校办一次有关戏曲流派的学术研讨会事求教于中石先生，他深情地对我说："领导重视戏曲流派研究是大好事，但须遵循戏曲艺术的独特规律，万勿靠行政命令草率行事！"一番话，令我受益匪浅。

　　中石先生乃创立京剧老生奚派艺术的大师奚啸伯的嫡传弟子，对奚派艺术有着精深的研究。他不仅对此有独到的理论学术成果，而且有登台演出的丰富的实践经验。诚如说他既是一位从学于著名学府北京大学攻读逻辑学的哲学家，又是拜师于京剧大师奚啸伯门下的深通京剧艺术的戏曲家，也可以说，他是一位既懂哲学又晓戏曲学的京剧奚派艺术的理论家和实践家。这便是我所敬仰、所知晓的中石先生在理论学术界和戏曲界的不可取代的地位和独特价值。他谈戏，注入了难能的哲学思维；他论道，又能联系丰富的戏曲实践。他对奚派艺术的挚爱深情浸透骨髓。在编辑《纪念奚啸伯百年诞辰画册》的日子里，有一次先生把我叫到他家，托我办件事。他说，大约在20世纪40年代，他在山东济南见过华北电影公司用黑白胶片拍摄的约有半个多小时的由奚啸伯（饰杨延辉）与陈丽芳（程砚秋的二弟子，饰铁镜公主）唱的《四郎探母·坐宫》（忠信社全体演出）一折。他知我曾于80年代在中国电影资料馆任过中国电影研究室主任，于是托我去在北京东郊和陕西临潼的资料库里查找查找。我不负先生之命，真是踏破铁鞋、千辛万苦，终于托资料员帮忙在四万多部故事片胶片中把这部沉睡多年的宝贝翻拣了出来。我赶紧设法请馆里用当时很先进的"胶转磁"（即把胶片上的影像声音转到磁带上，当时尚未有光盘、U盘）技术，制作了一盘磁带，奉送给中石先生。先生如获至宝，喜极至泣。他连声道："这太珍贵了！太珍贵了！奚派艺术的真容真音，今人可观可闻了！"先生当即决定把此磁带复制，并注明"仅供研究，不得翻传"，在付梓的《纪念奚啸伯百年诞辰画册》中随册赠送。事后，我曾与先生的弟子张建国、张建峰谈及此事，他们都激动地说，这次才算看见师爷的尊容、听见师爷的真音了！中石先生还曾赠送我一盘磁带，上面录的是他在古稀高龄演唱的奚派经典唱段。我反复品味，说实话，对于我这个已经连《空城计》《追韩信》《白帝城》等那许多唱段都能倒背如流的戏迷而言，那奚腔味和文人气，听起来已能以假乱真，分不清究竟是奚啸伯原唱还是中石先生学唱的了！

当然，中石先生到首都师范大学任教后，除令该校成为中国高等学校戏曲学教学重镇之一外，还有一重大建树，便是开创了中国高等学校的书法教育学的第一重镇，为书法学学科建设奠定了坚实的基础，培养了一批又一批高级的书法教育人才。这功在当代，利在千秋。先生从文字学到书法学，一以贯之，独辟蹊径。我曾听他对"道德"进行"说文解字"："何为道？人生首选的须走的路也。故右边是'首'，左边是一个走之'辶'。何为德？一个人无所谓德，二人之上发生关系始有德，故左边是双人旁'彳'；德不仅与行为有关，而且与心（思想）有关，所以右下边是个心、右上边是个倒下的直，连起来就是从行为到思想都正直才叫德。何为道德？就是从行为到思想都正直才是人生首选的最佳道路。"请听，中石先生的这番对"道德"的说文解字，多么发人深思、别有新意啊！我每每走在马路上、小区中，常见壁上有复制的中石先生书法的"道""德"大字，不由浮想联翩，心驰神往。

回到家中，注目书房壁上高挂的中石先生赠我的墨宝——"纵横理顺明天德，经纬心通入世情"，眼前又现先生尊容。是啊，先生一生，因能纵横理顺，学贯古今，一通百通，故而哲学通、戏曲晓、书法精，终至明天下大德；因能经纬心通，理论实践，格物致知，故能明大势、察世情、接地气，终至为天下谋太平。这墨宝，是先生领悟的人生真谛，也是先生践行的学术准则，更是对吾辈的为人为学为艺的谆谆告诫！

先生远行，山高水长！

2022-01-24

直面人生　开拓未来
用情用力　讴歌人民

——评电视剧《人世间》

　　我有幸先睹根据荣获茅盾文学奖的梁晓声同名力作改编的电视剧《人世间》，思绪联翩，受益匪浅。我深感这是一部近年来为改革开放时代画像、为人民立传、为社会明德的用心用情用功的直面人生、开拓未来的现实主义力作，其抒写的历史的深度和广度，以及艺术上"莎士比亚化"所达到的美学高度，都令人称道，值得向广大观众推荐。

　　首先，这部作品从 1969 年写至 2011 年，时间跨度长达四十余年，为历史画像、立传、明德，气势恢宏，着笔深沉。年届古稀的作家梁晓声可以说是积一生之经验和人生之感悟，通过讲述东北吉春市光字片棚户区老工人周志刚、李素华夫妇及其两子一女（长子周秉义、女儿周蓉、次子周秉昆）并牵及棚户区内"发小六君子"的人生故事，进而因婚姻、求职联系到郝省长与金主任夫妇、马将军与曲书记夫妇等更多人物，真实而生动地塑造了从普通百姓到省、市、区各级干部的个性鲜明的人物形象。这部作品既现实主义地直面人生，真实再现了四十余年苦难而辉煌的历史，又蕴含浪漫主义情怀，有理想、有温度地展示了光明的未来。电视剧改编须忠实于小说原著，又须注重这两种审美方式的差异——小说是文学语言的艺术，它以语言文字为载体，形成叙事链条，讲故事、塑人物，作用于个体读者的阅读神经，一书在手，可以反复阅读、慢慢咀嚼，从而激发读者产生对应的"空间联想"；而电视剧的载体变成了视听语言，它既有声音，更有画面，是以"具象"作用于群体观众的视听神经，稍纵即逝，逝不再来，从而激发观众产生对应的"时间联想"。这种区别，决定了电视剧在改编小说时既要忠实于原著的价值取向和美学精神，又要顾及电视剧独特的审美优势，才能取得最佳社会效益。可喜的是，电视剧《人世间》既忠实地坚持了原著直面人生的现实主义精神，通过还原历史真实情境，形象地展示了光字片棚户区人民在"文化大革命"中遭受的苦难，精准适度地再现了 20 世纪 80 年代改革开放和国企"关、停、并、转"过程中带来的不可避免的阵痛，以及普通工人付出的牺牲，又能通过一个个令人过目难忘的生动细节，浓墨重彩地刻画出中国共产党带领人民群众开拓出一条有中国特色的社会主义复兴之路的历史伟业和时代画卷。

其次，电视剧《人世间》正如习近平总书记所期望的那样，做到了文艺工作者要"用情用力讲好中国故事，向世界展现可信、可爱、可敬的中国形象"，要"承百代之流，会当今之变，创作更多彰显中国审美旨趣、传播当代中国价值观念、反映全人类共同价值追求的优秀作品"①。这是新时代人民文艺的题中之义。中国故事的主体是中国人民，讲好中国故事的关键在于要为活跃于中国故事中并决定着中国故事发生发展历史走向的各种各样的人写好貌、传好神、树好碑、立好传，谱写好他们的精神史、心灵史和奋斗史。电视剧《人世间》就是在为这四十余年间创造惊天动地、感人至深的中国故事的具有典型认识价值和审美价值的人物画像立传。荧屏上，有丁勇岱饰演的"三线"建设老工人周志刚形象，他自强不息，爱党爱国，终年拼搏在艰苦的生产第一线，虽一时不能原谅为自由爱情离家远赴贵州的女儿，但仍

---

① 习近平：《在中国文联十一大、中国作协十大开幕式上的讲话（2021 年 12 月 14 日）》，人民出版社 2021 年版，第 12 页。

坚守厚德载物的传统，利用年假不远千里到贵州深山探访爱女和尚未谋面的女婿，通身流淌着产业工人先进思想的精神基因，堪称是工人阶级的典型代表；有辛柏青饰演的周秉义形象，他身为周家长子，孝悌双全，与同窗郝冬梅相爱，虽郝父作为省长在"文化大革命"中被打为"走资派"遭难，却爱情更炽，在新疆生产建设兵团任职仍给插队落户的郝冬梅以真挚关爱，恢复高考后考入北京大学，毕业后靠正直无私、智慧才华一步步从研究室到军工厂党委书记再到市长岗位，初心不改，立党为公，执政为民，鞠躬尽瘁，堪称改革开放后成长起来的新一代优秀干部的典型代表；有宋佳饰演的周蓉形象，她从小既受父亲正直无私高尚人格熏陶，又得中外经典文学作品滋养，因而敢爱敢为，不顾"文化大革命"舆论和父母反对，私奔贵州寻找所崇拜和钟情的诗人冯化成结婚生女，并安心山村办学，服务农民，恢复高考后考入北京大学，毕业后任教，事业有成，殊不知丈夫却情随势迁，于是离异，再与一直暗恋自己的同窗蔡晓光结缘，其一生坎坷，奋进不止，从一个侧面折射出同时代一些知识分子带有普遍意义的精神历程；有雷佳音饰演的剧中戏份最重的周家老三周秉昆形象，他是贯穿全剧始终的核心人物，"文化大革命"令他错过了最好的求学年华，兄姐上山下乡自己留城，进过木材厂、酱油厂干苦活，后又去办餐馆，始终奔波奋进在社会底层，对遭强暴处于困境中的殷桃饰演的郑娟由同情而生爱意，对盲弟郑光明的慈悲为怀、对马将军的急难送医、对慈母的尽孝备至、对发小遇难的倾其所有、对强暴过郑娟的骆士宾从忍辱负重到怒不可遏……这一切，都无一不活脱脱细描出那个时代一位普通工人子弟的精神史和心灵史。而周蓉的前夫、诗人冯化成与其第二任丈夫、成为导演的蔡晓光的形象，令镜头延伸进文艺界，为那个时代文艺界的繁荣和乱象中的各色人等画了像。剧中还成功塑造了虽着墨不多但却栩栩如生的具有不同的典型认识价值和审美价值的人物形象，如马少骅饰演的郝省长、白志迪饰演的马将军、张凯丽饰演的曲书记和宋春丽饰演的金主任这些在"文化大革命"中受过冲击的老干部形象，尤其于震饰演的骆士宾形象，他从"文化大革命"中的强奸犯到之后的"投机倒把犯"，再到出狱后的深圳大公司董事长，独特的人生变迁跌宕也从一个侧面折射出那个时代的某些局部真实……总之，观看电视剧《人世间》，人物群像林林总总、个性鲜明，其时代感之鲜明、历史感之厚重、人性之复杂，都令观众唏嘘不止、回味无穷，从而在审美鉴赏中获得思想启迪和精神升华。应当说，一部电视剧能留下三五个过目难忘的人物形象，已属不易，而《人世间》却能让十几个人物形象跃然荧屏，确实令人称道。以史为鉴，以剧为镜，《人世间》强烈的艺术魅力，令其具有了培根铸魂、化人养心的教育作用和美育功能。

习近平总书记谆谆告诫我们："要挖掘中华优秀传统文化的思想观念、人文精神、道德规范，把艺术创造力和中华文化价值融合起来，把中华美学精神和当代审美追求结合起来，激活中华文化生命力。""只有把美的价值注入美的艺术之中，作品才有灵魂，思想和艺术才能相得益彰，作品才能传之久远。要把提高质量作为文艺作品的生命线，内容选材要严、思想开掘要深、艺术创造要精，不断提升作品的精神能量、文化内涵、艺术价值。"① 电视剧《人世间》在这方面做出了可贵的探索，可喜可贺。

2022-02-09

---

① 习近平：《在中国文联十一大、中国作协十大开幕式上的讲话（2021年12月14日）》，人民出版社2021年版，第11、10页。

识途老马　引我前行

——感恩马老琐忆

一

　　2021 年底，我惊喜地收到 106 岁高龄的老革命家、老作家马识途馈赠我的两部新著《那样的时代，那样的人》和《马识途西南联大甲骨文笔记》，赶紧拜读，感触良多，受益匪浅，遂电话致谢并请教。接电话的是马老的女儿马万梅。她告知我，马老因体内装有起搏器，只能在座机上通话。于是我另拨通座机，那边便传来慈祥而熟悉的乡音："小仲呀，好久不见了，真想见面聚聚聊聊、摆摆龙门阵呀！"我向马老简要如实汇报了初读他的《那样的时代，那样的人》的肤浅体会，他听后很认真而深沉地说："我写这些回忆，是向巴金老人学习，讲真话，真真实实地把我知道的那个时代的那些人物写出来。历史是一面镜子，要以史为鉴。而历史是活跃于历史中并决定着历史走向的人物创造的，因此，为人物画像、传神、写貌、立传，是我这个同时代人义不容辞之天职。"我表示赞同，并笑道："您老人家两年前不是说要'封笔'吗？我就断言您这笔是封不住的！""使命使然呀！不把自己所知所晓的这些真实的人物写下来，传之后人，死不瞑目！"马老字字铿锵……

　　我由此想起了几年前马老在发表为《红岩》作者之一的罗广斌正名写的那篇《少爷·革命者·作家》后，给《光明日报》用苍劲有力的隶书题写的八个大字："人无信仰 生不如死"——这不正是马老践行的人生格言吗!

听万梅大姐说，马老 2020 年虽曾公开宣布过"封笔"，但写作欲望不止。先是继续在电脑上一句句地敲，眼睛实在受不了，医生警告说不要再用电脑了，于是改成右手用笔写、左手拿放大镜照。马老的信仰、毅力、恒心，真真非凡!他把革命家的初心、人民作家的赤心，都倾注于字里行间。他笔力雄浑，观察敏锐，风格平实深沉，情浓而意真。从鲁迅、郭沫若、周扬、巴金、冰心、阳翰笙、张光年、夏衍、曹禺到闻一多、吴宓、黄宗江、汪曾祺、刘绍棠、杨绛、周有光，再到李劼人、何其芳、沙汀、艾芜、李亚群、周克芹、车辐……无论是身居高位的文坛要人，还是江湖的名流雅士，抑或是民间的凡夫俗子，在马老笔下都各具个性、风采迥异、跃然纸上，其人生蕴含的理想、信仰、价值、追求，至今仍激励我们"不忘初心，砥砺前行"。

二

作为后生，我的文艺生涯与马老的最初关联，还是在那场"文化大革命"中。那是 1966 年酷暑，我在成都酱园公所街小学任语文教员，被集中起来搞运动，我这个还不到 20 岁的文学青年，竟被当成"马（识途）、李（亚群）、沙（汀）的黑爪牙"揪了出来。说实话，那时我连这三位自己敬仰的大领导、大作家的尊容都尚未见过，怎么会糊里糊涂地就成了他们的"黑爪牙"了呢?原来，其时，北京正在猛批邓拓、吴晗、廖沫沙的"三家村"，上行下效，四川也要揪出个与之相对应的"三家村"——那便是马、李、沙的"三家村"了。马识途时任西南局宣传部管文艺的副部长，李亚群时任四川省委宣传部管文艺的副部长，再加上四川文联、作协的主要领导人沙汀。从邓、吴、廖到马、李、沙，我一个初出茅庐的小学教师，只不过在《成都晚报》《四川日报》上发表过十几篇小杂感之类的"豆腐块"文章，就被顺藤摸瓜地抓出来当了"黑爪牙"。既被揪出，周末是不准回家的，须关起来交代"罪行"。记得家中老母亲赶到集中地的守经街小学门口寻子，抬头望见教学楼上那迎风飘浮的"揪出马、李、沙的黑爪牙仲呈祥"大幅标语，顿时便晕了过去……"塞翁失马，焉知非福？"也许正因为此，"四人帮"一旦覆灭，新时期一经开启，马老、沙老（李亚群老惜哉已去世）就注意到我这个了未曾谋过面的"黑爪牙"，并格外有了一点儿关照。1978年，组建四川社科院文学研究所，所长吴野老师奔走四方，意欲调我，就得到了时任主管部门省委宣传部副部长马老和办公室主任卢子贵的鼎力支持。之后，主持中国社科院文学研究所工作的陈荒煤副所长要调我去北京参加由朱寨主编的国家重点社会科学项目《中国当代文学思潮史》的学习与写作工作，也得到了时任中国社科院文学研究所所长沙老的特殊关照。

其实，早在"文化大革命"后期，邓小平复出进行全面整顿，"四人帮"疯狂反扑，又刮起批判"右倾翻案风"逆流，刚解放出来在四川省委宣传部任副部长的马老就身处逆境而以特殊的方式对我进行过一次令我终生难忘的言传身教。那时，也是刚解放出来的老作家艾芜回报生活、为民立言，以真情实感创作了反映知识青年上山下乡生活的短篇小说《高高的山上》。谁知因此祸从天降，被诬为"右倾翻案风"的代表作横遭批判。我当时在《成都晚报》帮忙打杂，奉总编辑章文伦之命，携一份措辞激烈的批判《高高的山上》的清样到省委宣传部请主管副部长马老审示可否发表（其实，章总编辑也在使用"缓兵之计"）。马老在办公室里接见了我，我呈上清样，他接过去，严肃深沉地说："艾芜是刚解放出来的老作家，批判他的新作要慎之又慎。清样留下，待我认真看后再议。"他把我送到办公室门口，拍着我肩，意味深长地说："小仲呀，我们都是挨过批的人，批人批作品务必实事求是呀。"马老这番话，言简意赅，对我震动很大。我从他的言谈举止中，深切领悟到他严谨的实事求是精神，体味到他对艾老换位思考后的真挚情怀。果然，这是马老高超的政治智慧和斗争艺术铸就的"缓兵之计"——后来的历史雄辩证明：马老对艾老及其《高高的山上》冒着风险的保护，是完全正确的。

三

马老对唯物史观的笃信和操辩证法的娴熟，给我教益极深。20世纪80年代，四川省作协创办了文艺理论批评刊物《当代文坛》，马老亲自兼任主编，并点名要我返川做助手兼副主编。每次向他汇报办刊思路，他总是强调一要注重导向，二要注重四川特色。他说，注重导向就是要有马克思主义文艺观的定力，切忌追风趋时；注重四川特色就是要大力推荐评介四川作家作品。马老主张对适合中国国情的西方文艺理论批评成果要借鉴，但切忌今日追意识流、明日追女权主义，"言必称希腊"，用西方文论来导引剪裁中国当代文学。为了高扬四川特色，培养地方作家，马老任主席的四川省作协还专门借成都郊县的新繁荣誉军人疗养院宝地办起了"青年作家培训班"，集中了谭力、雁宁、魏继新等数十名初露头角的青年作家，由时任《四川文学》主编履冰（李友欣）老师和老作家黄化石等授课辅导。马老和履冰老师还要我任辅导员，督促我要为每位学员的新作写出有分量的长篇综合评论，在《四川文学》上连载。我在写作过程中，不断向马老、履冰老师求教，获益良多。记得有一次，我把学员每人新创作的短篇小说放在文件袋里夹在自行车座后的架子上，骑车回编辑部，脑子里想着哪篇小说应着重评点什么，未注意后架上的文件袋。殊不知，骑到编辑部，下车一看，大吃一惊，文件袋不知何时被颠簸丢了。我惶恐不已，赶紧反身骑车沿途去找，终未寻着。马老听后，语重心长地说我骑车时顾此失彼、单向思维，不足取也。履冰老师只是淡淡地批评我"太不小心了"，便布置各位学员找出底稿，重新复写，这才保证了《四川文学》按时发排、付印、出刊。

四

马老对川籍作家，从周克芹到魏明伦，再到阿来，当然还包括重庆升格为直辖市之前的罗广斌、谭力、雁宁等，都十分关照。《那样的时代，那样的人》中对周克芹的专篇回忆，马老对周克芹亦师亦友的关怀备至、对英才早逝的痛惋，读来令人涕泣。马老写此书，曾有言道："一、列入本书的人物，全是去世了的；二、这些人物都或多或少曾经和我有点关系，至少是我认识的；三、我写的都是我回忆得起来的事实，或者偶有错误，我无法去查对了；四、最后还想说一句，又一度想学巴金，我说的是真话。"言之凿凿，情之深深。不久，我奉调进京专注于完成《中国当代文学思潮史》项目任务。马老谆谆嘱咐："我出生在忠县石宝乡（今石宝镇），1931年北出夔门，求学革命。巴蜀虽多才，但欲成大才，必出夔门，到外面广阔的世界闯荡锻炼。巴金出川后，始有《家》《春》《秋》；沙汀赴沪转延安，始成《淘金记》《还乡记》《困兽记》；艾芜南行，终得《南行记》；李劼人能写出《死水微澜》，也与他赴法国留学经历有关。您务必珍惜赴京求学求职的宝贵机会呀。"这段叮嘱，始终刻印在我的脑海、铭记于我心中。2010年，我接到四川省文联的通知，要我返蓉参加"魏明伦从艺60周年研讨会"。我与明伦兄，手足之情，多年深交，遂匆匆返蓉，与会者有马老、李致（巴金之亲侄、四川省文联名誉主席）和余秋雨、贾平凹、季国平等名家。时任中国文联主席的孙家正还题赠魏明伦"五味俱全 精彩迭出"八个大字。在会上，马老热情洋溢地肯定魏明伦这位"巴蜀奇才"在川剧剧作、杂文、碑赋三方面的出众才华和取得的骄人成就，又进而进言，期望魏明伦余年能发挥独特优势、心无旁骛地专注于川剧剧作，创作出更多更好的如《易胆大》《四姑娘》《巴山秀才》《变脸》这样的经典剧作，真正成为"川剧界的莎士比亚"。言罢，全场掌声四起。我从心底感受到马老对明伦兄的殷殷厚望，并深以为然。纵使天才，个人的精力也是有限的，而艺术之海无涯，从这个意义上讲，每个艺术家都在以有限的人生精力应对无涯的艺术创作之海。以有限应对无限，这就需要集中精力抓住主要矛盾。唯其如此，即便像鲁迅这样的第一等天才，尽管在小说、散文、考古、金石、诗歌、历史诸领域里都才华横溢，但晚年也不得不放弃写反映红军长征的小说之夙愿，而专注于"战斗正未有穷期"的杂文创作。殊不知，在场的余秋雨先生却道出了一番不同的见解。余先生的大意是说，21世纪已与莎士比亚所处的时代完全不一样了，期望魏明伦成为"当代中国川剧界的莎士比亚"是不可能的。我甚不以为然，认为这是曲解了马老期望的原意。因为明伦兄自己就把川剧喻为"母亲"。他说过："川剧是孕我的胞胎，养我的摇篮，哺我的乳汁，育我的课堂。她与我形影相随长达半个世纪，结下了千丝万缕的血缘关系。她对我的陶冶，我受她的影响，写下来将会是一部沉甸甸的书。""地道川味，早已化入我的潜意识，就连我荒诞的思维方式和笔下的这一点幽默，也是来自她的遗传基因。"我断定，连明伦兄也会赞同马老而不以余见为是的。但出我所料，马老却含笑听完余先生高见后，对我道："秋雨的意思，是要魏明伦和我们懂得必须与时俱进。"听罢，我更深切体悟到马老之"识途"高见，正是源于那种可贵的包容豁达、择善而从的文化心态和人格魅力，这是多么值得吾辈学习效仿啊。

五

马老有句名言："鲁迅是中国的脊梁骨，巴金是中国的良心。"马老多次在不同场合说过："我不管怎样，始终认为鲁迅是伟大的中国人，我虽然只看见过两次，却一直是在我的人生途程上立着的一块丰碑。"[1]马老在《那样的时代，那样的人》里有专篇浓墨重彩地回忆了自己两次见鲁迅的情景。第一次，1932 年，他在北平大学附属高中上学，同学约他到和平门外的师大操场参加一次进步学生的秘密集会，其实是听鲁迅讲演。"不多一会儿，看见一个个儿不高比较瘦的半大老头登上桌子，没有人介绍，也没有客套话，就开始讲起来。哦，这就是鲁迅！鲁迅讲了些什么，他那个腔调我听不清楚，我似乎也不想听清楚，能第一次看到鲁迅，而且在这种场合看到鲁迅，也就够了。不多一阵，鲁迅讲完，忽然就从桌上下去，消逝得没有踪影。"[2]这段文字笔底流淌出的是一个北出夔门来到北平求学的高中学子对初见鲁迅的崇敬、膜

---

[1] 马识途：《我两次看到鲁迅》，《那样的时代，那样的人》，人民出版社 2022 年版，第 4 页。
[2] 马识途：《我两次看到鲁迅》，《那样的时代，那样的人》，人民出版社 2022 年版，第 2 页。

拜和狂喜，是多么真切动人啊！第二次，1936 年，马老在南京中央大学参加了中共外围组织秘密学联。10 月，鲁迅逝世，山高水长。为了参加在上海举行的出殡活动，他告假赴沪，只见礼堂门外高挂"鲁迅精神不死，中华民族永生"挽联，遂拍照永存。挤进礼堂，他远远看到灵柩中鲁迅"睡"在那里，再拍照永存，然后参加送葬群众队伍，在路上还和警察、特务发生冲撞，至万国公墓完成送葬后始返南京。这两次平实无华而充满真挚情感的回忆记述，浸透着"鲁迅魂"，是我读到的、所有见过鲁迅的前辈的类似回忆中，印象最深刻、思想穿透力最强的文字。

六

马老还深情地说过："文学泰斗巴金老人是我最崇敬的中国作家。"马老以 107 岁之高龄撰写《那样的时代，那样的人》，就立誓要学巴金讲真话。早在 1987 年秋，被誉称"蜀中五老"的巴金、张秀熟、沙汀、艾芜、马识途就相约聚会于成都，共游新都宝光寺、桂湖草堂蜀风园、李劼人故居"菱窠"，被传为当代文坛之佳话。其时，"五老"之中，马老行五，受命作《桂湖集序》赋诗以纪其事。"问天赤胆终无愧，掷地黄金自有声。""才如不羁马，心似后凋松。"马老对前四老，敬重有加。尤其与巴老，蓉沪之间，互致问候，常在念中。巴老曾托侄儿李致带新著《再思录》签名赠马老，马老随即回赠新著《盛世微言》，并题曰："巴老：这是一本学着您说真话的书。过去我说真话，有时也说假话，现在我在您的面前说，从今以后，我一定要努力说真话，不管为此我将付出什么代价。""说真话"，这是马老立下的誓言。2005年，巴老仙逝，马老因故不能赴沪送行，又特作《告灵文》，嘱爱女万梅灵前代祷，并再度立誓："而今而后，我仍然要努力说真话，不说假话，即使要付出生命的代价。"马老学巴老，为吾辈学习文坛前辈树立了楷模。

七

"讲真话"是为了求真理。马老面对市场经济中出现的某些不正之风，总是一针见血，敢讲真话，勇求真理。一段时间，文坛"趋时"，刮起了"娱乐过度风"乃至"娱乐至死风"。马老很忧虑，对我说，鲁迅当年有篇杂文，题为《趋时和复古》，他既反趋时，也反复古，认为两者殊途同归。时尚是需要研究分析并正确对待的，但时尚的未必全是永恒的，而永恒的未必全是时尚的。文艺要通俗，但不能低俗、庸俗、媚俗；文艺要娱乐，但不能娱乐过度乃至娱乐至死。他先后在《人民日报》撰文，旗帜鲜明地反对"唯票房""唯码洋""唯收视率""唯点击率"的"唯经济效益"倾向，批评文坛的"三俗"之风。石破天惊，令人叫绝。尤其令我深受教育、倍感鼓舞的是，马老于 2018 年 5 月 25 日以 103 岁高龄在《人民日报》文艺评论版头条发表长文《彰显社会主义文艺的中国特色》，指出："一切文艺作品都有思想性和艺术性，但近年来也有人提出文艺作品有思想性、艺术性、认知性、教育性、娱乐性的所谓'五性'，我不以为然，却难以分析，直到读到仲呈祥同志的一篇文章，才恍然判明。他提出要区分文艺理论上两组不同的概念，思想性和艺术性同时产生于作品创作过程中，而认知性、教育性和娱乐性以及我们经常说的观赏性则产生于作品问世以后。一个在当时，一个在事后。思想性和艺术性属于创作美学的范畴，认知性、教育性、娱乐性以及观赏性等都属于接受美学的范畴，是不可以混同的。""我很赞同这种说法。……娱乐性当然是有必要的，但应该有个度。过度强调娱乐性就有可能让食利之徒为了获取扩大化了的利润，而乘机大量生产和制作'三俗'作品。这些作品与我们提倡的主流价值观相左，挑战公众的道德底线，带来不小的危害。"分析得鞭辟入里，入木三分。与其说是马老读了我的文章有感，倒不如说是我从马老那里学习了辩证思维。

有一段时间，文坛刮起了一股"民国复古风"，失度地吹捧抬高一些民国时期政治倾向不那么好的作家、艺术家，贬低丑化一些革命的作家、艺术家，美化民国的文化生态环境。马老对此，以历史见证人的身份予以有力驳斥。譬如，他爱憎分明道："近年来，有人以不屑或惋惜口气，甚至带几分揶揄挖苦贬低郭沫若，甚至阴私揭发、人身侮辱。这是黑白颠倒！"他说，马克思主义认为，一个伟大人物、非常人物，在非常之时，做非常之事，总是有誉有毁。世上无不犯错之人，没有完人。马老在《那样的时代，那样的人》中为郭沫若开专篇辩诬："我不是说郭沫若没有错误，我是说如果发现他在学术研究上、某些创作上、某些行止上犯有某些缺点和错误时，不要带有某些主观的臆测、某些不实的夸大甚至诬蔑，乱下结论，乱戴帽子，甚至侮辱人格。而且在指出一个人的错误时，要顾及他的一生行径、他的主要成就方面，分开主观与客观、大行与细节方面。"① 这正是鲁迅主张的要"知人论世"，"考其全人"。马老深情正直地呼吁："希望研究者诸公拨乱反正，给郭沫若这个历史人物一个不朽的定位。"

八

马老百岁时，中国作协曾为他在中国现代文学馆举办了一次很有气场的书法展。马老自幼临汉碑、习汉隶、学名帖，练就一手或厚重或清秀的好书法，进入了以心书字、循古而不囿古的高境界，堪称当代一大书法家。但他一直谦称自己并非书法家，直至去年在家乡重庆（忠县今属重庆）办107岁书法展时，在展厅《告白》中落款仍为"写字人 马识途"。书法家如是，作家亦如是。明明有《老三姐》《找红军》《清江壮歌》《夜谭十记》《夜谭续记》《川西历险记》《盛世微言》……彪炳文学史册，却始终称自己只是个"业余写作者"。马老的虚怀若谷，可见一斑。尤为可贵的是，他不忘初心，心系人民，还把自己数次书法展获得的几百万元悉数捐献，为支持四川大学学子实现

---

① 马识途：《他是有争议的人物吗？》，《那样的时代，那样的人》，人民出版社2022年版，第7页。

"文学梦"设立了奖学金。

在马老百岁书法展上，中国文联主席、中国作协主席铁凝，中国作协原党组书记金炳华特来观展，马老特意把我叫过去，有意味地称："你也姓马，搞马克思主义文艺批评呀！"我脸红了，深知这是几十年来马老对我的教诲与厚望。我想起不久前，马老曾在电话里对我说："你现在从事影视艺术评论，不少反映解放前隐蔽战线斗争的谍战剧，细节违背生活真实，不懂地下工作的纪律，要照荧屏上剧中的做法，恐怕地下工作者早就'莫谓书生空议论，头颅掷处血斑斑'，被敌人抓进监狱了！"写过《川西历险记》、长期从事党的地下工作的马老，一语中的道破了背离生活真实、按西方类型片模式胡编乱造的某些谍战剧失败的真谛，直说得我耳根子发热。之后，2014年中国文艺评论家协会成立，我被选为首届主席。马老闻讯，又托人带来一幅他的珍贵墨宝："隔靴搔痒赞何益 入木三分骂亦精"。仰望马老手书的郑板桥名句，那雄浑苍劲的隶书，我明白，马老是在激励鞭策我旗帜鲜明地褒优贬劣、激浊扬清，把好文艺评论的方向盘。之后，马老还把新出版的他根据自己的亲身地下工作经历创作的20集电视剧剧本寄给我，我虽四方推荐，但不识货想赚钱的投资方却至今仍未开机。每念及此，我都深感愧疚，对不起恩人马老，对不起从事隐蔽战线斗争的先辈，也对不起自己从事的文艺评论事业。

琐忆至此，仍觉对马老的感恩之情意犹未尽。万语千言，汇成一句话：要像马老那样为人、为学、为文，砥砺向前，奋进不止，力争也能锻造成为"识途"的老马。

2022-02-16

电视剧《心居》启示录

　　继中央广播电视总台热播 58 集电视剧《人世间》之后，35 集电视剧《心居》在上海东方卫视和浙江卫视同时播出也引起了观众热议。好评如潮，主要是肯定作品触及现实生活真实，"接地气""有生气""扬正气"，艺术细节生动感人，演员海清、童瑶等演技高超；也有观众在网上批评作品格调不高，描写的男女人物都是"错爱"，甚至指责"三观不正"。一部电视剧热播热议、引起争鸣，乃是好事。"百花齐放，百家争鸣"，本来就是文学艺术繁荣发展之正道。在我看来，《心居》在创作上给我们以宝贵的启示，具有独特的地位和价值。

　　首先，《心居》让我想起了十几年前同样是由滕华涛导演的另一部引起过争议的电视剧作品《蜗居》。由《蜗居》而《心居》，其间价值追求上的升华，显而易见。"蜗居"者，身安之处简陋狭小也；"心居"者，心安之处是吾乡也。前者重指物质，后者意指精神。这就从题旨上点明了两部作品不同的价值取向。应当承认，这两部作品对现实生活的描写都是真实的，都可归于著名学者钱锺书先生在《谈艺录》中分析文艺作品的审美档次时所讲到的第一层次，即"事之法天"。但真实虽为审美创造的基础，却不是审美创造的一切和最高目标，因为一味求真而失去了善与美，即坠入了自然主义泥潭。所以，钱锺书先生才进而说，审美创造的较高档次是在"事之法天"的基础上"定之胜天"，即对"事之法天"的真实进行审美褒贬，做出道德是非评判以求善，再进而在"事之法天"求真和"定之胜天"求善的基础上做到"心之通天"求美，即令作家、艺术家创作主体"心"的审美理想与客体"天"相通合一，达到真善美的和谐统一。唯其如此，当年我曾善意指出，《蜗居》的失误不在于失真，而在于对为求摆脱"蜗居"物质困境住进豪宅别墅、不惜丧失精神道德底线、背叛爱情、甘当第三者、委身于权贵的海藻，注入了不应注入的同情和理解，从而缺失了必要的审美道德批判，既未"定之胜天"，更未"心之通天"。而今的《心居》则不同。海清饰演的主人公冯晓琴与童瑶饰演的顾清俞围绕着"心居"的矛盾纠葛，既真实呈现了她们直面人生的心灵轨迹，又真实揭示了她们坚忍执着、向善向美的不懈追求。只消对照一下《蜗居》的主题歌《我想要这一种幸福》与《心居》的主题歌《心居》，其思想品位与审美格调的高下，何其分明。论作品的思想品位与审美格调，《心居》确实远高于《蜗居》。由此也可见导演滕华涛在现实主义创作道路上的可喜进步与跨越。

《心居》成功的创作实践启示之二，是应当理直气壮、旗帜鲜明地为"中间人物论"正名。滕华涛关于顾清俞的人物小传有段话写得很有哲理："生活不是非黑即白。""我不认同你，甚至不能原谅你，但我却开始懂你了。""坚守与妥协，分歧与共识，有时并非矛盾。存在未必合理，但往往合情。那些一言难尽的灰色地带，或许才是真正的人生。"《心居》中的所有人物，除双女主角冯晓琴与顾清俞外，顾士宏、顾磊、冯茜茜、展翔、施源、苏望娣、葛玥等，都既非英雄，亦非坏人。他们都是道道地地的"中间人物"即"芸芸众生"。正是这些"中间人物"，撑起了35集大剧《心居》。

这让我不禁想起了20世纪60年代初中国文坛理论批评界的一场不小的风波。时任中国作家协会党组书记的文艺理论家、作家邵荃麟在讨论柳青的《创业史》中梁三老汉这一中间人物形象时提出：文艺创作在塑造英雄典型形象和反面典型形象的同时，也应注重描写"中间人物"即"芸芸众生"，因为"两头小、中间大，他们，中间人物是大多数"，"而反映中间状态人物的作品比较少"。这本来是完全符合毛泽东《在延安文艺座谈会上的讲话》中关于"应当根据实际生活创造出各种各样的人物来"①的论述精神的，也得到了周扬、田汉、林默涵等的赞同。但后来在林彪、江青炮制的《部队文艺工作座谈会纪要》中"中间人物论"却被定为"黑八论"之一，横遭批判。"文化大革命"中，"三突出""高大全"之类盛行，文艺事业陷入百花凋零。

现在，《心居》再次雄辩证明，新时代中国特色社会主义文艺创作坚持以人民为中心，就既要讴歌塑造好英雄典型、鞭挞刻画好反面典型，也要理直气壮地为大量存在的中间人物谱写心灵变迁史。这样，才是全面辩证地把握生活，才是完整地践行以人民为中心的创作方向。冯晓琴这位从安徽嫁到上海来的媳妇，渴望有"此心安处是吾乡"的"心居"，并没有错。她为人儿媳、为人妻、为人母，在顾家勤劳奔忙、忍辱负重。丈夫顾磊意外身亡后，她一度彷徨，但很快在新时代的生活氛围中找到自己直面人生的坐标——先是送外卖，后是取得展翔投资在社区创立养老院，在事业上不断进取。在感情上，她在共同创业中默默地对展翔日渐生情，展翔却始终不渝地钟情于顾清俞，而丁远志单相思于她，终未成正果。她算不得是一位事业有成、爱情完满的典型形象，最终婉拒顾清俞资助而全靠自食其力筑就的"心居"，虽也是"室雅何须大，花香不在多"，却绝非"蜗居"，而是心安处矣！这个艺术形象蕴含的认识价值和审美价值不容小觑，她对芸芸众生的人生启迪意义不可小视。顾清俞形象貌似是事业上的成功人士，情感生活上却有些痴情到幼稚可笑。她对儿时"白马王子"的痴恋虽有点可爱，但太远离现实。她对施源的因旧情复萌"闪婚"和因现实严酷"离婚"，恐怕会给有过类似人生坎坷的普通观众以人生启悟。至于顾磊、冯茜茜、展翔、施源、葛玥诸多形象，个性鲜明，遭际迥异，皆非英雄，均属中间人物，但哪一个的人生经历和心灵轨迹不带着浓郁

---

① 毛泽东:《在延安文艺座谈会上的讲话（1942年5月）》,《毛泽东选集》（第三卷），人民出版社1991年版，第861页。

的人间烟火气，不让人多少能照见自己的身影和灵魂呢？

所以，《心居》的创作实践启示文艺创作界，把镜头聚焦于英雄典型与反面人物的同时，万万不要忘了也须对准大量存在的中间人物。《心居》还启示文艺理论批评界，理应对如"中间人物论"这样曾被错批了的正确的理论主张，旗帜鲜明地逐一梳理，拨乱反正、正本清源，以促进新时代中国特色社会主义文艺更加健康繁荣。

观罢《心居》，还自然联想起刚热播的《人世间》。毋庸否认，两剧都拨动了广大观众审美神经的敏感地带，从而激起了社会的情感共鸣。但是，两相比较，似乎又觉得《心居》对时代、对社会生活反映的深度和广度，作品所达到的精神高度和文化意蕴的厚度，较之于《人世间》略显逊色。

这是什么缘由呢？思之良久，觉得《心居》镜头聚焦于"中间人物"是对的，但统观全剧，所有人物均往来于"灰色地带"，似乎缺少像《人世间》中的周秉义那样的居于精神高地的不忘初心、牢记使命、一心为民的角色设置（当然，《人世间》中还有郝省长、曲书记等人物形象共同铸就了全剧的精神高地）来引领价值取向，给观众以满满的精神正能量。不是说，《心居》中必须增设类似的英雄人物形象，而是说，作为新时代中国特色社会主义文艺，理应努力把现实主义精神和浪漫主义情怀结合起来，用理想光彩照亮现实道路。至少，像冯晓琴、顾清俞这种人物形象，从"灰色地带"向光明前景驱动的正能量，似应强化。这并非硬要人为地拔高她们，而是应当努力把作家、艺术家对时代精神和历史走向高屋建瓴的把握适度而又自然而然地融入人物形象的精雕细琢之中。同时，《心居》中也缺失了像《人世间》中如腐败堕落的姚立松这样的反面人物形象起到震撼心灵的警示作用。人生和人物都是在两极比较和中间过渡中揭示真谛的，这是审美创造的高峰要求。难，但必须知难而进。

《心居》的创作实践，实际上又从哲学层面的创作思维上启示我们：务必摒弃过去曾长期制约和影响创作的二元对立、非黑即白、不左就右、单向取值的创作思维，要么只强调塑造英雄典型和反面人物，要么沉醉于描写"灰色地带"的中间人物，而排斥英雄典型的引领作用和反面人物的警示作用；务必学会执其两端、关注中间、全面辩证的和谐思维，完整地把握审美对象，攀登创作高峰。这种哲学层面创作思维的转变，是最根本的变革，对促进新时代文艺创作的健康繁荣，至关重要。这便是《心居》给我们的启示。

2022-04-13

电视剧《爱拼会赢》：书写"晋江经验"的创业史诗

　　2002 年，时任福建省委副书记、省长的习近平在其发表于《人民日报》的文章《研究借鉴晋江经验 加快县域经济发展》中，深入研究了"以市场经济为主、外向型经济为主、股份合作制为主，多种经济成分共同发展"的"晋江经验"，其中写道："要在新世纪激烈的市场竞争中占据优势地位，就必须像晋江人民那样，坚持振奋精神勇于拼搏，百折不挠顽强拼搏，发挥优势善于拼搏，在拼搏中取胜、在拼搏中发展。"① 近期，由李小平、李小亭执导，于晓光、甘婷婷等主演的现实题材剧《爱拼会赢》在央视一套播出。该剧围绕福建晋江高、叶两个家庭的三代人展开，讲述了党的十一届三中全会后，以高海生为代表的民营企业家在改革开放的大潮中跌宕起伏、波澜壮阔的创业故事，重点展现了"晋江经验"的创业史诗和闽南地区"敢为天下先，爱拼才会赢"的创业精神。《爱拼会赢》兼具时代精神、艺术价值与现实意义，为此类题材电视剧的创作提供了新经验。

　　"文艺是时代前进的号角，最能代表一个时代的风貌，最能引领一

---

① 习近平：《研究借鉴晋江经验 加快县域经济发展》，《人民日报》2002 年 8 月 20 日。

个时代的风气。"① 新时期以来，许多文艺创作者从改革开放的伟大征程中萃取素材，创作了《温州一家人》《鸡毛飞上天》《大江大河》等优秀创业题材电视剧，《爱拼会赢》同样聚焦这段历史，在时间、空间、人性的互文交织中深刻反映了动态发展的时代精神。

从时间维度上看，时代精神不是无根之木、无源之水，而是一脉相承、继往开来的。高海生在创业过程中时常面临传统与现代、先进与落后、保守与激进的矛盾，晋江是个既古老又现代、既开放又保守的侨乡，其宗族、民俗特点鲜明，唯有将传统文化与现代文化相协调，才能把握时代脉搏，实现中小企业在现当代的创造性转化、创新性发展，带动地方产业进行转型升级。高海生的创业之路从背背篓卖干海货到创立制衣厂、引进工业化生产线和标准化管理，再到创立自主品牌、注重环境保护，折射出我国从农业文明到工业文明再到生态文明的转变历程。

从空间维度上看，一个国家的时代精神是在其与世界的交流互通中形成的。《爱拼会赢》虽聚焦具有鲜明地域特色的晋江鞋服产业，但剧中展现出的苏联解体、港商进驻、金融危机、中国加入WTO、全球化竞争等事件无不影响着当地贸易，从而以小见大、由点及面地展现出改革开放的时代进程中民族性与世界性的连通、博弈与融合。高海生创立的高质集团正是在本土化与全球化的两极互动中不断成长、兼收并蓄，成为具有国际竞争力的民族企业。

从人性维度上看，时代精神在人民的探索实践中形成，归根结底是人的精神。《爱拼会赢》横跨40年的改革开放岁月，高海生、叶茂盛、叶大莲等创业者在时代浪潮中奋力拼搏、几经沉浮，既有改革初期面对被扣"投机倒把"帽子时的迷茫求索、逆流而上，也有深化改革后期面对党和国家一系列引导政策时的坚定信念、顺势而为，人物

---

① 习近平：《在文艺工作座谈会上的讲话（2014年10月15日）》，人民出版社2015年版，第5页。

在精神嬗变中逐步实现个性与社会性的协调统一。《爱拼会赢》以多个时空节点展现人在不同时期的价值追求和精神风貌，赋予该剧时代精神一定的广度和深度。

在艺术价值方面，《爱拼会赢》塑造了各具特色、鲜活生动的人物群像，书写了小人物在时代变革中的心灵史和创业史。剧中，三代人都有着鲜明的时代烙印。第一代创业者高汝贤、王忠信由于家乡条件落后，都是背井离乡，或下南洋闯荡、或去香港谋生，最终高汝贤客死他乡、王忠信未能挺过金融危机，两人带着"敢为天下先"的闯劲，是"晋江经验"的试错者和探路者。第二代创业者高海生、叶茂盛等立足本地优势，选择符合自身条件的发展方式，秉承敢拼、爱拼、善拼、勇于探索的精神，创办民营企业，带动当地发展，是"晋江经验"的开创者和深耕者。第三代创业者高宸宇、叶樱受数字化和生态文明时代的影响，前者积极探索"互联网＋"的商业模式，后者继承耕耘传家的事业，是"晋江经验"的传承者和创新者。在时代的共性之下，每个人物又有着自身独特的人格魅力。高海生具有敏锐的辩证思维、前瞻性的眼光和共同富裕的理念，善于带领中小企业"合纵连横"、转危为机，由此成为高质集团合格的掌舵者。叶茂盛本是个单纯善良的读书人，却接连遭遇高考失利、情感受挫、被骗入狱，人生的诸多低谷非但没将其打倒，反而磨炼了他的意志，其在出狱后帮助高海生规范企业管理模式，又在高质集团步入正轨后急流勇退自主创业，是一个在苦难中浴火重生的潇洒豁达的形象。叶大莲、戴玉萍则有别于以往创业题材电视剧中逆来顺受、自我牺牲的传统女性。前者泼辣果敢，与丈夫共同创业；后者在遭遇不幸婚姻后专注事业回馈家乡，最终收获了自己的幸福，共同呈现出新时代自我意识觉醒的坚忍不拔的女性形象。在人物关系的呈现上，高海生、叶茂盛、钱锦程、翟友道四位好友尽管在事业和情感上有诸多矛盾冲突，但关键时刻总能团结奋进、守望相助。《爱拼会赢》通过人物的智慧、人性的光辉，彰显了自强不息、厚德载物、艰苦创业、诚信为本的中华优秀传统文化和讲仁爱、重诚信、尚和合、求大同的中华美学精神。

该剧通过创业者的视角传递了当代中国的价值观念，具有一定的现实意义。当前，全球产业链面临激烈的冲击和重组，民营企业发展遭遇阻力和困难，改革开放还将迎来新的变革，开创新的局面。正如剧中所呈现的那样，在激烈的时代变革中，机遇与挑战总是并存，民营企业从小作坊到今天众多上市公司、集团公司、跨国公司的蓬勃发展，离不开中国共产党所作出的改革开放的英明决策，离不开当地政府对市场经济的引导服务，离不开千万创业者勇立时代潮头的拼搏实践。以高质集团为代表的民营企业踏实做强实体经济，为我国农村与城市建设做出了突出贡献，其在成功上市后修建学校、保护环境、助力晋江申办第 18 届世界中学生夏季运动会，体现了民营企业的社会担当。以高海生为代表的创业者们在困境中哀而不伤、蓬勃向前，用理想之光烛照现实生活，不单纯为利益而拼，更是以真的形式、善的道德、美的追求去拼，不单纯为自己而赢，更是为家乡、为人民、为国家去赢，由此传递出内涵丰富的"爱拼才会赢"的正能量。

　　当然也须看到，在大开大合的创业史诗下，该剧在叙事结构、情节铺陈和细节展现方面稍显不足。例如，在描写创业过程中遭遇的困难时，往往侧重"发现问题""分析问题"，对企业"解决问题"的过程则一笔带过，显得起承有余而转合不足；人物情感的发展变化缺乏悬念牵引，显得一目了然、较为生硬；随着创业规模的扩大，剧中生活化的场景越来越少，后期剧情偏重都市商战，缺乏草根创业的烟火气。但总的来说，《爱拼会赢》以人带史、史中觅诗，起到了为时代画像、立传、明德的积极作用。

本文系与博士林玉萧合作
2022-05-13

里程碑之间的继承与创新

——以文艺与政治关系为例

80 年前，毛泽东同志《在延安文艺座谈会上的讲话》，是 20 世纪 40 年代在抗日战争环境中的中国共产党人把马克思主义文艺观中国化、时代化、大众化的里程碑。2014 年 10 月 15 日，习近平总书记《在文艺工作座谈会上的讲话》，是 21 世纪新时代的中国共产党人在继承毛泽东文艺思想基础上，与时俱进地把马克思主义文艺观中国化、时代化、大众化的又一个里程碑。毛泽东同志与习近平总书记的这两次重要讲话，跨越历史时空，一脉相承，既有继承和弘扬，亦有发展和创新，主要体现在对文艺与政治、文艺与经济、文艺与人民和文艺与生活等关系的辩证认识和处理上。本文先就文艺与政治的关系问题，谈点学习浅见。

胡乔木同志晚年在《延安文艺座谈会前后》中曾深情回忆道："《讲话》正式发表后不久，毛主席说：郭沫若和茅盾发表意见了，郭说：'凡事有经有权'。毛主席很欣赏这个说法，认为是得到了一个知音。'有经有权'，即有经常的道理和权宜之计。"毛泽东同志"确实认为他的讲话有些是经常的道理，普遍的规律，有些则是适应一定环境和条件的权宜之计"。[①] 我理解，"有经"，就是如毛泽东同志运用马克思主义基本原理精辟阐述的文艺与人民、文艺与生活的关系，是颠扑不

---

① 胡乔木：《延安文艺座谈会前后》，《中华魂》2012 年第 15 期。

破的共时性的永恒真理；"有权"，就是如毛泽东同志结合中国抗日战争实际和革命文艺实践深刻阐明的文艺与政治的关系，是适应当时抗日战争严峻情势所必须提出的合理的历时性的真理。

毛泽东同志 1942 年《在延安文艺座谈会上的讲话》中强调，文艺是党领导的革命事业的一条重要战线，鉴于抗日民族战争的需要，文艺应当成为"团结人民、教育人民、打击敌人、消灭敌人的有力的武器"①。为此，他提出了"文艺服从于政治"②的要求。应当说，这在当时具有历史的合理性，也是战争环境的需要。这一重要口号，此后即成为我国文艺界遵循的基本原则之一，它指引了我国半个多世纪的文艺创作与发展。迈入新时代，习近平总书记《在文艺工作座谈会上的讲话》中深刻指出："党的领导是社会主义文艺发展的根本保证。"③无论是在战火纷飞的年代，还是在和平稳定时期，文艺工作者只有坚持中国共产党的领导，才能正确处理好文艺和政治的关系，从而推动文学艺术的不断繁荣发展。

马克思主义认为，伴随着文明的发展，人类产生了经济的、政治的、历史的、哲学的、宗教的、艺术的把握世界的方式。这诸种方式之间相互联系，但并无从属关系。文学艺术属于上层建筑，具有鲜明的意识形态性，也必然带有政治倾向性。任何历史时期的文艺工作，对于意识形态性和政治倾向性都是无法回避的。毛泽东同志《在延安文艺座谈会上的讲话》中深入分析了文学艺术与政治之间的密切关系，指出："在现在世界上，一切文化或文学艺术都是属于一定的阶级，属于一定的政治路线的。"毛泽东同志还强调："我们所说的文艺服从于政治，这政治是指阶级的政治、群众的政治，不是所谓少数政治家的政

---

① 毛泽东:《在延安文艺座谈会上的讲话（1942 年 5 月）》,《毛泽东选集》（第三卷），人民出版社 1991 年版，第 848 页。
② 毛泽东:《在延安文艺座谈会上的讲话（1942 年 5 月）》,《毛泽东选集》（第三卷），人民出版社 1991 年版，第 867 页。
③ 习近平:《在文艺工作座谈会上的讲话（2014 年 10 月 15 日）》，人民出版社 2015 年版，第 27 页。

治。"① 在毛泽东文艺思想的指引下，革命的、进步的文艺工作者创作出民族歌剧《白毛女》《小二黑结婚》《洪湖赤卫队》《江姐》、京剧《逼上梁山》、小说《太阳照在桑干河上》《青春之歌》《创业史》《红岩》等一大批优秀文艺作品，为民族革命战争和建设新中国提供了强大的思想动力和精神能量。

历史进入新时期，有鉴于在和平建设环境下出现了把文艺简单从属于临时的、具体的、当前的政治的错误倾向，尤其是有鉴于"文化大革命"中"四人帮"把文艺从属于篡党夺权的阴谋政治的惨痛教训，邓小平同志在第四次全国文代会上石破天惊地指出："党对文艺工作的领导，不是发号施令，不是要求文学艺术从属于临时的、具体的、直接的政治任务。"② 接着，邓小平同志在中共中央召集的干部会议上作《目前的形势和任务》的讲话，指出："不继续提文艺从属于政治这样的口号……长期的实践证明它对文艺的发展利少害多。但是，这当然不是说文艺可以脱离政治。文艺是不可能脱离政治的。"③ 在他的观点中，四个现代化建设就是最大的政治，文艺为人民服务、为社会主义服务，就要为四个现代化建设服务。到江泽民同志任总书记时，围绕着正确认识和处理好文艺与政治的关系，他着重强调了与之有着紧密内在联系的"主旋律与多样化"的关系问题，指出必须坚持"弘扬主旋律，提倡多样化"，其中"主旋律"不只指题材，而且指作家艺术家秉持的一种对历史、对时代、对人民极端负责任的渗透于创作全过程的思想和精神。他具体而深刻地用"四个一切"来表述这种"思想和精神"："一切有利于发扬爱国主义、集体主义、社会主义的思想和精神；一切有利于改革开放和现代化建设的思想和精神；一切有利于民

① 毛泽东：《在延安文艺座谈会上的讲话（1942年5月）》，《毛泽东选集》（第三卷），人民出版社1991年版，第865、866页。
② 邓小平：《在中国文学艺术工作者第四次代表大会上的祝词（1979年10月30日）》，《邓小平文选》（第二卷），人民出版社1994年版，第213页。
③ 邓小平：《目前的形势和任务（1980年1月16日）》，《邓小平文选》（第二卷），人民出版社1994年版，第255—256页。

族团结、社会进步、人民幸福的思想和精神；一切用诚实劳动争取美好生活的思想和精神。"①作家艺术家在创作中具有了这种主旋律的思想和精神，政治站位就高，审美化处理各类题材都能努力做到"选材严，开掘深"；作家艺术家在创作中缺失了这种主旋律的思想和精神，即便是重大的革命和历史题材，也会糟蹋掉，沦为公式化、概念化或商业化。这实际上是深入文艺创作过程来阐述认识和处理文艺与政治的辩证关系。再到胡锦涛同志任总书记时，他也是紧扣着如何正确认识和处理文艺与政治的辩证关系问题，反复援引邓小平同志的"人民是文艺工作者的母亲"这一重要命题，强调作家艺术家必须在人民创造历史的伟业中为人民创造艺术丰碑。这从历史唯物主义高度为作家艺术家正确认识和处理好自身与人民、文艺与政治的关系提供了准绳。

历史迈入新时代，习近平总书记《在文艺工作座谈会上的讲话》与时俱进地深刻阐述了在新形势下正确认识和处理文艺与政治的关系，关键在于必须以坚持党的领导作为根本保证。"党的根本宗旨是全心全意为人民服务，文艺的根本宗旨也是为人民创作。把握了这个立足点，党和文艺的关系就能得到正确处理，就能准确把握党性和人民性的关系、政治立场和创作自由的关系。"②面临新时代百年未有之大变局的纷繁复杂的国际环境、外来文化的渗透、中西思想的碰撞，文艺工作者更应该站稳自己的政治立场，保持党性第一的原则，为人民创作，为国家书写，为时代画像、立传、明德。习近平总书记旗帜鲜明地批驳了那种远离政治、脱离人民、表现自我的"为艺术而艺术"的创作倾向的回潮，指出被鲁迅痛斥过的"只写一己悲欢"、醉心于描写"杯水风波"是没有出息的；批驳了那种止于追求视听生理快感、哗众取宠、败坏大众审美情趣的娱乐至上的创作思潮；批驳了从一个极端走向另

---

①《江泽民总书记在全国宣传思想工作会议上发表重要讲话强调 以科学理论武装人 以正确舆论引导人 以高尚精神塑造人 以优秀作品鼓舞人》，《人民日报》1994年1月25日。
② 习近平：《在文艺工作座谈会上的讲话（2014年10月15日）》，人民出版社2015年版，第27页。

一个极端，鼓吹票房至上、收视率至上、点击率至上等唯经济效益地把文艺简单从属于经济的错误思潮，明确指出"当两个效益、两种价值发生矛盾时，经济效益要服从社会效益，市场价值要服从社会价值。文艺不能当市场的奴隶，不要沾满了铜臭气"①。习近平总书记高瞻远瞩、洞察秋毫、鞭辟入里、全面辩证地拨正了新时代认识和处理文艺与政治关系的航向。

毛泽东同志还进一步要求作品应做到"政治和艺术的统一，内容和形式的统一，革命的政治内容和尽可能完美的艺术形式的统一"。他认为，"缺乏艺术性的艺术品，无论政治上怎样进步，也是没有力量的"。②习近平总书记《在文艺工作座谈会上的讲话》中也对此加以继承和阐发。他强调，"加强和改进党对文艺工作的领导，要把握住两条：一是要紧紧依靠广大文艺工作者，二是要尊重和遵循文艺规律"③。习近平总书记《在中国文联十一大、中国作协十大开幕式上的讲话》中指出，"要把提高质量作为文艺作品的生命线"。他要求"不断提升作品的精神能量、文化内涵、艺术价值"，努力做到思想精深、艺术精湛、制作精良相统一。④重大革命历史题材影视作品《跨过鸭绿江》，正是践行习近平总书记关于文艺工作重要论述结出的硕果。该影视作品定旨为"全景式、史诗性"题材作品，对题材资源的开掘与配置提出了更高更新的要求。为了深入开掘抗美援朝题材的深度和广度，发现其蕴含的精神价值和文化意蕴，实现资源的优化配置，深刻揭示出它在当时世界总体格局和新中国的立国之战中的重要地位和历史意义，中央广播电视总台政治站位高，调集了党史、军史、国史专家和一流

---

① 习近平：《在文艺工作座谈会上的讲话（2014年10月15日）》，人民出版社2015年版，第20页。
② 毛泽东：《在延安文艺座谈会上的讲话（1942年5月）》，《毛泽东选集》（第三卷），人民出版社1991年版，第869—870页。
③ 习近平：《在文艺工作座谈会上的讲话（2014年10月15日）》，人民出版社2015年版，第28页。
④ 习近平：《在中国文联十一大、中国作协十大开幕式上的讲话（2021年12月14日）》，人民出版社2021年版，第10—11页。

的影视艺术家，强强联合，群策群力，史中觅诗，追求审美化、艺术化呈现，发挥中国特色社会主义的制度优势、组织优势、理论优势、文化优势和艺术优势，集中力量办大事、办急事，终于高质量地为人民奉献了为伟大的抗美援朝画像、立传、明德的有思想深度、历史厚度、人文温度的精品力作。此外，还有如《守岛人》《觉醒年代》《山海情》《人世间》等赢得广大观众好评、引起人民审美共情的优秀作品，它们成功的秘诀之一，均是以高超的政治智慧和艺术才华正确地认识和处理文艺与政治的关系。可以说，这都是践行习近平总书记关于文艺工作重要指示结出的丰硕成果。

正确认识和处理好文艺与政治的关系，确是一个重要课题。对于文艺工作者来说，关键在于要自觉始终以马克思主义文艺理论为指导，用马克思主义文艺思想武装头脑。毛泽东同志《在延安文艺座谈会上的讲话》中指出，文艺家应该"学习马克思列宁主义和学习社会"[①]。习近平总书记《在文艺工作座谈会上的讲话》中指出，"要以马克思主义文艺理论为指导，继承创新中国古代文艺批评理论优秀遗产，批判借鉴现代西方文艺理论"[②]。他要求文艺工作者要以马克思主义文艺理论为指导，坚持"百花齐放，百家争鸣"，古为今用、洋为中用、辩证取舍、推陈出新，高扬社会主义核心价值观的旗帜。习近平总书记强调，"实现中国梦必须走中国道路、弘扬中国精神、凝聚中国力量。核心价值观是一个民族赖以维系的精神纽带，是一个国家共同的思想道德基础。如果没有共同的核心价值观，一个民族、一个国家就会魂无定所、行无依归"。他进而指出，"中华民族有一脉相承的精神追求、精神特质、精神脉络"，这是中华民族能够在几千年的历史长河中生生不

---

① 毛泽东：《在延安文艺座谈会上的讲话（1942年5月）》，《毛泽东选集》（第三卷），人民出版社1991年版，第852页。
② 习近平：《在文艺工作座谈会上的讲话（2014年10月15日）》，人民出版社2015年版，第30页。

息、薪火相传、顽强发展的重要原因。[1] 新时代的文艺工作者应该讲政治，懂艺术，坚守中华民族共有的精神家园，把社会主义核心价值观潜移默化地融入文艺创作中，塑造出更多经典流传的艺术形象，创作出更多影响深远的艺术作品，真正做到"以文化人，以艺养心，以美塑像，重在引领，贵在自觉，胜在自信"。

2022-05-23

---

① 习近平：《在文艺工作座谈会上的讲话（2014 年 10 月 15 日）》，人民出版社 2015 年版，第 22 页。

灯塔光耀八十载　返本开新文艺魂

80 年来，毛泽东同志的《在延安文艺座谈会上的讲话》（以下简称《讲话》）如一盏明灯，始终照耀着我国人民文艺事业的发展方向。《讲话》本身，经受了历史和人民检验，成为一部"活"的马克思主义文艺理论经典。

《讲话》的"有经有权"与永恒的"人民性"

胡乔木同志在《延安文艺座谈会前后》中写道："《讲话》正式发表后不久，毛主席说：郭沫若和茅盾发表意见了，郭说：'凡事有经有权'。"[1] 所谓"经常的道理"即普遍的真理，具有永恒性；所谓"权宜之计"即针对当时抗日战争的需要而须坚持的，具有历史的合理性。前者是关于《讲话》当中涉及的基本文艺理论问题，集中在"一个是文艺和生活的关系，一个是文艺与人民的关系"。《讲话》指出，生活是文艺创作的唯一源泉，其他都是流，作家艺术家必须无条件地深入到人民群众火热斗争的生活中去；为什么人的问题是一个根本问题、原则问题，作家艺术家必须把立足点真正转到人民大众的立场上来，文艺要为人民服务。至于后者，如《讲话》阐述文艺与政治的关系，就是针对当时具体的抗日战争复杂的政治和军事斗争局面，为发挥党

---

[1] 胡乔木：《延安文艺座谈会前后》，《中华魂》2012 年第 15 期。

领导的文艺战线在整个革命事业中的战斗作用，强调文艺要从属于政治、为政治服务。这是国际国内紧迫的形势所需，具有历史的真理性与合理性。

《讲话》作为文艺创作与批评的灯塔

《讲话》所深刻阐明的文艺创作与生活的辩证关系，引领广大作家艺术家深入生活、扎根人民，把立脚点真正转到人民大众一边来，把现实主义精神与浪漫主义情怀结合起来，开辟了现实主义创作不断深化的广阔道路。进入新时代，习近平总书记继承并发展《讲话》精神，强调"追求真善美是文艺的永恒价值"①，还突出强调要"把马克思主义基本原理同中国具体实际相结合、同中华优秀传统文化相结合"②。这些论述，对于新时代弘扬主旋律，提倡多样化，为时代画像、为时代立传、为时代明德，坚守以人民为中心的文艺创作方向，都极具引领意义。在文艺批评上，从《讲话》的文艺批评标准到新时代坚持文艺"历史的、人民的、艺术的、美学的"相统一的标准，中国化的马克思主义文艺批评标准完成了一个科学辩证的发展历程。

《讲话》论述文艺"普及与提高"辩证关系具有重要的当代价值和现实意义

《讲话》在谈到如何去为人民大众服务时，特别提出了如何处理"普及与提高"的辩证关系问题。80年来，文艺的"普及与提高"的关系问题在实践中变得越来越重要，而《讲话》中对这一关系的辩证论述，历久弥新、精准之至。当下，随着改革开放及新时期新时代社会主义建设事业的不断发展，文艺的"普及与提高"的对象变得越来

---

① 习近平：《在文艺工作座谈会上的讲话（2014年10月15日）》，人民出版社2015年版，第24页。
② 习近平：《在庆祝中国共产党成立100周年大会上的讲话（2021年7月1日）》，人民出版社2021年版，第13页。

越多元复杂，但《讲话》中关于"普及与提高"辩证关系的论述，依然是我们今天的理论指南。我们要学习《讲话》精神，寻求新时代文艺事业的新的普及与新的提高，反对"娱乐化"，反对"三俗"，反对"唯票房""唯收视率""唯点击率""唯码洋"，发挥好文艺提升民族精神的正能量作用。只要真正做到以文化人、以艺养心、以美塑像、贵在自觉、重在引领、胜在自信，文艺在"普及与提高"的关系上就一定能处理得更好。

《讲话》对新时代文艺统一战线的借鉴意义

80 年前，毛泽东同志亲自审定了参加延安文艺座谈会的人员名单和参会请柬。何其芳、金紫光、钟敬之等文学艺术家收到请柬时，都特别高兴，因为以往他们参会收到的大多是通知，而这次是很正式的请柬，且请柬上写的是"交换意见"，而不是"听报告"。《讲话》为团结文艺界人士共同抗敌，制定有效的文艺方针政策，提供了一个里程碑式的历史范本，从而为巩固"文艺界的统一战线"打下了坚实基础。毛泽东同志发表《讲话》72 年后，习近平总书记在北京邀请了 72 位文艺家主持召开了文艺工作座谈会并发表重要讲话，也强调在新时代新情势下文艺界要加强团结。面对互联网时代层出不穷的新的文艺个人与团体，习近平总书记进一步丰富和完善了《讲话》中的文艺统一战线思想，强调要"延伸联系手臂"，"用全新的政策和方法团结、吸引他们"[1]，从而为巩固和扩大新时代的文艺统一战线提供了重要的方针和遵循。

2022-05-25

---

[1] 习近平：《在文艺工作座谈会上的讲话（2014 年 10 月 15 日）》，人民出版社 2015 年版，第 12—13 页。

《点点星光》：
儿童电影为乡村振兴画像立传

时值第72个"六一"儿童节之际，儿童电影《点点星光》入选"光影耀香江"庆祝香港回归25周年电影嘉年华——公益放映影片，将于香港回归纪念期间在香港社区放映。

文以载道和教化社会的观念在中国电影早期便根植于电影创作中。左翼电影时期，电影一直承载着教化观众和宣传进步思想的作用，其中的儿童电影作为一种类型也不例外。"十七年"时期由北京电影制片厂出品、崔嵬与欧阳红樱导演的《小兵张嘎》，以及上海天马制片厂出品、高衡导演的《英雄小八路》等儿童电影，都是以审美的、艺术的方式再现了革命战争时期小英雄的形象，从而造就了时代经典。

改革开放后，由上海电影制片厂出品、张建亚导演的《三毛从军记》继承这一优良传统，坚持思想性的表达一定要在艺术化的基础上趣味化地精雕细琢，使之成为人民群众喜闻乐见的作品。此后，由海峡两岸暨香港、澳门电影人携手打造的《走路上学》则以真实细腻的情感流露斩获了许多重要奖项。

在新时代，习近平总书记关于文艺工作的系列重要论述与时俱进地深刻阐述了如何在新形势下正确认识和处理文艺与政治的关系。面临百年未有之大变局和纷繁复杂的国际环境、中西思想的碰撞，文艺工作者更应该站稳自己的政治立场，高扬人民性旗帜，为人民创作，为国家书写，为时代画像、为时代立传、为时代明德。

在新时代语境下，儿童电影《点点星光》显得尤为可贵。该片改编自广州花都七星小学跳绳队在体育老师赖宣治的带领下，跳绳队的少年以一根跳绳改变命运、连接世界的真实故事。这部作品拍的是现实生活中的儿童，具有鲜明的时代感，真正是一部为儿童而拍、用儿童的视角来拍、拍给儿童看的弘扬时代主旋律的好电影。影片从真实的儿童生活出发，极具童真童趣，并注重紧密结合新农村建设实践，表现七星小学夺冠的过程，从而将乡村振兴的时代主题自然而然地融入师生的真情实感中，生动感人。

《点点星光》的创作不同于那种远离政治、脱离人民、表现自我的"为艺术而艺术"的倾向，也不流于另一种极端，即近年来鼓吹的票房至上、点击率至上，把电影的创作简单从属于票房收入的错误思想。同时，这部电影也摒弃了过去在某些儿童电影中公式化、概念化地表现政策的弊端，转而注重将乡村振兴的理念审美化地与儿童天性相融合，确是一次成功的探索。

首先，该片采用儿童视角，深入儿童的心灵世界中，并以儿童之眼看待和理解乡村振兴的含义，以儿童之口讲述新时代乡村振兴的故事。影片不是以宣教形式，而是以清新纯真的儿童视角来看待乡村振兴，以儿童的口吻为儿童观众形象解读了乡村振兴政策的核心理念，以平实自然的故事情节、真实动人的情感流露尽可能地照顾儿童观众的理解能力。

流动儿童和留守儿童是实现乡村振兴的现实问题。在《点点星光》中，大多数孩子所在的家庭都具有当前我国乡村社会转型期的典型特征。例如，江海与江河的父母为了获得更好的物质生活条件不得不远赴深圳打工，两兄弟成了留守儿童，他们在照顾好自己的同时还要肩负起照顾瘫痪爷爷的重任。任宇翔的母亲远走上海，留下了一句会坐飞机回来接他的承诺，这未能兑现的承诺给年幼的任宇翔造成了长期的心灵期待创伤。家庭中缺少母亲的关爱，任宇翔还要照顾因不得志而酗酒的父亲。贵州来穗务工人员的子女方小琴，其父母文化程度不高，家庭收入少，又坚持"读书无用论"。表面上，他们根据自己的社会经验为孩子着想，宣扬读书不如工作，实际上不顾方小琴想要继续读书的愿望，残酷地剥夺她继续受教育的机会。在缺衣少穿、经费捉襟见肘的乡村，孩子们没有因为现实环境的不尽如人意向命运低头，反而在竞技体育中展现出远大志向，坚定不移地克服困难，并且夺得世界冠军。他们的言行，感动了原本不理解、不支持他们的父母。与之相应的结果便是，江父江母从深圳辞职，准备回家好好培养孩子；任宇翔的父亲因自己已然成为"世界冠军父亲"的身份，而不再卖假药骗人；方小琴则如愿以偿回到学校继续完成学业。

扶贫就是扶思想、扶观念、扶信心。孩子们用自己的远大之志激活了父母的信心，父母们纷纷回到乡村，振兴家乡，陪伴孩子。在这里，通过"儿童之眼"这种天然带有纯真性的视角，将乡村振兴的政策理念转化为孩子们通过励志和拼搏赢得冠军荣誉，并让在外务工的父母为之感动回到身边的生动故事，审美化艺术化地表达了少年立志和乡村振兴的主题。

其次，将乡村振兴的理念缝合进影片中成年人的真情实感中。通过主要人物杜老师是否坚持继续在这所乡村小学支教的选择，以人们都可以感同身受的真实情感承载起乡村振兴的主题。同时，在影片中另一主要人物支教老师丰雨昕的身上，可以看出她对七星小学的态度经历了三个阶段。一是对立阶段，体现为她对乡村环境的不适应、与杜老师的冲突，以及不信任杜老师的训练方法而更相信欧洲的运动员朋友；二是转变阶段，体现为她看到杜老师的训练方法实实在在地提升了跳绳队成绩，也体现为她看见了孩子们打着电筒上学的"点点星光"；三是融入阶段，体现为她和孩子们挽留因为家庭压力被迫回到城里的杜老师。

丰雨昕态度转变的过程，也是乡村振兴理念生成的过程。她经历了和乡村孩子们用一根跳绳改变命运、连接世界、为国争光的过程；她理解了农村孩子也是民族复兴的潜力后劲，理解了实现中华民族伟大复兴最艰巨最繁重的任务在乡村，最广泛最深厚的基础依然在农村。

所以，她投入乡村振兴中，用自己的知识为农业农村现代化尽一份力。

我国脱贫攻坚工作的一项重要成果便是脱贫群众的精神风貌焕然一新，增添了自立自强的信心勇气。在《点点星光》中，七星小学跳绳队获得世界冠军的消息振奋了乡村中与之相关的每一个人，并促使他们实实在在地做出行为上的改变。例如，杜老师的妻子从一开始用孩子逼迫他回到城里，到跳绳队夺冠以后理解并支持杜老师；任宇翔的父亲也不再卖假药骗人；方小琴的父母抛弃"读书无用论"的思想继续供她上学；江父江母放下深圳的工作回到乡村陪伴孩子成长。乡村群众精神面貌的焕然一新是中国共产党执政为民的宗旨、中国人民意志品质、中华民族精神的生动写照，是爱国主义、集体主义、社会主义思想的集中体现，是中国精神、中国价值、中国力量的充分彰显。

再次，《点点星光》以纪录片式的拍摄手法，尽可能地还原了七星小学夺冠的真实过程。影片大量采用非职业演员，如体育老师杜伟强的扮演者就是现实中七星小学跳绳队的教练赖宣治本人，跳绳队的江海、江河、任宇翔、方小琴等小队员皆是真正的夺冠队伍中的专业队员，有多年跳绳专业的基本功，他们自己演绎着自己过去的真实经历。因此，影片中的叙事也采用了"非虚构搬演"的方式：一种质朴有效的、介于现场记录和剧本虚构之间的拍摄方法。跳绳队内所有的训练都是由赖宣治教练带领小队员真实地训练，并且教练和小队员都经过了长期密切的合作，双方流露出的感情也在最大程度上接近真实。

影片中夺冠决赛部分的拍摄，大量采用长镜头和同期录音技术，尽力保持比赛过程的真实感，尊重比赛的时间流程和空间完整性，场面调度也保持真实流畅。影片伊始就用采访的方式向江海、江河两兄弟提问和探寻，用真实电影的拍摄手法，使观众尽快进入情境中，让孩子们真挚的笑容和打闹能够迅速感染观众的情绪。

此外，影片在语言的选择上，还采用了方言和普通话互相交织的方式。杜老师、小队员们、校长、小队员的父母们都有说粤语的习惯，只有丰雨昕这位支教老师从始至终使用标准的普通话。普通话和粤语方言的混用也将丰雨昕有意放置在乡村环境的对立面，既强化了真实感，又产生了一种特殊的效果，巧妙地褪去了公式化的宣教色彩，无怪乎家长和儿童观众都给出极佳的评价。

最后，影片对乡村自然环境的描写，将乡音乡情、绿水青山反复做全景式呈现。乡村的自然风光，是美丽中国的注脚。影片不局限于展示纯粹的自然风景，更通过精心构图将人、动物、山水进行和谐组合，适时利用景物和人的站位，分隔空间，增加景深。有时还利用缭绕的云雾取得留白效果，形成田园诗的韵味。与城市中的操场和训练馆不同，跳绳队的训练场地在水库旁，也无须专业的训练器械：依山而建的石梯成为锻炼腿部肌肉的绝佳场地；自行车上的钢丝绳变废为宝，成为提升成绩的制胜武器；水帘涵洞是推演战术的中军帐；百年古树是女孩之间互诉心事的闺房；横溪吊桥是父子重逢之地……人与自然和谐共生，乡风文明，生态宜居。人与自然生命共同体的概念，随着自然风光一同被观众欣赏和接纳。

本文系与博士陶冶合作

2022-06-03

声如其人　诵达于心

——读瞿弦和、张筠英著《朗诵实践谈：百篇百感》感言

日前，收到老友瞿弦和、张筠英夫妇馈赠的新著《朗诵实践谈：百篇百感》，喜不待言，晨起读之，受益匪浅。这是一部具有独特认识价值、学术价值和审美价值的好书。作者是我国当代著名的十大演播家中的一对伴侣，多年来我都是他们的忠实听众。书中收录了他们演播过的精选出来的百部中国近现代作品、古典诗词、外国名著及其百篇感想札记，并附有十篇关于朗诵的论文。全书文图并茂，素朴典雅，值得一观。

首先，瞿、张夫妇在自序中言简意赅地总结说：他们"朗诵过、录制过、讲解过、拍摄过"，但"行是知之始"，因为"纸上得来终觉浅，绝知此事要躬行"，所以不仅实践了，而且还要"归纳"以至抽象，从理性上总结出点"百感"留存于世。① 此种敬业精神，实在令人感佩。众所周知，他们夫妇，自从中央戏剧学院毕业至今，无论天南地北，始终如一地从事并钟爱于与朗诵有关的事业。人生来世，能心无旁骛地从事自己所热爱的有兴趣的于人民、于社会有益的事业，并从中实现自己的人生价值，这便是最大的幸福。须知，对于每位艺术家来说，人生都是有限的，而艺术之海却无涯，因此，每位艺术家都无一例外地在以有限的个体生命应对无涯的艺术之海，聪明睿智者，

---

① 参见瞿弦和、张筠英《朗诵实践谈：百篇百感·自序》，中国戏剧出版社 2021 年版。

便当如瞿、张夫妇这样，认准自己有兴趣的钟爱的于人民有益的事业，"咬定青山不放松"，掘一口深井，而不要打一枪换一个地方，四面出击。唯其如此，习近平总书记才高度评价和称颂坚持32年的"守岛人"王继才，其可贵恰在"人这辈子，能干好一件事，就不亏心"！

瞿、张夫妇之可贵，还在于他俩的"实践谈"努力自觉上升为一种理论自信和文化自信。其一，且看他俩的选择眼光所体现的理想信仰和价值取向。从气盖千古的毛泽东诗词《沁园春·雪》到邓颖超睹物思情的散文《海棠花祭》，再到魏巍的英雄赞歌《谁是最可爱的人》，从光未然的《黄河大合唱·黄河之水天上来》到艾青的《大堰河》，再到贺敬之的《雷锋之歌》，以及闻一多、臧克家、郭小川、戴望舒、徐志摩、蒋光慈、流沙河、舒婷等名家的作品和精选的其他中外经典作品，视野开阔，品位高雅，基调激昂，文采飞扬，彰显出选家主体的学养、素养和修养。其二，在《朗诵艺术三要素》这篇论文中，瞿、张夫妇从自己丰富的朗诵实践中归纳抽象出"行动性""形象性""音乐性"三个要素，极具理论价值和学术价值，也极有操作性。为了使自己的朗诵具有行动性和形象性，在朗诵艾青的《大堰河》时，多次走访艾青，到艾青故居金华参观。那里的"天伦叙乐"横匾、雕花的床、居住的矮房、烧饭的灶台、祭扫的墓地……都逐一化为朗诵者心中的"行动"与"形象"。所以，艾青的夫人高瑛才会激动地说：听完朗诵后，"回程路上在小车里艾青对剧作家曹禺说，我写《大堰河》没有哭，可听瞿弦和朗诵这首诗，我就会流泪"。声如其人，诵达于心。这是诗人对朗诵的最高褒奖。为了使自己的朗诵具有音乐性，瞿、张夫妇在朗诵光未然的名诗《黄河大合唱·黄河之水天上来》时，精选冼星海的配乐，讲究重音、停顿、语调的整合，令语言与音乐水乳交融，被誉为是一首声乐俱佳的"朗诵歌曲"。

瞿、张伉俪情深，共同结缘于彼此对党、对祖国、对人民、对英雄的崇敬与热爱。他俩在《对人生的宣誓——朗诵贺敬之诗歌〈雷锋之歌〉》中说："我们认为，《雷锋之歌》长诗具有持久的生命力，当我们写这篇感悟时，已步入了习近平新时代，中国人民向世界展示了更鲜明的国家形象，无论是在与大自然的搏斗中，还是在与新冠病毒抗争的战役中，都再一次体现出雷锋精神的伟大。"[1] 这是瞿、张的心声，也是他俩为人、为文、为艺的人生誓言。

末了，我想说一点读后遗憾：倘能从百部朗诵作品中精中选精，制作一张音像碟，附于书中，岂不一册在手，声像俱全！书籍文化与声像文化结缘互补得更精美了！

2022-06-22

---

① 瞿弦和、张筠英：《对人生的宣誓——朗诵贺敬之诗歌〈雷锋之歌〉》，《朗诵实践谈：百篇百感》，中国戏剧出版社 2021 年版，第 187 页。

"赚钱出外洋，心肝不离乡"

——观歌仔戏《侨批》

　　十余年前，厦门挚友朱伟捷邀我第一次看根在大陆而形成于台湾的歌仔戏《邵江海》，那浓郁的地域文化色彩和独特的美学风采，一下子把我震撼了。此后，又看过几出歌仔戏，真是越看越入迷。记得我当时任国务院学位委员会艺术学学科评议组召集人，在受理福建师范大学申请设立戏曲学博士点时，我赞成的理由之一，便是为增进海峡两岸戏曲文化交流，理应培养对歌仔戏这种于闽南播种而于台湾形成的同根文明形态进行研究的理论人才。如今伟捷兄又荐我有幸观看了歌仔戏《侨批》，精神洗礼与审美享受之余，欣然命笔、略抒感慨。

　　《侨批》题材独特，意蕴深沉，构思精巧，故事别致，人物鲜活，精神穿透力与艺术感染力俱强。全剧除"序"外，七场戏环环相扣，引人入胜。"序"简洁明了地交代故事时间背景和主要人物关系后，第一场开门见山表现主人公黄日兴昔日为爱被骗"当猪仔卖"远走南洋、今又为爱冒死欲返家乡寻亲，一下子便紧紧抓住了观众的心！第二场转场到闽南家乡，表现黄日兴的未婚妻如意为爱顶住缺吃少穿的贫困压力，拒绝另嫁"饼店三公子"；第三场重点描写黄日兴在南洋矿山受众托为大家满怀深情书写家信、附带银钱（侨批）；第四场写黄日兴冒死逃走返乡送侨批，阿祥为掩护他而牺牲；第五场紧接着表现黄日兴冒死返乡送侨批，却逢如意为一家生计已被迫另嫁，悲剧达到高潮；第六场续写黄日兴强忍悲痛不负重托，将侨批分送各家，并立下打通

"批路"的雄心壮志；第七场跃到15年后，黄日兴在返乡送侨批中海上翻船，侥幸生还而银信全失，毅然卖掉用多年积蓄修筑之厝宅补偿侨眷，发誓"死后重生为侨批，开辟新路再起航"。史载，1877年，黄日兴在厦门开办第一家专营银信汇款的"日兴批局"。

我之所以忠实地复述《侨批》场次梗概，乃是因为对于像我这样的普通观众说来，"侨批"这一陌生的专用词和黄日兴这一陌生的人物，只消去看看歌仔戏《侨批》，便能大开眼界，大长见识！

习近平总书记高度肯定华侨对伟大祖国和中华民族的贡献："他们在异乡历尽艰辛、艰苦创业，顽强地生存下来，站稳脚跟后，依然牵挂着自己的家乡和亲人，有一块钱寄一块钱，有十块钱寄十块钱。这就是中国人、中国文化、中国精神、中国心。"[①] 言之谆谆，厚望殷殷！这既是对华侨功绩的高度评价，也可以看作对歌仔戏《侨批》所表达的主题、所讲述的中国故事、所塑造的以黄日兴为代表的为侨批文化的传扬奋斗终身的华侨的热情褒扬。

尤为可贵的是，《侨批》所揭示的侨批文化的深度、广度和力度，又是靠歌仔戏独特的审美优势艺术化地呈现出来的。这突出地表现在它对中华美学精神的传承弘扬和对中华美学风范的彰显上。

一是在审美创造的运作思维方式上，讲求托物言志，寓理于情。"侨批"即银钱书信，是全剧贯穿始终又居于核心地位的"物"。这"物"是言说精神、抒发情志的重要载体。是它，维系着南洋侨民与闽南家乡亲人们的精神、情志纽带；是它，维系着黄日兴与如意、阿祥与亚香、阿福与招治、土水与土水妻、阿火与阿火妻以及阿昆与子女、永贤妈与永贤的情感关系。中国人的骨气、血气、底气，中国文化的忠、孝、节、义、信，中国精神的自强不息、厚德载物，中国心的不忘初心、使命担当，这些攸关中华民族血脉根基之"理"，都蕴含

---

① 《续写更多"春天的故事"——习近平总书记出席深圳经济特区建立40周年庆祝大会并在广东考察纪实》，《人民日报》2020年10月16日。

在这饱含情谊的"侨批"故事之中了。不仅如此,剧中作为黄日兴与如意的定情信物的"布袋戏偶"、阿祥送给亚香的那条"金手链",以及那个"护身小红袋""一只小鼠干"等,也都无不浸透着人物的浓烈情感,蕴含着鲜明的中国人文精神和道德情怀。

二是在审美语汇和剧作结构方式上,讲求言简意赅、凝练节制。歌仔戏有着歌多白少、曲调质朴、歌词通俗、结构凝练的审美优势和传统,《侨批》较好地继承和发扬了这种优势和传统。歌词既通俗生动,又饱含情感;既感人至深,又易于传唱。黄日兴的核心唱段,如在阿昆伯离世时悲情地唱道:"手中批纸,好像一座大山,多少人为它出洋过番,多少人为它妻离子散,多少人为它拼死拼活,多少人为它尸骨难还。一块银洋千斤重,块块银洋连家人,吃尽人间无限苦,挂念一家过寒冬。男人为家下南洋,男人奉亲责任当,男人将泪化微笑,男人拼命把家扛。"字字血、声声泪,质朴通俗、直抵人心,艺术地唱出了《侨批》的故事、意蕴和题旨。全剧七场戏,南洋闽南两条线,黄日兴一个人物贯穿始终,结构凝练节制、丝丝入扣,堪称做到了思想较为精深、艺术相当精湛、舞美制作也十分简洁精良。

三是在审美宗旨上讲求形神兼备,意境深远。《侨批》着力塑造黄日兴这位首创"日兴批局"的"侨批文化"创建者之一的华侨艺术形象,饰演者庄海蓉形神兼备,唱作俱佳,相当精准地展示了这个人物从为爱被骗踏上南洋之路到被华工阿祥以性命换取他生还,再到他遭翻船遇险后立志决计创办厦门侨批史上第一家专营银信汇款的"日兴批局"的心路嬗变升华历程,令全剧在舞台上营造出一种中国文化、中国精神、中国心的深远意境。"赚钱出外洋,心肝不离乡。人做他乡客,心怀家乡苦,块块银洋寸寸心,隔洋难离是故乡!"剧终的合唱,唱的正是这种中国文化、中国精神、中国心的深远境界。

2022-06-27

"营造传承中华文明的浓厚社会氛围"

——习近平总书记重要文章《把中国文明历史研究引向深入 增强历史自觉坚定文化自信》学习笔记

作为一名影视艺术工作者，反复学习、认真领悟《求是》杂志最近发表的习近平总书记的重要文章《把中国文明历史研究引向深入 增强历史自觉坚定文化自信》①，受益匪浅，收获颇丰。这不仅是中华文明历史研究的理论指南，而且也为新时代蓬勃发展的影视艺术创作如何"传播更多承载中华文化、中国精神的价值符号和文化产品"，如何"营造传承中华文明的浓厚社会氛围"，如何"教育引导群众特别是青少年更好认识和认同中华文明，增强做中国人的志气、骨气、底气"，指明了正确方向，赋予了神圣使命。

习近平总书记高屋建瓴，以百年未有之大变局的宏观视野，谆谆嘱咐我们"要尊崇历史、研究历史，确立历史思维，传承中华优秀传统文化"，因为"史者，所以明夫治天下之道也"。"出乎史，入乎道。欲知大道，必先为史。"他强调，"要讲清楚中国是什么样的文明和什么样的国家，讲清楚中国人的宇宙观、天下观、社会观、道德观，展现中华文明的悠久历史和人文底蕴，促使世界读懂中国、读懂中国人民、读懂中国共产党、读懂中华民族"。这极为重要，极为精辟。须

---

① 习近平：《把中国文明历史研究引向深入 增强历史自觉坚定文化自信》，《求是》2022 年第 14 期。

知，一个不懂得自己历史的国家和民族，乃是一个没有希望的国家和民族，也是一个不能自立于世界先进国家与民族之林的国家和民族。深通历史，才能洞察现实，也才能预见未来。此所谓"学者研理于经，可以正天下之是非；征事于史，可以明古今之成败"也。中国共产党人不是历史虚无主义者、文化虚无主义者，不能数典忘祖、妄自菲薄。唯其如此，把中华文明的历史研究引向深入，以增强历史自觉、坚定文化自信，就顺理成章地成为全党全国人民在新时代的伟大使命，同时也理所当然地赋予了新时代的影视艺术创作以义不容辞的光荣职责。

众所周知，新时代的影视艺术在现代科学技术的支撑下，具有了更大的覆盖面、影响力和渗透性，在传承弘扬中华文明、中华优秀传统文化和实现同社会主义社会相适应、进行创造性转化与创新性发展上，在通过审美鉴赏帮助人们树立马克思主义唯物史观和普及历史知识上，都发挥着独特的重要作用。例如电视纪录片，《典籍里的中国》在普及中华文化经典上就产生了轰动效应；《"字"从遇见你》从一个个小小汉字美善机趣地窥探中国文化密码，沉浸于历史深邃处的古代造字情景的具象思维去进行机智愉悦的揭秘，令观众学得硬核的文字考古学知识和汉字里的历史智慧、宇宙观、人生哲理，感受中华古典文化的美妙熏陶；《书简阅中国》从一封封"抵万金"的家书的历史私人话语中，让观众读出了古人的柔肠百转、情意缠绵，更读出了肝胆相照、家国情怀，感悟到中华文明讲仁爱、重民本、守诚信、崇正义、尚和合、求大同的精神特质和人文底蕴；《曹雪芹与红楼梦》以曹雪芹与《红楼梦》中的人物命运为叙事主线，举重若轻地向观众讲清楚了"曹雪芹是谁"和小说中诸多人物命运的故事，用动画形式导引观众欣赏这部"人情练达"的封建社会的百科全书；《长江之歌》继《话说长江》和《再说长江》之后，第三次深掘这条母亲河与中华民族的血肉联系，从长江的历史到新时代长江的万里画卷，从长江子民的衣食住行、喜怒哀乐到新时代长江建设者的精神境界，都让观众沐浴于中华文明的"水意象"洗礼之中；《如果国宝会说话》更是从一件件国宝那里找到了讲好中华文明精彩故事的源头活水，以创新的视听修辞，将文物拟人化，格物致知，不仅"说话"，而且与新时代"对话"，实在妙不可言。再如电视剧，不仅有如巨片《大秦帝国》这样的艺术再现秦统一天下历史伟业的力作，不仅有历史文化名人传记《苏东坡》这样的彰显中华民族浑厚人文底蕴的力作，而且有如《和平之舟》《埃博拉前线》《舰在亚丁湾》《鉴真东渡》这样的艺术地再现中华民族和中华文明与世界各国和各种文明或在联合国维和中、或在人类抗疫中、或在宗教活动中，因交流交融而互鉴互补的优秀作品。所有这些，都对从屏幕上昭示中华文明的起源、形成、发展的历史脉络，昭示中华民族共同体和中华民族多元一体演进格局以及人类命运共同体理念，产生了积极的润物无声、培根铸魂的作用。

2022-07-29

演绎"小脚母亲"的传奇人生
探索现代京剧审美的表达新路

——观京剧《母亲》

　　由赵瑞泰编剧、刘子微主演，武汉京剧院创作演出的京剧《母亲》，取材自20世纪传奇女革命家、男女平权和女子教育先驱者葛健豪的真实事迹，讲述一位"小脚母亲"带着儿女远赴重洋、追求真理、投身革命、返乡之后开办女学，并在这一过程中培养出中国共产党早期领导人蔡和森、向警予以及蔡畅、李富春等革命先驱，将一生献给中国人民解放事业的感人故事，塑造了别具一格、血肉丰满的"革命母亲"形象。该戏践行文艺发展要努力实现创造性转化、创新性发展的"两创"方针，在京剧艺术的表现形式上积极探索、大胆创新，展现出现代京剧与时俱进、守正创新的新风采、新样态。

　　"母亲"形象在文艺作品中屡见不鲜，中国戏曲史上，《孟母三迁》《岳母刺字》《罢宴》《四郎探母》等传统剧目，多强调女性温柔和善、相夫教子、甘于奉献的品德。而现代京剧《母亲》则不拘一格，塑造了一个生于封建家庭却极具独立意识和进步精神的"革命母亲"形象。全剧用休夫、考学、求索、留洋、寻女、别子、立根七场戏勾勒出"小脚母亲"葛健豪的传奇一生，其人物特征主要体现在：冲破封建束缚，寻求自我解放，坚决与子女一同投身革命，救亡图存。第一场"休夫"引发的家庭冲突，实际表现了葛健豪与落后封建社会之间的矛盾，念白中提到辛亥革命的女杰"秋瑾是我的好姐妹"，平权思想和进步理念在她心中生根发芽，为其日后的心灵成长和精神嬗变埋下了伏笔。第二场"考学"，凸显了葛健豪"奇女子"的形象，她与儿孙一道考学，取"健壮豪放"之意为自己改名，唱词"誓做一回大写的人"，宣示中国妇女打破旧社会牢笼，开启人生的新篇章。第三场"求索"和第四场"留洋"，将葛健豪的命运与风雨飘摇下中华民族渴望复兴的时代需求联结在一起，她偕儿带女赴法留学，支持儿子蔡和森翻译马克思著作、建立中国共产党的主张，她勇立历史的潮头，培育了中国革命的星星之火。第五场"寻女"和第六场"别子"，讲述回国后的葛健豪在白色恐怖下痛失爱女、送别亲子，在革命最艰难的时候，她毅然提出加入中国共产党，完成了"母亲"与"女革命家"形象的整合。第七场"立根"，以"摇摇篮的手摇动世界"为葛健豪波澜壮阔的一生写下了最好的注脚。《母亲》中的葛健豪在强烈的戏剧冲突中不断成长，站在时代潮头勇于突破自我，成就了一位迈着三寸金莲行走天下的令人耳目一新的革命母亲形象。

实现传统京剧艺术与时俱进的创造性转化、创新性发展，一直是新编现代京剧的重要课题。《母亲》准确地把握了传承与创新的关系。葛健豪的扮演者刘子微是杨派（小杨月楼）、黄派（黄桂秋）青衣传人，此次跨行当演绎老旦，在唱腔、念白、身段上均有创新突破。刘子微的京剧硬跷功底更是一绝，跷功有"东方芭蕾"之称，表演时演员须踩着木质跷板、外套绣花鞋来模仿封建缠足女性的仪态动作。《母亲》一开场的"足尖舞"，让人忆起京剧《三寸金莲》中的"赛脚"场景，小脚本是封建社会愚昧落后、压迫女性的象征，所以，刘子微并未"以跷炫技"，而是注重用跷功展现人物在不同时期的性格特征和精神状态。在"考学"中，葛健豪为证明自己能够正常融入学生生活，便踩着三寸金莲跳绳；在"留洋"中，为积极适应当地生活，便用小脚学跳法国舞；在"别子"中，晾衣架后露出的小脚更是展现了葛健豪与特务间的斗智斗勇……不同的肢体动作，表达了人物或不服或喜悦或紧张的情绪，传统的戏曲技艺以创新性的发展方式审美化地展现了葛健豪自强不息、行走天下的传奇人生。在音乐和舞台设计方面，《母亲》大胆创新，采用交响乐团与京剧"板腔体"相配合的方式，同时加入歌队和舞队，将舞蹈动作与戏曲的"武打"相结合。"留洋"中就以带有戏曲程式动作的群舞展现了游行的场面，最后一场"立根"，在葛健豪诉丧子之痛后，又以大合唱"中华崛起"结尾，从而使舞台氛围哀而不伤、荡气回肠。唱词言简意赅、凝练节制，各唱段之间结构紧凑、张弛有度，演员的演绎形神兼备、寓理于情，体现出传统京剧艺术的审美特征和优势。交响乐团和歌队、舞队则在人物情感抒发的基础上营造出宏大的历史场面和史诗气派，展现出传统京剧与现代歌剧、舞剧等艺术形式的交流、对话和融合，真正做到了美美与共、博采众长。

《母亲》充分发挥了京剧艺术的独特魅力，对传统戏曲技艺有扬弃地加以继承，展现了现代京剧同当代中国文化相适应、与现代社会相协调，努力实现创造性转化与创新性发展的新样态。期待更多新编现代京剧都能像《母亲》一样在守正基础上创新，共创中国京剧百花齐放的新局面。

本文系与博士林玉箫合作

2022-08-17

用心用情用功书写大运河的绿色之路

——评电视连续剧《运河边的人们》

由中宣部、国家新闻出版广电总局指导，中央广播电视总台、浙江省委宣传部、浙江省文化产业投资集团有限公司、浙文影业集团股份有限公司等出品的现实题材电视剧《运河边的人们》近期在央视一套播出，广受好评。该剧以大运河的生态环境治理和历史文化保护为线索，把新时代运河边人们的经济、政治、文化、社会、生态生活当作审美对象的整体来把握，精心描绘运河沿岸各色人物精神世界与时俱进的深刻变化轨迹，多维度展现了大运河在当代生态文明建设中的伟大变革。该剧坚持现实主义精神与浪漫主义情怀相结合，直面人生、开拓未来，倾情书写大运河的绿色之路，辩证认识绿水青山与金山银山之间的关系，形象展现自然生态与人文生态的相生相依关系，并将大运河广博的历史内涵与外延落实到人民真实的现实生活中，塑造了新时代"运河人"丰富而鲜活的群像，诠释了个体命运与时代发展的紧密联系。全剧思想颇为精深、艺术较为精湛、制作相当精良，为新时代电视剧的创作提供了有益的新经验。

《运河边的人们》在叙事上，精准凸显了"大运河"与"小人物"的两极联系。从宏观上看，该剧着墨于大运河在历史发展中治理环境污染、保护自然生态、修复文化遗产、再现历史景观、改善两岸民生、申遗走向世界的进程。大运河的"大"，不仅体现在其流经 6 个省、2

个直辖市、25个地级市，影响着中华大地广袤的自然环境，更在于其历史悠久，有着丰富的人文内涵和文化遗产。编剧马继红以天人合一、道法自然的中华传统美学思维来书写"生态兴则文明兴"的历史画卷，注重全面体现自然生态与人文精神的互补生辉，历史保护与文化传承的共生共荣，生态建设与经济、政治、文化、社会建设的相依相存，并由此进而呈现出大运河顺应时代、继往开来，联通历史与现在、中国和世界的"大气象"。剧情虽围绕主人公路长河的工作经历展开，看似一部环境保护的行业剧，但又远远超越了题材的局限，把时代发展、人民生活当成审美对象的整体来把握，这就使其在作品的思想深度、历史厚度和表现力度上，都高于那些局限于只表现某一行业、某一战线生活的行业剧。从微观上看，尽管该剧主题鲜明、立意宏大，但所有的大发展、大变革、大事件又都是通过"生活流"的叙事方式落点到一个个具体的"人"身上。这就令全剧说人话、接地气、通人心。例如，大运河治理改造的历史走向和时代精神这一宏大主题，是通过主人公路长河的职业选择、人生追求和愈挫愈勇、攻坚克难来呈现的，剧中人物的塑造往往靠事业与家庭双线并举、交叉叙事。从截污清淤到申遗成功，大运河每一步的变迁都体现在两岸百姓富有烟火气息的家庭之变、生活之变、人生遭际之中。由此可见，《运河边的人们》重点反映的是大运河边的"人"在新时代推进经济、政治、社会、文化、生态五位一体的现代化建设和民族伟大复兴历史征程中物质生活和精神世界的深刻变化。梁家轩、路长河、路小惠这三代被运河水滋养的人，薪火相传，前赴后继，用实际行动反哺母亲河，使其最终成为让人看得见山、看得见水、记得起乡愁的"人民的运河"。

在反映时代大潮的作品中，塑造真实鲜活的人物群像一直是创作的重点和难点。一方面，要避免在创作思维上二元对立、非此即彼，落入人物脸谱化、情节套路化的窠臼；另一方面，也要警惕对所有塑造的人物都态度暧昧、模棱两可，落入好人不好、坏人不坏的历史虚无主义泥潭。毛泽东同志《在延安文艺座谈会上的讲话》中强调，要"根据实际生活创造出各种各样的人物"[1]，这一点极为重要。新时代坚持以人民为中心的创作导向，就是既要讴歌塑造好英雄的"正面人物"以引领人民，也要鞭挞刻画好丑恶的"反面人物"以警示人们，还要为现实生活中大量存在的"中间人物"谱写精神和心灵的变迁史、成长史。《运河边的人们》着力塑造了直面诸般困难，并在克服困难的过程中不断成长的路长河、李静山、梁子言、周海涛、罗大成等形象。这些人物都有着自身的优势和缺陷，如路长河在工作上勇于担当、冲锋在前，但由于性子太直、不懂变通，经常被老单位的同事排挤。他的领导李静山眼界高、脾气大，但十分爱惜人才，比起路长河的一根筋，李静山更讲究问题解决的方式方法，两人在摩擦互补中共同前进。梁子言、周海涛、罗大成的形象也不是"非黑即白"，而是在人生起落、世情冷暖中有着各自的"高光时刻"和"至暗时刻"。该剧对中间人物精雕细琢，实际上是注重了艺术表现"灰生活过程""灰精神现象"的演进，拓展了审美创造思维，更贴近真实的人生，因而也更具有思想穿透力与艺术感染力。当然，在注重描写中间人物的同时，《运河边的人们》也塑造了像老教授梁家轩这样的优秀知识分子典型形象和靳庆宝这类道德败坏的反面形象，强调了正面人物的引领作用和反面人物的警示作用。这便是用执其两端、关注中间、全面辩证的创作思维来完整地把握审美对象，从而立体地建构了时代变革中"运河人"有血有肉、丰满动人、个性鲜明的群像。

　　《运河边的人们》用创作实践启示我们，宏大题材落实到写人，其现实主义精神直面人生的真实叙事要坚持，其浪漫主义情怀开拓未来的理想信仰也要坚持，而且要将两者结合，既用心用情用功塑造好英

---

[1] 毛泽东：《在延安文艺座谈会上的讲话（1942 年 5 月）》，《毛泽东选集》（第三卷），人民出版社 1991 年版，第 861 页。

雄典型、刻画好反面人物，也不要忘了用心用情用功塑造好实际生活中大量存在的中间人物形象。这样，我们就能创作出更有深度、广度、力度和温度的优秀文艺作品，去攀登审美创作的高峰。

本文系与博士林玉箫合作

2022-08-31

革命英雄出少年　培根铸魂守初心

——评儿童电影《红星闪亮》

　　红色革命电影永远是最生动的党史课。近年来，银幕上涌现出诸多优秀的"红色经典"文艺作品，它们共同谱写着中国共产党的辉煌历史与共产党人的精神谱系。正在热映的由谢春燕总编剧、叶锋导演的儿童电影《红星闪亮》，首次将镜头对准新中国成立前建立在革命根据地的儿童团，以中国红军第一架飞机"列宁号"诞生的背景为切入点，以儿童团的少年英雄成长为主线，生动展现了中国共产党的一段不为人所熟悉的革命历史。

　　影片通过高娃子运送飞机部件、学习飞行知识，最终成长为红军真正的飞行员的心路历程，讲述了儿童团的革命少年们在那段烽火岁月中如何坚守信仰，完成组织交给的特殊任务。该片以小见大地展现了儿童团在中国革命历史上所做出的不可磨灭的贡献，很好地还原了一段充满励志和温情的党史故事，为当代少年儿童提供了一堂生动活泼的党史学习教育大课。

题材立意新颖　以儿童团的故事温情书写党史

　　儿童团的革命史作为党的百年波澜壮阔历史的一部分，一直以来鲜有影视作品真正深入地将其进行影像化表现。《红星闪亮》以历史上真实的儿童团干部为原型，聚焦儿童团的革命历史，在选题上大胆而有新意。同时，人物和情节架构的设置也很巧妙，让背负着"叛徒儿子"骂名的高娃子，为了寻父而立志当一名飞行员。这一故事线索恰巧与中国红军第一架飞机"列宁号"诞生的历史串联了起来，将少年高娃子的飞行梦想与飞机诞生的史实虚实结合，以人带史、以史抒情，通过高娃子经历层层挫折和考验、加入儿童团并最终成为一名真正的革命小战士的过程，生动展现了以高娃子为代表的儿童团成员在革命历史洪流中为党为人民奉献自身力量的理想志向。

《红星闪亮》的一大特点是，一改以往大多革命题材电影依靠残酷的战争场面和刀山火海的渲染来表现革命艰辛，而是通过情节和人物本身的戏剧性结构冲突，以温情的手法反映斗争的残酷性和人物的矛盾处境。影片着力讲述儿童团成员的梦想、亲情与友情，重点突出了国民党飞行员龙文飞与中国共产党儿童团成员之间如何由敌对关系步步升华成亲密战友的过程。在龙文飞与高娃子的互相救赎中，《红星闪亮》用温情的笔触将严肃的宏大政治主题和阶级矛盾蕴于孩子们的少年志气与理想信仰之中，让主旋律的表达多了几分情感温度与时代气息。

构筑少年英雄群像　传承红色基因

一百多年前，梁启超在《少年中国说》中掷地有声地道出"少年强则国强"。《红星闪亮》以儿童团成员的革命激情和革命实践构筑出一幅少年英雄群像，很好地诠释了何为"少年强则国强"。影片中，无论是石头为掩护小伙伴，抱着敌人义无反顾地跳向瀑布，还是高娃子在危急关头独挑大梁、拼死运送飞机机翼，都体现了随时准备为革命献身的儿童团小战士们的英勇气概。

英雄是每个时代都不可或缺的精神榜样，塑造典型英雄形象是革命战争历史题材电影绕不过的挑战。回望、对比新中国儿童革命题材电影里的"少年英雄"，譬如机智勇敢的潘冬子、一身"英气"的张嘎、有情有义的雨来等，他们已成为几代中国人心中关于革命小战士最经典的荧幕形象。《红星闪亮》通过对高娃子、石头、小桂花以及其他小战士的细致刻画，从侧面反映了以"准备着，时时刻刻准备着"

为口号的儿童团少年英雄们跟父辈一起经历着战争的考验和血与火的洗礼。在民族危难时刻，他们用稚嫩的肩膀挑起革命的担子，完成了属于他们的革命任务，传承了光荣的革命基因。

《红星闪亮》中的主人公高娃子就是一个传承红色基因的典型少年英雄形象。他的父亲高山因为从事"地下"工作，而被大家误以为"叛变"了。这样的人物设置，让少年高娃子的内心多了几分矛盾，少了些天真与稚气。为了给父亲正名，飞出苏区寻找父亲成了他投身革命的动力之一。在他屡次受挫、内心挣扎时，父亲的告诫"以后无论遇到什么困难，都不要忘记自己是苏维埃的人"，又像一座灯塔一直为他指明前进的方向。在战火纷飞的年代成长起来的儿童团少年们，不仅要背负与至亲分离的痛苦，有时还要像高娃子一般背负着被误解的骂名，但这些困难都没能阻碍他们坚定地成为革命的新生力量。正如鲁迅先生所说："从喷泉里出来的都是水，从血管里出来的都是血。"[①] 有着革命血脉和基因的儿童团小战士们，一直都是中国共产党历史上最坚定的革命力量之一。

以小见大 彰显"不忘初心、牢记使命"的新时代精神

作为一部儿童红色题材电影，《红星闪亮》绕开宏大的革命历史叙事，从小切口、小角度、小人物、小事件细腻地刻画了大革命时代中儿童团成员"不忘初心、牢记使命"的壮志与理想。无论是高娃子对飞行员梦想的坚守、小石头的英勇抗敌、小桂花的善良纯真，还是寇校长的视死如归，都彰显出"初心"和"使命"的无穷力量。同时，影片通过儿童的视角对红军第一名飞行员龙文飞的故事和红军第一架飞机"列宁号"的来历进行了细致入微的讲述，展现出革命大潮中一个丰富的侧面，完成了一段培根铸魂的"红色叙事"。

---

① 鲁迅：《革命文学》，载鲁迅先生纪念委员会编纂《鲁迅全集·第三卷·而已集》，鲁迅全集出版社 1948 年版，第 525 页。

守住初心，才能笃行致远；牢记使命，才能担负起实现中华民族伟大复兴的历史重任。值得一提的是，《红星闪亮》里的小英雄们在真实的党史中都成长成为革命事业奉献终身的优秀共产党员。这部电影在向儿童团致敬的同时，更是为这些少年英雄人物立传，为新时代诠释出"不忘初心、牢记使命"的奋斗精神。

总而言之，《红星闪亮》在故事立意、叙事角度、人物设置、戏剧性冲突等方面都有其用心之处，是一个将梦想与革命史实紧密结合的好故事。从电影的完成度上讲，美中不足之处在于，作为一部儿童电影，尽管很好地凸显了儿童团的革命热情，但忽略了一些童真童趣的表达，在感化、策反国军飞行员龙文飞的情节转换中，对人性的剖析还可以再深入一些。虽有遗憾，但结合真实党史，展现儿童团小英雄们不屈不挠、不怕牺牲的崇高品质和强烈的爱国主义情怀的《红星闪亮》，还是很好地弥补了此类题材的银幕空白。

本文系与博士何楚涵合作

2022-09-16

全民"大考"，考出大国气魄

——评电视剧《大考》

"黄沙百战穿金甲，不破楼兰终不还。"始于 2020 年的那场抗疫之战是一场没有硝烟的战争，也是一场全民"大考"。2022 年播出的电视剧《大考》，是一部再现人民集体记忆、彰显大国雄浑气魄，并高度熔铸"力"与"美"的现实主义精神与浪漫主义情怀相结合的荧屏佳作。《大考》以 2020 年新冠疫情肆虐期间的金和县高考作为"切口"，由剧中实为翁婿关系的县一中与四中的两位校长和几名各具典型性的考生及其背后的家庭，延展至更为广阔的社会大系统，使作品具有了深度、广度、力度与温度，具有了历史内蕴与文化内涵。在全剧旨归的统御下，多条叙事线索交错发展，铸起了一幅在广阔社会背景的疫情中工农商学兵各行各业中华儿女砥砺前行的时代浮雕。《大考》之"大"，就在于全剧借高考为突破口，记录下了人们在前所未有之疫情困境中的艰难拼搏与彼此慰藉，从而书写了这场全民"大考"中众志成城的热血诗篇，升腾出荧屏内外中华民族精神共振的"力"与"美"。

其一，《大考》之"力"与"美"，在于主创团队以现实主义精神之力突破一般类型片创作的"藩篱"，突破流水线影视生产的"摹本"，将这场特殊的高考放在整个社会大系统中进行审美观照，既有从新时代高度对人生百态的俯瞰，也有从个体角度对心灵深处的探微。这是一场真正扎根生活、直面人生的艺术化荧屏再现。

作为剧中生逢非典、考遇新冠的高考生，吴家俊热爱绘画，憧憬艺术院校，却与母亲心目中"好大学""好专业"的标准产生严重抵牾，这是现实中许多高考家庭、考研家庭代际的择业观、行业观差异性和矛盾性的真实投射。当然，艺术要化"真"为"美"，就要提炼现实矛盾，合理设计戏剧冲突。当吴母毁掉儿子几个月的绘画心血后，双方矛盾升级。在冲突高潮段落，遭到母亲掌掴的吴家俊离家出走，在吴家俊奶奶家中又上演了一场婆媳大战。一系列的冲突接踵而至，往往出乎意料，却又合乎情理，一一深化了代际冲突、家庭教育、婆媳困境、亲家关系、老人寡居等诸多社会现实问题。与吴家俊面对的"窒息式"母子关系形成对比的，是另一考生田雯雯长期面临的"放养式"母女关系。因父母常年在武汉打工，田雯雯成了真正意义上的"留守少女"，她心目中对"家"的憧憬总是与现实渐行渐远，这也涉及现实中的青少年成长心理、异地亲子关系等社会问题。当与自己相依为命多年的祖母过世，独居的田雯雯遭遇歹人跟踪踩点时，"家"只是一座无法为其带来安全感的老宅；当母亲带着妹妹归来，父亲阴差阳错地被阻隔在途中小酒馆时，"家"只是除夕夜一顿隔着手机屏幕强颜欢笑的晚宴；当父亲在武汉感染新冠后让自己保守秘密，不要为母亲和妹妹平添忧虑时，"家"又成了高考在即的少女肩上一副与其年龄不相称的精神重担。

此外，剧中周博文的父亲游手好闲而母亲含辛茹苦的家庭职能失衡及其对孩子亲情伦理的心理影响，则是对现实中此类家庭问题荧屏艺术呈现的一次开拓。看似玩世不恭、实则善良心细的"富二代"潘小宣，实际上是现实中离异家庭另类"留守少年"问题的典型映射。回村照顾祖父的高铭宇由最初的上网课难到各方力量共同为其解决网络通信难题，也是对2020年疫情防控期间"村村通""户户通"直播卫星平台建设与中国教育电视台网台联动推出《同上一堂课》真实情况的荧屏艺术再现。应该说，《大考》不是传统意义上的抗疫剧、校园剧、职场剧、家庭伦理剧、社会问题剧，而是一部打破类型化影视界限，真正扎根现实、关注人民、正视问题、直面人生的现实主义荧屏力作。

其二，《大考》之"力"与"美"，在于主创团队以现实主义精神之力直击人物心灵，升腾出人物的浪漫主义情怀之美。该剧人物塑造规避了角色脸谱化、刻板化的塑造模式，也避免了单纯追求收视率、点击率的"恶劣的个性化描摹"现象。这是在人物形象塑造上对"二元对立""非此即彼"单向思维方式的匡正，力图从现实生活整体出发，以全面把握、辩证发展的和谐思维塑造出"人的历史"与"历史的人"高度统一的具有典型意义的艺术形象。

就抗疫这条线索而言，剧中2020年的新冠抗疫与2003年的非典抗疫形成了时间上的互文，实现了伟大抗疫精神的历史复现。县一中校长王本中之妻作为医护人员于2003年的非典抗疫中牺牲。应该说，王本中之妻在剧中是一种"缺席"的"在场"，始终对女儿王倩有着一种冥冥之中、潜移默化的精神感召力。继承母亲衣钵的王倩起初不愿作为同事的男友前往疫情暴发地，在经过与男友的一番争论和自己的一番挣扎后，她选择与男友共赴疫情暴发地。当她在那里经历了与死神赛跑的奋战，受到深刻的灵魂触动后，她毅然决然地前往当地重症区继续作战。这是具体的、偶然的、可感的、发展的"人的历史"。在王倩母亲奉献精神的感召下，在共赴武汉白衣同袍的彼此激励下，在万众一心抗疫精神的普照下，必然会涌现更多思想上获得成长与升华的"王倩"们。这是历史环境造就的"历史的人"。在个体人生际遇之或然律与特殊性的背后，是人物命运与历史趋势之或然律与必然性、特殊性与普遍性的高度统一，从而锻造出"人的历史"与"历史的人"高度熔铸的典型形象。

其三，《大考》之"力"与"美"，在于主创团队以现实主义精神之力对中华美学意象实现创造性的荧屏转化。这既是中国影视叙事的美学基因之优势所在，也是对中华美学精神的传承与发展。

《大考》的意象创设别具特色。譬如，剧中的"门"就具有丰富的意涵。两位中学校长对于疫情防控期间学生管理问题的争论，始终因疫情防控之需而隔着一道"校门"。这道紧闭的大门，是两名教育工作者之间存在教育理念隔阂的具象表征，更是丧女之痛和丧妻之痛纠葛多年的翁婿之间那道隐形"心门"的写照。又如，吴家俊母亲禁止孩子反锁房门，甚至拆除锁芯来实行"无死角"监控，此时的"房门"成为母子关系隔阂的隐喻，蛮力拆除锁芯的行为也是对孩子独立人格被强行剥夺的意指。再如，剧中医疗队即将出发时，存在于两个空间的"楼梯"形成了彼此呼应的意象。王倩所在出征仪式的台阶与王本中所在教学大楼的阶梯是"大考"中医护工作、教育工作需要攀登的那座隐形的"高峰"，而父女间无言的牵挂和各自的坚守令一种"苟利国家生死以，岂因祸福避趋之"的家国情怀跃然荧屏，两个楼梯场景的镜头转换折射出一种互文式镜语的崇高之美。此外，当洪灾席卷金和县而影响了考生交通时，风雨交加中的战士们所铺设的浮桥成为又一重要的空间意象。"桥"在物理空间上的连接作用投射于艺术世界，往往成为人生重大转折、开启人生新篇的符号化象征。剧中此处的桥，情景交融，虚实相生，可谓意涵丰盈。这正是于这场"大考"中，全社会各行各业日夜奋战，在风雨中为民族的未来托举起了这座通向光明和希望的"浮桥"。

全剧的最后，当考生们意气风发地走出考场，满怀感恩地向武警官兵、医护人员、教师、家长鞠躬时，大景别的运动镜头在考场外全景式地调度，绘制出的正是全社会面临"大考"时众志成城的一幅缩影。与众人的欢腾形成对照而生发出动静相生之美的，是接下来剧终时四中老校长史爱华独自在教室黑板前的凝视与怀想，这种"静"，意蕴深远，为全剧增添了一种深沉的人生感与厚重的历史感。

概言之，大国荧屏应当彰显大国气魄。《大考》以其独具特色的"力"与"美"，为日益壮大的现实主义精神与浪漫主义情怀相结合的影视矩阵再添力作，作品整体上有高度、有深度、有广度、有力度、有温度。在新时代文艺工作的"大考"中，《大考》无疑也是一份无愧于人民、无愧于历史、无愧于时代的答卷。

本文系与博士苏米尔合作

2022-09-30

中国式现代化伟大实践孕育的脱贫史诗

——评电视剧《那山那海》

　　由中央广播电视总台、福建电影制片厂有限公司等出品，福建省委宣传部、省广播电视局等联合摄制的电视剧《那山那海》，近期在央视一套黄金档播出。该剧改编自黄国敏的中篇小说《山哈弄海》，以观风寨雷家三兄弟的成长为线索，讲述了闽东地区山上的畲族和海边的疍民横跨四十余年的乡村振兴故事，堪称中国式现代化伟大实践孕育的一首脱贫史诗。《那山那海》强调了农民在历史发展中的主体性和主动性，通过塑造典型环境中的典型人物、融合现实主义精神与浪漫主义情怀，展现了农村改革发展的历史深度、现实广度和人性温度。同时，该剧既借鉴类型剧创作的有益经验，又着意突破类型剧创作思维的局限，全面把握政治、经济、社会、文化、生态"五位一体"的中国式现代化伟大实践的整体宏大背景，在"山"与"海"的互动交织中书写民族地区农民在改革开放、脱贫攻坚大潮中的奋斗历程和精神轨迹，彰显了民族文化的传承，为新时代农村剧的创作做出了有益的创新探索。

　　人民是历史的主体，农民是农村现代化建设的主体，当然也是农村题材文艺作品的主体。《那山那海》聚焦福建宁德地区畲族农民的奋斗史，剧情从 20 世纪 80 年代开始，围绕贫困山区的雷家三兄弟展开。老大雷铨水吃苦耐劳，致力于改变观风寨贫穷落后的现状；老二雷恒水敢想敢干，下山"闹海"做起了水产生意；老三雷德水一心念书，期望着考上大学改变命运。三兄弟均为脱贫攻坚典型环境中的典型人物，分别代表着新农村建设中的基层干部、商人和知识分子。他们既有着各自鲜明的个性，又具备随时代发展而成长的有追求有智慧的新农民的共性。三人的奋斗历程顺应着中国由闭塞走向开放、由落后走向进步的历史大趋势，从而以人带事、由点及面地展现出改革开放四十余年贫困地区由易地搬迁、产业扶贫、国企改革、生态保护、文化发展、人才回流等汇聚而成的波澜壮阔的中国式现代化建设中乡村振兴的伟大史诗。在坚持农民主体地位、努力塑造有典型认识价值和审美价值的人物的基础上，《那山那海》以现实主义精神和浪漫主义情怀相结合去观照现实生活，辩证看待农村改革进程中的种种问题。一方面，该剧不回避脱贫攻坚的现实困难和农民的生存困境。例如观风寨一开始就存在交通闭塞、灾害频发、基层懒政等严峻问题。雷家大哥娶不上媳妇，三弟交不起学费，二哥做上门女婿，都体现出 20 世纪 80 年代畬族农民在温饱线上挣扎的窘境。三人各自选择的脱贫之路——修路、搞养殖、考大学，也都是困难重重、一波三折。但与此同时，该剧"善于在幽微处发现美善、在阴影中看取光明"①，面对人生的艰辛，三兄弟更多展现出的是穷则思变的希望、超拔苦难的意志、共同富裕的信念。全剧在历史的进程和命运的起伏中书写农民精神蜕变的奋斗心史，彰显了该剧的历史深度、现实广度和人性温度。

《那山那海》突破了"引路人"与"落后分子"二元对立的传统叙事模式，将戏剧矛盾升华为两者共同面临的对美好生活的需要与不平衡不充分发展之间的矛盾。这在一定程度上避免了近几年扶贫剧常见的用"能人"形象的扶贫干部搭配"胡搅蛮缠"的村民设计，二元对立，好走极端，造成人物扁平化、情节套路化的雷同现象，转而将脱贫攻坚的制度优势和治理效能体现于干部与农民的水乳交融、精诚

---

① 习近平：《在中国文联十大、中国作协九大开幕式上的讲话（2016 年 11 月 30 日）》，人民出版社 2016 年版，第 14 页。

合作、互补生辉之中。剧中陈书记原本是扎根观风寨多年的乡村教师，后在脱贫攻坚的时代召唤下完成从教师到乡党委书记身份的转变，其作为新农村较早一批启蒙者和引领者，与畲族农民有着深厚的情感。在面对贫穷、落后、自然灾害等共同的敌人时，陈书记与雷家三兄弟始终并肩作战、相互支持，深刻诠释了"从群众中来，到群众中去"的乡村干部形象。在打破二元对立的叙事结构的基础上，《那山那海》还充分发挥中国式审美擅长整体把握生活的优势，使剧情在"山"与"海"两个空间的互动、交织中螺旋上升，呈现出中华优秀传统文化和闽东畲族民族文化在广阔时空中的传承。山区的山哈要"下山"，海边的疍民要"上岸"，雷恒水将两者的目标联合起来，走上了山海协作、共同富裕的广阔道路，深刻体现了中华"和合"文化的智慧。三兄弟的性格，也颇具儒家"五常"的特征——雷铨水一心为民的"仁、义"，雷德水作为知识青年的"礼、智"，以及雷恒水在商海沉浮中始终坚持的"信"。剧中还展现了福建宁德地区优美的自然风貌，强调了乡村经济发展不能以破坏生态为代价，同时将畲族的历史文化、民俗特色融会在情节中，从而以横跨山海的宏阔视角、天人合一的博大情怀展现了文化传承、经济发展、生态建设并行的新发展理念下的乡村振兴之路。

在中国式现代化伟大实践孕育的这首脱贫史诗中，《那山那海》在人物细节、情节铺陈等方面尚有不尽如人意之处。例如剧中女性人物形象较为符号化，菊香出场时的化妆造型比较突兀，不太符合20世纪80年代农村女性的普遍实际。老大雷铨水修路时，剧情将畲族村民从反对到支持的转变归结于媒体对雷铨水事迹的报道，在逻辑上还显得不能充分服人。三兄弟中，老三雷德水的形象似显模糊，其作为村里的第一代大学生实质上代表了脱贫攻坚的重要力量，却未能达到彰显这一群体的时代精神的艺术表现高度。剧情着重展现了老二雷恒水的创业过程，但对企业遭遇核心问题时的解决方式则阐释得较为简单，显得"起承"有余而"转合"不足；面对欧赫的背叛、员工的失误，雷恒水往往是"全盘包容""一力承担"，在增加戏剧性的同时也多少有点消解了事件的真实性和生活的沧桑感。总的来说，观众乐于接受的，是真实的、有人性的、行为逻辑合乎常理的人物和经得起推敲的、符合世情民情的事件。须警惕那些公式化、概念化的时代精神的"传声筒"和为剧情发展模棱两可、反复横跳的"工具人"，这样的人物哪怕是次要人物，也会导致农民形象的模糊和农村剧情的悬浮。中国式现代化伟大实践孕育的中国特色新农村建设和脱贫攻坚题材电视剧，理应在创作上更加精益求精，勇攀思想的、艺术的高峰。

本文系与博士林玉箫合作

2022-11-04

重塑经典的成功实践

——观上海昆剧团全本 55 出《牡丹亭》三思

一

欣闻上海昆剧团（以下简称"上昆"）积多年之经验、扬本团之传统、集全团之优势，邀著名导演郭小男执导，由年青一代的优秀演员罗晨雪、胡维露担纲，用心、用情、用力、用功地把享有世界声誉的堪称"戏曲文学的《红楼梦》"的汤显祖经典昆曲作品《牡丹亭》55 出全本首次完整地搬上了舞台，喜极不顾疫情风险而飞沪学习观赏。上昆全本 55 出《牡丹亭》连续三场，共计 8 小时，先睹为快，收获满满，启示多多。返京机上，速记心得体会。

这是一次非比寻常的具有独特意义的演出。毋庸置疑，戏曲艺术须为时代画像、立传、明德，须热情讴歌英模人物以引领世风，须为凡人传神写貌以抒写民心民情，须谱写中国式现代化宏伟大业的颂歌以唱响时代主旋律。我们在这些方面都取得了举世瞩目的骄人成绩。但是，毋庸讳言，今天的创作中也还存在着不容忽视的题材雷同、风格单一的同质化甚至公式化倾向，严重影响了"二为"方向和"双百"方针以及"创造性转化、创新性发展"的全面贯彻执行。上昆全本《牡丹亭》的横空出世，以一种清醒的历史自觉和坚定的文化自信，给新时代的戏曲创作乃至整个文艺创作吹来了一股用时代精神激活中华优秀传统文化的生命力、融合古代经典人文精神美学风范与现代人文思想及审美理念来重塑经典的创作新风。

在当今舞台上重塑全本《牡丹亭》，这在新中国戏剧史上是前所未有的。习近平总书记在关于深化中华文明探源工程的重要讲话中强调，要"增强历史自觉、坚定文化自信"。各领域各行业都是如此，欲使古老昆曲与时俱进、行稳致远，就必须深通其历史沿革、守正创新、繁荣发展。而与西方莎士比亚比肩齐名的汤显祖的巨著《牡丹亭》，不仅是昆曲历史上，也是中国戏曲文学史乃至世界戏剧文学史上的一座高峰和里程碑。但我们对老祖宗留下的这一古典名著遗产所蕴含的丰厚人文价值和精深的美学意蕴，却还缺乏探本溯源、钩沉史料、创造性地完整再现于当今舞台，并从中系统梳理、总结的成功实践。正是从这个意义上讲，上昆的全本《牡丹亭》，确实在敬畏经典、传承经典、以今人视角阐释经典，实现古典经典的当代回归与创造性转化、创新性发展上，起到了示范作用。

二

上昆之所以在剧团的人才培养、剧目建设上能做到学习、领悟、贯彻"二为"方向、"双百"方针和"创造性转化、创新性发展"上有定力，是因为有一个坚定不移靠"一是尊重艺术家，二是遵循艺术规律"来实施"加强和改善党对文艺工作的领导"的好班子。

且看全本《牡丹亭》强大的创作阵容——老一辈昆曲大家岳美缇、蔡正仁、张静娴、计镇华、刘异龙、张铭荣、李小平齐整整地出任艺术指导，当红优秀中青年昆曲演员罗晨雪（饰杜丽娘）、胡维露（饰柳梦梅）、周亦敏（饰春香）、张伟伟（饰杜宝）、周娅丽（饰杜母）、袁彬（饰陈最良）、孙敬华（饰石道姑）、吴双（饰判官/完颜亮）、马填钦（饰李全）、谭笑（饰杨婆/大花神）、胡刚（饰苗舜宾）、朱霖彦（饰郭陀）、倪广金（饰汤显祖），加上一流的剧本缩编、唱腔整理、作曲、舞美设计、灯光设计、服装设计，统一在郭小男的运筹帷幄下，真体现了"一棵菜"精神。上昆作为中国昆曲最具实力的主要重镇之一，集"三代五班"之优势，实现《牡丹亭》这一古代戏曲经典资源的优化配置和创作生产力诸因素（缩编、导演、演员、音乐、舞美等）的优化组合，从而保障了这次全本《牡丹亭》高质量的思想、艺术水准。

上昆团长兼出品人谷好好不仅是一位好领导，也是一位好艺术家。她深情地说："全本《牡丹亭》凝聚着上昆几代人对昆剧事业的执着和热爱，也是我们每个昆曲人的梦想和守望。"因此，她深刻认识到"演绎全本《牡丹亭》是一次浩大的艺术工程"，她要率领全团继承上昆建团四十余年来对《牡丹亭》十多次的演绎排演的经验，去实现一次全本"超越性的回归与创造"，并"为当下一批行当齐全、文武兼备的优秀青年人才提供舞台实践机会"。她"期待这部青春靓丽的全本《牡丹亭》，能让青春满堂的新一代观众邂逅属于他们的'杜丽娘'和'柳梦梅'"。可以客观地说，她"以今人视角，讲古典精粹"和"培养行当齐全，尤其是当下奇缺的女小生的昆曲一代新人"的两大目标，都通过全本《牡丹亭》的创排艺术实践相当理想地得以实现。

当然，汤显祖的《牡丹亭》在今天才以全本55出的全新样貌由上昆完整呈现于舞台，这本身就证明要让古代经典活起来、走向今天的广大观众绝非易事。这里的关键，即郭小男言简意赅一语道破的艺术奥秘——要做到"旧中见新，新中见根"。此乃继承与创新的艺术辩证法之精髓。如果一味地死守四百余年前汤翁剧作的"旧"样，不敢越雷池半步，只见旧而不见新，何言"两创"?如果一味顺应时尚，"新"则"新"矣，但失却了汤翁原著典雅厚重的经典之"根"，成为趋时的无本之木，虽"新"何用?郭小男以出众的思想智慧与艺术才华，较为理想地令全本《牡丹亭》守住了汤翁原著深沉的历史品位与美学风范，同时又注入了新时代大众的审美精神和鉴赏情趣，赢得了昆曲老戏迷和新观众的情感共鸣和一致好评。郭小男遵从习近平总书记提出的"有鉴别地加以对待，有扬弃地予以继承"的指示精神，干净地剔除了过去某些演绎本中过度渲染石道姑的某些封建糟粕和满台烧纸钱等迷信色彩，令全剧长达8小时的舞台呈现大气、大美、典雅、深沉，彰显了中华美学精神讲求的"托物言志，寓理于情"和"形神兼备，意境深远"，体现了"知、情、意、行"的统一。这非常难能可贵!

三

全本《牡丹亭》创作在艺术辩证思维上，也给我们带来许多有益的思考。

一是在处理主要人物杜丽娘与柳梦梅的"情"与"志"，即"爱情"与"爱国"的关系上，全剧由"牡丹亭"扩充到大社会，由杜、柳之爱情延伸到家国情怀，以感人的艺术魅力匡正了以往某些摘选演绎的《牡丹亭》剧作对汤翁原著的误解。但统观全剧，似又感觉对柳梦梅之"志"（抱负）即其精神境界刻画偏弱，也许这是被原著所定的"只删不增"限制了，但如此一来，杜丽娘为情而死，后又为情死而复生，这情之"根"，其内蕴就不够深沉博大，而多少有点"纯情"了！也许，汤翁原著本有此历史局限，但既然要让原著活起来走进今天，就要注进新时代的审美思维。让这"情"与"志"交融整合，令杜、柳的生死爱情更具能引起当今观众共情共鸣的家国情怀，这，恐不算是苛求于古人。

二是在处理全剧美学品相的典雅深沉与融入当今审美时尚的关系上，全本《牡丹亭》做出了许多可贵的努力，效果甚佳。我观剧场里，上、中、下三本共8小时，观众聚精会神，鸦雀无声，每一出末或精彩唱段末才掌声齐鸣。但观罢三本，凝神思之，似感一本略平，二本剧情发展和人物命运较能吸引观众，三本更注重营造情趣，却多少显得有点"闹"。合成整体，似在风格的统一和谐上尚有进一步调适的空间。如何把握好既保持经典作品的典雅、深沉、诗韵美学气质而又适度配以幽默感与情趣感，把古典美与当代美和谐统一，的确是这部全本《牡丹亭》尚须进一步攀登的美学高峰。

三是在处理传统昆曲"一桌二椅"的舞台设计与现代舞美设计的关系上，全本《牡丹亭》立足创新，既大大增强了舞台的美感，又有效地加快了叙事和每出戏转场的节奏感，还营造出诗情画意的深远意境，成就可喜可贺。尤其是转台的巧妙运用，令人叫绝。但作为后景的大幅荧屏，似乎首尾有点花艳色浓而诗韵不足。

总之，在我看来，上昆的全本《牡丹亭》是以新时代现代审美观重塑汤显祖经典昆曲剧作《牡丹亭》的现实主义精神与浪漫主义情怀相结合的、努力实现创造性转化与创新性发展的力作，若再经加工日臻精美，必将不仅成为上昆响亮的艺术品牌，而且将在新时代的中华优秀戏曲剧目史册上占有一席重要地位。

2022-12-23

体育竞技与鉴赏的最高境界是审美

——看卡塔尔世界杯联想

　　席卷全球的卡塔尔世界杯足球赛谢幕了。近一个月来，人们熬更守夜地守在电视机前，或为之兴奋、或为之遗憾、或为之彻夜难眠。至今，报上、网上议论之声仍然不绝。有人祝贺梅西和阿根廷队，有人为姆巴佩和法国队抱憾，还有人深为 C 罗和葡萄牙队惋惜……

　　记得，20 世纪 80 年代末，时任《中国体育报》总编辑的鲁光先生曾约我写过一篇评论新中国体育电影的文章。那时我供职于中国电影艺术研究中心（即中国电影资料馆），有条件查看了所有的新中国体育电影。结果，写出的文章题目是《从〈女篮五号〉到〈沙鸥〉》，在《中国体育报》上登了差不多一整版。为什么题目中就单把 20 世纪 50 年代的由秦怡、刘琼主演的《女篮五号》和 80 年代由张暖忻导演的《沙鸥》两部影片写入题目呢？因为我研究的结论是唯有这两部体育电影的镜头聚焦于体育人（运动员和教练员）的精神世界和心灵轨迹，因而其审美化、艺术化的程度才高，感染力和生命力才强。这正是电影作为传递人类情感的一种人学，其艺术规律使然。而多数体育题材的电影，包括鲁光先生亲自编剧的《第三女神》在内，镜头都似乎主要聚焦于体育竞技场上的竞赛过程和胜负输赢，着力于事件而非人心，因而有悖艺术规律，自然就缺乏感染力和生命力，时过境迁，公映一段时间便"刀枪入库"了。观赏体育竞技比赛，当然要关注胜负结果。这正是现场直播比赛实况的魅力所在，胜负结果未知，比赛正在进行中。但倘为赛后的录像重播，由于胜负结果观众早已了然于心了，那么魅力便削减了大半。因此，此次因年过古稀，实在熬不住夜里去看北京时间凌晨三点开赛的那场比赛，我便于次日上午等央视录像重播时再看，为保持强烈的审美期待，是决不愿先知道胜负结果的。

观赏比赛，钳制观赏心理的主要因素之一，当然是胜负输赢，否则何以为"比赛"？但冷静思之，恐怕体育竞技和鉴赏的境界又不应止于胜负输赢，其最高的境界乃是审美。何也？你看，人民的好总理周恩来当年有句名言，叫作"友谊第一，比赛第二"。体育作为人类把握世界的一种独特方式，作为国家与国家、民族与民族、地区与地区之间交流文化、增进友谊的重要渠道，确实承担着超越胜负输赢的更神圣、更高远的使命。国际足联主席詹尼·因凡蒂诺不也盛赞此届世界杯增进了世界人民的交流和融洽吗？而我们这些普通观众，除了为每场比赛的胜负结果或点赞或抱憾之外，不是更为梅西身上洋溢的锲而不舍、心无旁骛的报国情怀和集体荣耀精神所激励吗？不是更为姆巴佩身上那种永不言败、力挽狂澜的拼搏精神和雄心抱负所感动吗？不是更为C罗身上那种老当益壮、宏愿未酬的悲情伤感而共鸣吗？……所有这些，都证明体育竞技和鉴赏的更高境界不止于胜负输赢，而在审美，即对更神圣、更高远的精神境界的追求。竞赛各方只要在赛场上充分发挥了最佳竞技水平和拼搏精神，给了观众以审美愉悦和享受，那么，无论胜负如何，观众都应对竞赛双方报以热烈的赞赏。

由此，我想起了马克思在《资本论》中曾论述过，伴随着历史的发展和文明的进步，人类把握世界的方式越来越多样化。在他所处的时代，他已概括出"经济的、政治的、历史的、哲学的、宗教的、艺术的"六种方式。任何伟人也只能从他所处的历史条件和实践中抽象并发现真理。也许是因为那时还没有现代奥林匹克运动会的实践吧，他尚未概括出"体育的"方式也是人类把握世界、交流文化、增进友谊的一种重要方式。

再由此，我联想到新增订的奥林匹克格言"更快、更高、更强、更团结"。追求更快的速度、更高的高度、更强的力度，无疑是人类通过体育竞技不断向极限挑战的口号；追求"更团结"，无疑是人类和平和历史发展的需求。但倘一味追求速度、高度、力度，一味追求奖牌，那么恐怕就难免有运动员会用兴奋剂、有裁判员受贿后会吹黑哨、有观众会站在狭隘的民族立场上吼倒彩！于是我想，是否可建议在"更团结"之前再添加"更美"——明确体育竞技和鉴赏的最高境界是超越"更快、更高、更强"而统一指归于"更美"，最终实现"更团结"。这样，会不会更全面、更精准呢？

这便是我看世界杯的思索与联想。

2022-12-28

为历史画像　为时代放歌　为人民立传

——评第十六届精神文明建设"五个一工程"奖获奖影视作品

近期，中共中央宣传部公布第十六届精神文明建设"五个一工程"奖获奖名单，电影《我和我的祖国》、电视剧《跨过鸭绿江》、纪录片《摆脱贫困》等9部影视作品获得特别奖，电影《守岛人》、电视剧《觉醒年代》、纪录片《为了和平》等30部影视作品获得优秀作品奖。这些作品为历史画像、为时代放歌、为人民立传，以守正创新的文艺形式讲好了中国故事，展现出新时代影视艺术从"高原"走向"高峰"的新气象。

为历史画像是影视艺术的重大使命。"五个一工程"奖获奖作品中，一系列重大革命历史题材影视作品围绕中国共产党成立100周年、新中国成立70周年、中国人民志愿军抗美援朝出国作战70周年等重要时间节点进行精准选题，以高度的历史自觉和文化自信生动展现了中华民族荡气回肠的奋斗历程。电视剧《觉醒年代》回望中国共产党诞生的过程，凸显了革命先辈为民族救亡图存而上下求索、为民族伟大复兴而奋斗终生的强大信仰力量。该剧注重历史真实与艺术真实的结合，在表达上符合新时代年轻人的审美需要，从而使片中的人物与今天正投身中国式现代化伟大实践的青年奋斗者们产生精神共振，播出期间"我们今天的幸福生活就是《觉醒年代》的续集"等相关话题登上微博热搜、引发广泛讨论，深刻体现了中国共产党人矢志不渝的初心使命和精神谱系的百年传承，为重大革命历史题材的青春化表达做出了有益探索。电视剧《绝密使命》聚焦20世纪30年代中国共产党为打破国民党军事封锁、支援中央苏区而建立的秘密交通线，通过精巧的叙事结构和细腻的生活化情节，重点塑造了隐蔽战线上有着崇高理想信仰却始终默默无闻的英雄交通员群像，填补了"中央红色交通线"这段历史的荧屏空白。电视剧《大决战》以辽沈、淮海、平津三大战役为主线，对战争背后的政治、历史、文化缘由进行了深入挖掘，为全党全国人民学习党史、国史、军史提供了形象生动的荧屏教材。电视剧《外交风云》系统展现了新中国诞生后近30年的外交历史，该剧秉持"大事不虚、小事不拘"的创作原则，以虚构人物配合历史人物讲述外交大事件，审美化、艺术化地反映了峥嵘岁月中无产阶级革命家、外交家们迎难而上的风采和智慧，也给今天处于"逆全球化"时代复杂国际环境中的我们提供了民族自信自强的力量。大型文献专题片《我们走在大路上》以一系列重大历史节点的典型事例反映新中国成立70年来我国政治、经济、文化、生态、国防、外交方方面面的伟大成就，全面展示了中国共产党带领中国人民从站起来、富起来到强起来的复兴之路。电影《长津湖》《狙击手》、电视剧《跨过鸭绿江》、纪录片《为了和平》都是抗美援朝题材。其中，《长津湖》充分发挥了党领导下中国电影的制度优势与组织优势，将中国式战争大片的艺术价值和美学品位提升至新的境界，该片上映后刷新了中国影史的票房纪录，其中既有现实主义的生活化表达，又有理想主义的神圣光彩。《狙击手》以微观视角极细致地展现了抗美援朝"冷枪冷炮运动"背景下一场敌我悬殊的阻击战，通过小人物、小切口展现战争的残酷和军人不屈的斗争精神，塑造了鲜活又生动、平凡且伟大的志愿军战士形象。《跨过鸭绿江》以全景化的视野和史诗般的格局展现了中华民族于内外交困之际反对霸权、浴血奋战直至胜利的过程，不仅浓墨重彩地表现了战争的惨烈、意志的对决、志愿军的崇高和悲壮，也通过对"战争与文明"的反思呈现出由现实回望历史的深邃思考，提升了对抗美援朝精神的理解，可谓一部兼具历史高度、思想深度与人文温度的作品。《为了和平》通过史论资料和典型故事相结合的方式，既真实再现了抗美援朝这段历史，又以历史为镜鉴，深刻体现了抗美援朝精神历久弥新的时代价值。上述作品均坚持唯物史观、弘扬中华美学精神，以人带事、以事述史、史中觅诗，使一个个鲜活的、立体的人物形象在与时代大势的互动中跃然荧屏之上，审美地再现了一幕幕动人魂魄的伟大历史场景，抒写了建党百年波澜壮阔的历史画卷。

为时代放歌、为人民立传是影视艺术的神圣天职。"五个一工程"奖获奖作品用心用情用功讲述新时期、新时代有关新的人物、新的世界的中国故事，展现出电影与电视剧顺应时代发展进行创新创作的景象。

一是通过主题性创作抒发时代之声的影视作品内容丰富、形式多样、重点突出。电影《守岛人》《花儿为什么这样红》《攀登者》《峰爆》《中国医生》分别为我国海防、边防、登山、基建、医疗领域的平凡英雄树碑立传，其中《守岛人》为在和平建设时期守岛 32 年、平凡而伟大的王继才传神写貌，影片在创作思维上注重托物言志、寓理于情，用精彩生动的电影语言、细致入微的人物关系展现了王继才从被动上岛到主动守岛的精神轨迹，在英雄形象的塑造上攀登了形神兼备、意境深远的美学高峰。人物传记类电影《柳青》《我的父亲焦裕禄》注重表现文艺作品的价值引领、精神向导和审美启迪，其中《柳青》讲述作家柳青扎根皇甫村 14 年创作长篇小说《创业史》的故事，影片以扎根生活的方式走进柳青的精神世界，通过平实的镜头语言将知识分子的文人风骨和家国情怀体现得淋漓尽致，彰显了电影艺术培根铸魂、启智润心的宗旨。电影《我和我的祖国》《我和我的父辈》和电视剧《功勋》都采用了单元故事的结构方式，从而在同一主题下开辟出不同的视角、内容和表现形式，其中《我和我的祖国》《我和我的父辈》分别通过 7 个和 4 个发生在不同历史时期的单元故事构建起广阔的时空跨度，前者以小人物朴实的记忆映射新中国成立 70 年来的历史性变革，凸显了"我"与"祖国"命运与共的深情厚谊，后者通过父子关系这一纽带延伸出家国情怀和民族精神的传承，两部作品均体现出以人民为中心的创作导向。《功勋》用单元剧的形式讲述 8 位"共和国勋章"获得者弘扬民族精神的爱国故事，通过紧凑的结构、典型的事迹、细节的魅力礼赞了英雄模范，彰显了言简意赅、凝练节制的中华美学精神，为我国中篇电视剧创作探索了一条行之有效的新路。在表现各行各业发展成就的主题性创作方面，电视剧《问天》为我国蓬勃发展的航天事业传神写照，在普及航天知识、拓展观众视野方面有着特殊意义。该剧围绕大国重器背后的故事，展现中国航天人在探索宇宙的过程中艰苦跋涉的足迹，生动描绘了我国科技自立自强的过程，深刻体现了"科技是第一生产力、人才是第一资源、创新是第一动力"的发展战略。电视剧《超越》作为致敬北京冬奥会的献礼剧，以我国短道速滑的发展史为切口，通过两代体育人的接续奋斗展现了中国冰上运动从"参与"到"获奖"再到"举办"的过程，彰显了不断超越自我的中华体育精神。纪录片、专题片《摆脱贫困》《零容忍》《我住江之头》《重返红旗渠》《金银潭实拍 80 天》以多样化的纪实形式记录我国脱贫攻坚、反腐倡廉、生态保护、伟大工程、抗击疫情中发生的真实故事，其中《重返红旗渠》融合电影和纪录片的表现形式，通过西方学者和中国留学生在旅途中的游历视角"回望"林县人民修建"人工天河"的峥嵘岁月，为中国故事、中国精神的跨文化传播提供了新经验。

二是以小人物的奋斗反映中国式现代化进程的影视作品兼具精神高度、文化内涵、艺术价值。电影《奇迹·笨小孩》和电视剧《爱拼会赢》均从改革开放引发的创业潮中萃取素材，其中《爱拼会赢》通过民营企业家在时代变革中跌宕起伏的创业故事，以小见大、由点及面地展现了"晋江经验"的创业史诗，剧中地方产业的转型升级折射出改革开放进程中民族与世界的连通、博弈和融合，在时间、空间、人性的互文交织中深刻反映了闽南地区"敢为天下先，爱拼才会赢"

的历久弥新的创业精神。电视剧《湾区儿女》讲述内地、香港、澳门三地青年 20 年来的奋斗故事，以小人物的精神轨迹和思想变化折射粤港澳大湾区的发展，对"一国两制"进行了艺术诠释。纪录片《柴米油盐之上》采用直接电影的表现形式，通过扶贫干部、农民、女性卡车司机、杂技演员、民营企业家等平凡人物的自身讲述和生活纪实散点描绘出勤劳勇敢的中国人民通过自身奋斗奔向小康生活的时代画卷，从中可见乡土中国千万农民和村庄的缩影，每集末尾外籍导演的回顾阐述也延展了该片的人文思考。电影《秀美人生》和电视剧《山海情》生动描绘了中国式现代化伟大实践孕育的脱贫史诗，其中《秀美人生》讲述全国优秀共产党员黄文秀毕业返乡后投身扶贫一线的感人事迹，谱写了新时代精准扶贫的青春壮歌。《山海情》聚焦我国东西协作的"闽宁模式"，在剧情上突破"引路人"与"落后分子"二元对立的叙事模式，没有将扶贫干部作为核心人物，而是将镜头对准农民群像，用不加修饰的"泥土味"写农民、为农民、强调农民的主体性。全剧以严肃叙事将扶贫之困、脱贫之难写到细处实处，其热播引发社会各年龄层观众的强烈反响，对今后扶贫剧乃至农村题材剧的创作都具有标杆性的意义。

三是关注世情民情的影视作品为人民抒写、为人民抒情、为人民抒怀。电影《送你一朵小红花》以青春视角关注患癌群体的生活，将抗癌生活的苦难琐碎与少男少女的懵懂爱恋、人间诗意相结合，在世情悲欢中尽显平凡生活的温暖亮色。电视剧《装台》改编自陈彦的同名小说，围绕古城西安"装台人"这一特殊群体和"城中村"这一特殊空间，讲述了普通民众悲欢离合、酸甜苦辣的生活故事。"装台"作为一种象征，寓意着大家来装台，社会就发展，如果互相拆台，则无希望。该剧实现了从小说的语言审美思维到电视剧的视听审美思维的成功转化，剧中既有热闹的生活情节，又有深层的思想意蕴；既有辛辣的社会讽刺，又有温暖的人性关怀。在人物塑造上更是将五行八作、各色人等刻画得入木三分，在世态万象、世情冷暖中尽显"小人物"们的良知和希望，在苦难与奋进中彰显人物喷薄而出的强劲生命力，是一部扎根现实、书写人民、以小见大、不落俗套的佳作。电视剧《人世间》改编自梁晓声的同名小说，剧情从东北吉春市光字片棚户区的家庭故事延展开来，真实而生动地塑造了从普通百姓到省、市、区各级干部的个性鲜明的人物形象，深刻体现了"莎士比亚化"所达到的美学高度。该剧忠实地坚持了原著直面人生的现实主义精神，通过还原历史的真实情景，形象地展示了光字片棚户区人民在"文化大革命"中遭受的苦难，精准适度地再现了20世纪80年代改革开放和国企"关、停、并、转"过程中带来的不可避免的阵痛。同时，又蕴含浪漫主义情怀，通过一个个令人过目难忘的生动细节，浓墨重彩地刻画了中国共产党带领人民群众开拓出一条有中国特色的社会主义复兴之路，是一部为新中国近半个世纪的历史画像、立传、明德，既直面问题、揭示矛盾，又开辟未来、照见光明的优秀作品。

"五个一工程"奖获奖作品回望历史、关注当下、贴近人民，深刻体现了当代中国的审美旨趣和价值观念。期待中国影视艺术继续旗帜鲜明地坚持以人民为中心的创作导向，守正创新、锐意进取、勇攀高峰，为奋进新征程、建功新时代提供强大精神力量。

本文系与博士林玉箫合作
2023-01-13

《破晓东方》启示录

一

作为中国新时期新时代影视艺术创作一道亮丽风景线的重大革命历史题材创作，近年来佳作迭出，硕果累累，这是对人类当代文化建设重要的独特贡献。但在资源的开掘、题材的选择上，是否还会有新的发现？日前，由中央广播电视总台央视一套黄金时段播出的 37 集电视剧《破晓东方》，就以成功的艺术实践做出了令人信服的肯定答复。这部由中央广播电视总台、上海广播电视台、上海尚世影业有限公司出品的力作，改编自已故上海交通大学教授刘统的纪实文学《战上海》，以解放上海的第一年为时间切入点，集中表现从"战上海"到"建上海"，即从"破坏旧世界"到"建设新世界"的翻天覆地的变化中，在中国共产党领导下的武能安邦、文能定国的辉煌业绩。其一，就"战上海"而言，人民解放军解放上海时坚定执行党的七届二中全会精神、进行丹阳整训、贯彻"瓷器店里打老鼠"（不能用重武器，即使付出更大牺牲也要尽量还人民一个尽可能完整的上海）的战役战略……这一切，此前荧屏上的重大革命题材创作确实尚未充分艺术地表现过，可以说还是空白；其二，就"建上海"而言，指挥战胜突发的自然台风灾难、粉碎险恶的金融危机、打赢与不法资本家的"粮棉之战"、改良旧生产方式和经营方式、规避蒋介石的"大轰炸险情"、防空修建机场……这一切，中国共产党人为人民谋幸福、为新上海造生机的永载史册的赫赫功绩，也尚未在荧屏上得到过充分的艺术再现。而所有这些，作为重大革命历史镜鉴，对于新时代中国共产党人"不忘初心、牢记使命"，坚持以人民为中心，实现中华民族伟大复兴的中国梦，无疑是宝贵的思想源泉和精神动力。如今的《破晓东方》，正是坚持宏观的大历史观和鲜明的大时代观，深入开掘、合理配置了上海革命文化独有的这一资源，精准地聚焦于这一题材空白，显现出可贵的历史自觉和文化自信。

二

要成功地把原来以文学语言为载体的纪实文学《战上海》转化为以视听语言为载体的长篇电视剧《破晓东方》，绝非易事。这里的关键在于，电视艺术家须在审美创造全过程中自觉地变文学思维为视听思维。该剧编剧之一的龙平平在答记者问时就强调，要运用之前创作电视剧《觉醒年代》的经验，把用文学语言描述得可歌可泣、惊天动地的革命历史，从书本平面上可读可思的文字努力转化为荧屏上可看可听的具象。而导演高希希则明言，要在这种文学思维向视听思维的转化上，即遵循电视剧审美的独特规律、发挥其独特优势上，下足功夫。他说："我想，《破晓东方》对我的人生来说也是一个很华彩的段落。"[1]正是编、导心有灵犀的通力合作，加上张嘉益、刘涛、李泽锋、乔振宇等主演和摄影、美术、化装、音乐、录音等各方面人才的强强联合，才实现了创作生产力诸因素的优化组合、互补生辉，铸就了《破晓东方》在思想上、艺术上、审美上都攀登上新的高峰。这一启示，弥足珍贵。

三

高希希从执导《破晓东方》努力把宏大的历史史实转化为荧屏可

---

[1] 钟菡、诸葛漪：《导演高希希谈〈破晓东方〉：拍解放军睡在上海街头，我眼泪哗就下来了》，2022年12月28日，上观新闻（https://www.jfdaily.com/news/detail?id=566074）。

视可听可感的具象的审美化创作实践中，提炼出一句深刻精准而值得体味的经验："细节是历史的表情。"① 是的，历史是过往的故事，而电视剧讲好故事，尤其是讲好重大革命历史题材的故事，要靠细节去审美化地呈现历史情形和历史氛围。激战胜利，人民解放军挺进上海，严格执行纪律，不进民舍，几十万战士都在雨中街头枕胳席地而眠。这一情节，虽曾在不少影视剧中都已呈现过，但《破晓东方》在审美再现这一情节时，却别具匠心地通过两个细节将当时的历史氛围及其历史内蕴直抵观众的心灵：其一，是导演艺术虚构的。他特意挑选了一位上海姑娘扮演铅笔厂的女工，她清晨从家门出来，见到战士睡卧大街，惊讶至极，内心独白道："我们的人民解放军，就这样和人民见面了！"一个长镜头，直跟女工，透过她感动的视点，看到战士们带伤困顿，一动不动……这细节，能不动人心扉！其二，在有些历史影子的基础上加工的。那就是民族资本家荣毅仁面对动荡，心情沮丧，准备离沪。昨夜战火轰鸣，今晨鸦雀无声，他骑车出门查看，见大街睡满士兵，以为是尸体，仔细观看，原来是不愿惊扰百姓的人民解放军睡卧在那里。他感动了，回家拉妻子来看，说："我们不走了，再难也不走了。相信这个军队、这个政党，一定能把国家搞好。"这细节，把当时特定的历史趋势和时代氛围、把中国共产党为什么行和民心所向，以及民族资本家荣毅仁的独特心态，艺术呈现得多么逼真、感人！

这，令观众领悟：精彩的细节，的确是历史表达出的人心民情。

四

一部大片力作，以细节展示历史表情确不可缺，但同时也离不开对重大历史事件和故事的叙述，所谓"大事不虚，小事不拘"是也。《破晓东方》直面解放上海一年间历经的"关关难过关关过"的诸多

---

① 钟菡、诸葛漪：《导演高希希谈〈破晓东方〉：拍解放军睡在上海街头，我眼泪哗就下来了》，2022 年 12 月 28 日，上观新闻（https://www.jfdaily.com/news/detail?id= 566074）。

历史事件，既有军事战，也有政治战、经济战、文化战、金融战、自然灾害战。全剧事事相连、环环相扣，引人入胜地引领观众穿行、沉浸到那一年的历史氛围中去领悟思想营养和审美熏陶。从攻克上海迟浩田三人智取千敌，到与不法资本家赵丰年之流的"银圆战""粮棉煤战"、与暗藏敌特"嘉宾"之流的"肃特战"、与自然灾害的"台风战"……所有这些事件的叙述，都坚持以人带事、事中有史、史里觅诗，桩桩件件扣人心弦。每桩事都有背景、有起因、有现状、有发展、有趋势，活跃其间并决定着事件发展趋势走向的是人，而每个人物都有来历和去处。确实，《破晓东方》自觉处理好了"叙事"与"写人"的关系，坚持聚焦于人的精神境界和心灵历程。譬如第21集，邓小平奉调赴中央开会，陈毅欲请代向中央汇报上海实情，要设宴相送，又因囊中羞涩，愁无好计。此时，经济参谋纪南音巧出主意，让参加送行宴会的曾山、潘汉年、田国立、陆修远等各备一菜，于是"四两拨千金"，各具特色的家乡菜象征着"全国一盘棋"，陈毅拿去原本系邓小平在他生日相赠的两瓶川酒，这送行宴，丰盛、鲜美、简洁、醇厚，加上宴席上诸位风趣幽默、含义深沉的交心对话，其意蕴，聚焦点都打在了邓小平、陈毅、曾山、潘汉年、田国立、陆修远这些人物形象高远的精神境界和人格操守上。

五

归根结底，电视剧是要塑造人物形象的。《破晓东方》中，观众所熟识的几位特型演员，饰演毛泽东的唐国强、饰演周恩来的刘劲、饰演朱德的王伍福、饰演邓小平的卢奇，均表演真挚、娴熟，为广大观众所认可，为全剧增色不少。但在饰演主要人物陈毅的演员选择上，《破晓东方》出人意外地让已为广大观众喜爱的张嘉益担纲。用高希希导演的话来说，"《破晓东方》有大家熟悉的特型演员，也在神形兼备基础上对选角进行突破。带给观众一部有新时代表达方式和艺术创新手法的重大革命题材作品，是我们创作的初衷"①。

选张嘉益出演陈毅，确是奇招，也是难招。奇招可能出新，难招却须翻越。毋庸讳言，张嘉益确是一位用心用情用功的才华横溢的极有表现力的演员，他在荧屏上塑造的以电视剧《装台》中的刁顺子为代表的一系列人物形象已深入人心，形成了一种审美接受的心理定式，加上他由于腰疾造成的独特走路方式，都容易给观众带来一种身不由己的鉴赏阻碍。而之前的几位在形似上胜于他的饰陈毅的特型演员，多少也给观众的鉴赏心理形成了一种定式。这两种定式相叠加，便成了张嘉益塑造新的陈毅形象的难关。老实说，就是像笔者这样有着一定心理准备的特殊观众，初看《破晓东方》时，也觉得张嘉益离心中的陈毅在外形和走势上确有差距。但一集一集看下去，慢慢地，觉得这个新的陈毅形象越来越在"神"上走进了陈毅心里，也逐渐走进了观众的心灵。这又一次雄辩地证明：特型演员以神形兼备为佳，但神似更为重要。恰如高希希导演所说，"如果在这两者之间必须有一些取舍……以神为主，形能靠上的，我们尽量靠……主要体现人物的精神和灵魂，最重要的是演员的表现力"②。其实，回想当年，唐国强初饰毛泽东时，不是也有对其"奶油小生"的担忧吗?一路演来，学习钻研，千锤百炼，精益求精，唐国强不是已成为广大观众都认可的饰演毛泽东的特型演员了吗！

2023-02-01

---

① 钟菡、诸葛漪：《导演高希希谈〈破晓东方〉：拍解放军睡在上海街头，我眼泪哗就下来了》，2022 年 12 月 28 日，上观新闻（https://www.jfdaily.com/news/detail?id= 566074）。
② 钟菡、诸葛漪：《导演高希希谈〈破晓东方〉：拍解放军睡在上海街头，我眼泪哗就下来了》，2022 年 12 月 28 日，上观新闻（https://www.jfdaily.com/news/detail?id= 566074）。

观电视剧《我们的日子》三题

一

记得老一辈文艺理论家王元化曾真诚地说过，他们那一代人接受马克思主义文艺理论，主要是受俄罗斯文艺理论，尤其是"别、车、杜"（别林斯基、车尔尼雪夫斯基和杜勃罗留波夫）的文艺理论影响极深。19世纪的俄罗斯文艺，是人类文艺的高峰之一。别林斯基曾强调，反映时代、为时代立传、当时代的书记员，艺术家对生活要有两种本事，其中一种本事就是审视大势、洞察时代和社会的本质，不了解这一点就不能画出一个时代的像。要研究两种哲理：一种是学究式的、书本的、郑重其事的、节庆才有的政治事件蕴含的哲理，这只是一种哲理；另一种是日常的、家庭的生活哲理。要认识一个民族，研究一个民族的思维，必须把握这两种哲理。

观罢电视剧《我们的日子》，这种认识再次得到印证。这部剧的独特之处，在于聚焦它所反映的年代里普通的三个家庭日常的、平凡的生活细节，从这个侧面折射一个时代、书写一个时代、为一个时代画像。一段时间以来，特别是在党的百年大庆、新中国成立70周年大庆前后，创作出了一批围绕重大政治事件、社会事件的电视剧，这是非常需要的，应予以充分肯定。但电视剧从本质上讲，主要是作为一种家庭艺术，还需要《我们的日子》这一类作品。这类作品在中国电视剧的创作历史上有着优良传统，从《渴望》开始一直写过来。这些作品虽然也反映了时代，为时代画了像、立了传，但主要是描写日常的家庭的平凡生活。

譬如，曾引起很大反响的电视剧《篱笆·女人和狗》《辘轳·女人和井》《古船·女人和网》，这三部曲说是写的农村变革，但主要是写的枣花一家的家庭生活，并通过这个表现农村变革。看《我们的日子》，我想起两件事：一件事是用"日子"作为作品题目，倪萍写了一部回忆录，书名就叫《日子》，写的是她个人感情生活和思想发展的日子；电视剧《我们的日子》这部作品，写的是"我们的日子"，是三个家庭三代人的日子，演员宋春丽出色塑造的那位格格出身的姥姥形象，在这部剧里不可或缺，她代表了一代人。《日子》写的是个人感受，《我们的日子》是娟子这位作家集她自己的生活感悟，长期积累，厚积薄发，写了 20 世纪末期至 21 世纪初期几十年普通百姓的日子。由此，我想起了另外一件事，是一部播出频率很高、观众很爱看的剧，也是一位女作家写的，刘静的《父母爱情》。《父母爱情》也写了几十年间的生活，也概括了那个时代，但主要表现的是演员梅婷饰演的安然一家的日子，即出身于资本家家庭的安然小姐一路走来的生活，它也写了至少两代人。这部剧为什么经得住看，而且反复播，最近还在播？我可以断定，这两部剧的共同性，就是注重审美地、艺术地通过描写生活细节和演员出色的生活化表演为时代画像、立传、明德。只不过《父母爱情》可能把历史背景烘托得更鲜明一些，《我们的日子》这部剧则有意把它隐得更深一些，但也是有时代背景的。

《我们的日子》这部剧里的三代人中，姥姥是很特殊的人物。倪萍的《日子》里很重要的人物也是她的姥姥。姥姥讲出了很多金玉良言和生活感悟，对下两代都有影响。《我们的日子》独特的贡献，正是又一次告诉我们：为时代画像、为时代立传、为时代明德，不只是需要聚焦于写重大历史事件和社会变革的轨迹，也可以换一个视角，用别林斯基肯定的主要是描写日常的、家庭的、生活的艺术去折射一个时代，观众同样是喜欢的。怎么样处理时代大背景？既可以像《父母爱情》那样明显一点，也可以像《我们的日子》这样藏得更深一点。只要坚持从生活出发，就会获得成功，这是现实主义最基本的道理。

二

第二条启示，《我们的日子》的成功还证明，作家、艺术家对所表现的时代生活的反映，一定要从现实生活的真实出发，全面辩证地认识和把握生活的整体。王雷导演反复强调要真实，既不要掩盖生活里矛盾的一面，也不要把矛盾扩大化，凸显阴暗面，让人看不到光明，写得压抑，那不行；与此同时，我们也不能粉饰现实，一味地片面强调温暖。这部剧证明了应当直面人生，开拓未来。一方面，要直面人生，不能粉饰生活，不能回避生活里的矛盾。像几十年来碰到的社会矛盾反映在王宪平、王宪安兄弟身上，反映在三家人身上是怎么样的，要直面它，揭示生活的真相和矛盾，不能回避。另一方面，揭示的目的是开拓未来，给人看到光明，增强信心。这就是我们所说的现实主义作品要有深度、力度、广度，同时要有温度，而不是说现实主义可以概括成"新时代的温暖现实主义"。如果抽象成这样的理论表述，它就容易导致走偏方向，回避矛盾，一味地温暖，而没有把现实主义最核心的本质表现出来，就是要直面人生、开拓未来，就是别林斯基讲的对社会、对人生最本质的辩证认识。

正如许多专家谈到的，其实生活里都有不如意之处，你把不如意都回避掉了怎么行呢?拿电视剧《人世间》进行分析，《人世间》里面不仅给了人信心和勇气，看到了光明的未来，它更揭示了严酷的现实，里面的知青问题、"文化大革命"问题、国企改革的问题、光字片的民生问题，哪一条不包含生活的严酷性?所以，我赞成王雷导演说的，我们不要走偏方向，我们要真正把现实主义当成一条广阔的道路，向着现实主义的深度、广度开掘，而不要只强调一面。

三

第三条启示，这部剧在人物形象的塑造上体现了崭新的创作审美思维。这种创作审美思维是什么呢?它就是自觉不自觉地摒弃了长期制约我们塑造人物的那种二元对立、不好就坏、好走极端的单向思维,一塑造人物要么好就是绝对的好,坏就是绝对的坏,这部剧里不是。比如《我们的日子》中的杨大山,他与养子的那场精彩的父子对话里已经讲得很清楚了,他也有心酸的人生,杨思宇不是他亲生的儿子。正是通过这场真情对话,杨思宇同意在亲生父亲的帮助下去日本康复治疗。杨大山出生后父母离异,各自有了家庭,没有人管他。他流浪在街头,孤独悲惨的人生造就了他独特的人格。他并非天生就坏,不是绝对意义上的坏人。

　　姥姥也是如此。姥姥虽然出身格格,但新社会的环境改造了她,改变了她,她成为理解人和追求真善美的人。人人都在变,包括淑霞。三个家庭中没有一个人是完美无瑕的好人,他们都处于自己奔向真善美、追求真善美的人生过程中,也就是说他们都处于灰色地带,不是黑的,也不是白的。导演、编剧就是在表现他们思想演进、灵魂深化的轨迹历程,这种创作塑造人物的审美思维,我个人觉得应该大力提倡,但并不等于说我们就完全拒绝和反对塑造英雄人物或者塑造电视剧《狂飙》里高启强那种坏人典型。高启强的形象为什么吸引了那么多人?因为写出了高启强由一个平凡的并非坏人、还有点人性的人,逐步滑向了坏人、成了杀人如麻的罪犯。写出了这个过程,这个过程才是艺术工作者直面和审美表现的对象,光是让人看个结果是不行的。当然,也还有审美深化的表现空间。比如说,明中去了美国学习回来是怎么变的,留学回来了行医,最后交代了这个过程很光明,他留在了家乡,治好了病人就感到有成就感。又比如说,杨思宇腿伤了去日本康复回来向雪花求婚,去之前讲了很深刻的道理,他走的时候本来出发点是好的,不愿意连累雪花,所以断了关系,回来了他还想恢复这个关系。但雪花从与东方宏的交流中明白了一个道理——对你爱的人始终不弃才是最可贵的。须知,中华民族的道德观念里也有一种,为了使对方更好,不让自己的困境连累对方而割断联系,这是很复杂的人类情感世界中的灰现象。艺术客观真实地审美表现出来,就是为了启

观电视剧《我们的日子》三题　　343

迪人们去思考、去净化灵魂，去提升人类对两性之爱的审美理解，这是有好处的。如果把人物精神轨迹描述得更加熨帖、更加自然，就实现了恩格斯讲的人物的精神和作品的倾向都能从自然而然的情节叙述当中流露出来，这是最好的。总之，《我们的日子》这样的优秀作品，不是所谓类型片杂糅的结果，而是坚持现实主义创作精神，从生活中结出的丰硕成果。

2023-03-15

对路遥《人生》的创新性影像续写

——评长篇电视剧《人生之路》

    由阎建钢执导，陈晓、李沁领衔主演的电视剧《人生之路》，近期在央视一套播出。该剧部分取材自路遥所著的经典中篇小说《人生》，讲述了一代农村青年在个人理想与现实的冲突中不懈奋斗的故事。《人生之路》在保留原著精神内核的基础上，充分发挥电视剧的艺术特征和审美优势，对高加林、刘巧珍等主要人物的命运进行了符合人物性格和时代发展逻辑的续写，拓展了从中篇小说到长篇电视剧的思想发现和审美创造的广阔空间。

    对经典文学作品的影视化，观众乃至创作者、批评者一直都有"忠实于原著"的要求。其中一种看法是，改编不仅要忠实于原著的主题和灵魂，而且不得对原著主要的人物设置、情节安排乃至细节描写进行改动，以维护原著在思想、艺术上的完整性，这种看法几乎是要求将小说"翻译"为视听语言，改编者须成为忠实的"翻译者"。而纵观我国影视史就会发现，那些改编较为成功的、留得下来的作品，如夏衍改编的《祝福》、张艺谋导演的《红高粱》、吴天明导演的《老井》、潘小扬导演的《南行记》、王扶林导演的《红楼梦》等，都是对原著进行了新的审美创造——将由文学语言铸成的小说艺术之山"吃"掉、"消化"掉，消融成未经加工却蕴含闪烁着小说思想艺术精灵火花的一众素材，再用影视艺术特有的审美思维和视听语言将之重铸为电影、电视剧的艺术之山。这就形成了另一种看法，即改编既要忠实于对原著的主题和灵魂的正确理解和把握，也要忠实于影视艺术的特殊规律，还要忠实于影视艺术的独特的审美优势和作者的审美风格。只有这样，改编者才能成功完成由小说原来的文学思维向影视艺术视听思维的转化，从而成为合格的"站在小说家肩上的创作者"。

《人生之路》采用的就是后一种方式。它按照主角高加林的性格逻辑、人生追求逻辑和长篇电视剧独特的审美优势，对《人生》中高加林的命运与时俱进地展开了两个方面的改编和续写。

一是调整和延展了原著的叙事时空，时间从1984年高考前夕开始延伸到我国进入互联网时代，空间则从陕北农村、县城拓展至大城市上海。观众既能看到原著中知识青年高加林在农村资源极度匮乏的背景下"走出去"的强烈愿望，以及他在特定历史环境中的生活矛盾、人生挫折，又能看到高加林在新时代城乡流动愈加自由的背景下抓住机遇走向广阔天地，并在历经磨难后完成对其魂牵梦绕的城市的"祛魅"，在陕北黄土地与城市现代化的对比激荡中重新审视自身，实现心灵嬗变和升华。这是基于原著中高加林自强不息的精神特质和性格逻辑，对其人生之路进行的富有创造性的审美想象和合理的延展虚构。

二是丰满了原著的叙事主线，在高加林的人生中加入"高考被顶替"这一重大事件，从而生成上海与陕北农村双线并举的叙事模式，为《人生之路》开辟出高家沟、马店小学、上海浦江学院、城市工地等更多并行的子空间，也将高加林与高双星两者命运相互映照的戏剧张力凸显出来。这是基于电视剧擅长空间叙事、连续叙事的艺术特质，以更戏剧性的方式去贴合原著的主题——"人生的道路虽然漫长，但紧要处常常只有几步，特别是当人年轻的时候"[1]。《人生之路》充分调动了电视剧特殊的表现手段，将中篇小说有限的内容依照其精神逻辑拓展至长篇电视剧的体量，从而丰富了历史内涵、深化了题旨。

在忠实于原著精神和电视剧艺术规律的基础上，《人生之路》的后

---

① 路遥:《人生·引子》，北京十月文艺出版社2012年版。

半段则更体现了创作者的审美理想。例如对刘巧珍命运的改写，小说中的刘巧珍恪守祖辈传下来的农村女性勤劳、善良、朴实、忠诚的美德，对"有文化的高加林"有着近乎虔诚的崇拜和不计回报的爱，而对自己的理想抱负、精神追求则呈现一种模糊的、麻木不仁的状态。电视剧则大胆给刘巧珍设置了命运的转折，让这位顺德爷爷口中"金子般的女人"没有受困于高加林的抛弃，她在机缘巧合下来到上海务工，在大城市的摸爬滚打中重新树立起自己的人生目标。这便是创作者有意要超越小说《人生》之处：注重展现在时代精神的感召下，农村妇女日渐觉醒的心灵轨迹。同时，刘巧珍的人物形象也与高加林形成某种"对照"：一方面，高加林的成长是向外的，从关注自身理想逐渐转变为关心他人，而巧珍的成长是向内的，从为他人付出逐渐转变为关注自身精神追求；另一方面，巧珍的成功也提供了相对于高加林"知识改变命运"的另一条道路，即勤劳的双手、灵活的头脑、真诚的品格也能改变农村青年的命运。

再如对高双星人生之路的描写，也是创作者从现实生活中发现、采撷、提炼、酿制出来的新的人物和新的故事情节，而这也与原著的审美精神相契合。《人生之路》中高双星的结局与《人生》中高加林的结局形成某种互文呼应，即都在失去了事业、爱情后回到农村，又都在"走捷径失败"后直面人生、重启征程。无论是高加林、刘巧珍还是高双星，剧中主要人物都在经历了人生的种种变故后表现出一种释然和永不休止的奋进，正如路遥的那句"生活总是这样，不能叫人处处都满意，但我们还要热情地活下去"[1]。人生紧要处只有几步，重要的是继续前行、百折不挠；人生没有捷径，不能踏空，否则爬得越高摔得越深；人生无常，事物永远都在发展和变化，要正确认识理想和现实，珍惜当下拥有的。这也彰显了创作者的历史思维、价值判断和对原著的深刻理解。

---

[1] 路遥：《人生》，北京十月文艺出版社 2012 年版，第 213 页。

《人生之路》没有囿于"忠实于原著"，而是力求实现忠实于原著的现实主义精神与浪漫主义情怀相结合的创作道路，忠实于对原著精神的正确理解和准确把握，忠实于艺术形式的独特规律。它勇敢地站在小说家的肩上进行审美再创造，体现了小说文学思维转化为电视剧视听思维的创新性发展。这值得称道。

本文系与博士林玉箫合作

2023-03-31

法古传今　以书通心

——评《李纯博临池墨迹》

　　由中国书法家协会主席孙晓云题写书名、中国书法家协会名誉主席苏士澍作序、东方出版社新近出版的《李纯博临池墨迹》①，法古传今，兼收并蓄，融会贯通，阔达自在。其中，《成化碑》和《石鼓文》气势雄浑、点画劲挺，《神策军碑》和《倪宽赞》笔力凝聚、严谨工整。李纯博的书法作品功力深厚，无论楷书还是篆书，统一中蕴含变化，临习中自见风骨，为初学者和欣赏者提供了难得的审美享受。

　　艺术作品是艺术家的立身之本。李纯博在书坛辛勤耕耘 50 多年，在临习前人书作中创作出有筋骨、有道德、有温度的书法艺术作品。书史如河，古人今人，川流不息，李纯博将自己的人生阅历融注在书法临习创作中，并体悟电视、戏曲、诗词等不同门类的艺术之精髓，以书法作品传播中华优秀传统文化的价值理念，以书法艺术彰显中华美学精神和美学风范。李纯博的审美旨趣在《李纯博临池墨迹》中所体现的正能量与感染力，透视出新时代文艺工作者对中华民族历史、对中华优秀传统文化和中华美学精神的坚守与敬畏。

　　我与李纯博相识多年，他出身于梨园世家，自幼耳濡目染，对戏曲艺术有着深厚的情愫和独到的感悟。他 4 岁习字，天资聪颖，1978年就在首届北京市青少年书法大赛中夺冠，受到萧劳、启功多位书家

---

① 李纯博：《李纯博临池墨迹》，东方出版社 2023 年版。

好评，并跟随萧劳先生学习。工作后，他在中央电视台戏曲频道致力于中华优秀传统文化的传承与传播。对于中华优秀传统文化，他敬畏有加，守正传承，脚踏实地，努力做到在与当代文化相适应、与现代社会相协调中实现创造性转化、创新性发展。繁忙工作之余，李纯博对自己钟爱的书法临池不辍。他以诗文书法为敬事，情深意切。弘扬中华优秀传统文化，需要坚守文艺审美理想、坚守以审美方式把握世界的独立价值。《李纯博临池墨迹》就既灌注着深沉宽博的碑意古拙，又渗透着行云流水的帖学性情，流淌着书法家对精深的艺术修为与丰厚的人文学养的执着追求。本书付梓出版，接力传承中国正统书法艺术，并在时代变迁中不断吐故纳新，向年青一代普及中华传统经典，为提高新时代青少年的艺术修养与审美水平提供了良好的范本。

《笔意赞》有云："书之妙道，神彩为上，形质次之。"[1]该书收录的作品足以让人体悟李纯博的艺术趣味与追求。《石鼓文》在传统的基础上，努力进行一种探索，李纯博以小篆的笔法找寻出适合书家美学思想的独特表达；《倪宽赞》笔画疏瘦、挺拔遒劲，李纯博临习中笔意翩然，显现出可贵的文人风骨与浪漫精神；《神策军碑》作为柳公权的经典之作，李纯博从形体、笔法上着力，得老辣苍劲之趣，点画方圆交错，线条粗细相间，成书疏密错综有序，浑然天成；《成化碑》礼赞先师孔子，楷书形制规范端庄，李纯博传承其诗意追求与儒家重民本、入人心、接地气的人间情怀，融合在字字行行之间，使章法更加灿烂，视觉美感更具冲击力。

就中国的书法艺术本身而言，学书者、审美者欣赏笔墨律动的能力，与梨园人在戏曲音乐板眼之间律动的悟性，具有相通性，即审美通感，其中的喜怒哀乐、抑扬顿挫、起承转合，均可领略到独有的严谨法则。《李纯博临池墨迹》中临习的作品精神与中国戏曲艺术蕴含着

---

[1]〔南朝齐〕王僧虔：《笔意赞》，载华东师范大学古籍整理研究室选编《历代书法论文选》，上海书画出版社 2012 年版，第 62 页。

的中华民族代代相传的文化基因、伦理道德和家国情怀不谋而合，体现着中华民族自强不息、厚德载物、忠孝节义、仁义礼智等精神内涵。记得李纯博的另一位恩师——著名书法家、戏曲家、教育家欧阳中石先生生前曾对我说，中国书法与中国戏曲均为中华美学精神的重要载体，两者具有审美通感。纯博既通书法，又晓戏曲，深得妙处，大有益焉！书法与戏曲，作为中华民族文化的重要组成部分，作为中华民族把握世界的重要生存方式，承载着中华民族的历史和精气神，是这个民族凝聚力、创造力和团结力的象征，是一个民族的精神命脉和独特的精神标识。以文化人，以艺通心，这是马克思主义人学原理与中华优秀传统文化相结合的新时代中国化的马克思主义历史观、美学观的重要论断。面对新时代，我们理应呼唤更多的书法家沉潜传统、守正创新，修身养心、淬炼精品，以培养"诗意的人""审美的人"。

2023-04-26

情志的一致是真爱的坚实基础

——评电视剧《温暖的甜蜜的》

"温暖的甜蜜的"是一个有意味的词组。"温"是解决饱的问题、食的问题，"暖"是解决衣的问题，这是物质层面的诉求；"甜蜜的"则是精神层面的诉求，真正达到精神层面的审美自由。这正是电视剧《温暖的甜蜜的》价值所在。

《中国艺术报》最近发表了一篇很有价值的文章。这篇文章是张世英书院揭牌之际、张世英先生 70 多岁的儿子张晓崧写的，题为《由"万有相通"走向"美在自由"——写在张世英书院揭牌之际》①。已故的张世英先生是当代最有成就的哲学家之一，张晓崧在文章中转述了张世英先生对人生四个境界的概括：第一个境界是欲求境界，第二个境界是求知境界，第三个境界是道德境界，第四个境界是审美境界。在张世英先生看来，审美境界是唯一可以真正实现自由的境界，审美自由是人生的最高境界。

《温暖的甜蜜的》最大的价值，在于它昭示了一个真理，即艺术的最高境界是引领人们奔向高远的精神境界、奔向审美自由的精神境界。它解释了人在两性和婚姻问题上有物质与精神两个层面的追求。一提到婚姻恋爱题材，就会想到鲁迅先生的《伤逝》，它提示了两个真理：

---

① 张晓崧：《由"万有相通"走向"美在自由"——写在张世英书院揭牌之际》，《中国艺术报》2023 年 5 月 24 日。

第一个真理是"人必生活着,爱才有所附丽",如果没有一定的物质基础谈爱情,会是虚飘的。涓生跟子君心心相印,自由恋爱了,结果把工作丢了、失业了,先前说喝稀饭都是甜的、喝开水都是甜的,但后来活不下去了,只有回家了,婚姻散了,他得出了物质第一性的结论。但仅仅认识到这一点是远远不够的,所以接下去揭示了更高层面的真理:"爱需要时时更新,方能生长。"两个人的感情,不仅是在婚前,而且包括婚后要时时更新,方能生长。这是鲁迅在那个时代,用文艺作品表现两性之爱达到的高水平。

张洁的《爱,是不能忘记的》在 20 世纪 80 年代引起了轰动。一路走来,电视剧界在这个问题上做了很多文章,进行了很多探求。开始的时候常常是表现了恩格斯所阐述的真理:"没有爱情的婚姻是不道德的。"我们写了大量这样的作品,来表现缺乏爱情生活在一起是不道德的,既无"道"又无"德"。随着生活的行进和时代的进步、中华民族文明水平的提升,《温暖的甜蜜的》提出了新的问题:没有婚姻的爱情难道都是不道德的吗?未必,其中有违法的、不道德的,但也有如剧中南飞与陈放在婚前的真爱,就很道德。刘江导演提出了深刻的、独到的思想发现。他在处理题材的时候,能够站在新时代的高度。

南飞对陈放的真挚爱情,第一个特征,是执着不放;第二个特征,是两个人情志的如一性,是精神一致基础上的爱情。但她又是现实生活中的人,她对于陈放所处的现实环境充分理解,两性精神的一致性往往要建立在互相包容、互相理解的基础上。她理解了,她看到了他的前妻患了乳腺癌,生病要住院他能不管吗?离婚了的前妻患了癌症他去伺候,尽管不是爱情了,但从道义上讲要尽责,这就是生活的真实。最好的人生境界的表现超越了道德层面进入审美,但又不丢掉道德层面的东西。正如列夫·托尔斯泰所说,艺术归根到底是传递感情的。对于传递的感情,一定要进行审美的、道德的褒贬,这是回避不了的。

刘江导演是一位有思想的导演,是一位善于把有思想的艺术同有艺术的思想努力统一起来的导演,这样的导演现在不能说很多。从《媳妇的美好时代》到《咱们结婚吧》,再到今天的《温暖的甜蜜的》,

刘江导演三部戏上了三个台阶。《温暖的甜蜜的》表现的是新时代青年人，特别是有一定文化修养、一定学历的青年人对爱情、生活的思考、探索，以及他们真实现状的艺术表达。实际上，他所坚持的正是现实主义精神与浪漫主义情怀相结合的创作方法，既有深度、力度，又有社会生活的广度，同时还有温度。

《温暖的甜蜜的》让我高度认同和肯定以刘江导演为核心的创作集体在创作思维上自觉的变革，努力把社会生活当成整体来全面把握，以辩证和谐的思维，自觉采取反思的态度，来发现生活中的真理，铸就艺术中过目难忘的细节。这是一种哲学层面创作思维方式的变革。刘江导演不赞成以二元对立，以好就是绝对的好、坏就是绝对的坏来描写生活当中的人物，他愿意实事求是地从生活的整体出发塑造人物，这也反映了刘江导演思想的见地和艺术的穿透能力。《温暖的甜蜜的》最大的特征是对于情绪氛围、精神氛围的营造，这些营造给我的感受都是厚重的、真实的。

苏格拉底说过："未经反思的生活是不值得过的。"不懂得反思的民族是没有前途的。我们的艺术应该有深度、有温度，两者要辩证统一起来，不能只讲一头，不然的话就可能滑向伪现实主义。你不讲直面人生，不讲揭示矛盾，必然要走向掩饰它、粉饰它。这样一种创作思维方式的改变，要在电视剧界大力提倡。与此相关的是对生活的态度，对生活一定要全面把握，包括刘江导演的《老酒馆》在内的优秀电视剧，都是把社会生活当成整体来把握，而不是有意把它裁割成某种类型。《温暖的甜蜜的》不只是写爱情，而是通过爱情写出了新时代，特别是当下中华民族在进行文明的现代形态的建设上碰到的矛盾、思考的问题。

我们能拿传统爱情观要求南飞吗？不能，她提供了新的东西。大家都觉得南飞一心爱陈放难以理解，我却认为真实得很。现实以各种方式制约着你，不能不求一个最稳定的生存形态。有人说，如果是自己，早就踢开陈放了。这恰恰说明其对人生、对爱情看得还不够清楚透彻。看这部戏，我们不妨想远一些。两性的爱情是个永恒的主题，永远写不尽，但是能不能写出新意、有没有跟上时代的思考?像潘虹、吴冕、杨青饰演的那一代角色，对子女催婚的人很多。催婚有什么用?子女有子女的追求，他们要追求真爱，他们认为没有找到真爱，你逼他们干什么?《温暖的甜蜜的》对生活在今天的中国人有启示意义、有感染力，因为真实而有感染力。

第28集里，齐家宜妈妈陈宝珠与南飞妈妈董碧华的一段对话，写得真精彩;第29集里，陈放跟南飞有一段交心，陈放倾诉他的困难，南飞表达对他的理解。一个剧本台词写得好不好、真不真实，是不是说人话，人话里有没有启示人的真理，既是考验编剧，也是考验导演。我很理解导演坚持有些地方的词不能改，就是这个原因。

我很赞赏刘江导演执着表现真善美。判断真善美，认定真善美，首先要靠创作主体。创作主体是否有一颗真诚的心，是能不能精准判断真善美的关键。要真心诚意地把立足点转移到人民大众这边来，真心诚意地深入生活、深入民心才行。所以，创作主体要抱持中华传统文化中的"诚"。主体之外，还得发挥客体制度的作用，光是主观上诚了，客观上如果乱七八糟也不行，因此要讲制度的保证，要秉持中华传统文化中的"序"，犹如中华传统文化讲"金、木、水、火、土"五行学说，也可讲"真、善、美、诚、序"。《温暖的甜蜜的》两个女主，包括几个男性都在"序"的范围内活动，没有跨过边界。另外，不要小看凌骄阳形象的塑造。凌骄阳是很有典型认识价值的，这样的男性青年不少，而且这样的男性青年值得尊敬。尽管他心里始终装着南飞，最后南飞也没有选择他，但他是失败者吗?他不是，他是精神上求美的胜利者，是张世英先生说的努力跨进审美境界的真男人。凌骄阳在某些方面对审美自由的追求丝毫不逊色于陈放，也许比陈放更有后劲。

2023-06-28

观郑全饰唐琬有感

　　有幸观赏品味新近荣获第31届中国戏剧梅花奖的郑全在由戏曲文学名家王仁杰编剧、著名导演徐春兰执导、福建芳华越剧院演出的《唐琬》中塑造的唐琬艺术形象，深为所动，不禁拍案叫绝！

　　在其他关于陆游与唐琬的爱情悲剧题材的戏曲作品中，似乎都理所当然地将陆游作为第一主角。王仁杰则不然，他以《唐琬》为剧名，显然就是要另辟蹊径、独树一帜，将笔力聚焦于为唐琬画像、立传、明德，在舞台上浓墨重彩地写出陆游留下的千古绝唱的《钗头凤》的第一主角——奇女子唐琬的精神境界和人性深度。导演徐春兰心有灵犀，对个中真谛一触即通。一剧之本独具思想发现与审美慧眼，以及导演艺术总体驾驭精神轨迹与人物塑造的息息相通这两条，为造就郑全在越剧舞台上精雕细琢塑造好"这一个"唐琬形象，奠定了坚实基础，铺平了成功道路。

　　这绝不是说剧作的优秀和导演的高明就完全决定了戏曲演员塑造人物艺术形象的成功，而是说郑全所饰唐琬令人耳目一新，离不开剧作的文学基础和导演的总体把握。熟知郑全艺术生涯的人都晓得她立志继承张（云霞）派。而张云霞从小学京剧余（叔岩）派须生戏，开蒙即注重刻画角色的性格，后转行越剧，师从袁（雪芬）派，戏路开阔，擅长从深切的生活出发去体验角色性格，表演精准细腻，尤其是常常能在同类型角色和相仿的戏剧情境中，以独特的思想发现和美学发现，做到同中见异地塑造人物个性。其唱腔用真假嗓结合发音，既从袁派脱胎而出，又兼蓄傅（全香）派所长，广汲京昆剧种滋养，兼容整合，声情并茂，委婉清丽，穿透人心，成为越剧史上难能可贵的张派。只可惜，恐怕正因越剧张派的表演唱腔均难度较大，故后继乏人。郑全之可贵，正在于她酷爱张派艺术，勇于知难而上，坚持守正创新，在传承弘扬越剧张派艺术上做出了独特贡献。

明乎此，再来鉴赏郑全在《唐琬》中精心塑造的"这一个"唐琬形象，就更能体味真切、知晓个中美妙了。

且看在序曲"东风白絮悲唐琬，岂独伤心是放翁"的合唱声中，第一章的唐琬以"出门收尽千行泪，猛回首晴窗却断魂"亮相，于山阴鉴湖之畔的渡口与陆游惜别。此时的她，还"不信天无怜悯意，不信薄幸是诗人"。但"今日里一声棒喝遭遗弃"却成为严酷的现实。她只能坚忍乐观地把这"不幸中权为大幸脱藩篱"，坦言"何惧这参商两地暂分离"，并期盼"有情他日重相聚"，发誓"等你无尽期"！这是一位何等纯情、何等隐忍、何等坚强、何等忠贞的女性啊！面对陆游一方面"鉴湖上，肺腑倾，十年事，尽说相知"，仰天长叹"从今后谁共读书说痛史，漫将梅树写新章？小楼谁共听春雨？分茶谁共在晴窗？谁把菊花为菊枕，吩咐诗人入梦乡"，另一方面又俯首认命，"怨我难违慈母命，则做了千秋薄幸负心郎"。郑全通过她的精心设计、细腻演唱，把唐琬此时此境的心理变化、灵魂轨迹，表现得丝丝入扣、淋漓尽致。

第二章描写离别两年后，唐琬寄人篱下，在赵家花厅"把琴台当作了望夫台"，通过菊枕尽情抒发对陆游的思念深情："这枕囊唤回十载温馨梦，也教我伤透了心断尽了肠。"郑全唱至此，声泪俱下，动人心扉。但传来陆游另娶王家小姐真讯，唐琬心碎梦灭："十年情百世恩尽付东流，爱与恨悲与欢一笔都勾。看透你山盟海誓一时信口，父母命千钧重叫你优柔。"这是抗争、愤怒、批判，是一位反对封建包办婚姻女性的呐喊！"不怨你曾薄幸相思亦相负，遥祝你好姻缘喜接良俦。道一声多保重慨然分手，且拭了眼底泪收拾从头。"这是真情、宽容、坚强，是这位反封建女性斗士的勇敢抉择。应当说，王仁杰写得好，郑全唱得好，把唐琬的复杂情感和心态层次分明地揭示出来。

第三章令浓郁的悲剧氛围骤添了讽刺喜剧的意味，这便是重阳节赵家洞房撒帐人角色的出现这一神来之笔。为了抗争，也为了自尊，唐琬毅然决然地"央媒自嫁"，于陆游再娶同晚与赵士程结婚。撒帐人一句妙言"红丝一带捆鸳鸯，两个新人上墓场"，石破天惊，遭众人非议后戏曰："我可是有执照、有高级职称的！现代人说'婚姻是爱情的坟墓'，不是有'小蜜二奶伴身旁，家花不如野花香'吗？"于是，发出了"莫生男，生男只怕做贪官；莫生女，生女给世界惹麻烦"的哀叹。也许有人会诘问，这完全是当代语言呀，哪里是南宋人的话？是的，这正是中华戏曲常有的一种打通历史与现实的喜剧意味的"穿越"审美，是戏曲"趣味"和"情趣"的所在和优势之一。正是靠这段戏谑色彩的戏垫底，才使得郑全所饰的唐琬这段词字字铿锵，如匕首投枪："务观呀务观，你是自许上马击强胡，下马草军书，报国情怀，溢于笔端，却呵护不了你结发的妻，忍叫她寄人篱下，红叶飘单……陆务观呀陆务观，那一日鉴湖临别，你信誓旦旦，而今夜呀，你那画堂香暖，杯酒言欢，是何等温存，何等缱绻！全不念菊枕枯萎，旧人忉怛。"郑全的念白，抑扬顿挫、韵味十足，余音绕梁、沁人心脾。

第四章写八年后唐琬与陆游的沈园重逢，自然是全剧的高潮，也是千古名篇《钗头凤》诞生的机缘。郑全的演唱，令"这一个"唐琬形象得以完成："乍以为引刃已断旧情丝，孰能料东君无主运乖戾，偏叫沈园又破题！揪心一曲《钗头凤》，惊觉了原来你痴我亦痴。"郑全把唐琬的独特的人生况味唱出了哲理意味。是的，一个"痴"字，耐人深思，它照应着那千古绝唱中的"错"与"莫"呀——"红酥手，黄縢酒，满城春色宫墙柳。东风恶，欢情薄。一怀愁绪，几年离索。错、错、错。　春如旧，人空瘦，泪痕红浥鲛绡透。桃花落，闲池阁。山盟虽在，锦书难托。莫、莫、莫！"

2023-07-14

心境无我　业比天大

——痛悼乃嘉同志

近几年来，乃嘉一直在顽强坚忍地与病魔抗衡。每见伟国兄，总问及她的病情；月前伟国兄为率其博士弟子合著的一本高校电视剧艺术教材邀我作序时，还与我通了长长的电话，也谈及她病情尚稳。殊不知，9月12日接培森兄传来信息，说她已远行。这噩耗，我虽早有心理准备，但仍难以接受。呜呼，挚友西去，山高水长。其音容慈貌，脑海翻腾；其为人为艺，永志难忘。

我与乃嘉相识共事，始于20世纪80年代初。其时，中国电视艺术委员会初创，创始人、著名表演艺术家金山突然病逝，由阮若琳接任。我由蜀进京后从师钟惦棐先生学习电影美学，恩师带我参加了阮若琳召集的研究全国电视剧创作的红山口会议，之后便担任中国电视剧"飞天奖"青年评委。于是，阮若琳前辈首先就给我介绍了她身边的两员大将：一位是创建过北京广播学院电视系的矫广礼，另一位便是毕业于北京电影学院摄影系的张乃嘉。我才知道，乃嘉的先生是其同窗、后来做了北京电影学院主管教学的副院长的王伟国教授。

至此，我开始与乃嘉合作共事，操持了20余年的中国电视剧"飞天奖"、电视文艺"星光奖"以及后来的少年儿童电视节目"金童奖"、电视纪录片"印象奖"和电视主持人"金话筒奖"等。我们团结精进，优势互补，为方兴未艾的中国电视文艺辛勤耕耘。我真切地感受到，她和老矫，都堪称中国电视文艺评奖的杰出的组织专家。"飞天奖""星光奖"等作为政府奖，在新时期新时代忠实记录了党领导下中国电视文艺持续健康繁荣的实绩，从一个重要侧面反映了中国电视事业日新月异的繁荣景象，这中间，离不开党的领导和人民的厚望，也离不开像乃嘉、广礼这批兢兢业业在电视战线从事评奖组织工作的电视人。

乃嘉在组织评奖的工作中，深知自己受党和人民的重托，首要的是必须坚定不移地贯彻执行好党领导文艺的方针政策。为此，她自任艺委会组织联络处处长起，到升任艺委会负责评奖工作的副秘书长，始终坚定不移执行部（总局）党组关于历届评奖工作的具体指示，出以公心，努力做到公正、公平、公开，不搞小圈子。"飞天奖""星光奖"之所以在业界一直享有信誉，不能不说其间也渗透着她和广大电视艺术家们的心血。

乃嘉在组织评奖工作的实践中，一大特色是真心实意地尊重艺术家、依靠艺术家。几十年来，她通过评奖工作，结交了一大批艺术家。其中，有懂艺术的中国传媒大学老校长如刘继南、苏志武，中央音乐学院老院长于润洋，中央工艺美院老院长杨永善等；有艺术管理专家如曾任部（总局）社会管理司司长的才华、郭宝新等；有艺术理论家李准、丁振海、郭运德、刘润为等；有导演郑洞天、潘小扬、张绍林、杨阳、陈力、王芙英等；有制片人张明智、罗浩、王浩等；有荣获过"飞天奖"最佳演员大奖和提名奖的一大批优秀演员……总之，不胜枚举，数之不尽，她的朋友遍及全国电视界和教育界。她与艺术家真心相交，向艺术家求知问道，艺术家也乐意向她反映实情，肝胆相照。唯其如此，她才能出色地担当起党领导文艺的桥梁和纽带的重要作用。

乃嘉在评奖组织实践中的另一大特长，是善于遵循艺术规律办事。对艺术规律的探究，她虽无专著，也没有专文论及，但她在具体评价参评作品时，却极注重两点：一是要操中国化时代化的马克思主义的历史观、美学观和辩证法，实事求是，科学分析，反对用生吞活剥的西方理论来误读和剪裁中国电视剧的审美，吹"盲目西化风"；二是要遵循电视剧和其他电视文艺的独特规律进行评价。记得有一次，有人认为那届参评的一部纪实性电视剧《九一八大案纪实》不宜获奖，她便仗义执言，以中国式纪实性电视剧创作的艺术规律和美学特征予以辩驳，以正视听，最终使这部作品得到了公正的评价，并登上了领奖台。

乃嘉长期身体多病，但律己甚严，从不轻易告假。每逢评奖期间，她总是忠于职守，一丝不苟。一些搬运录像带、碟片和纸质文字资料的重活，她身先士卒，甚至审片室挂窗帘这样的高难度活，她还要给年长于她的另一位"老黄牛"矫广礼当上个帮手。她的律己，还表现在廉政上。一次，有人反映说发放评奖劳务费某某多拿了，是否与她有关，于是便由纪检部门来查，查的结果，事实是符合财务制度，某某并未多拿，而乃嘉拿的等级乃是最低的！

一个人才华有高低、能力有大小，但只要选定了一种于社会、于人民、于后代有益的事业和职业，便矢志不渝、心无旁骛地干一辈子，久久为功，耕耘不止，就无愧一生。心境无我，业比天大。在我看来，乃嘉就是这样的人，不显山，不露水，不争名，不争利，低调行事，宽人严己。她是中国新时期新时代电视艺术评奖史的参与者、组织者和见证人，她平实而闪光的业绩将载入中国电视艺术发展史册，永垂后世。

乃嘉安息！

2023-09-22

新时代担当新文化使命的理论指南

—— 习近平文化思想学习笔记

习近平文化思想主题鲜明、体系完整、逻辑严密、博大精深，深刻回答了新时代坚持和发展什么样的中国特色社会主义文化、怎样坚持和发展社会主义先进文化这一重大课题，丰富和发展了马克思主义文化理论，在党的宣传思想文化事业发展历史上具有里程碑意义。深入学习、领悟、践行习近平文化思想，真正把握这一重大的理论指南和实践准则，对于进一步促进中国特色社会主义文化的健康持续繁荣，建设文化强国，实现中华文明的伟大复兴，至关重要。

一、关于文化的地位与作用

中国共产党的宣传思想工作，其中重要方面之一便是文化艺术工作。马克思主义早就精辟指出，伴随着人类的历史发展和文明进程，人类把握世界的方式会愈来愈多样丰富，政治的、经济的、历史的、哲学的、宗教的、艺术的方式都十分重要，且彼此联系。这里除政治、经济方式之外的其他四种方式，都属于大文化的范畴。毛泽东同志的经典著作《新民主主义论》中，就主要从政治、经济、文化三方面进行了深刻阐述。之后，他又在《在延安文艺座谈会上的讲话》中专就党领导的文艺工作作了全面深入的阐述，尤其是对文艺与政治、与人民、与生活的关系作出了辩证分析，完成了 20 世纪中国共产党人把马克思主义文艺观中国化、时代化、民族化的科学概括和集中体现，成为党领导的文艺工作的理论指南和实践明灯。

正如《胡乔木回忆毛泽东》记述的，郭沫若同志当年就称赞《在延安文艺座谈会上的讲话》"有经有权"[①]——其间关于文艺在党的事业中的地位和作用，文艺与人民、文艺与生活、继承与创新、普及与提高的关系，都是经典的永恒的共时性真理，而有的如文艺与政治、与抗日战争的关系则是有鉴于特定历史环境的需要提出的权宜的历时性的真理。弄清这一点，十分重要。这是一种宝贵的历史自觉和文化自信。明乎此，我们就能从马克思主义文艺观的基本原理到毛泽东文艺思想、再到习近平文化思想这根一脉相承、与时俱进的文化红线中，深刻理解党所领导的文化工作，其中包括文学艺术工作的重要地位和作用。

历史进入新时期，邓小平同志在第四次全国文代会上代表党中央继续重申和强调了党一贯坚持的文艺战线是党领导的事业的一条重要战线的指导思想，并有鉴于历史教训和和平建设的需要，果断调整了党的文艺政策，用"为人民服务、为社会主义服务"的"二为"方向取代了"文学艺术从属于临时的、具体的、直接的政治任务"，从而解放思想，实事求是，团结广大文艺工作者开启了新时期现实主义文艺复苏的新局面。之后，江泽民同志代表党中央着重强调提出了"弘扬主旋律，提倡多样化"的创作口号，胡锦涛同志又再三突出强调邓小平同志提出的"人民是文艺工作者的母亲"的重要思想……所有这些，都是为了一以贯之地坚持把文艺工作当成党领导的整个事业的重要组成部分和必不可少的一条战线。

历史进入新时代，习近平总书记高度重视宣传思想工作，其中包括文化、文艺工作。他再三强调，宣传思想文化这种意识形态工作，"事关党的前途命运，事关国家长治久安，事关民族凝聚力和向心力，是一项极端重要的工作"[②]。"明体达用，体用贯通"的习近平文化思想

---

① 胡乔木:《胡乔木回忆毛泽东》，人民出版社 2014 年版，第 62 页。
②《习近平对宣传思想文化工作作出重要指示强调 坚定文化自信秉持开放包容坚持守正创新 为全面建设社会主义现代化国家 全面推进中华民族伟大复兴提供坚强思想保证强大精神力量有利文化条件》，《人民日报》2023 年 10 月 9 日。

的形成和提出，标志着中国共产党在新时代对包括文化工作在内的整个意识形态工作在党的事业、国家的安定、人民的幸福中的地位和作用的认识，对历史自觉和文化自信的认识，都达到了新的高度。

二、关于坚定文化自信

党的十八大以来，习近平总书记对文化自信讲得最多、强调最甚。文化是民族的血脉和根魂。文化强则民族强、国运兴。"有文化自信的民族，才能立得住、站得稳、行得远。"[①] 唯其如此，习近平总书记把文化自信与道路自信、理论自信、制度自信并称为"四个自信"，认为文化自信是"最基本、最深沉、最持久的力量"。

文化自信，就是要对源远流长的中华优秀传统文化充满自信。中华文明历经数千年而绵延不绝、迭遭忧患而经久不衰，既是人类文明的奇迹，也正是我们文化自信的底气。比如，对天下为公、协和万邦的社会理想，对民为邦本、为政以德的治国方略，对革故鼎新、自强不息的担当精神，以及礼、智、仁、信和忠、孝、节、义，都可以有扬弃地予以继承，并与当代文化相适应、与现代社会相协调以实现创造性转化、创新性发展。

文化自信，就是要对中国共产党领导人民在推翻三座大山、创建新中国的伟大实践中创造的革命文化、红色文化充满自信。比如，"坚持真理、坚守理想，践行初心、担当使命，不怕牺牲、英勇斗争，对党忠诚、不负人民"的伟大建党精神，以及井冈山精神、苏区精神、长征精神、遵义会议精神、延安精神、抗战精神、红岩精神、西柏坡精神、照金精神、东北抗联精神、南泥湾精神、太行精神（吕梁精神）、大别山精神、沂蒙精神、老区精神、张思德精神等。

文化自信，就是要对新中国成立以来党领导人民创造的社会主义

---

① 习近平：《在文化传承发展座谈会上的讲话（2023 年 6 月 2 日）》，人民出版社 2023 年版，第 10 页。

先进文化充满自信。比如，抗美援朝精神、"两弹一星"精神、雷锋精神、焦裕禄精神、大庆精神（铁人精神）、红旗渠精神、北大荒精神、塞罕坝精神、"两路"精神、老西藏精神（孔繁森精神）、西迁精神、王杰精神，以及改革开放以来党领导人民创造的改革开放精神、特区精神、抗洪精神、抗击"非典"精神、抗震救灾精神、载人航天精神、劳模精神（劳动精神、工匠精神）、青藏铁路精神、女排精神、脱贫攻坚精神、抗疫精神、"三牛"精神、科学家精神、企业家精神、探月精神、新时代北斗精神、丝路精神等。

文化自信，归根结底，就是要对百年来中国共产党领导人民把马克思主义基本原理同中国具体实际相结合、同中华优秀传统文化相结合形成的毛泽东思想、邓小平理论、"三个代表"重要思想、科学发展观、习近平新时代中国特色社会主义思想这些马克思主义中国化、时代化的伟大成果充满自信。文化自信才能真正实现文化自觉，文化自信才能真正走向文化自强。

三、关于坚持走自己的路

坚定文化自信，就必须立足中华民族的伟大历史实践和当代实践，就必然要坚持走自己的路。

中华文化和文学艺术的发展，有着一条具有鲜明中国特色、中国风格、中国气派的道路和传统。只有立足于中华民族的伟大历史实践和当代实践，用中国道理总结好中国经验，把中国经验上升为中国理论，才能坚持走自己的路，实现精神上的独立自主。

比如，以中国电影艺术发展的历史传统论，早在20世纪30年代，党领导的左翼文化运动以夏衍、田汉等人为中心就在中国电影的发祥地上海团结了赵丹、白杨、上官云珠等一批进步电影艺术家，创作拍摄出《一江春水向东流》《八千里路云和月》《十字街头》《乌鸦与麻雀》《小城之春》等一批与时代脉搏共振、反映民生民情的现实主义优秀影片，一改充斥着上海影坛的鸳鸯蝴蝶派和娱乐至上之风，被当时的世界著名电影史家们都称赞为代表着人类现实主义电影创作的一流水平。之后，在集中体现中国共产党人把马克思主义文艺观中国化、时代化的毛泽东同志《在延安文艺座谈会上的讲话》精神指引下，党领导的新中国电影艺术的主流传承发展着党领导电影事业的这一优秀传统和基本经验，为人民奉献出一大批优秀作品，如《董存瑞》《女篮五号》《青春之歌》《红旗谱》《山间铃响马帮来》《五朵金花》《我们村里的年轻人》等，受到广大观众热烈欢迎，为培育和提升中华民族电影审美素养做出了积极贡献。历史进入新时期、新时代以来，随着党的政策对文艺与政治关系的重要调整，在"二为"方向与"双百"方针指引下，现实主义文艺强劲复苏并持续繁荣，上海电影制片厂谢晋导演的《天云山传奇》《牧马人》《芙蓉镇》、吴贻弓导演的《巴山夜雨》《城南旧事》，西安电影制片厂吴天明导演的《人生》《老井》《首席执行官》，长春电影制片厂李前宽导演的《开国大典》《重庆谈判》，以及《黄土地》《邻居》《小花》《野山》《黑炮事件》《孙中山》《共和国不会忘记》《大决战》《守岛人》等一大批现实主义精神与浪漫主义情怀相结合的优秀作品，坚持走中国式现代化实践土壤孕育的中国特色的社会主义电影发展的自己的路，继承发展了党领导电影艺术的优秀传统和宝贵经验。认清这一点，是一种坚定的文化自信。毋庸讳言的是，与此同时，确有一种创作主张，偏离了文化自信、背离了党领导电影艺术的优秀传统和基本经验，处处对标和照搬西方好莱坞经验和类型片理论，片面强调高科技、大投入、强刺激、博眼球、赢票房，甚至用西方理论去剪裁中国人的电影审美，严重影响和干扰了中国电影创作坚持走自己的路。

再比如，中国新时期、新时代迅猛发展的电视剧艺术，也是在党的领导下坚持走自己的路持续发展繁荣起来的。笔者自 20 世纪 70 年代末由蜀入京就参与这门艺术的创作和评论。作为一名实践者和见证者，近半个世纪以来，目睹了中国新时期、新时代电视剧艺术的发展。可以说，这是一种极具中国特色的繁荣景象：以可贵的文化自信和文化自觉高扬地方文化优势、配置地方文化资源，创作出有鲜明地方特色的精品力作走向全国，各美其美，美美与共，铸就了中国电视剧的百花齐放。且看北京先后创作出从《渴望》《北京人在纽约》到《正阳门下》《香山叶正红》等"京味"电视剧，上海先后创作出从《上海一家人》《蹉跎岁月》到《大上海》《破晓东方》等"海派"电视剧，江苏创作出了以江南历代文化名人传记片《秋白之死》《戈公振》《范仲淹》等为主打的"苏派"电视剧，四川创作出了根据川籍作家名著改编拍摄的《死水微澜》《家春秋》《淘金记》《南行记》等"川味"电视剧，山西创作出了《太阳从这里升起》《好人燕居谦》《沟里人》等纪实风格的"晋派"电视剧……如此多姿多彩、风格各异的电视剧走向全国、走向世界，才造就了这门方兴未艾的覆盖面广、影响力大、渗透性强的家庭艺术百花齐放，成为新时期、新时代中华民族不可缺少的重要精神食粮。也毋庸讳言的是，确有一种理论，套用西方文论的类型片和类型片"杂糅"说，来剪裁和引导中国电视剧创作。在这种误导下，一段时间以来，一部谍战剧火了、一部言情剧火了、一部悬疑剧火了……于是，全国竞相效尤，一窝蜂、雷同化盛行，百花齐放的繁荣局面却不见了。这，难道还不发人深思吗？

仅举两例，可推及观察分析文坛之一般。其实，从哲学思维深层次思考，中华哲学历来主张天人合一，倡导创作主体把审美对象即生活客体当成整体来全面地辩证地把握；西方哲学则强调主客二分，习惯于在市场经济面前创作主体把审美对象即生活客体裁割成不同类型来分别把握，因而才抽象出所谓类型片理论。对于西方类型片理论，我们当然应取开放包容、学习借鉴的态度，只要适合国情，见好就拿，拿来就用，万勿东施效颦、生搬硬套，拿来剪裁中国电视剧的审美。出现这种背弃走自己的路的西化创作倾向，归根结底，是没有坚定文化自信——对党领导文艺的中华优秀传统和基本经验缺乏自信，对中国特色的社会主义文艺发展的独特道路缺乏自信。

四、关于秉持开放包容

坚持走自己的路，必须秉持开放包容。这两者辩证统一，相辅相成，互补共生，缺一不可。

所谓开放，从纵向上说，就是要以开放的历史眼光赓续中华民族几千年悠长深厚的文化传统；从横向上说，就是要以开放的世界视野将各个国家各个民族创造的先进文明尽收眼底，实行鲁迅先生主张的"拿来主义"——只要符合国情，"见好就拿，拿来就用"。有了这种开放的胸怀和视野，贯通古今，融通中外，真正实现中华优秀传统文化现代化、外来优秀文化中国化，才能真正践行好"古为今用、洋为中用，辩证取舍、推陈出新"①的文化方略。

所谓包容，在我看来，是指要有一种"海纳百川、有容乃大"的虚怀若谷、博大精深的文化心态。习近平总书记精辟阐明："中华文明从来不用单一文化代替多元文化，而是由多元文化汇聚成共同文化，化解冲突，凝聚共识。中华文化认同超越地域乡土、血缘世系、宗教信仰等，把内部差异极大的广土巨族整合成多元一体的中华民族。越包容，就越是得到认同和维护，就越会绵延不断。"这种包容性，"从根本上决定了中华民族交往交流交融的历史取向，决定了中国各宗教信仰多元并存的和谐格局，决定了中华文化对世界文明兼收并蓄的开放胸怀"。②

突出的开放性与包容性，本来就是中华文明重要特性的题中之义。而涵养中华民族这种开放包容的文化心态，需要日积月累，久久为功。这是把坚定的文化自信融入全民族的精神气质和文化品格中的一项伟大的软实力工程。

总之，我们在秉持开放包容中，既要以马克思主义的深邃的历史眼光，对中华民族5000多年的文明宝库全面深入梳理发掘，用马克思主义基本原理激活中华优秀传统文化中富有生命力的基因并赋予新的时代内容和阐释，从而将中华民族的伟大精神和丰富智慧更深层次地

---

① 习近平:《在文艺工作座谈会上的讲话（2014年10月15日）》，人民出版社2015年版，第26页。
② 习近平:《在文化传承发展座谈会上的讲话（2023年6月2日）》，人民出版社2023年版，第4页。

注入马克思主义，有效地把马克思主义思想精髓同中华优秀传统文化贯通交融，聚变为新时代新的理论优势，不断攀登人类新的思想高峰，又要以马克思主义广阔的理论视野，用海纳百川的开放胸襟，学习借鉴人类社会的一切优秀文明成果，在"人类知识的总和"中汲取优秀文化资源来创新和发展新时代中国特色社会主义理论，形成兼容并包、博采众长的理论大格局、大气象。

五、关于坚持守正创新

习近平总书记精辟指出："对文化建设来说，守正才能不迷失自我、不迷失方向，创新才能把握时代、引领时代。"① 可以说，只有守正基础上的创新，才是真正的创新；只有创新引领下的守正，才是真正的守正。守正创新，是文化建设和艺术繁荣的不二法则。

守正，守的是马克思主义在意识形态领域指导地位的根本制度。我们要坚守的，是中国化、时代化的马克思主义在意识形态领域指导地位的根本制度。而习近平文化思想就是马克思主义文化观中国化、时代化的最新成果，是党领导文化建设的优秀传统和基本经验的结晶。坚持以习近平文化思想为新时代文化建设的理论指南和实践准则，是我们必守之正！

守正，守的是"两个结合"的根本要求。马克思主义基本原理必须同中国具体实际相结合，必须同中华优秀传统文化相结合。而第二个"结合"，是继"实践是检验真理的唯一标准大讨论"之后的又一次思想解放。守住"两个结合"的根本要求，在新时代文化建设中就能始终如一地坚持理论联系实际的原则，巩固"实践是检验真理的唯一标准"大讨论的思想解放伟大成果，进一步使马克思主义基本原理同中华优秀传统文化结合时彼此契合，既坚定信仰和践行马克思主义，

---

① 习近平：《在文化传承发展座谈会上的讲话（2023 年 6 月 2 日）》，人民出版社 2023 年版，第 11 页。

又忠实继承和弘扬中华优秀传统文化。"结合"使两者互相成就，一方面，马克思主义真理传播到中国，推动了中华文明的生命更新和现代转型；另一方面，中华优秀传统文化又充实了马克思主义的文化生命，推动了马克思主义不断实现中国化、时代化的新飞跃，从而令马克思主义成为中国的、中华优秀传统文化成为现代的；"结合"使中国特色社会主义道路有了更加深远宏阔的历史纵深，拓展了中国特色社会主义道路的文化根基；"结合"让我们能够在更深广的文化空间中，充分发掘和运用中华优秀传统文化的宝贵资源，探索面向未来的理论和制度创新；"结合"还巩固了中华文化的主体性。所以，守住"两个结合"的根本要求，就是守住了党在新时代对中国道路、理论、制度的认识达到的新高度，就是守住了党的历史自信、文化自信达到的新高度，就是守住了党在传承中华优秀传统文化中推进文化创新的自觉性上达到的新高度。

守正，守的是中国共产党的文化领导权和中华民族的文化主体性。领导我们事业的核心力量是中国共产党，党的领导是新时代建设文化强国、实现中华民族伟大复兴的根本保证。习近平总书记强调，"党对文艺工作的领导，要把握住两条：一是要紧紧依靠广大文艺工作者，二是要尊重和遵循文艺规律"[1]。这两条，谆谆嘱咐，至关紧要。

习近平总书记还强调，"任何文化要立得住、行得远，要有引领力、凝聚力、塑造力、辐射力，就必须有自己的主体性"[2]。守住中华民族精神上的独立自主，守住中华民族文化主体性，文化自信才有了根本依托，人民才有了国家认同的坚实的文化基础，中华文明也才有了和世界其他文明交流互鉴的鲜明的文化特性。新时代中华民族的文化主体性，是中国共产党带领中国人民在中国大地上奋斗建立起来的，

---

① 习近平:《在文艺工作座谈会上的讲话（2014 年 10 月 15 日）》，人民出版社 2015 年版，第 28 页。
② 习近平:《在文化传承发展座谈会上的讲话（2023 年 6 月 2 日）》，人民出版社 2023 年版，第 8 页。

是对中华优秀传统文化进行创造性转化、创新性发展，继承革命文化，发展社会主义先进文化，借鉴吸收人类一切优秀文明成果的基础上建立起来的。一句话，是通过把马克思主义基本原理同中国具体实际、同中华优秀传统文化相结合建立起来的。其正，必须坚守！

守正基础上的创新，是文化建设的关键和生命。习近平总书记强调："中华文明的创新性，从根本上决定了中华民族守正不守旧、尊古不复古的进取精神，决定了中华民族不惧新挑战、勇于接受新事物的无畏品格。"①

对于文艺的繁荣发展而言，守正基础上的创新的重要性和决定性意义，更不待多言。

我们务必铭记习近平总书记的金玉良言："我提出守正创新，就是强调既不走封闭僵化的老路，也不走改旗易帜的邪路，这两条路都是死路。"② 旗帜鲜明，警钟长鸣！我们要以全面把握、兼容整合、辩证和谐的科学思维，去取代那种二元对立、非此即彼、好走极端的单向思维，以哲学思维上的深刻变革去贯彻落实好习近平文化思想。

2023-10-30

---

① 习近平：《在文化传承发展座谈会上的讲话（2023 年 6 月 2 日）》，人民出版社 2023 年版，第 3 页。
② 习近平：《开辟马克思主义中国化时代化新境界》，《求是》2023 年第 20 期。

守正创新　留赠后人

——观广东汉剧《章台青柳》

近些年，广东戏曲事业呈现一派欣欣向荣的气象，多部佳作相继绽放，共同在舞台和银幕上形成了一道亮丽的南国文化景观。新近创排的广东汉剧《章台青柳》为其又添一抹青绿。该剧取材于荣膺茅盾文学奖的长篇小说《白门柳》，作者刘斯奋集16年之功，用如椽巨笔再现明末人文世相。20余年前，小说《白门柳》曾搬上广东汉剧舞台，获得成功。如今，其续篇《章台青柳》，既是对原著精神再次以汉剧艺术呈现，也是柳如是形象在汉剧舞台上的又一次创新演绎。

为柳如是这样的奇女子塑像作传，不独斯奋一人。一生倡导"独立之精神，自由之思想"的国学大师陈寅恪，在双目几近失明的晚年靠口述完成的最后一部著作，便是《柳如是别传》。前有史学巨擘，后有文艺大家，他们的目光为何都聚焦这段历史，并为活跃于这段历史并影响和决定文化思潮走向的典型人物立传?面对世人的求教，陈寅恪曾用八个字回应："痛哭古人，留赠来者。"① 他们以可贵的历史自觉和文化自信，胸怀对历史的温情和敬意，用敏锐的目光捕获历史肌理中跃动着的民族文化基因，凝练成书，传于后世，使中华文明的精神标识在笔墨间流转存续。如今，广东汉剧《章台青柳》的主创们充分开

---

① 陈寅恪:《陈寅恪集·柳如是别传》，生活·读书·新知三联书店 2011 年版，第 1250 页。

掘名著中的精神文化资源，用戏曲"审美之笔"再塑柳如是艺术形象，殊为可贵。

实践证明，依托文学名著创排新编戏曲剧目，是一条行之有效、值得充分肯定的戏曲发展之路。然而，将一部皇皇百余万字的鸿篇小说浓缩为一出两小时左右精练的戏曲剧目，何其难也?一方面，小说的文学思维与戏曲的舞台思维永远不会完全重合，这是以两种艺术形式的审美把握世界的不同创造;另一方面，名著中的文学经典形象虽已深入人心，但如何在遵循对原著精神正确理解的同时，与时俱进地用艺术化手段注入新的时代阐释，且获得当代观众的普遍认同，这既是需要攻关的学术课题，也是改编成败的关键因素。唯有改编者真正敬畏原著、钻研原著、充分消化原著，将原著用文学语言所筑造的一座小说的"艺术之山""粉碎掉"，留下一堆闪烁着小说艺术精灵火花的创作元素，再根据戏曲规律及其审美优势去重塑一座戏曲的"艺术之山"。这或许才是真正站在文学家肩上进行的一种真正意义上的将文学思维成功转化为戏曲审美思维的创造性劳动。

从真实的审美直觉来讲，广东汉剧《章台青柳》已是一部有着"大戏品相"基础的作品。该剧的编剧、总导演赵景勃既深谙戏曲，又酷爱文学，不难看出，他将戏曲、文学两种艺术样式的审美思考灌注于该剧的编创中，既有守持，亦有开拓，重塑了小说《白门柳》中柳如是的戏曲舞台形象，可谓是把握原著精髓、遵循戏曲规律的艺术再创造。广东汉剧名家、"二度梅"获奖者李仙花在文联系统履职多年，此次重新投入创作，与"柳如是"再续舞台情缘。她将多年艺术功力和文化修养熔铸在角色的形神创造上，舞台上的"这一个"柳如是，造型求新求变、场场气质有别，端庄沉静、活泼俏丽、潇洒俊逸，兼而有之。她汲取借鉴青衣、花衫、小生等行当的类型特点和相应身段功法，以精湛的唱念做舞为角色表意传情，凸显柳如是度尽劫波的心境渐变。综观广东汉剧《章台青柳》，结构铺排合理，情节冷热相济，节奏张弛得当，创作者们别出机杼地设置并串联起每一粒"戏扣子"，且能自然有机地为观众一一梳理。这一过程，正是创作者们自觉地为自己设置难点，努力用审美智慧翻越难点，使难点转化为亮点的过程。

广东汉剧《章台青柳》的改编难点和亮点，更在于主题立意的向深处开掘。小说《白门柳》着墨展现了钱谦益、冒襄、黄宗羲等一众清流名士的人物群像，他们性情有别、心态各异，但皆有着中国传统知识分子"明道救世"、报国济民的人文精神和历史使命感。身处历史变革之际，他们虽有不同的政治抱负，心底却始终维护传统，忠于彼时历史语境下的社稷，这种深沉、强烈的民族意识就像一条割不断的链条，存在于中国传统文人的精神血脉之中。对这一历史群体有意识地进行创作观照，实际上是对中国人文知识分子人格精神的延续和颂扬。在"商女不知亡国恨，隔江犹唱后庭花"的传统认知中，柳如是是一个特例，她心怀大义，位卑不忘忧国，是一位民族文化的坚定捍卫者。绛云楼是"钱柳爱情"的见证地，也是二人心灵的栖息地、灵魂的安顿处。面对清兵的围剿搜查，柳如是一把火烧了绛云楼，楼中所藏万卷诗书付之一炬，这不是毁了文化，而正是为了保存文化、保护文化的传承人。剧中，钱谦益痛惜追问："书……都没了？"柳如是坚定答道："写书的人，保住了！"这句颇有意味的台词如点睛之笔，道出了柳如是的炙热丹心，更昭示着文化薪火的生生不息。这种高远的创作立意之于中华优秀传统文化的复兴与发展，有着重要的现实意义。

在马克思主义中国化的百年进程中，与中华优秀传统文化相结合十分重要。习近平总书记曾多次在多个场合强调"坚持把马克思主义基本原理同中国具体实际相结合、同中华优秀传统文化相结合"的重大现实意义和深远意义。2023 年 6 月 2 日，习近平总书记在文化传承发展座谈会上将"第二个结合"称为"又一次的思想解放"[①]。伫立于今天的时代高度，以习近平文化思想为指导再看广东汉剧《章台青柳》

---

① 习近平：《在文化传承发展座谈会上的讲话（2023 年 6 月 2 日）》，人民出版社 2023 年版，第 8 页。

的改编，会有更深层的感受。全剧始终饱含对中华优秀传统文化的关切，既彰显出原著所蕴含的中华哲学和美学精神等固有的精神向度，又进一步阐发了名著的当代意义与永恒价值。

初演成功证明，该剧"四梁八柱"皆已立起，具备了广东汉剧新编精品剧目的品相，昭示了一条"立得住、传得开、留得下"的改编路径。当然，精品剧目的建设，是一个持续打磨、不断提升的过程，也是一个不断权衡取舍的过程。改编不是裁剪历史，也不止于简单提纯，而是要始终聚焦于剧目主题和主要人物灵魂变迁、思想升华的精神世界，用历史的辩证思维结合戏曲的审美思维，或凝练萃取，或浓墨皴染。历史是复杂的，我们不能要求创作者包罗万象，把一切说尽，但剧中的个别典型人物须添加必要注脚，譬如，《章台青柳》中的黄宗羲虽然不是主要人物，但作为中国历史上颇有成就的大思想家，其"民本"主张垂诸后世，对于这样具有典型文化意义的人物，在人格内涵、性情思想等方面有待深入开掘，为其人生走向增设铺陈抒写，庶几更能加深历史感。

从文学名著到戏曲剧目的转化，须经历从"六经注我"到"我注六经"的实践心路飞越，唯其如此，才能迈向守正创新的改编正道。走进广东汉剧《章台青柳》，这面舞台的多棱镜折射出历史的斑驳光影和人性各面，给予我们深思和启迪，这或许正是艺术所追求的"贵于意在言外，使人思而得之"的审美境界。

本文系与博士李华裔合作

2023-11-03

2024

聚焦历史　谱写家国情怀
挖掘细节　构筑辉煌党史

——评电影《绝地重生》

重大革命历史题材电影《绝地重生》以世界军事史上的经典案例——"四渡赤水"为历史背景，讲述了中央红军面对敌军的"围剿"，在绝境中团结一致，在遵义会议之后，又历经扎西会议、苟坝会议，毛泽东同志一步步重新获得军事指挥权，并最终成为党的领导核心的历史篇章。影片真实还原了红军在川滇黔地区，面对40万国民党军重重"围剿"，在毛泽东同志的指挥下一次次突破绝地，通过"四渡赤水""巧渡金沙江"等著名军事行动从绝境走向胜利的辉煌历史。影片情节紧凑，在宏大叙事中不乏细腻的笔触，在战争激荡的现场不乏温情的瞬间。作为一部优秀的党史电影，《绝地重生》在以下几个方面，提供了具有普遍意义的经验。

首先，聚焦历史的瞬间，深挖战争的细节，立体呈现那段波澜壮阔、艰苦卓绝的革命战争岁月。遵义会议在中国共产党历史上的重要地位毋庸置疑，而作为它的延续与落实的扎西会议同样十分重要。该片通过聚焦云南扎西会议期间红军领导面对绝境的不同战略抉择，还原了扎西会议落实遵义会议决议的历史瞬间，从而向观众呈现了当时中央红军内外复杂的政治生态，全面展现了毛泽东同志重新获得军事指挥权的曲折历程。该片在尊重历史的前提下，深挖细节，不回避矛盾，把绝境中的复杂局面与复杂人性都揭示了出来。面对中央红军想走走不出去、想扎根却扎不下来的现实绝地，以及部分领导同志不理解和不支持的思想舆论"绝地"，毛泽东同志坚定"走自己的路"的路线，与周恩来等同志一起，在决定性的生死存亡瞬间，重新把将士们团结起来，最终冲出了重重包围，取得了节节胜利。

其次，借小事件抒发大情怀，以情感人，融情于景，立体地刻画了感情丰富的伟人形象。无论是片中毛泽东同志给大雪天路旁的农民小孩递红薯，还是深夜篝火旁教小战士们学习汉字、给他们讲述"赤"字的深刻内涵，这些生动的亲民小事，传神地表现了毛泽东同志的大爱与厚德，也彰显了他以天下为己任、把人民放在首位的理想信念。同时，毛泽东与贺子珍这对革命伉俪，在关键时刻舍小家、保大家，为了革命忍痛将孩子交给老乡抚养，用实际行动展现了老一辈革命家的牺牲精神。可以说，片中毛、贺两人的小家庭也经历了一次"绝地重生"，它与"四渡赤水"的战争线交替叙事，形成了该片故事特有的内外张力。影片中怀孕的贺子珍探望因一时孤掌难鸣而陷入深思与苦闷的毛泽东时送去两个红薯，毛泽东深情地留下小的而把大的留给贺子珍，这些细节让夫妻深情和伟大人格跃然银幕。该片在艺术表现上，没有"脸谱化"的刻板表达，没有刻意营造"高大上"的典型形象，而是通过故事本身的结构张力和细节表达的艺术魅力，以真情实感塑造了有血有肉有担当的一代伟人形象。

总之，通过革命历史题材电影来学史明理、学史增信、学史崇德、学史力行，《绝地重生》为我们呈现了一堂鲜活生动的党史学习教育大课。它以影像的艺术化表达，让我们一起重返那段惊心动魄的历史现场，让广大观众深入了解中央红军在革命事业的至暗时刻，是如何团结一致、兵行诡道、出奇制胜的。该片立足大量革命战争史实，通过残酷的战斗场景与革命人物群像再现了那段激荡人心的斗争岁月。尽管寒冬腊月、缺衣少食，尽管敌军数倍于我军，但红军将士们意志坚定、内心火热、不惧艰险，从而共同创造了人类战争史上的佳话。而片中所展现的老一辈革命家们的艰苦奋斗的优良作风、英勇无畏的斗争精神，更值得我们代代传颂。

　　这部为深入贯彻落实习近平总书记考察云南重要讲话精神、由中共云南省委宣传部组织策划的电影《绝地重生》，深入表现了中央红军在云南经历的重大历史转折与艰苦战斗的历程。同时，作为向毛泽东同志诞辰 130 周年献礼的重点影片，该片通过聚焦革命历史瞬间谱写家国情怀，通过生动感人的细节构筑辉煌党史，通过有血有肉的艺术形象展现了一代领袖的伟大品格。全片史料考证精心、整体制作精良、人物表演精湛，是一部有精气神的电影佳作。

本文系与博士程林合作

2024-01-08

一切美的光都来自美的心灵源泉

——简评周正平舞美灯光设计艺术

有着"中国舞美灯光诗人"之称的舞美设计师周正平，曾荣获第14届布拉格演出设计与空间四年展"最佳灯光设计奖"，去年在PQ2023第15届布拉格演出设计与空间四年展上，他作为中国国家馆12位设计师之一，以山水剧场《清溪江湖》和越剧《红玉》再一次引发世界关注。于舞美，尤其是灯光设计，我虽外行，但多年以来，作为资深戏迷，又要搞点戏剧评论，则不得不关注一下舞美设计。周正平这大名，早已如雷贯耳，知他获过第四、六、八、九、十届"文华舞美设计奖"，尤其赞赏他担当设计的越剧《西厢记》《桃花扇》《陆游与唐琬》、话剧《生死场》、昆曲《牡丹亭》（北昆版）、歌剧《玛纳斯》、京剧《华子良》，宣示出他对中华优秀传统文化及其美学精神的充分自信，也宣示出他对于守正创新的一种高度自觉。他是演员出身，后转行舞美设计，钟情于灯光设计。他进过上海戏剧学院、中央戏剧学院舞美设计专业学习深造，曾横跨20余个剧种、为百余部戏剧作品担当舞美设计，千锤百炼，方逐渐成为"一位有思想的设计与有设计的思想和谐集于一身"的杰出的舞美设计领军人才。

说周正平的舞美设计，尤其是灯光设计有思想，首先表现在他对舞美设计的初心宗旨的深刻理解与把握。他真切地说："从演员到舞美设计师，我更加知道什么样的设计是有生命力的。""中国戏剧的凝练、留白和美感是有身体记忆的。"①宗白华先生说过:"一切美的光是来自心灵的源泉:没有心灵的映射,是无所谓美的。"②艺术是人学,周正平的舞美设计聚焦于人的形象塑造,哪怕是一束光,都要为照亮人的精神世界和心灵轨迹起到作用。他坚定而执着地让整个舞美设计为表达人物的精神、心灵、情感服务,努力创造出一种真实体现人物心理反应的深邃的精神意境。歌剧《玛纳斯》中,灯光设计就紧紧围绕着凸显玛纳斯这位民族英雄的"形"与"神",运用中华传统美学精神倡导的"托物言志、寓理于情",让灯光强化人物手中器、头顶盔、心中意,透过或强或弱、或明或暗、色彩各异的光束融入歌剧人物或"宣叙"或"咏叹"的独唱、重唱之中,声画同构互补,营造出"形神兼备、意境深远"的民族史诗画卷。歌剧《玛纳斯》达到较高的史诗品位与美学品位,其舞美,尤其是灯光设计功不可没。正如此次颁奖主持人所言:"一个好的演出设计应该在概念上、导演上或者在戏剧理论上是一个强有力的元素组合,而不是一个次要的从属角色。"也唯其如此,颁奖词才称周正平的灯光设计"是一个诗意的、魔幻的、高度复杂的灯光设计,它扮演了一个强大的、戏剧驱动的角色"。③

说周正平的思想即其对舞美设计的哲学思考是融入其设计的,是指他的舞美设计既不单纯地卖弄现代科技手段和五光十色以娱人耳目,也绝不把任何思想口号生硬地概念化地附加在设计中。这又如颁奖词所说,"虽然灯光是一种短暂的冲动和高度技术性的媒介",但周正平的灯光设计却以"奇异美,抽象的品质和精妙""使评审团能够区分艺术概念"。④这便是对周正平堪称是"一位有思想的设计与有设计的思想和谐集于一身"的舞美设计师的最好注脚。且看他对越剧《桃花扇》的整体舞美设计和灯光设计:舞美元素极其精致简洁,主体背景靠中

① 马黎:《从小百花出来的"灯光诗人"拿下舞美界"奥斯卡"》,《钱江晚报》2019 年 6 月 13 日。
② 宗白华:《中国艺术意境之诞生》,《美学散步》,上海人民出版社 1982 年版,第 59 页。
③ 马黎:《从小百花出来的"灯光诗人"拿下舞美界"奥斯卡"》,《钱江晚报》2019 年 6 月 13 日。
④ 马黎:《从小百花出来的"灯光诗人"拿下舞美界"奥斯卡"》,《钱江晚报》2019 年 6 月 13 日。

国画风一镜到底，残荷、窗棂靠古典水墨元素的现代运用，呈现出一种典雅与优美之间的平衡之美；而灯光弥漫浸淫其中，参与完成了时空转化、情景营造、叙事进程和人物塑造、性格刻画、心理呈现，既相当完美地契合了中华戏曲的写意美学，又靠光影特有的象征语汇彰显出东方神韵之美。

　　总之，周正平在整个舞台美术设计尤其是灯光设计上的哲学思考和成功实践，作为新时代社会主义文艺创作的一份宝贵财富，值得我们珍视。

2024-02-07

坚定文化自信　坚持走自己的路

——观 2024 川渝春节联欢晚会

卫视春晚作为电视艺术蓬勃发展时代的"新年俗"，不仅在辞旧迎新之际为观众送上一场汇集文艺精华的视听盛宴，更承载着打造地方"金名片"、助力文化和旅游"破圈"的重要作用。2 月 8 日，2024 川渝春节联欢晚会在重庆卫视、四川卫视播出，晚会以新颖的形式高扬地方文化优势，在"思想＋艺术＋技术"的深度融合中彰显了川渝文化和旅游的独特魅力。这也是川渝两地第三次联合举办春节联欢晚会，为卫视春晚跨省份联合制作、融合传播提供了新经验。

过去一年，"淄博""尔滨"①的大热让人看到旅游业的强势复苏。在电视艺术领域，跨年节目也越发成为地方文化和旅游宣传的重要窗口。今年川渝春晚积极整合地方文化资源，在四川遂宁市、重庆涪陵区设立两处分会场，在四川松潘县、重庆铜梁区设立两处特别呈现。节目组通过川渝两地的多点位互动，将舞台从演播室拓展至广阔天地，推出一系列置景于巴蜀秀美河山，展现川渝历史文化、时代风貌和人文风情的创意节目。例如，遂宁分会场将"轻综艺"形式融入春晚舞台，主持人、明星和当地推荐官分两组踏上"寻人"和"寻味"之旅，观众跟随小分队的视角探索遂宁，在四川宋瓷博物馆、卓筒井遗址、

---

① 2024 年开年，哈尔滨旅游爆火，网友亲切地称呼其为"尔滨"。

锂电核心区等场景中，沉浸式感受遂宁特色的文化传承与科创动力。涪陵、松潘、铜梁则更多采用创意短片的形式，例如涪陵分会场以推荐官"听"的特殊方式展现当地的自然、历史和人文风貌，涪陵博物馆的编钟轻响、白鹤梁水下博物馆的浪涛拍击、涪陵周易园程氏理学发出的天问、816工程遗址的无声伟业、武陵山国家森林公园的自然之声，共同呈现出巴人智慧和勇气代代相承、涪陵"万物回响，念念不忘"的独特意境。松潘、铜梁两地则分别凸显了"茶马古道"的民族风情和"龙之故乡"的民俗特色。2024川渝春晚在前两届的基础上进一步彰显自身地域特色、高扬地方文化优势，配置地方文化资源，呈现出新时代电视艺术赋能文化和旅游，以文塑旅、以旅彰文的新气象。

科技赋能极大地丰富了春晚的舞台设计，在虚拟技术广泛应用的当下，实现"思想＋艺术＋技术"的深度融合成为卫视春晚"突围"的关键。今年川渝春晚兼具科技思维与人文思维，例如将重庆市铜梁区的山水实景剧《追梦铜梁龙》以创新形式搬上春晚舞台，运用CG技术配合舞龙表演者制作出灵动逼真的"水龙舞"，不仅营造出富有未来感、虚实相生的舞台深远意境，更在古韵今风中彰显了铜梁"龙文化"的赓续与传承。歌曲《在他乡》则抓住川渝多民族聚居地的特征，运用AR技术将舞台搬进虚拟的高铁车厢，通过归途列车巧妙串联、生动展现重庆綦江区安稳镇、四川凉山彝族自治州、四川阿坝藏族羌族自治州、重庆黔江区濯水镇的自然与人文交融之美，并将苗族《赶秋》、彝族《迎客歌》、羌族《瓦尔俄足》、土家族《敬酒歌》这类民族歌舞表演结合当地实景融入其中，最后再回到虚拟车厢，以歌曲《四方》进行民族大合唱，从而审美化、艺术化地呈现出川渝地区民族团结、城乡协调统一、人民生活幸福的美好图景。2024川渝春晚在舞台视效上进一步探索了虚拟与现实融合，让现代科技手段为节目的思想性、艺术性服务，即通过声色之美，达于意境之美和心灵之美。

总的来看，2024川渝春晚在宣传地方文化、探索形式创新上表现亮眼。巴蜀两地山水相依、人文相亲、血脉相连，成渝地区双城经济圈建设更是书写了两地优势互补、协同发展的新篇章。期待川渝春晚继续深耕跨省联合制播的新样态，通过精品节目唱好川渝文化和旅游的"双城记"。

本文系与博士林玉箫合作

2024-02-19

舞剧《东方大港》：反映当代工业题材、艺术诠释新质生产力的创意新探索

近期，宁波市演艺集团创演的舞剧《东方大港》正在进行 2024 年全国巡演，受到不少好评。该剧以宁波舟山港数十年发展历程为蓝本，讲述了推动中国式现代化和新质生产力发展前进的"硬核"精神。

历来在一般的舞台艺术表现中，工业题材都是弱项，更何况舞剧没有文学语言，是靠舞蹈语汇呈现，二者的科技思维和审美思维是两种截然不同的思维方式，科技思维求"真"，舞蹈求"美"，要将科技思维艺术化，是颇具挑战的。难能可贵的是，舞剧《东方大港》做到了这一点，以广大观众尤其是青年观众喜欢的舞剧形式审美地反映当代工业题材、艺术地诠释新质生产力发展前进的创意新探索，这是对文艺为时代画像、立传、明德的新开拓，是极有价值的一个突破，为当下舞剧表现新时代、表现工业题材和新质生产力题材探了一条路。

从立意上来说，《东方大港》立足于中国式现代化建设的历史事件和眼下的事件，把一个了不起的"东方大港"审美化地呈现在舞台上，同时传递了一代又一代人在党的领导下自强不息、奋斗拼搏的精神，长中国人的自信、长中国人的志气。这种题材的舞台艺术作品对于提升当下中华民族的现代化素质有着科技讲座起不到的作用，这是文艺工作者社会责任感和时代使命感的体现，也是学习、领悟、践行习近平文化思想的一次成功艺术实践，昭示了一条高举地方文化优势和特

色，以高度的文化自信和历史自觉配置独具特色的文化资源，立足于本地中国式现代化建设的实践，坚持走自己的路，坚持民族精神文化的独立自主的创作正道。

在审美上，《东方大港》"托物言志、寓理于情、凝练节制"，譬如在集体婚礼的舞段中，自行车、录音机、热水瓶等道具的使用，体现的就是那样一个时代——在群情振奋的火红时代，家家都有三大件，非常符合那个时代的意象。

凡是表现正在行进中的新事物都是有困难的。在创作思维上，《东方大港》大胆采撷海港的变革生活，把本来属于科技思维的成果创造性地以舞蹈语汇加以呈现，并着意于刻画人物的精神世界和心灵轨迹，这是创作的难点，编、导、表及音、美都做出了可贵的努力，令人耳目一新。这从侧面体现出编创人员在"深入生活、扎根人民"方面做出的积极努力，将港口工作人员的工作动态转换编排为舞蹈语汇，从而有了触动人心的力量。

让人难忘的是，舞剧叙事的内涵和情感的交流在相互交织中清晰呈现，例如下半场中，作为技术研发部工程师的主角"港"在历经研发失败后，在激烈的心理斗争中展开与爱人、母亲的三人舞，将叙事逻辑和情感逻辑相联结，形成了极具冲击的舞台张力。

据了解，本剧仍持续在演中改、改中演，不断打磨提升，致力于攀登艺术高峰。舞剧的文学叙事要讲究通俗化，建议在打磨中更加注重讲清故事的发展逻辑、讲清四位主要人物的行动逻辑和情感逻辑。例如在集体婚礼的回忆片段中，两个逻辑的连带关系需要进一步厘清。这个舞段独立来看很好地反映了那个时代，但是如何将人物的情感逻辑和叙事逻辑更巧妙地统一起来，还需要主创人员作进一步的思考和努力。

2024-04-10

别具一格的寓言意味红军故事剧

——赞采茶戏《有盐同咸》

　　早就听说江西吉安传颂着当年在红色根据地有一位歌手在乡亲们被敌军围困的险恶环境下，靠情真意挚的歌声凝聚了民心、瓦解了由被抓壮丁强迫组建的白军队伍、"击"退了敌首的动人故事。如今，在赓续革命历史文脉、讲好红色故事、谱写当代华章的新时代文艺创作热潮中，由罗周编剧、童薇薇导演、吉安市采茶戏研究传承中心演出的《有盐同咸》，以别具一格的颇具寓言意味的审美形式把这一故事成功地搬上了采茶戏舞台，可喜可贺。

　　说它别具一格，是因为在众多的讲好红军故事的戏剧作品和影视作品中，它以一种可贵的文化自信和历史自觉，高扬了江西吉安老区的红色文化优势，配置好独特的文化资源，发挥采茶戏独有的审美特色，因而以深邃的思想意蕴和生动的艺术魅力别具一格地讲好了人们耳熟能详的这一红军故事。《有盐同咸》故事新、人物新、语汇新、歌声新、舞美新、意境新，在众多同类题材中独出心裁。

　　说它颇具寓言意味，是言其在美学追求上非同寻常，品位较高。著名学者钱锺书先生在《谈艺录》中曾把文艺作品的品位分为三级：第一级是"事之法天"，求真，即作家艺术家按照"天"即客观世界的真相描写"效法"；第二级是"定之胜天"，求善，即作家艺术家须对作为审美对象的"天"作出审美评判和道德褒贬，或是之，或非之；第三级是"心之通天"，求美，即作家、艺术家在求真求善的基础上令自己创作主体的"心"与作为审美对象的"天"相通融合，物我同一，升腾到更高的超越功利的美的深远境界。这第三级美学上高品位的作品中有一类，便往往从直面描写现实生活世界升华到精神意义世界，具有浓郁的寓言意味和深刻的价值取向。譬如《愚公移山》就是十足的中国寓言，只可颂扬愚公每天挖山不止的精神，而不可深究那山哪天才能挖平。也许有人会质疑：《有盐同咸》中靠七秀唱山歌把白军唱散唱败，那还须"枪杆子里面出政权"吗？这就是尚未体味到这出戏美学追求的"寓言意味"。须知，七秀是靠唱出的"人心""民心""红军与人民同心"的巨大精神能量在人类的意义世界中既凝聚了民心，又唱散了被抓夫当了白军的敌军之心并进而唱垮了白军敌首之心。因此，这是敌我双方在意义世界里的精神较量，与"枪杆子里面出政权"的生活世界里的军事较量是相辅相成、缺一不可的。艺术的审美创造，贵在兼顾审美对象的生活世界与意义世界。明乎此，才能明白京剧的《空城计》里诸葛亮在城楼上一边饮酒抚琴一边靠一段西皮二六板唱退大兵压城的司马懿何以久演不衰！

话说回来，《有盐同咸》的美学品位和寓言意味，首先体现在全剧在审美创造的运作思维上自觉彰显中华美学精神的"托物言志、寓理于情"。好一个"盐"字了得！你看，全剧聚焦于"盐"，分为序幕和"分盐""埋盐""化盐""饮盐""识盐""歌盐"6场戏。主词是"盐"，"盐"既是生活世界里实实在在的物质，更是意义世界里军民同心的精神意象。全剧始终托"盐"言红军与人民同心之"志"，寓革命必胜之"理"于七秀与杨连长之生死恋"情"之中。从"分"到"埋"到"化"到"饮"到"识"，最后到"歌"，跌宕起伏、环环相扣的戏剧动作结构起整个故事叙述，刻画出活跃于故事旋涡中并决定着故事发展走向的人物形象。"白花花的盐粒像雪纷纷，热腾腾的红军最贴心。亮晶晶的盐粒像满天星，光闪闪的红是不灭的灯。有盐同咸，无盐同淡，跟着红军哥哥走哟，走过长夜到天明，到天明。"这首主题曲贯穿全剧，以浓烈的情感强烈地感染了观众。

《有盐同咸》审美化地成功展示了主人公七秀的精神升华和心灵

轨迹。序幕中，七秀以《哭嫁歌》控诉了被卖身的痛苦，困境中，一位"个子高高、腰板笔挺、走路带风的"不相识的红军哥哥以"三块大洋、半罐盐"替她赎身。她自此"记得他了"。"分盐"一场中，她初识杨连长并误认为他就是替自己赎身的恩人，听了杨连长说"只要红军有盐吃，就要让老百姓的菜碗也是咸的"，更坚定了对杨连长的爱。"埋盐"一场，她结识怀孕的罗思齐，却因为不识结婚证上的字误认为罗、杨是夫妻，初恋破灭，以"三断情"唱出了失望："手捧盐罐埋地下，埋掉妹妹苦黄连。""化盐"一场，白军来了，断人食盐，她想出妙招——"粗盐入水没踪影，新棉夹袄水中浸。湿透衣裳再烘干，救命的盐巴穿在身。"她带盐上山，为红军送盐。"饮盐"一场，她为杨连长用盐水洗化脓之脚，护罗思齐产子，方知罗、杨并非夫妻。"识盐"一场，又知杨连长并非当年帮她赎身的红军，但她却爱情弥坚，报恩思想升华为阶级情谊。杨连长说道："我身负重伤难长久，她生死相随不肯丢。"杨连长教她写完姓名，为保她逃出，遂跳崖牺牲。她在悲痛中在杨连长姓名旁写上刚学会的自己的姓名并盖上接过的苏维埃政权大印，以神圣的军属、烈属身份奔上井冈山。最后一场"歌盐"，是全剧的高潮。不仅是她义正词严的高亢歌声，还有李叔唤醒白军士兵牛崽的"想当初，天冷给你添柴火"，张伯对白军士兵二狗的"想当年，肚饿给你送香馍"，刘婆对白军士兵牛固的"缝缝补补怕你衣衫破"……确实唱散了白军的心："受过乡亲恩惠多，到今日，沉甸甸的枪口往下落。"而白军军官罗思元孤掌难鸣，只得自绝于民。这不仅仅是意义世界里红色歌声的胜利，更是民心的胜利、党心的胜利、红军的胜利！

2024-04-29

"读书滋逸气，阅世益豪情"

——评民族歌剧《柳柳州》

再度观罢广西歌舞剧院晋京演出的民族歌剧《柳柳州》，脑海里回荡着剧中柳宗元的唱段"风雨人生路，行行复行行""官为民役才是真""我的长安是柳州"……心情久久不能平复，沉思良久，夜不能寐，我不禁想起了同为柳姓的大书法家柳公权书写的那副名联："读书滋逸气 阅世益豪情"。以民族歌剧为"唐宋八大家"之一的柳宗元树碑立传、传神写貌的迈向高峰之精品力作，确实问世了。

这绝非过誉，而是由衷之感。近几年来，振兴民族歌剧呼声日高，且成就斐然。戏剧歌舞艺术工作者竞相践行"双创"，为中国古代杰出文人艺术家画像、立传，江苏扬剧《郑板桥》应运而生，好评如潮，广西民族歌剧《柳柳州》与之遥相呼应，亦誉满艺苑。在我看来，《柳柳州》的问世，在新时代民族歌剧发展史上，确当大书一笔。

首先，《柳柳州》不仅仅是柳州的、广西的，更是中国的，经过多演加工提升后还可能成为走向世界的民族歌剧精品。广西是享誉中外的民族歌剧《刘三姐》的诞生地。广西的民族歌剧艺术家们，以高度的文化自信和可贵的历史自觉，一方面，高扬地方文化资源优势和审美特色，深入发掘柳宗元贬谪柳州刺史的四载晚年人生的文化资源，以四载写一生、写一人、写人的心灵变迁与精神升华，并以广西最擅长的民族歌剧形式让历史上的中原唐诗与当代广西民歌乃至世界歌剧交融互鉴、整合创新，可谓真正实现了地方文化资源的最佳配置；另一方面，又请来了研究柳宗元的编剧常剑钧和导演查明哲强强联合、互补生辉，并配之以广西的一流作曲、演员，可谓真正实现了编、导、演、音乐、美术人才的全方位优化组合，从而保障了作品思想、艺术的一流高质量。《柳柳州》这种尊重艺术家、遵循艺术规律、努力实现文化资源的最佳配置与创作生产力优化组合的成功经验，其价值远远超越了这个剧目自身，对新时代中国特色社会主义文艺创作具有普遍的借鉴意义。

其次，《柳柳州》提供了新时代文艺创作把中华优秀传统文化与当代文化相适应、与现代社会相协调并努力实现创造性转化、创新性发展的新鲜经验。常剑钧酝酿多年要把柳宗元搬上当代舞台，他在编剧阐述中说自己思考最多、最深的便是要给当代观众带来什么样的精神营养，即如何打通历史与现实的通道，真正做到以史为鉴。我之所以想起了柳公权那副名联，就因为《柳柳州》确实抓准了描写柳宗元屡遭贬谪而初心不改、矢志不渝，其精神渊源正在他长年读书学儒中种下的"勤勤勉励，唯以中正信义为志，以兴尧、舜、孔子之道，利安元元为务"，由此滋生出超越常人之中国优秀知识分子固有的"逸气"，即理想信仰与可贵的定力；还因为《柳柳州》聚焦柳宗元笃信"官为民役""彼为天下者本于人"的民本理念，以遭贬后的一州之长的有限权力，把从底层民众特别是少数民族民众中获取的"新知"化为治州理政的动力，兴利除弊，传播儒学，释放奴隶，破除巫术，移风易俗，凿井开荒，种柑植柳……令中唐的中原儒家文化与岭南的百越少数民族文化碰撞交流、互鉴互补，真是"阅世益豪情"，终使"蛮荒之地"焕然一新。唯其如此，郭沫若才颂道："柳州旧有柳侯祠，有德于民民祀之。"全剧的选材严、开掘深、立意高远，接通古今、以史为鉴，为新时代中国式现代化建设提供了宝贵的精神能量。

最后，《柳柳州》具有较高的美学品位。这部民族歌剧所揭示的柳宗元的心灵变迁史和精神升华史，是以民族歌剧特有的美学魅力艺术化、故事化地呈现出来的。从再度遭贬与挚友刘禹锡京城痛别写起，一场戏写至柳州听民歌睹民情、解民困、生顿悟，一场戏写与侍妾唐月在名分问题上与"北望长安"之夙愿的矛盾纠葛，一场戏写与心灵相通的刘禹锡的隔空对话……环环相扣，场场精彩，一咏三叹，走心感人。对于该剧的导演创作，查明哲说："追求诗化的写实，强化表现的再现，袒露假定的生活幻觉，进行别具一格的审美创造。"他把"北望长安，逐梦返归朝廷；官为民役，系魂终守柳州"当成全剧柳宗元贯穿行动的起始、变化、发展、终结的核心定位。他把"孤舟独钓寒江雪，高山流水融民生，风雨仕途觅本心，柳柳依依人世情"视为柳宗元这个游子风雨阅世的修行历程、命运轨迹、精神涅槃、情感归依的概括表述。舞台呈现确实如此。仅举一例，且看柳宗元与唐月的一段对唱——柳宗元终于反省自责："满心愧疚叫声妻，地老天荒恨难除。"唐月交心："一个'妻'字惊天地，一生遗憾化云泥。今宵虽无八抬轿，月光是我新嫁衣。"多么让人痛彻心扉啊！这正是艺术的独特魅力、审美的穿透能力。《柳柳州》的美学价值，值得称道。

2024-05-17

略论赵辉形象的独特创造和美学价值

——也评电视剧《城中之城》

    近日，在由中国电视艺术委员会召开的关于沪产电视剧《城中之城》的研讨会上，编、导、演和制片人代表畅谈了创作体会，尤其是赵辉的饰演者于和伟的一番肺腑之言，令我这个从事了近半个世纪的文艺评论工作者沉思良久，以至彻夜难眠。他曾以在电视剧《觉醒年代》中成功塑造了陈独秀形象而誉满全国，在接受饰演赵辉这个角色之初，便向编剧吴楠等发问："这部作品为什么要塑造赵辉这个形象？"这让编剧为这位有思想的表演艺术家灵魂所震撼，全剧拍罢关机之时，于和伟深情地感叹："赵辉，再见了！我爱您、恨您这个有灰度的人物形象。"

    "有灰度的人物形象"，这话出自从事表演艺术的于和伟之口，我感佩之至。记得十年前，我的一位艺术学博士戴毅华独树一帜，曾以《试论灰艺术哲学》为题撰写毕业论文，给我留下了深刻印象。于和伟称《城中之城》中他精心塑造的赵辉形象是"有灰度的人物形象"，在创作实践上正与"有灰度的艺术哲学"的美学理论遥相呼应。我们有理由对于和伟塑造的荧屏上的赵辉形象进行一番现实主义的分析研究和理论总结。

一

    首先，现实主义精神的首要前提，便是强调创作主体在面对审美表现的客体时必须直面现实、揭示真实。鲁迅高扬的"直面人生"，其义正在于此。赵辉这个人物，在新时代中国金融改革大潮中确为真实的存在，这是不争的事实。我熟识的博士中就有这样的人。赵辉确曾有理想、有抱负、有才华、有实绩，甚至还有魄力、有智谋、有野心。你绝不能用习以为常的二元对立、非黑即白、不好就坏的单向思维对其做出是好人还是坏人的判断。因为他身处时代的巨变中，又居高危风险的银行高管之位。为创政绩、显才能，他必须打破旧观念、旧格局，接手"阳光计划"，破例扶持小微科创企业；为展宏图、掌大权，他渴求升上行长宝座。这一切，似乎都在情理之中。但他是活生生的人，是有情有义的人，他有爱女，身患眼疾须重金疗治，出国学画深造亦须破费，虽然拒收恩人大哥吴显龙资助和大学同学谢致远这位远舟信托总裁、伪金融圈慈善家的"明赐"，却还是半明半昧地默认了他们设套的所谓"平台捐资"，栽进了"报恩"泥潭，终难抗拒恩人房地产商的"贷款"和信托总裁的"合作"要求，一步错步步错，在恩情和人情的绑架下越陷越深；他渴望升迁，却因为总行"空降"了新行长而堵塞了仕途，敢怨不敢言……于是，赵辉赵辉，终于"照"不见人格的光辉，而"照"出人性的灰色之灰。

能说赵辉这个人物不真实吗？绝不能！这个人物的精神世界、心灵轨迹、人性深度都太真实了。

二

其实，毛泽东同志早在延安文艺座谈会上便深刻而精辟地指出，"革命的文艺，应当根据实际生活创造出各种各样的人物来"[1]。既然赵辉是金融改革极具典型意义的人物形象，中国特色社会主义荧屏艺术画廊里就理应有其一席之地，他的独特历史价值和美学价值，正在其"灰度"。

---

① 毛泽东：《在延安文艺座谈会上的讲话（1942年5月）》，《毛泽东选集》（第三卷），人民出版社1991年版，第861页。

是的，经过历史和人民的检验，有资格进入并长存于中华民族电视剧艺术画廊的人物形象，须具有恩格斯所称颂的"典型环境中的典型性格"，即典型历史价值和美学价值。《城中之城》剧组的演员们都以自己塑造的人物形象能否"进入艺术长廊"互勉，在我看来，于和伟塑造的赵辉形象确已进入艺术长廊。因为在中国特色社会主义荧屏艺术长廊里，不乏如《长征》《延安颂》《海棠依旧》《跨过鸭绿江》《山海情》中的革命领袖、人民英雄的正面典型形象，也不乏如《狂飙》里的从卖鱼郎堕落为黑社会老大高启强这样的反面典型形象，但还确实少有像《城中之城》的赵辉这样的灰色典型形象。

物以稀为贵，"各种各样的人物形象"也以稀少乃至基本缺位为贵。当然，这有一个前提，那就是这些人物形象必须首先在艺术上取得成功。在马克思主义文艺理论中国化、民族化的历史进程中，新中国文艺理论界的先贤们曾为中国特色的现实主义文艺理论耕耘不息。著名文艺理论和编辑大家秦兆阳先生就卓有远见地提出过"现实主义广阔道路论"，呼吁现实主义创作是一条广阔的道路，不要作茧自缚、画地为牢、越写越窄，要直面人生、正视矛盾，有了广度，才会有深度和力度。时任中国作协党组书记的著名文艺理论家邵荃麟也遥相呼应，提出了著名的"中间人物论"。他认为，现实主义创作塑造正面典型以引领风尚、刻画反面典型以警世当今，都是需要的，但须知这在人群中是两极、是少数，而大多数是"芸芸众生"，是"中间人物"，现实主义创作不应忘了这大多数"中间人物"，要为他们的精神转化、灵魂裂变画像、立传，因此要主张"现实主义深化论"。如果把邵荃麟先生说的"两极"喻为"黑"与"白"，那么，大量的"中间人物"就处于由黑及白或由白及黑的中间地带，即"灰"人物。所谓守正创新，就是要在守住马克思主义文艺理论中国化、时代化历史进程中的理论之"正"的基础上，与时俱进地"创新"。这样，于和伟称他喜欢塑造像赵辉这样"有灰度的人物"，便有了现实主义创作的历史依据和美学依据。

三

塑造好"有灰度的人物形象",绝非易事。而真正意义上的审美创造,正是艺术家"明知山有虎,偏向虎山行",勇于为自己设置障碍,亦即难点,并善于以审美方式翻越障碍、突破难点,成功地将创作难点转化为作品的亮点;相反,倘遇难点便绕过,创作倒是安全、安逸了,但作品的亮点便没有了,平庸之作也就随之产生。

于和伟是用心、用情、用力、用功塑造赵辉形象的。

所谓用心,是指他在人物形象的审美创造的思维方式上是进入了哲学层面的,是思想化了的。著名思想家、文艺家王元化先生曾勉励艺术家要把"有思想的艺术与有艺术的思想和谐统一起来",此乃箴言。于和伟悟通此道。他努力摆脱过去曾制约和束缚过我们创作的二元对立、非黑即白的单向哲学思维,而代之以全面把握、关注中间、兼容整合、取舍适度的辩证和谐哲学思维,走进赵辉的精神世界、体悟赵辉的心灵嬗变,使自己即赵辉、赵辉即自己。所以,编剧吴楠在剧组拍摄现场见到他时才会惊呼:他衣着穿戴、举手投足、一言一行、一呼一吸,简直就是一个活脱脱的赵辉。

所谓用情,是指他真正践行了自己那句入木三分的经验之谈:"演观众不熟悉的故事全靠传达观众熟悉的情感。"众所周知,金融行业于大多数观众而言,都是陌生的。金融业的行话、术语乃至故事,大多数观众不熟悉。但作为艺术,如托尔斯泰所言,归根结底是传达感情的。人之为人,作为高级形态的理性情感动物,其情感是相通的,这是艺术可以"共情"的深层缘由。于和伟正是遵循了这一艺术规律,他深信对于广大观众来说,金融改革会触及亿万民心,家家户户都可能与银行、房产、贷款、股票发生千丝万缕的联系,是有着坚实而广大的受众基础的。这是一部金融题材的作品,更是一部超越了金融行业而具有大历史观的作品。剧中塑造的赵辉形象,以及与他发生戏剧关系和冲突的陶无忌、田晓慧、周琳、苗彻、吴显龙、谢致远、沈婧、程家元、苏见仁等诸形象,都是在传达种种广大观众熟悉并可以"共情"的亲情、恩情、友情、怨情，这并不是取消美与丑的边界，而是不回避人物的复杂性，还是于和伟说得好，关键在掌控好情感的分寸感、"把握好度"。

所谓用力、用功，就是指他反复强调的要聚焦于赵辉形象内蕴的"人性的复杂性和深刻性的真实表达"。要精准表达赵辉这样一位"有灰度的人物形象"的人性的复杂性和深刻性，对演员来说，是对演技和功力的严峻考验。于和伟经受住了考验，把赵辉形象的黑格尔美学规定的"人物形象的质的规定性、性格表现的复杂性、情致的始终如一性"表达得精准到位、栩栩如生，令人叫绝。论质的规定性，赵辉一出场，从他作为副行长的显赫业绩、职场榜样，从他对新人陶无忌的欣赏器重中照见自己初入行时的勃勃身影，到他与"空降"行长斗智斗法、心生怨气，到他对爱女赵蕊的父女情深，到他与周琳说不清、道不明的真情挚爱，到他与吴显龙、谢致远以及苏见仁的纠缠不清，再到他与大学挚友苗彻的相知相通……于和伟对赵辉形象的质的规定性都可谓严丝合缝，恰到火候。论性格复杂性的呈现，赵辉形象性格有抱负有追求、有权欲有野心、有真情有虚饰、有友谊有负义、有节制有越轨……于和伟把赵辉形象性格的复杂多面表达得情随时迁、熨帖入理。论情致的始终如一性，且看赵辉从一开始的风光无限、前途无限到中间经历高危职业的锻烤和人情世故的锈蚀，再到最终逼上高楼欲寻自绝……这一切，于和伟的表演入戏走心、惟妙惟肖，让广大观众都深信这是同一个赵辉的人生必经之路，其情致是始终如一的。

因此，正如钱锺书先生的小说《围城》中的"城"一样，电视剧《城中之城》的"城"也是意象，是全剧的灵魂。从表层看，这是新时代上海金融改革中金融城中的金融人的精神心灵嬗变之"城"；从深层观，这是一部从一个重要方面观照中国式现代化的力作。它直面现实、正视矛盾，使现实主义创作精神有了深度、广度、锐度和力度；它同时还开拓未来、揭示光明，成功塑造了具有理想信仰和定力操守的苗彻形象与代表着希望和未来的新人陶无忌形象，从而使现实主义创作精神与浪漫主义情怀结合起来，使作品给人以鼓舞、力量与温度。

于和伟精心塑造的赵辉形象，不仅对现实主义创作在选材严、开掘深上具有启示意义，更对广大观众通过鉴赏作品培根铸魂、提升精神境界和锻造人格操守具有宝贵的认识价值和审美价值。

2024-05-26

审美思维对新质生产力的艺术表达

——评音乐剧《亦梦亦真》

　　2023 年，北京经济技术开发区汽车与交通设备产业产值达到了 1983 亿元，占北京市的 60% 以上。不仅是生产领域，北京在消费领域也加快发展新质生产力，推动自动驾驶等一批应用场景落地。[①] 新质生产力正在为北京高质量发展赋能。

　　由北京演艺集团、北京经济技术开发区工委宣传文化部、北京经济技术开发区文联联合出品制作，北京歌剧舞剧院、尚亦城（北京）科技文化集团承制的音乐剧《亦梦亦真》领风气之先，为新时代画像、立传、明德，勇敢地行进在新时代发展的进行时中，聚焦于新质生产力助力北京高质量发展，艺术地讲述了科技工作者郝杰从海外归来担任"好运"智能科技公司的首席执行官，毅然决然地投身于无人智能车的芯片研发与制造的故事，生动地展示了在关键核心技术攻坚战中，我国科技工作者坚持自主创新、战胜自我的精神风貌。

　　精神的独立性需要深厚植根于经济上的独立自主，经济的持续健康发展尤须建立在科技的不断创新之上。音乐剧《亦梦亦真》中的科技工作者面对西方"卡脖子"的艰难境遇，迎难而上、奋进不止，最终实现了芯片制造技术的自主创新突破，彰显了中国科技工作者的文化自信和聪明智慧，实现了精神上的独立自主。全剧紧紧围绕"独立

[①]

自主"发展新质生产力这一主题，谱写出中国式现代化建设的一曲颂歌。

从哲学思维层面上讲，21世纪是人类进入科学思维与艺术思维结缘互补的崭新世纪。科学求真，为人类探求真理开辟通道；艺术求美，为人类探求真理营造良好的文化氛围。在舞台上展现科学思维是件难事，创作者直面这一困难，勇于运用人民群众喜闻乐见的音乐剧形式进行审美表达，通过在舞台空间充分运用冰屏、全息纱幕等新技术，配合三座可动式"百变盒子"以及多媒体元素，呈现集聚芯片、雷达、显示屏等前沿科技的产业蓝图，用艺术形式体现出科学思维的求真务实，努力将创作难点转变为演出中艺术表达的亮点，从而实现了科技思维到艺术思维的创造性转化、创新性发展。

音乐剧《亦梦亦真》的创新探索不可能一蹴而就，而须经过精细打磨才能日臻完美。创作者摆脱了二元对立思维下的人物角色塑造的桎梏，人物关系的发展和冲突围绕着芯片测试工作展开，实现了对人物动机的艺术呈现，构建起郝杰与董事长、郝杰与前女友的两条故事线。郝杰是科技工作者的代表，有着爱国主义情怀和永不言败的精神。一方面，他虽全身心投入高精芯片研发，却屡败屡战，在痛苦中探寻新的技术路径；另一方面，他既要安抚志同道合的科技工作者们的情绪，又要争取更多的经费投入研发。多重的困难摆在面前，郝杰需要成功研发出芯片来打破这一局面。董事长是企业家的形象缩影，在利弊的权衡中誓要突破"卡脖子"的困境。一方面，董事长面对芯片测试日益增加的经费，全力支持郝杰的工作，却使公司陷入资金短缺的危机之中；另一方面，董事长面对外国公司以提供高精芯片和大量注资为条件，企图强力介入公司经营的态势犹豫不决。两难的境地逼迫董事长进行抉择，而芯片的研发成功与否是选择方向的关键。郝杰前女友是外国公司咄咄逼人的形象写照。一方面，她以外国公司的利益为重，试图逼迫董事长接受苛刻的条件；另一方面，在爱情、亲情和家国之情的交织下，她渴望看到郝杰的芯片研发成功，见证中国芯片的历史性突破。内心的矛盾折磨着郝杰前女友，也使她陷入了迷茫之中。三个人物同样怀有拳拳报国之心，只是因为所处的位置不同，产生了矛盾冲突。如此的人物关系设置是可贵的，但是需要更加精心的设计，深入人的精神世界深处，将其中的精神、人性与人情的复杂性艺术地化入中国式现代化建设的历史进程中，完成人物各自的精神转化与心灵轨迹，方能更鲜明深刻地彰显出新时代中国科技工作者的精神风采。

近三年来，北京演艺集团高扬北京独特的文化优势和审美优势，优化配置北京丰厚的文化资源，在音乐剧创作领域里不懈深耕，先后推出《在远方》《理想之城》等现实题材原创音乐剧，初步蹚出了一条有北京精神、北京韵味、北京风格的音乐剧创作的独特道路，体现出北京文化的厚重底蕴和丰富内涵。音乐剧《亦梦亦真》作为北京演艺集团的新创剧目，将科学思维融于艺术思维，聚焦于当下芯片技术发展的困与难，关注芯片研发工作者的解与答，展望未来科技突破的点与面，喊出了科技工作者"没有最后一次，只有再来一次"的永不言败精神，成为一部为时代画像、立传、明德的创新之作，让人民群众从音乐剧艺术鉴赏中感受到新质生产力所带来的勃勃生机和活力。

2024-05-31

《我的阿勒泰》启示录

最近，一部根据李娟的同名散文集改编拍摄的网络剧《我的阿勒泰》，不仅在网上播出大获好评，而且首次破例作为电视剧登上中央广播电视总台一套黄金档播出，反响强烈，誉满屏坛。这引我深思，悟出了几条宝贵启示。

体量：中篇不死　中篇活了

在中国电视剧发展史上，以体量论，是先有短篇（1—2集），再有中篇（3—8集），后有长篇（9集以上）。实践证明，三种不同体量的电视剧，各有优势，互补生辉，共同彰显出中国电视剧创作在反映生活的深广度和满足人民群众不同层次的多样化需求上的丰富功能。在多姿多彩的中国电视剧发展史册上，既有像《秋白之死》《希波克拉底誓言》这样的短篇经典，也有像《寻找回来的世界》《党员二楞妈》这样的中篇佳作，当然，更有像《长征》《人世间》这样的长篇力作。这正是中国特色社会主义电视剧创作的一大特色和优势，也正是以人民为中心的创作导向的历史必然。

首先，生活的丰富性和题材的多样化决定着作品体量的选择大小，这是由创作主体与审美表现客体的关系决定的。这恰如小说创作历史形成的短篇、中篇和长篇一样，电视剧创作也历史地形成了与之对应的短篇、中篇和长篇。其次，观众的多层次及其鉴赏趣味、格调、习惯的相异性，也决定着短篇、中篇和长篇分别对应和适应了一定的观众群体。尤其是在生活节奏普遍加快的现代化、信息化时代，对于忙于事业的大量观众来说，很难腾出充裕的时间去慢慢地鉴赏那些越拍越长的长篇电视剧，而更乐意在相对不长的休闲娱乐时间内完整地欣赏完那些短篇、中篇电视剧。

但是，严峻的现实却告诉我们，面对市场经济，带广告的因素、投入与产出的比例因素等复杂的功利缘由，近十余年来电视剧的短篇、中篇创作日益萎缩，以至在全国政府最高奖"飞天奖"的评选中竟发展到基本空缺的地步。尽管党和政府的主管部门及评论界都年年呼吁必须改变这一现状，但仍收效甚微。

《我的阿勒泰》的横空出世，并成为现象级作品，让我们欣喜地惊呼：中篇不死，中篇活了！去年，一部集十一部短篇电视剧于一体的《我们这十年》和前年也是集多部短篇电视剧于一体的《功勋》，曾在屏坛令短篇电视剧创作起死回生；如今，《我的阿勒泰》又令屏坛的中篇电视剧再萌生机，真是可喜可贺！

须知，这意义不可小视。如果说，生物界缺失消亡了某一物种，对于人类和"万有相通"的世界来说，绝非幸事，那么，同理，电视剧界倘若缺失消亡了人民需要的短篇、中篇，亦非幸事。因为《我的阿勒泰》《我们这十年》《功勋》热播的事实启示我们：人民需要，时代需要，文艺创作百花齐放、培根铸魂需要！

风格：散文化存　诗化永生

较长时间以来，电视剧创作强调戏剧性、强情节、故事化。这自有其道理。《我的阿勒泰》虽也别致地讲好了一个独特的发生在中国新疆阿勒泰的一个汉族与哈萨克族的故事，但它却并不强调戏剧性和强情节，而是坚守了原著所秉持的抒情浓郁的散文化风格。我不同意有人把它称为是"一部另类的新主流电视剧"。它绝非"另类"，而是地道地、"正类"地继承中国优秀传统的散文化审美思维，并与现代审美交融整合创新而开出的一朵美丽鲜花；它也不是什么"新主流电视剧"，而是继承发展中国新时期新时代主流电视剧优秀传统结出的又一丰硕果实。

毋庸否认，像《我的阿勒泰》这样重于抒情的散文诗化般的电视剧，与观众久违了。荧屏上较多的强情节、快节奏、重刺激的电视剧，看重的是以视听语言作用于观众的生理感官，以产生快感，博取眼球，赢得收视率，但是否能通过这种生理快感，达于心灵，真正升华为精神美感，恐怕就少有问津了。而《我的阿勒泰》并非如此。它继承、弘扬的是中华优秀传统文化中的散文诗化传统，继承的是像根据现代著名作家艾芜先生的同名散文化小说改编拍摄的荣获过"飞天奖"和国际电视节"金熊猫奖"的电视剧《南行记》的优秀传统。它从散文原著里提炼情节元素，编织故事，着重聚焦于人物的精神世界和心灵轨迹。显然，李娟虽并非文学科班出身，但我猜想她一定是像柳公权书写的那副名联那样，一方面，"读书滋逸气"，自学阅读了不少文学名著，尤其是像她钟爱的擅长以散文诗化风格写小说的著名当代作家张承志的《黑骏马》《北方的河》《心灵史》那样的小说；另一方面，她又能"阅世益豪情"，从四川遂宁到新疆阿勒泰，广阔天地的世间人情和"梦想当作家"的不懈追求激励她产生新时期新时代伟大女性的"豪情"与"定力"。她的文笔，简洁流畅、透明质朴、诗意飘逸、浑然天成。《我的阿勒泰》的视听语言，忠实地转译了这种风格。它以久违了的慢节奏的散文诗化的风格，讲述故事，传递人物的情感，通过诉诸观众的视听生理器官，产生快感，并进而达于心灵，升华出精神美感。这种文化，是化人的；这种艺术，是养心的。这对于净化文化鉴赏的生态环境，对于提升中华民族的审美创造能力和鉴赏修养，功莫大焉！

道路：深入生活 扎根人民

《我的阿勒泰》的成功再次雄辩地证明了一个伟大的真理：社会生活"是一切文学艺术的取之不尽、用之不竭的唯一的源泉。这是唯一的源泉，因为只能有这样的源泉，此外不能有第二个源泉"①；"文艺创作方法有一百条、一千条，但最根本、最关键、最牢靠的办法是扎根人民、扎根生活"②。

从文学到电视剧，李娟和导演滕丛丛，主演马伊琍、周依然、于适等都牢牢坚守住这一创作道路和真理。李娟就从未离开过养育她的生活、土地和亲人们。生活环境的艰辛和家庭成员的残缺，学历不高和天生笨拙，都成就了她逐步走向自在自由、认同自我的创作境界。母亲张凤侠热爱生活、遇挫不折、潇洒不羁、幽默刻薄的性格，恋人巴太英俊孔武、随遇而安、乐善好施、敢爱敢恨的人格，奶奶清醒时的通情达理与发病时的痴呆麻木，以及阿勒泰各族人民和蓝天白云的草原风光……这一切构成了李娟成长为散文作家的生活养料和人生阅历，再加上自学文学的丰富营养，她的《我的阿勒泰》应运而生。这是坚持以人民为中心的创作导向，坚持深入生活、扎根人民，坚持现实主义精神与浪漫主义情怀相结合的结果，与那种靠买个外国剧本的版权，拿与艺术并不相干的个人噱头去造作、博眼球、赢票房的创作歧途，真有天壤之别！

末了，还应看到，荧屏上的《我的阿勒泰》之所以感人至深，正因为它践行毛泽东同志在延安文艺座谈会上的讲话中关于"革命的文艺，应当根据实际生活创造出各种各样的人物来"③的重要指示精神，成功塑造了个性鲜明、风采各异的李文秀、张凤侠、奶奶、巴太、苏力坦、托肯、高晓亮、阿依别克、朝戈这些"各种各样的人物"，尽得精髓地自然而然地揭示了中华民族命运共同体的宏大主题。

2024-06-02

---

① 毛泽东：《在延安文艺座谈会上的讲话（1942 年 5 月）》，《毛泽东选集》（第三卷），人民出版社 1991 年版，第 860 页。
② 习近平：《在文艺工作座谈会上的讲话（2014 年 10 月 15 日）》，人民出版社 2015 年版，第 19 页。
③ 毛泽东：《在延安文艺座谈会上的讲话（1942 年 5 月）》，《毛泽东选集》（第三卷），人民出版社 1991 年版，第 861 页。

从《小西湖》阅大民生

　　唐栋、傅勇凡是我熟知的军旅作家中一对以舞台艺术著名的编剧、导演黄金搭档，素以创作重大革命题材和英雄模范题材作品见长。闻听他们受南京市话剧团之邀，要完成一部以新时代南京著名的老民居"小西湖"改建为题材的"命题作文"，一为他们非长于此而捏把汗，二又对他们勇于创新充满了期待。

　　果然，观南京市话剧团搬上舞台的话剧《小西湖》，我的期待得到了满足。可以说，观赏《小西湖》，阅览世情民生，我获得了宝贵的人生启迪和审美享受。

　　记得我曾在为《唐栋剧作选》作的序中把他看作是"优秀的剧作家同时也一定是思想家"①。他写剧"选题严"而"开掘深"，总是擅长以独特发现的巧妙视角切入，并以独特的艺术形式去审美化地呈现出题材所蕴含的深刻而丰富的历史内容和思想价值。他有才华把如《共产党宣言》《支部建在连上》这样看来极为政治化的题材审美化地予以艺术呈现。在习近平新时代中国特色社会主义思想指引下，南京著名的小西湖民居改建工程取得了显著成就。话剧《小西湖》聚焦于此，却从城保集团董事长、党委书记，小西湖街更新项目总指挥于建

---

① 仲呈祥：《序一 当代剧坛一栋梁》，载唐栋《唐栋剧作选》，文化艺术出版社2021年版，第1页。

东的视点入手，重点讲述他深入具有典型代表性的徐香美、朱家胜两户"老大难"家，排忧解难，细析"保护历史遗存""私房租赁改建"等政策，以让出自己尚未入住的原为孩子上学的新居来实实在在地满足了两户"就近暂居"的需求，不仅把"以人民为中心""民生为要"的政策化入民心，把文化传承、生态文明、美好生活入情入理地变为现实，而且把活跃于民居改建生活旋涡中的各色人等的矛盾从冲突到和谐、心灵嬗变和精神升华的轨迹艺术地呈现得惟妙惟肖、栩栩如生。《小西湖》的视点妙、故事好、人物活，值得称道。

　　另外，话剧《小西湖》思想开掘深，历史文化品位高。大多数同类反映城市农村建设、民居新建题材的文艺作品，往往在"拆迁"上做文章，在公与私、祖坟移动等观念上开掘主题。譬如，电视剧从《蜗居》到《心居》再到《安居》，表现出艺术家们在"选材严、开掘深"上的突进和创新。而话剧《小西湖》与时俱进的开掘，更可贵地表现在对历史文化传承精神和习近平生态文明思想的艺术诠释。在人物形象设置上，以朱、徐两家为叙事主要对象，是因为背后牵出的是祖宗明太祖朱元璋和明代"江东才子"徐霖，不论血缘上是否真实，但确给"小西湖"世代居住的平民注入了南京这座古都应有的一种"城市之魂在历史、在文化"的厚重的历史文化感。再加上引发于此的情节和对话，朱家"背诵古诗"的家教，那托物言志、寓理于情的石榴树和老墙……都令习近平总书记"赓续历史文脉、谱写当代华章"[①]的伟大号召艺术化地落到了实地。至于从古老旧居到改建新居的前后强烈对照，从"厕所文化"的变迁，从秦嫂"出租危房"的惊险，以及徐、朱两家因旧居而姻缘破断又终因新居建成两家共餐"糖粥藕"与"红烧狮子头"而姻缘再续"时来运转"的故事……都让人强烈感受到习近平生态文明思想对于满足人民对美好生活的需求、促进社会和谐、人的自由全面发展的重大现实意义和深远的历史意义。

---

① 习近平：《在文化传承发展座谈会上的讲话（2023 年 6 月 2 日）》，人民出版社 2023 年版，第 11 页。

全剧结尾，昔日那虽存历史文化积淀却"脏、乱、差"的"小西湖"焕然一新，变成了家家环境美丽，户户居室闲适，文化展馆、非遗工坊、文创零售、休闲娱乐设施和场所星罗棋布，"陈娟（于建东之妻）社区卫生院""秦嫂欢乐茶馆""朱家石榴树景观"……错落有致，好一派新光景！好一个"小西湖"！

是的，"湖"虽不存，但"水"却"永存在老百姓心中"！这便是话剧《小西湖》在舞台上精心营造出的形神兼备的深远意境。

2024-06-21

"继承基础上的创新"的光辉典范

10 年前，当毛泽东《在延安文艺座谈会上的讲话》发表 72 周年之际，习近平总书记在北京主持召开了文艺工作座谈会。如果说，毛泽东《在延安文艺座谈会上的讲话》是 20 世纪 40 年代中国共产党人把马克思主义文艺观中国化、时代化的集中体现，那么，习近平总书记在文艺工作座谈会上的讲话，则是中国共产党人在新的时代条件下，把马克思主义文艺观中国化、时代化的最新成果。习近平总书记在文艺工作座谈会上的讲话，是对毛泽东《在延安文艺座谈会上的讲话》的继承和发展。

实践充分证明，两个讲话一脉相承，是引领中国特色的人民文艺繁荣发展的理论指南和行动准则。当年毛泽东同志在延安文艺座谈会上讲话之后，曾委派胡乔木征求过郭沫若等文艺大家的意见，郭沫若给予了"有经有权"的高度评价。毛泽东十分认可这个评价。所谓"有经"，就是指毛泽东把马克思主义的文艺观同中国的具体实际相联系，就文艺与人民、文艺与生活、文艺与时代、普及与提高等一系列重要问题，提出了经典性的科学论断，这些论断是永恒的真理，而永恒的真理是需要我们长期坚持的。所谓"有权"，是指在抗日战争的特殊的环境里，必须提出的一些具有历史真理性的权宜之计的论断。根据这个"有经有权"的科学判断，我们重新学习两个重要讲话，感触颇深，受益匪浅，倍增历史自觉和文化自信。

一

先说文艺与人民的关系的经典论断。

毛泽东《在延安文艺座谈会上的讲话》开宗明义就指出"为什么人的问题，是一个根本的问题，原则的问题"，"我们的文艺是为什么人的?""是为人民大众的，首先是为工农兵的"。① 这就为马克思主义的唯物史观奠定了人民文艺的坚实基础。正是在这一经典论断的指引下，革命的、进步的文艺工作者创作出《白毛女》《太阳照在桑干河上》《逼上梁山》等一批为人民的优秀文艺作品。新中国成立后，更是创作出《红旗谱》《红岩》《青春之歌》《林海雪原》《山乡巨变》《三家巷》等一大批广受人民喜爱的化人养心力作。历史进入新时期，邓小平继承这一经典论断，提出"人民是文艺工作者的母亲"②，江泽民强调"在人民的历史创造中进行艺术的创造，在人民的进步中造就艺术的进步"③，胡锦涛强调"只有把人民放在心中最高位置，永远同人民在一起，坚持以人民为中心的创作导向，艺术之树才能常青"④。一根红线，紧抓不放，贯穿始终。

历史进入新时代，习近平总书记2014年10月15日在文艺工作座谈会上与时俱进地把人民文艺必须以人民为中心提到了新的高度。他旗帜鲜明地指出:"社会主义文艺，从本质上讲，就是人民的文艺。""文艺要反映好人民心声，就要坚持为人民服务、为社会主义服务这个根本方向。这是党对文艺战线提出的一项基本要求，也是决定我国文艺事业前途命运的关键。……要把满足人民精神文化需求作为

---

① 毛泽东:《在延安文艺座谈会上的讲话（1942年5月）》，《毛泽东选集》（第三卷），人民出版社1991年版，第857、854、863页。
② 邓小平:《在中国文学艺术工作者第四次代表大会上的祝词（1979年10月30日）》，《邓小平文选》（第二卷），人民出版社1994年版，第211页。
③ 江泽民:《发展和繁荣社会主义文艺（1996年12月16日）》，载中共中央文献研究室编《十四大以来重要文献选编》（下），中央文献出版社2011年版，第224页。
④《胡锦涛在第九次全国文代会第八次全国作代会讲话》，2011年11月22日，中国政府网（https://www.gov.cn/ldhd/2011-11/22/content_2000509.htm）。

文艺和文艺工作的出发点和落脚点，把人民作为文艺表现的主体，把人民作为文艺审美的鉴赏家和评判者，把为人民服务作为文艺工作者的天职。"他还强调："人民是文艺创作的源头活水，一旦离开人民，文艺就会变成无根的浮萍、无病的呻吟、无魂的躯壳。""能不能搞出优秀作品，最根本的决定于是否能为人民抒写、为人民抒情、为人民抒怀。""要虚心向人民学习、向生活学习，从人民的伟大实践和丰富多彩的生活中汲取营养，不断进行生活和艺术的积累，不断进行美的发现和美的创造。"他谆谆告诫文艺工作者要始终把人民的冷暖、人民的幸福放在心中，把人民的喜怒哀乐倾注在笔端，讴歌奋斗人生，刻画最美人物，坚定人民对美好生活的憧憬和信心。他号召作家、艺术家、评论家，"必须自觉与人民同呼吸、共命运、心连心，欢乐着人民的欢乐，忧患着人民的忧患，做人民的孺子牛。……对人民，要爱得真挚、爱得彻底、爱得持久"，"要深深懂得人民是历史创造者的道理，深入群众、深入生活，诚心诚意做人民的小学生"。① 重温这些金句名言，多么中肯、多么深刻！

二

再说文艺与生活的关系的经典论断。

毛泽东《在延安文艺座谈会上的讲话》中运用马克思主义的唯物论、反映论精辟指出，社会生活是文学艺术创作的唯一源泉，此外不能有第二个源泉。这是永恒的真理，一直引领着人民艺术家坚持在深入生活中沿着现实主义精神与浪漫主义情怀相结合的正道上辛勤耕耘。新时期以来，党的主要领导都自觉坚守这一经典论断，继续倡导作家艺术家深入人民群众的实践生活中，创作要"真实地反映丰富的社会生活"②，

---

① 参见习近平《在文艺工作座谈会上的讲话（2014年10月15日）》，人民出版社2015年版。
② 邓小平：《在中国文学艺术工作者第四次代表大会上的祝词（1979年10月30日）》，《邓小平文选》（第二卷），人民出版社1994年版，第210页。

"深入生活是繁荣文艺的重要途径"①，优秀作品"都必须既反映人民精神世界又引领人民精神生活，都必须在人民的伟大中获得艺术的伟大"②。

习近平总书记在文艺工作座谈会上的讲话中对毛泽东关于文艺与生活的关系的经典论断，再次进行了精深的阐释："艺术可以放飞想象的翅膀，但一定要脚踩坚实的大地。文艺创作方法有一百条、一千条，但最根本、最关键、最牢靠的办法是扎根人民、扎根生活。"他针对创作中出现的脱离生活、脱离人民的种种不良倾向如"抄袭模仿、千篇一律"的问题、"机械化生产、快餐式消费"的问题、"有的搜奇猎艳、一味媚俗、低级趣味，把作品当作追逐利益的'摇钱树'"的问题、"有的胡编乱写、粗制滥造、牵强附会，制造了一些文化'垃圾'"的问题、"还有的热衷于所谓'为艺术而艺术'，只写一己悲欢、杯水风波，脱离大众、脱离现实"的问题……进行了语重心长的尖锐批评，并开出了根治的良方："应该用现实主义精神和浪漫主义情怀观照现实生活，用光明驱散黑暗，用美善战胜丑恶，让人们看到美好、看到希望、看到梦想就在前方。"③令人欣喜的是，十年来，正是在习近平总书记这些重要指示精神的指引下，上述种种脱离生活、脱离人民的不良创作倾向已得到颇有成效的改观。

三

然后说文艺与时代的关系的经典论断。

1942年毛泽东《在延安文艺座谈会上的讲话》的发表，标志着中国共产党已经全面自觉地把人民文艺事业纳入党的事业的重要组成部分。虽然，早在1921年建党前后，陈独秀、李大钊、瞿秋白等领导人

---

① 江泽民：《社会生活是文艺创作唯一源泉 深入生活是繁荣文艺重要途径》，《人民日报》1998年5月23日。
② 胡锦涛：《在社会主义先进文化引领下建设和谐文化（2006年11月10日）》，《胡锦涛文选》（第二卷），人民出版社2016年版，第542页。
③ 参见习近平《在文艺工作座谈会上的讲话（2014年10月15日）》，人民出版社2015年版。

就对文艺与时代、与革命之关系发表过重要见解，但真正全面、深刻、精准地阐述党的事业与人民文艺事业、文艺与时代与革命的关系，还是始于毛泽东《在延安文艺座谈会上的讲话》。

中国共产党的为人民求解放、谋幸福的宗旨，决定了党的事业与人民文艺的整体与局部的血肉关系。在抗日战争的时代背景下，毛泽东提出，文艺应当成为"团结人民、教育人民、打击敌人、消灭敌人的有力的武器"①，这是时代所需、民族解放大业所需。在改革开放和现代化建设的新时期，邓小平强调"文艺创作必须充分表现我们人民的优秀品质，赞美人民在革命和建设中、在同各种敌人和各种困难的斗争中所取得的伟大胜利。我们的文艺，应当在描写和培养社会主义新人方面付出更大的努力，取得更丰硕的成果"②。江泽民在中国文联七大、中国作协六大开幕式上的重要讲话中指出："古今中外的文艺巨匠，他们的传世名作都反映了那个时代的呼唤和要求，或者为社会变革而呐喊，为时代进步而欢呼，或者为敢于取胜的英雄人民而赞美，为知难而进的顽强勇士而颂扬，或者对先进事物加以热忱的支持，对腐朽事物进行无情的鞭挞，或者给人们以美好的愉悦，给人们以理性的启示，等等。"③胡锦涛在中国文联八大、中国作协七大开幕式上的重要讲话中也指出："一切有成就的文艺家，都注重在时代进步的伟大实践中汲取创作灵感，都注重反映和引导人民创造历史的壮阔活动。只有与时代同步伐，踏准时代前进鼓点，回应时代风云激荡，领会时代精神本质，文艺才能具有蓬勃生命力，才能产生巨大感召力。"④习近平总书记在文艺工作座谈

---

① 毛泽东：《在延安文艺座谈会上的讲话（1942 年 5 月）》，《毛泽东选集》（第三卷），人民出版社 1991 年版，第 848 页。
② 邓小平：《在中国文学艺术工作者第四次代表大会上的祝词（1979 年 10 月 30 日）》，《邓小平文选》（第二卷），人民出版社 1994 年版，第 209—210 页。
③ 江泽民：《文艺是民族精神的火炬（2001 年 12 月 18 日）》，《江泽民文选》（第三卷），人民出版社 2006 年版，第 401 页。
④ 胡锦涛：《在社会主义先进文化引领下建设和谐文化（2006 年 11 月 10 日）》，《胡锦涛文选》（第二卷），人民出版社 2016 年版，第 541 页。

会上更是铿锵有力地强调:"文艺是时代前进的号角,最能代表一个时代的风貌,最能引领一个时代的风气。'文变染乎世情,兴废系乎时序。'"①

"文艺事业是党和人民的重要事业,文艺战线是党和人民的重要战线。"② 这两个"重要",令广大文艺工作者深感重任在肩,使命光荣。10年来,学习、领悟、践行习近平文化思想,作家艺术家以高度的文化自信和可贵的历史自觉,用各种艺术形式为伟大时代画像、立传、明德,硕果累累,成就斐然。

四

最后说普及与提高关系的经典论断。

当年在延安,就有从国民党统治区来的作家对秧歌舞和活报剧《放下你的鞭子》等普及大众的文艺作品发出责难,呼吁要多排多演着意于提高的中外经典文艺作品。据此,毛泽东《在延安文艺座谈会上的讲话》中辩证分析了普及与提高的关系,明确提出:"人民要求普及,跟着也就要求提高","这种提高,不是从空中提高,不是关门提高,而是在普及基础上的提高",③ 同时,普及也应是在提高的指导下普及。实践反复证明,这又是一条正确处理好满足人民群众普遍需求与提高人民群众审美鉴赏能力和精神素质的辩证关系的永恒真理和经典论断。

今天,在社会主义市场经济条件下,面对世界百年未有之大变局,如何正确处理好以人民为中心的文艺精神生产与文化消费、文艺创作的社会效益与经济效益、适应市场需求与提高民族精神素质的关系,

---

① 习近平:《在文艺工作座谈会上的讲话(2014年10月15日)》,人民出版社2015年版,第5页。
② 习近平:《在文艺工作座谈会上的讲话(2014年10月15日)》,人民出版社2015年版,第1页。
③ 毛泽东:《在延安文艺座谈会上的讲话(1942年5月)》,《毛泽东选集》(第三卷),人民出版社1991年版,第862页。

越来越显得突出和重要。为此，针对文艺界出现的那股低俗化、媚俗化、庸俗化之风，针对"唯票房""唯收视率""唯点击量"的错误倾向，习近平总书记在文艺工作座谈会上一针见血地指出："人类文艺发展史表明，急功近利，竭泽而渔，粗制滥造，不仅是对文艺的一种伤害，也是对社会精神生活的一种伤害。低俗不是通俗，欲望不代表希望，单纯感官娱乐不等于精神快乐。""文艺不能当市场的奴隶，不要沾满了铜臭气。"他再三嘱咐文艺工作者务必正确处理好适应市场受众需求与坚持以文化人、提高全民族精神素质的关系，坚持把社会效益放在首位，努力实现社会效益与经济效益的统一。他强调："同社会效益相比，经济效益是第二位的，当两个效益、两种价值发生矛盾时，经济效益要服从社会效益，市场价值要服从社会价值。"他勉励文艺工作者"处理好义利关系，认真严肃地考虑作品的社会效果，讲品位，重艺德，为历史存正气，为世人弘美德，为自身留清名"。[①] 他坚持以"思想精深、艺术精湛、制作精良相统一"的科学标准澄清了对"观赏性"的不科学的盲目追求，倡导优秀的文艺作品应当自觉追求"精神高度、文化内涵、艺术价值"[②]。

这，是习近平总书记与时俱进地坚持继承发展毛泽东关于普及与提高关系的经典论断的又一重要贡献。

五

当然，习近平总书记在文艺工作座谈会上的讲话对毛泽东《在延安文艺座谈会上的讲话》的经典论断的继承发展绝不止于上述主要的四条。同样令人敬佩的是，他赓续邓小平理论、"三个代表"重要思想和科学发展观，对在当时抗日战争背景下有着历史合理性、必要性的带有"权宜"意味的论断，也与时俱进地加以继承发展。这方面，最

---

① 参见习近平《在文艺工作座谈会上的讲话（2014 年 10 月 15 日）》，人民出版社 2015 年版。
② 习近平：《在中国文联十大、中国作协九大开幕式上的讲话（2016 年 11 月 30 日）》，人民出版社 2016 年版，第 16 页。

重要的是关于认识和处理文艺与政治关系上的调整。当年，在抗日战争的历史环境中，由于抵御外侮的严峻情势和历史需要，毛泽东《在延安文艺座谈会上的讲话》中指出："在现在世界上，一切文化或文学艺术都是属于一定的阶级，属于一定的政治路线的。"他进而提出了"文艺是从属于政治的"的论断。① 这一论断，虽然具有历史的合理性，但为后来新中国和平建设的实践反复证明并不具有永恒性。因此，在新时期，邓小平代表党中央，用"文艺为人民服务、为社会主义服务"即"二为"方向取代了"文艺是从属于政治的"，并深刻总结说，之所以如此，是因为实践证明后者"利少害多"。他同时辩证阐明："这当然不是说文艺可以脱离政治。文艺是不能脱离政治的。"② 据此，江泽民强调文艺应"以科学的理论武装人，以正确的舆论引导人，以高尚的精神塑造人，以优秀的作品鼓舞人"③。胡锦涛强调文艺工作者"要增强社会责任感，始终把社会效益放在首位，提倡文以载道、以文化人，弘扬真善美，贬斥假恶丑，更好发挥文化引领风尚、教育人民、服务社会、推动发展的作用"④。习近平总书记在文艺工作座谈会上的讲话开篇就把文艺"放在我国和世界发展大势中来审视"，指出要实现中华民族伟大复兴，就"必须高度重视和充分发挥文艺和文艺工作者的重要作用"。"文艺的作用不可替代，文艺工作者大有可为。广大文艺工作者要从这样的高度认识文艺的地位和作用，认识自己所担负的历史使命和责任。"他联系创作实践，深刻批判了"调侃崇高、扭曲经典、颠覆历史，丑化人民群众和英雄人物"和"是非不分、善恶不辨、以丑为美，过度渲染社会阴暗面"的脱离政治的错误倾向，强调"文艺是

---

① 毛泽东：《在延安文艺座谈会上的讲话（1942年5月）》，《毛泽东选集》（第三卷），人民出版社1991年版，第865、866页。
② 邓小平：《目前的形势和任务（1980年1月16日）》，《邓小平文选》（第二卷），人民出版社1994年版，第255—256页。
③ 江泽民：《江泽民总书记在全国宣传思想工作会议上发表重要讲话强调 以科学理论武装人 以正确舆论引导人 以高尚精神塑造人 以优秀作品鼓舞人》，《人民日报》1994年1月25日。
④《胡锦涛在第九次全国文代会第八次全国作代会讲话》，2011年11月22日，中国政府网（https://www.gov.cn/ldhd/2011-11/22/content_2000509.htm）。

铸造灵魂的工程，文艺工作者是灵魂的工程师"。"不仅要在文艺创作上追求卓越，而且要在思想道德修养上追求卓越，更应身体力行践行社会主义核心价值观，努力做到言为士则、行为世范。"这就要求文艺工作者自身要把政治思维、政治素养与艺术思维、美学修养和谐统一、互补生辉，辩证处理好文艺与政治的关系。习近平总书记还从加强和改进党对文艺工作的领导的高度，落实好辩证处理文艺与政治的关系。他说："党的领导是社会主义文艺发展的根本保证。""加强和改进党对文艺工作的领导，要把握住两条：一是要紧紧依靠广大文艺工作者，二是要尊重和遵循文艺规律。"[①] 这两条，确实抓住了党领导文艺工作中正确认识和处理好文艺与政治的关系的关键。

六

从毛泽东同志到习近平总书记，党的领袖都十分重视继承和发展中华优秀传统文化。毛泽东同志与习近平总书记，就都曾用同一成语"博大精深"来赞颂中华优秀传统文化，并都曾用同一个介词结构"从孔夫子到孙中山"来阐述我们应敬畏和礼敬的中华优秀传统文化。习近平总书记在文艺工作座谈会上的讲话中与时俱进地把继承中华优秀传统文化提高到了新的高度："中华优秀传统文化是中华民族的精神命脉，是涵养社会主义核心价值观的重要源泉，也是我们在世界文化激荡中站稳脚跟的坚实根基。""要结合新的时代条件传承和弘扬中华优秀传统文化，传承和弘扬中华美学精神。"[②] 关于如何传承和弘扬中华优秀传统文化，习近平总书记还提出了系统而完整的科学思路。首先，在指导思想上，他提出要坚持"两有"："有鉴别地加以对待，有扬弃地予以继承"[③]；其次，在实践路径上，要坚持"两相"："同当代中国文

---

① 参见习近平《在文艺工作座谈会上的讲话（2014 年 10 月 15 日）》，人民出版社 2015 年版。
② 习近平：《在文艺工作座谈会上的讲话（2014 年 10 月 15 日）》，人民出版社 2015 年版，第 25、26 页。
③《习近平在山东考察时强调 认真贯彻党的十八届三中全会精神 汇聚起全面深化改革的强大正能量》，《人民日报》2013 年 11 月 29 日。

化相适应、同现代社会相协调"①；最终，在宗旨目标上，努力实现"两创"："创造性转化和创新性发展"②。众所周知，毛泽东遍览群书、博古通今，是中华优秀传统文化的集大成者，但他在战争环境和"以阶级斗争为纲"的岁月里，对传统文化强调"批判继承"，而习近平总书记在新时代，却更贴切地强调"扬弃继承"，"扬弃"乃哲学术语，有扬有弃，亦即毛泽东所谓"取其精华，去其糟粕"的"去粗取精、去伪存真、由此及彼、由表及里"③的改造制作功夫也。"两有"是马克思主义辩证思维的方法论，"两相"是与中国具体实际相结合的实践论，而"两创"则是中华优秀传统文化现代化结出的硕果。从"两有"到"两相"再到"两创"，中华优秀传统文化的继承发展、守正创新前程似锦！习近平总书记还在毛泽东当年提出的把马克思主义基本原理同中国具体实际相结合之后明确加上了"同中华优秀传统文化相结合"，并把这"第二个结合"称为"是又一次的思想解放"④，足见其意义之重大和深远。

关于如何传承和弘扬中华美学精神，习近平总书记也提出了系统而精辟的学术见解。作为党和国家的主要领导人，习近平总书记是第一个明确大讲并力倡弘扬中华美学精神的。他指出"中华美学讲求托物言志、寓理于情，讲求言简意赅、凝练节制，讲求形神兼备、意境深远，强调知、情、意、行相统一。我们要坚守中华文化立场、传承中华文化基因，展现中华审美风范"⑤。"托物言志、寓理于情"，讲的是

---

① 习近平：《在中国文联十大、中国作协九大开幕式上的讲话（2016年11月30日）》，人民出版社2016年版，第15页。
② 习近平：《在文艺工作座谈会上的讲话（2014年10月15日）》，人民出版社2015年版，第26页。
③ 毛泽东：《实践论（1937年7月）》，《毛泽东选集》（第一卷），人民出版社1991年版，第291页。
④ 习近平：《在文化传承发展座谈会上的讲话（2023年6月2日）》，人民出版社2023年版，第8页。
⑤ 习近平：《在文艺工作座谈会上的讲话（2014年10月15日）》，人民出版社2015年版，第26页。

中华美学精神在审美创造的运作思维上的优势和特征;"言简意赅、凝练节制",讲的是中华美学精神在审美结构思维上的优势和特征;"形神兼备、意境深远",讲的是中华美学精神在审美宗旨上的优势和特征;"知、情、意、行相统一",则于西方美学也讲求的"知、情、意"之外,加上了中华优秀传统文化中王阳明的"知行合一"中的"行",凸显了中华美学精神特具的实践品格。之后,习近平总书记在给中央美术学院的老教授的复信中,又进一步发出了在传承弘扬中华美学精神的同时传承弘扬中华美育精神的号召。从毛泽东《在延安文艺座谈会上的讲话》到习近平总书记《在文艺工作座谈会上的讲话》,两位领袖,两篇宏文,一脉相承,光照千秋!学习践行,并深切地领悟到:这正是"继承基础上的创新才是最好的创新"的光辉典范。

2024-07-05

附录

建设文艺评论工作者的温馨和谐之家

——在中国文艺评论家协会成立大会上的致辞
（2014 年 5 月 30 日）

各位领导、各位来宾、各位会员朋友们：

今天，我们会聚北京，共同见证在党的领导下中国文艺评论家协会成立，对文艺评论界乃至对整个文艺界而言都是具有里程碑意义的。承蒙组织的充分信任和会员同人们的厚爱，选取我担任中国文艺评论家协会第一届主席，盛名之下，其实难副，诚惶之至，不溢言表！

多年来，我曾联名全国政协委员多次提出成立中国文艺评论家协会的提案，呼吁成立一个全国性、综合性、打通各艺术门类界限的文艺评论组织。在中央领导的亲切关怀和中宣部、民政部的支持下，特别是在中国文联的直接推动下，今天，中国文艺评论家协会终于成立了，这是对全国文艺评论工作者的巨大鼓舞和深切期待。在党和人民的培养下，我从事了四十多年的文艺评论工作，组织上和同志们还期望我能够为中国文艺评论家协会工作贡献一点微力。在此，我向大家汇报几点体会。

第一，坚持正确导向，担负起文艺评论的社会责任。当前，必须认真学习、领悟、践行习近平总书记的一系列重要讲话精神。这是头等大事，也是关键所在。总书记关于宣传思想工作必须坚持"巩固马克思主义在意识形态领域的指导地位，巩固全党全国人民团结奋斗的共同思想基础"的"两个巩固"的指示，关于必须"把服务群众同教育引导群众结合起来，把满足需求同提高素养结合起来"的"两个结合"的指示，关于"导向不能改，阵地不能丢"的指示，关于继承中国优秀传统文化的指示，以及"四个讲清楚"等指示，① 都是与时俱进的马克思主义中国化的最新重要成果，是指导我们搞好文艺评论的理论指南，是保障中国当代文艺真正"各美其美、美人之美、美美与共、天下大同"的指导思想。不仅具有高超的政治远见和政治智慧，而且蕴含精深的学理思辨和学术内涵。

我以为，导向为魂，导向是文艺评论的生命。在市场经济条件下，评论语境越是复杂，导向就越是重要。"文化化人，艺术养心，重在引领，贵在自觉"，这是我多年的切身体悟。重视文化软实力，在中国，就是重视文学艺术的养心、怡情、怡性的重要作用。文化要化人，不是化钱；艺术要养心，不是养眼；文化鉴赏要引导，不是迎合。文化宝塔塔尖上的，理应是靠文艺评论推出的能够代表民族审美思维最高水平的优秀的文艺家及其经典作品，这正是文艺评论的职责和使命。评论家作为一个国家和民族的优秀知识分子，理应发出科学的声音，引领民众攀登更高的思想和审美台阶。当前，党中央高度重视培育和弘扬社会主义核心价值观，打好凝魂聚气、强基固本的基础工程。中国文艺评论家协会必须牢牢把握文艺评论的正确导向，建立科学的评价标准和评价体系，坚持强化中华文化代代相传的民族学理，坚持以开放的视野吸收世界文明中适合中国国情的有用的学术资源，真正做到既各美其美，又美人之美，并在美美与共上狠下功夫，旗帜鲜明地反对盲目西化和食古不化的错误倾向。要珍视中国文艺评论的历史传统、艺术积淀和基本国情，坚持走有中国特色的社会主义文艺评论发展道路，努力在实现中华民族伟大复兴的中国梦中发挥更大作用。

---

① 参见习近平《把宣传思想工作做得更好（2013 年 8 月 19 日）》，《论党的宣传思想工作》，中央文献出版社 2020 年版。

第二，坚持团结协作，发挥协会的组织功能。做好协会的工作，必须紧紧依靠会员、依靠理事会和主席团。理事会，会集了全国优秀文艺评论家和评论工作者，协会的工作就是要通过联络协调服务，激发全体会员的积极性，共同建设和谐的学术团体，努力营造浓厚的既旗帜鲜明又团结和谐的评论氛围。要提倡实事求是、是其所是、非其所非，说真话、述真情、求真理的学风，提倡认真攻读、深入生活、耐得住寂寞，淡泊名利、享受孤独、潜心学术的学术品格。真诚希望会员朋友关心支持协会工作，积极参与协会的建设，多提宝贵意见和建议，把我们自己的"家"建设得更权威、更温馨、更美丽、更和谐。

　　第三，坚持与时俱进，扩大文艺评论的影响力。传播力决定影响力。当前，传统文艺评论阵地如报刊等处于困境，新型传播阵地如网络、手机等文艺评论又呈现过度娱乐化倾向，文艺评论的影响力和权威性受到挑战。新媒体格局下的文艺评论工作要扩大自己的影响力，必须扩大阵地，拓展渠道，整合资源，充分利用传统媒体和现代媒体，积极运用数字化网络化技术，不断建设好文艺评论平台，重振文艺评论的雄风。这是客观条件。就主观条件而言，我们要努力提高自身的哲学、历史、美学学养和素养，践行毛泽东同志倡导的"读点哲学""读点历史"和"读点鲁迅"。这也就是习近平总书记五四青年节在北大谆谆告诫的"需要哲学精神指引，需要历史镜鉴启迪，需要文学力量推动"①。他还说："学史可以看成败、鉴得失、知兴替；学诗可以情飞扬、志高昂、人灵秀；学伦理可以知廉耻、懂荣辱、辨是非。"②这应当成为我们互勉共进的座右铭。

　　这是我想讲的三点，虽不能至，心向往之！

---

① 《习近平考察时强调：青年要自觉践行社会主义核心价值观》，2014 年 5 月 4 日，中国政府网（https://www.gov.cn/xinwen/2014-05/04/content_2671253.htm）。
② 习近平：《在中央党校建校 80 周年庆祝大会暨 2013 年春季学期开学典礼上的讲话（2013 年 3 月 1 日）》，《人民日报》2013 年 3 月 3 日。

让我们大家在以习近平同志为核心的党中央的指引下，在中国文联党组具体指导下，为艺一生，造福于民，"绿我涓滴，会它千顷澄碧"！

谢谢大家！

2014-06-04

中国文艺评论家协会成立十周年感言

光阴似箭，转瞬之间，中国文艺评论家协会成立已十周年了。

十年来，在党的领导下，协会组织全国专业的、业余的文艺评论工作者，认真学习、领悟、践行习近平文化思想，尤其是关于加强文艺评论的一系列重要指示精神，坚持以人民为中心的工作导向，为推进马克思主义文艺理论在新时代中国化做出了切实的重要贡献。

本来，协会的成立，就是应习近平新时代中国特色社会主义思想之运的产物。记得十年前的今天，在协会成立大会上，我有幸被推选为首届主席，才疏学浅，怕难胜任，诚惶诚恐之余，曾在感言中向大家从实招来：我生于沪，长于蜀，求学就业于北京，从师于从延安鲁迅艺术文学院（简称"鲁艺"）走来的文艺评论大家钟惦棐、朱寨，弄过文学、电影、电视剧评论，又搞过文联工作，是党和人民培养、新时期新时代造就的一名普通的门门懂一点、样样都不精的文艺干部，而非真正意义上的文艺评论专家。但实践令我深切地认识到文艺评论的重要地位和作用，它是党的事业不可或缺的重要组成部分。唯其如此，我在年逾花甲从工作岗位上退下来之后，就通过政协提案多次呼吁建言实现两桩大事：一是组建中国文艺评论家协会，把分散在各文艺门类从事评论的工作者组织、整合起来，发挥文艺评论对于推动文艺创作持续健康繁荣的"方向盘"作用；二是将艺术学学科从原来隶属于文学门类下的第四个一级学科升格为国务院学科目录中与文学平行的新门类，以推动区别于文学思维的各艺术门类如音乐、美术、戏剧、电影、电视剧、曲艺等的学科体系、学术体系、话语体系建设，更好地培根铸魂、以艺养心，提升中华民族的艺术思维、艺术创造和艺术鉴赏能力。

可喜的是，这两桩大事都先后实现了！如今，我已七十有八，早从中国文艺评论家协会工作岗位上退下来了，但目睹协会十年来不断发展壮大，不胜欣喜，概而言之，感触有三。

一是要继续抱定宗旨。这宗旨便是始终不渝地推进马克思主义文艺理论的中国化、时代化的历史进程，遵循习近平文化思想，尤其是关于加强文艺评论重要指示的理论指南和行动准则，不折不扣地履行好文艺评论的"方向盘"职能。要切切实实导好向，鸣好锣，开好道，浇好香花，繁荣创作。我的体会是，这说到易，真正做到难。这要求我们每一位文艺评论工作者都要像毛泽东同志号召的那样"学点哲学"，"学点历史"，"读点鲁迅"，都要真信真学、学好弄通、用好落实习近平文化思想，真正不断提升自身的学养、素养和修养。

二是要继续坚守定力。真正的抱定宗旨，必须坚守定力。这定力便是源自共产主义理想和马克思主义信仰的理论坚守，是面对百年未有之大变局的洞若观火、百炼成钢，是决不随风偏倒、人云亦云的对真理的执着追求。习近平总书记多次谆谆告诫我们，在风云变幻时尤须保持定力。我体会，对于每一位文艺评论工作者来说，坚守理论定力，尤为重要。你要评论一部作品、一种思潮，自己都无定力和定见，趋时附势，今日说东，明日说西，你叫别人信什么？你怎么能褒优贬劣、激浊扬清？你又怎么能普及美育、引领风尚？鲁迅先生说要"坏处说坏，好处说好"[1]，定力缺失，便勿论好坏。只有"操马克思主义枪法"和践行习近平文化思想，才能保持定力，科学评论。

三是要继续讲真话，诉真情，求真理，虽不能至却心向往之。文

---

① 鲁迅：《我怎么做起小说来》，载鲁迅先生纪念委员会编纂《鲁迅全集·第五卷·南腔北调集》，鲁迅全集出版社1948年版，第110页。

艺评论工作者要以巴金为光辉榜样。协会成立之初，已届百岁的老前辈马识途先生闻听我被推选为首届主席，差人转来他亲笔用苍劲有力的隶书撰写的郑板桥对联"隔靴搔痒赞何益 入木三分骂亦精"赠我，意在嘱咐我们文艺评论要讲真话、诉真情、求真理，旗帜鲜明，褒贬适度，万万不可一味吹捧。要坚持用马克思主义文艺理论中国化、时代化的最新成果分析作品，是其所是，非其所非；要坚持以开放的眼光学习借鉴西方文艺理论中适合中国国情的有用的东西为我所用，切忌东施效颦，用西方理论剪裁中国人的审美；要坚持现实主义精神与浪漫主义情怀相结合，而不要舍此而另提什么已为实践证明是不科学的口号去抢占理论山头……须知，理论思维上的失之毫厘，会导致创作实践中的谬以千里！此种教训，历时不远！

三点感悟，皆发自肺腑。不当之处，恳请诸位评论界同人指正。

刊发时有删节
2024-06-05

普及艺术教育　培养审美人格

——中国文艺评论家协会主席、中国传媒大学艺术研究院院长仲呈祥访谈

冯　巍

发展艺术教育不是为了说教

冯巍： 仲先生，很高兴又见到您。我在此之前对您做过三次访谈，2012 年 1 月、2012 年 8 月和 2014 年 1 月，话题分别围绕"如何用文艺批评激活民族的艺术思维""如何用文艺批评增强文化自觉和文化自信""如何让美丽中国感动世界"展开。在一系列的访谈中，我特别注意到您思想上的定力、持续性和生长性。所以，今天首先想请您谈谈，您一直以来是如何看待艺术教育在社会生活中的位置的？艺术学升格为学科门类之后，您对于艺术教育的发展又有什么新的设想？

仲呈祥： 我曾经归纳过自己从事文艺工作近半个世纪的经验，就是"文化化人，艺术养心，重在引领，贵在自觉"这 16 个字。在引领社会风尚、造就良好文化氛围、提升民族精神力量方面，艺术教育始终都需要发挥重要作用。近些年，艺术一度悬置了应有的教育功能，出现了一种倾向，即只讲群众喜不喜欢、高不高兴、欢迎不欢迎，忘掉了教育引导群众；只讲收视率、只讲票房、只讲码洋，忘记了提高民族的素养。政府现在强调艺术教育问题，既是一种艺术观念上的纠偏，也是适应时代需要的新举措。大力发展艺术教育，不是为了对内说教、对外推销我们的信仰，而是为了对内满足人们进行艺术鉴赏乃至艺术

创作的需求，寓教于乐地推动个人乃至民族综合素质的提高；对外讲好中国故事，传播好中国声音，讲清楚中华民族文化对人类文化的独特贡献。21 世纪新十年之后的今天，中国的艺术教育正处在一个新的历史转折点上。经历了经济的迅猛发展，经历了文化的剧烈变迁，我们发现，社会文化氛围的总体营造，人民审美素质的整体提升，民族精神格局的全面调整，乃至精英教育与大众教育的走向均衡和深入，更加迫切需要加强和拓展艺术教育的作用。习近平总书记曾经深情地说过："学史可以看成败、鉴得失、知兴替；学诗可以情飞扬、志高昂、人灵秀；学伦理可以知廉耻、懂荣辱、辨是非。"① 这实质上就离不开艺术教育。

2011 年艺术学升格为学科门类，是中国高等艺术教育史上具有里程碑意义的一件大事。这是绝佳的历史机遇。我们要借着这个机遇进一步发展艺术学领域的学术研究，审视关于艺术创作与鉴赏的现实问题。学术研究要与艺术创作、艺术鉴赏、艺术教育等领域的实践密切配合，一起开创中国当代艺术繁荣的美好局面。比如，我们常常谈到艺术创作要追求思想性和艺术性的统一，同时也要关注到吸引力与感染力即所谓观赏性的问题。认识清楚这个问题，不仅是艺术理论建设的需要，也是现实艺术创作的需要。思想性和艺术性属创作美学范畴，观赏性属接受美学范畴。接受美学范畴的问题不能推给创作美学范畴去解决，观赏性问题不能单一地推给创作者去解决，而是一方面要努力提高受众素质，一方面要努力净化鉴赏环境。对观赏性起决定作用的，不是作品，而是受众，是受众的人生阅历、文化修养和审美情趣，以及受众所处的文化环境。如果总是制造媚俗的热点去诱引受众，炮制大量的低级趣味作品，如果允许这种文化氛围继续存在，观赏性的问题是很难解决的。要相信，任何精神生产在生产自身的同时，也在生产自己的欣赏对象。再美的音乐，对于不辨音律的耳朵，也是没有

---

① 习近平：《在中央党校建校 80 周年庆祝大会暨 2013 年春季学期开学典礼上的讲话（2013 年 3 月 1 日）》，人民出版社 2013 年版，第 9 页。

用的。就像在维也纳，从小孩到老人的音乐素质都很高。每年的维也纳新年音乐会并没有什么刻意翻新，都是经典音乐，但是经久不衰。音乐也因之成为那个民族文明的重要标志之一。这才是我们的艺术教育应该追求的理想境界。

精英教育和大众教育不可分

冯巍： 在您繁忙的社会工作中，不仅有学术界众所周知的国务院学位委员会艺术学学科评议组召集人一职，还有一个很重要的工作，就是您担任了教育部艺术教育委员会副主任一职。您认为，我们应该如何推动艺术教育的发展？应该如何处理艺术领域的精英教育与大众教育的关系？

仲呈祥： 一个时代有一个时代的风尚，一个社会有一个社会的氛围。风尚是育人的，氛围是养心的。普及艺术教育，是艺术发展、文化繁荣的题中要义。普及艺术教育，能够为人民的文化生活构建美好的风尚，能够为民族的文化生态营造和谐的氛围，以体现中国当代社会的文明水准，改变当下文化生态环境令人忧虑的现实状况。所谓的精英和大众都是人民的组成部分，从根本上是不可分的。面对精英教育和大众教育二分的现状，必须尽力弥合它们之间的鸿沟，必须注意这两个教育领域的互相配合，同时，两者都要致力于帮助人们赢得艺术自信，从而树立文化自信，都要讲大道，存大德，以道引人，以德育人，以文化人，以艺养心。牢记普及与提高的辩证关系，牢记"把服务群众同教育引导群众结合起来，把满足需求同提高素养结合起来"[1]，牢记"着意于久远"的战略眼光，这在推进艺术教育的过程中尤其重要。

我特别想强调的就是，人民是我们国家的主体，艺术创作应当以

---

[1] 习近平：《把宣传思想工作做得更好（2013年8月19日）》，《论党的宣传思想工作》，中央文献出版社2020年版，第16页。

人民为中心。我们的文艺源于人民、服务人民、表现人民，创造者本身也是人民。重视人民的喜欢、高兴、欢迎是必要的，但是，如果只拿人民喜不喜欢、高不高兴、欢不欢迎作为衡量一部作品的唯一标准，那就失之片面。喜欢、欢迎、高兴是重要的标准，但不是全面的标准。全面的标准，是既要受到人民的欢迎，又要能够教育引导人民。我们在市场经济条件下，很少听到"教育"这两个字，但是唯物史观和辩证思维告诉我们，既要满足人民群众的精神需求，又要教育引导人民，这才是全面的。毛泽东在《在延安文艺座谈会上的讲话》中精辟地指出，在普及的基础上提高，在提高的指导下普及。[1] 正确处理好普及与提高的关系、适应与引领的关系，是辩证思维的必然结论。

毋庸讳言，今天在市场经济条件下，我们娱乐讲得太多了。娱乐是需要的，但过度娱乐、娱乐至死是可悲的。我们应该实事求是地看到，在市场经济条件下，那种物欲横流的思潮，那种因彰显主体意识引来的极端个人主义倾向，那种对工具理性的盲目崇拜，造就了人性的片面发展，这是客观存在的事实。所有这些，都要靠文化、靠艺术、靠教育，尤其是靠哲学引领来加以匡正。艺术的最高目标、最佳境界是审美，审美的最佳状态是超功利，是造就个体的审美人格——因为当人类面对物质欲望的膨胀、面对工具理性的泛滥、面对技术市场主义的袭来时，审美人格是匡正每一位个体的思维走向、令每一位个体更加自由而全面发展的正确途径。培养出这样的审美人格，福荫所及，不独当代。

高校要给人才全面发展"补好课"

冯巍：教育部在今年年初发布了《教育部关于推进学校艺术教育发展的若干意见》，明确了学校艺术教育"立德树人"的根本任务，并

---

[1] 参见毛泽东《在延安文艺座谈会上的讲话（1942 年 5 月）》，《毛泽东选集》（第三卷），人民出版社 1991 年版，第 862 页。

且要从 2015 年编制并发布全国学校艺术教育发展年度报告。请您谈谈高等院校在这项工作中应该扮演什么样的角色?其他社会组织应该做些什么?

仲呈祥: 我历来认为,高等院校是民族思维的先锋阵地;高等艺术院校,是民族艺术思维的先锋阵地。普及艺术教育,各级各类的学校都是重要的、基础的阵地,高等院校更重任在肩,理应互相配合,充分发挥各自的教育资源优势。高等院校是培养人才的主要的后端环节,在艺术教育经历了长期无序化发展的今天,尤其要担负为人才全面发展"补好课"的重要职责。一个人只有具备了感受美和鉴赏美的能力,才能够去表现美和创造美。一个高度文化自觉、文化自信的民族理应推动本民族顶尖的艺术家带着他们顶尖的艺术作品,走进高等院校去适应青年人的需求,提高青年人的素养,既服务于他们又教育引导他们。同时要做的,也是更重要的,高等院校要做好艺术类基础课程的建设,要成系列、有特色,要常设常新;要支持学生艺术活动、学生艺术团体的建设,要给青年人提供发展艺术兴趣的平台。艺术教育一定要从"课外"回归到"课内"。如果这些努力能够长久地坚持下去,它们的良好影响将不只是属于高等院校的,而且是属于整个中华民族的。

其他社会组织,在普及艺术教育方面也要当仁不让。比如,各级电视台。像我们国家电视台最近播出的《父母爱情》《原乡》《大河儿女》,普通人、平凡事中的家国情怀,娓娓道来,这些作品在引领当代青年把个人的爱情、理想、信仰、追求融进国家的责任、时代的担当方面,可以很好地带动青年人的精神成长。这样的作品应当多制作多播出,一定要正确处理经济效益和社会效益的关系,坚持社会效益是最高标准。要认真学习、践行习近平总书记的指示,"要使中华民族最基本的文化基因与当代文化相适应、与现代社会相协调,以人们喜闻乐见、具有广泛参与性的方式推广开来,把跨越时空、超越国度、富有永恒魅力、具有当代价值的文化精神弘扬起来,把继承传统优秀文化又弘扬时代精神、立足本国又面向世界的当代中国文化创新成果传播出去"①。

艺术要像阳光一样哺育青年人

冯巍： 您去年参与了在山东举办的第十届艺术节，不知您对艺术节的整体印象如何？请您谈谈，像这一类的艺术活动，怎样才能保证不沦为艺术本身的自娱自乐，而是真正深入广大人民群众的生活当中去？如果能够深入的话，怎样才能真正引导和培养当代中国人，尤其是青年人的审美人格？

仲呈祥： 山东"十艺节"办得好，老百姓反响也不错。这种运作模式，非常有助于营造全社会良好的艺术氛围，提高人民群众的艺术素养，值得推广。当然，也不能盲目地大面积铺开，不能重"量"不重"质"，还是要尽量高质化、系统化和常态化。同时，也要大力拓展社区艺术活动的渠道，让老百姓在家门口欣赏艺术，让老百姓亲身参与到艺术中去，最终让艺术成为日常生活的有机组成部分，让"德智体美劳"中的"美"真正融入人们的血液、渗透进人们的精神世界。这便是"人生艺术化"的最佳境界。

艺术活动尤其要如同阳光一样哺育青年人，帮助他们树立正确的价值观、道德观、伦理观、公民观，驱散他们心灵中形形色色或强或弱、或多或少的"精神雾霾"，引导年青人把个人的"梦"汇聚到中华民族伟大复兴的"中国梦"中去。开展各种艺术活动，切忌"形式大于内容"。要引导和培养当代中国人，尤其是青年人的审美人格，必须"导向为魂、内容为王、品质为上"。与各种门类的艺术创作一样，艺术活动的规律也需要好好研究。要践行习近平总书记的指示，"要利用各种时机和场合，形成有利于培育和弘扬社会主义核心价值观的生活情景和社会氛围，使核心价值观的影响像空气一样无所不在、无时

---

① 《习近平在中共中央政治局第十二次集体学习时强调 建设社会主义文化强国 着力提高国家文化软实力》，《人民日报》2014 年 1 月 1 日。

不有"①。

艺术评奖要有一双慧眼

冯巍：您多年参与各级各类的影视评奖，像电影的金鸡奖、百花奖，电视剧的金鹰奖、飞天奖，以及国家"五个一工程"奖，等等。在引导艺术创作和艺术鉴赏、培育艺术氛围、推广艺术教育方面，各级各类的评奖应该发挥什么样的作用？

仲呈祥：艺术领域常常是创作实践在前，理论概括在后，而理论一旦符合实践的需求，就会反过来极大地推动实践。影视工作者应该具有现代人文精神立场和伦理道德立场。影视艺术的文化功能与影视产业的经济效益、社会效益，应当互补生辉。不能让影视作品以利润的方式替代审美的方式来把握世界。单纯靠炒作，利润可能制胜，但艺术却势必失败。当社会效益与经济效益发生矛盾时，我们应当旗帜鲜明地扶持那些社会效益好、经济效益却一时间尚不尽如人意的作品，而千万不要去鼓吹那些经济效益好但社会效益并不好的作品。

影视艺术特有的审美方式，既肯定人类审美对象感性存在的丰富性多样性，又追求人类审美对象精神意义的崇高性深刻性。因此，各级各类的影视评奖，尤其是政府奖，要着意于那些能够培养造就沉稳、深刻、幽默、文明的社会文化鉴赏心态的优秀作品。坚守这样的思想导引和美学导引，影视作品才不会局限于满足观众一时的视听快感，以至于从长远上降低甚至败坏观众的审美修养。影视评奖和其他评奖一样，需要有一双慧眼，把代表了中华民族文化精华的作品推到塔尖，进而推到国家级的艺术殿堂，并推向全世界。

访谈人系北京语言大学教授

2014-06-30

---

① 《习近平在中共中央政治局第十三次集体学习时强调 把培育和弘扬社会主义核心价值观作为凝魂聚气强基固本的基础工程》，《人民日报》2014 年 2 月 26 日。

习近平总书记文代会重要讲话
是马克思主义文艺观中国化最新成果

——访第十次全国文代会代表、中国文艺评论家
协会主席仲呈祥

马李文博

习近平总书记在第十次全国文代会、第九次全国作代会上的重要讲话，深刻阐述了涉及文艺发展规律的诸多重大课题，引人深思、发人深省。记者就这次讲话的重要意义、文艺事业的重要地位、文艺与生活的关系、文艺评论的重要作用、文艺作品的价值取向等问题，采访了第十次全国文代会代表、中国文艺评论家协会主席仲呈祥。

文艺工作座谈会讲话的继续和发展

记者：如何看待习近平总书记在第十次全国文代会、第九次全国作代会开幕式上的重要讲话和他在文艺工作座谈会上的重要讲话的关系？

仲呈祥：从 2014 年 10 月 15 日习近平总书记在文艺工作座谈会讲话以来，文艺界发生了深刻而喜人的变化，正如习近平总书记在第十次全国文代会、第九次全国作代会开幕式上的重要讲话中所概括的那样，"党的十八大以来，广大文艺工作者积极投身实现'两个一百年'奋斗目标、实现中华民族伟大复兴中国梦的火热实践，倾情服务人民，倾心创作精品，热情讴歌全国各族人民追梦圆梦的顽强奋斗，

弘扬崇高理想和英雄气概，奏响了时代之声、爱国之声、人民之声。特别是在党和国家举办的一系列重大活动中，在面向基层、面向群众的文化服务中，在中外人文交流中，广大文艺工作者勇挑大梁、不计名利、夙夜奔忙，展现了昂扬的精神风貌、高超的艺术水平。在广大文艺工作者辛勤努力下，我国文艺界出现新气象新面貌，文学、戏剧、电影、电视、音乐、舞蹈、美术、摄影、书法、曲艺、杂技、民间文艺、文艺评论、群众文艺、艺术教育等都取得丰硕成果，主旋律更加响亮，正能量更加强劲，为人民提供了丰富精神食粮，向世界展示了中华文化魅力"[①]。这个概括是准确的，也是符合实际的。习近平总书记在这次讲话中列举了各个艺术门类都取得了很好的成绩，其中除了中国文联所属的各个艺术门类，还特别提到了成立两年多的中国文艺评论家协会的工作即文艺评论工作，以及加入了艺术教育相关内容。艺术教育的实际目的是要提高全民族的素质，对全体国民进行审美教育，提高全民族的鉴赏修养和审美修养，培育一个良好的社会文化环境。这次讲话是文艺工作座谈会讲话的继续和发展，可以看作马克思主义文艺观、毛泽东文艺思想，特别是延安文艺座谈会讲话精神的与时俱进的最新成果。这次讲话既是马克思主义文艺观中国化的最新成果，也是毛泽东文艺思想在新的时代的继承和发展，它们是一脉相承的。

清楚明确地为文艺事业定位

记者： 习近平总书记在讲话中特别肯定了文艺工作特殊的地位和影响，如何理解文艺工作的重要性？

仲呈祥：习近平总书记根据马克思主义的历史观和美学观，肯定了文艺事业是党和人民的重要事业、文艺战线是党和人民的重要战线，这也就充分肯定了文艺在党和人民的事业当中的重要地位和作用。早在 2013 年 8 月 19 日全国宣传思想工作会议上，习近平总书记就站在

---

① 习近平：《在中国文联十大、中国作协九大开幕式上的讲话（2016 年 11 月 30 日）》，人民出版社 2016 年版，第 2—3 页。

唯物论的高度上讲，"意识形态工作是党的一项极端重要的工作"①。所以，意识形态工作万万疏忽不得。文艺工作关乎国家的安定团结，我建议给文艺的定义就是审美的意识形态。2013 年 8 月 19 日，习近平总书记在全国宣传思想工作会议上说，"要讲清楚每个国家和民族的历史传统、文化积淀、基本国情不同，其发展道路必然有着自己的特色；讲清楚中华文化积淀着中华民族最深沉的精神追求，是中华民族生生不息、发展壮大的丰厚滋养；讲清楚中华优秀传统文化是中华民族的突出优势，是我们最深厚的文化软实力；讲清楚中国特色社会主义植根于中华文化沃土、反映中国人民意愿、适应中国和时代发展进步要求，有着深厚历史渊源和广泛现实基础"②。所以这一次，在第十次全国文代会、第九次全国作代会开幕式的讲话中，他又一次强调了中华优秀传统文化的地位和作用。文运同国运相牵，文脉同国脉相连。习近平总书记是针对社会主义市场经济新的历史条件，针对经济全球化、文化多样化的国际态势，针对迅猛发展的数字媒体时代而提出文艺工作的重要性的。同时，因为长期以来制约我们的二元对立、非此即彼、好走极端的思维，在匡正了简单把文艺从属于政治的倾向之后，又走向另一极端把文艺从属于经济，文艺热衷于"唯票房""唯收视率""唯点击率""唯码洋"，忽视了文艺的精神效益、社会效益以及审美功能、教育功能，所以他说要举精神之旗、立精神支柱、建精神家园，充分强调民族精神、传统文化和文艺工作的重要性。这是习近平总书记非常清楚明确地给我们的文艺事业定了位，对广大文艺工作者提出了要求、指明了航向，这既是理论武器也是行动指南。我们需要用足够的文化自觉和文化清醒的态度去贯彻好讲话精神，进一步改变文艺现状。

---

① 习近平：《把宣传思想工作做得更好（2013 年 8 月 19 日）》，《论党的宣传思想工作》，中央文献出版社 2020 年版，第 14 页。
② 习近平：《把宣传思想工作做得更好（2013 年 8 月 19 日）》，《论党的宣传思想工作》，中央文献出版社 2020 年版，第 17 页。

用理性之光、正义之光、善良之光照亮生活

记者： 应当如何理解"文艺要反映生活，但文艺不能机械反映生活"这样的表述？

仲呈祥： 习近平总书记多次强调中国精神是社会主义文艺的灵魂。这次讲话是把生活、社会当作整体，全面辩证、兼容整合地进行把握和分析，因此他总是看到事物的两极，并给我们指出了应该既讲辩证法又讲重点论。他说："清泉永远比淤泥更值得拥有，光明永远比黑暗更值得歌颂。"① 这就告诉我们要用正确的历史观去看待事物，他并不主张回避生活当中的消极面，他在倡导一种直面人生、开拓未来的态度，把现实主义精神与浪漫主义情怀结合起来的创作方法和创作精神。他说："广大文艺工作者要提高阅读生活的能力，善于在幽微处发现美善、在阴影中看取光明，不做徘徊边缘的观望者、讥诮社会的抱怨者、无病呻吟的悲观者，不能沉溺于鲁迅所批评的'不免咀嚼着身边的小小的悲欢，而且就看这小悲欢为全世界'。要用有筋骨、有道德、有温度的作品，鼓舞人们在黑暗面前不气馁、在困难面前不低头，用理性之光、正义之光、善良之光照亮生活。"② 这正是用这种态度去观照生活而得出的结论，也讲出了文艺的功能。

对此，我举两个例子。电视剧《蜗居》对于现实有真实客观的描写，曾引起了社会轰动，生活中确实有这样的阴暗面，但对于这样的真实描写缺少了正确的审美褒贬，作者是让观众憎恶这个现象呢？还是同情这个现象呢？如果是同情，就让人民在生活中缺少了看到光明和看到希望的可能。电视剧《安居》写了包头拆迁，浅层次是安身，深层次是安心，靠什么安心？依靠文化安心，即人们要有追求。不能用牺牲人格、突破道德底线去求得舒适生活，而应用自己的奋进和创造去赢

---

① 习近平：《在中国文联十大、中国作协九大开幕式上的讲话（2016 年 11 月 30 日）》，人民出版社 2016 年版，第 14 页。
② 习近平：《在中国文联十大、中国作协九大开幕式上的讲话（2016 年 11 月 30 日）》，人民出版社 2016 年版，第 14 页。

得幸福的生活，所以作品要讲精神、讲人格。不能搞自然主义，也不能搞所谓的客观反映，而应该注意用理性之光、正义之光、善良之光照亮生活，激励人们永葆积极向上的乐观心态和进取精神。

缺失了科学的文艺评论，创作也不能健康繁荣

记者：习近平总书记特别强调了文艺评论工作，提出了具体要求。文艺评论该如何担当使命？

仲呈祥：习近平总书记在这次讲话中专门提出了要加强文艺理论评论工作，他提出要"褒优贬劣，激浊扬清"①。他曾说，"文艺批评要的就是批评"②。文艺评论应该旗帜鲜明地推荐优秀作品，讴歌现实主义精神和浪漫主义情怀相结合的作品，讴歌深入生活、扎根人民的创作，这就是褒优。对那些脱离人民脱离群众脱离生活的，缺乏正确历史观美学观引领的不良倾向敢于批评、指出不足，这就是贬劣。要达到"引导创作、多出精品、提高审美、引领风尚"③的目标，其中，必须有效引导创作，引导创作者以后应该如何处理这个题材，这是习近平总书记代表党中央赋予我们文艺评论工作者的神圣职责和光荣的任务。长征题材的创作取得了很大的丰收。过去一段时间长征题材比较单一的宏大叙事，脱离了底层叙事，不接地气不通民心；一段时间又出了一批作品用底层叙事丢开了宏大叙事，结果就使长征这一人类精神史上的奇观离开了真实的历史大背景。这就要靠文艺批评来说："最好是把底层叙事和宏大叙事结合起来。"例如电影《血战湘江》，既有伟人形象的塑造，又虚构了底层的一家人，完全看到了长征是理想和信仰的一次伟大远征，这不仅是伟人的理想，而且展现了在党的引领下的

---

① 习近平：《在中国文联十大、中国作协九大开幕式上的讲话（2016 年 11 月 30 日）》，人民出版社 2016 年版，第 21 页。
② 习近平：《在文艺工作座谈会上的讲话（2014 年 10 月 15 日）》，人民出版社 2015 年版，第 29 页。
③ 习近平：《在文艺工作座谈会上的讲话（2014 年 10 月 15 日）》，人民出版社 2015 年版，第 29 页。

老百姓的理想。作品还让人看到了长征也是一次检验真理的伟大远征，盲目听共产国际的错误指挥在实践中受到了检验。它运用了底层叙事之后，展示了这又是一场唤醒民众的伟大远征，老百姓追随了共产党。这就证明，好的文艺评论是能引领创作的。

艺术教育除了通过大中小学、社会的艺术教育团体来增进国民素质，还可以通过文艺评论。文艺评论本身就有艺术教育的功能。胡适提出的宗教救国，是从西方基督教国家引入的思想；蔡元培提出以美育代宗教，美育就是我们现在讲的艺术教育，所以蔡元培把一流的美术家、音乐家请到北大去了。通过分析评论，我们就能一方面提高创作者的审美创造能力，另一方面提升观众的审美鉴赏情趣和修养，相互促进。如果文艺评论不针对观众，审美情趣会越来越低，只会追求视听感官的刺激感，那么就不能引领。《百鸟朝凤》要靠制片人跪求票房，这是对电影鉴赏风尚的一种讽刺，需要文艺评论辩证地去看，就会指向净化环境的问题。文艺评论与创作确实是文艺事业鸟之双翼、车之双轮，缺失了科学文艺评论的文艺事业，创作也不能得到健康繁荣。人们都承认，19 世纪的俄罗斯文学给人类留下了宝贵的精神财富，就是因为有一大批伟大的文学家，但同时又有一大批伟大的文艺理论评论家，引领了创作，又提升了大家的情趣。

理论一经掌握群众，就会变成物质的力量

记者：请您展望一下通过学习贯彻习近平总书记的重要讲话将给文艺界带来怎样的变化。

仲呈祥：习近平总书记的讲话，是在实现"两个一百年"的奋斗目标、实现中华民族伟大复兴新长征的关键时刻吹响文艺进军的冲锋号，为繁荣社会主义文艺提供了强大的理论武器和明确的行动指南。马克思说过，理论一经掌握群众，就会变成物质的力量，理论只要能说服人，就能掌握群众，而理论只要彻底，就能说服人。我深信习近平总书记的讲话精神一旦为人民群众学习、领悟、践行和掌握，

就一定会转化为强大的精神力量和物质力量，推动文艺事业的健康繁荣，迎来我们社会主义文艺的又一个春天。

访谈人系《中国艺术报》记者

2016-12-03

后　记

　　我多次从实招过，从某种意义上来讲，自己的文艺评论专业才能，是新时期新时代报刊文艺评论阵地培养出来的。记得十余年前，反思自己的学术人生，我把1982年至2012年30年来在《人民日报》发表的156篇文艺评论原文照录，集成《文苑问道——我与〈人民日报〉三十年》，正式出版。如今，我曾供职的中国文学艺术界联合会的机关报《中国艺术报》的总编辑康伟及其同人们热情地又把我2003年至2024年21年来在《中国艺术报》上发表的百余篇文艺评论一篇不漏地集成《文坛悟道——我与〈中国艺术报〉二十年》，又附上了《中国艺术报》上发表的两篇对我的访谈，交由中国文联出版社出版。稍前，作家出版社已启动程序要出版《光明日报》文艺部的编辑们把1980年至2024年44年来我在《光明日报》发表的157篇文艺评论集成的《艺坛追光——我与〈光明日报〉四十年》。这样，三本小书，结成姊妹，从我的学术人生的重要方面忠实地记录了我在报刊阵地上努力紧随时代、深入生活、扎根人民的孜孜以求和不懈定力。其间，有经验，更有教训；有成功，亦不乏失败。个中酸甜苦辣，沁彻心扉。唯其如此，我要向诸位编辑的"为他人做嫁衣"的、精心培养作者的献身精神致以由衷的敬意，致敬，再致敬！

　　需要在这里向读者交心的是，我之所以要坚持原文照录，坚持按发表时间排序，是因为这是一种对历史、对自己的一种极端负责任的精神。对历史，从新时期到新时代，中国的文艺评论经历了"实践是检验真理的唯一标准"的第一次解放思想、实事求是向前看的时代大潮洗礼，又经历了"马克思主义基本原理与中国具体实际、与中华优秀传统文化相结合"的又一次"两结合"思想解放大潮的引领，还经历了严峻的或"左"或右思潮的考验，因此，立此存照，以史为鉴，锻造"定力"，以全面辩证、兼容整合、和谐扬弃的哲学思维取代那种长期制约过我们的简单的二元对立、非此即彼、不"左"就右的单向哲学思维，尤为可贵。而立此存照，严谨的历史唯物主义态度便是原文照录。至于对自己，理应有勇气将灵魂示众，是己所是，非己所非，培根铸魂，熔铸定力，而千万不可"今日说东，明日说西，随风摇摆"！

所以，我坚持把在《中国艺术报》发表的第一篇关于电视剧《走向共和》的文艺评论地原文录入。毋庸讳言，《走向共和》是一部引起争议的电视剧。为稳妥计，理应避之。但后来的历史已经雄辩证明，这是一部在新时期中国电视剧发展史上占有一席地位的有着重要学术研究价值的作品。《走向共和》的创作有经验，更有教训。它对中华民族走向共和的这段重要历史的艺术演绎，譬如画了一幅山水画，有山有水，历史的流向大致不差，但确实存在着哪座山画得过高、哪座山画得太低、哪支水流得过于湍急、哪支水流得又太舒缓的失误，这完全可以展开学术争鸣，但它毕竟不是历史科学著作，不应过于苛求。而我，在当时斗胜率先发表了这篇评论，庶几为今天研究中国电视剧发展历史的专家学者留下一份可供评析批判的真实的材料。

这些文章收入本书时，由中国文联出版社的编辑帮忙添加了注释，感谢！

末了，还要向多年来对我赐教的《中国艺术报》历任总编辑李树声、向云驹，特别要向挚友康伟总编辑于繁忙的公务中拨冗赐序一并道声：至感至谢！

仲呈祥

2024 年 5 月 9 日于北京东坝